Das Buch

Dr. Andrea Hallström-Sandberg ist Witwe geworden. Ihr Mann Magnus starb vor anderthalb Jahren bei einem Segelunfall mit Freunden. Nur ihr kleiner Sohn Lars, die Arbeit und ein paar gute Freunde haben Andrea davor bewahrt, sich nicht aufzugeben und weiterhin auf den Lofoten zu leben. Doch der Schmerz scheint ihr noch immer unüberwindbar. Als jedoch der attraktive und äußerst zuvorkommende Jacob in ihr Leben tritt, spürt sie die alte Leichtigkeit zurückkehren. Und wer hätte gedacht, dass es schon bald einen zweiten Verehrer gibt, der Andreas verstorbenem Mann zum Verwechseln ähnlich sieht? Andrea ist verstört und will sich doch ihr Leben in der prachtvollen Landschaft der Lofoten nicht erschweren – wird ihr Instinkt ihr helfen, die richtige Entscheidung zu treffen?

Die Autorin

Elfie Ligensa liebt skandinavische Krimis, altes Silber und guten Wein. Hausarbeit hingegen gehört nicht gerade zu ihren Leidenschaften. Sie schreibt lieber an ihren erfolgreichen Romanen.

Von Elfie Ligensa sind außerdem in unserem Hause erschienen:

Im Herzen der Feuersonne
Das Paradies liegt in Afrika
Mittsommersehnsucht

Elfie Ligensa

MITTERNACHTS-SONNE AM FJORD

Roman

Ullstein

Besuchen Sie uns im Internet:
www.ullstein-taschenbuch.de

MIX
Papier aus verantwortungsvollen Quellen
FSC® C006701

Originalausgabe im Ullstein Taschenbuch
1. Auflage August 2013

Umschlaggestaltung: bürosüd° GmbH, München
Titelabbildung: © bürosüd, München
Satz: LVD GmbH, Berlin
Gesetzt aus der Sabon
Papier: Pamo Super von Arctic Paper Mochenwangen GmbH
Druck und Bindearbeiten: GGP Media GmbH, Pößneck
Printed in Germany
ISBN 978-3-548-28437-8

I

Aufgeregt kreischend flogen ein Dutzend Möwen dicht über ihren Kopf hinweg. Andrea glaubte den Luftzug zu spüren, den das hastige Flügelschlagen erzeugte. Ohne sich umzudrehen, wusste sie, dass in diesem Moment einer der vielen Fischtrawler in den Hafen von Stamsund einlief. Es war Anfang April – Dorschsaison auf den Lofoten!

Mit weit ausholenden Schritten ging Andrea weiter. Der feine Sprühregen, der von Norden kam und wie Nadelstiche auf ihrer Haut brannte, störte sie nicht. Und auch als der Wind stärker wurde und ihr die Kapuze der wattierten blauen Wetterjacke vom Kopf riss, reagierte sie nicht. Die Hände tief in den Jackentaschen vergraben, wanderte sie weiter.

Erst als sie den kleinen Strandabschnitt erreicht hatte, der sich am Südende des Ortes befand, wurden ihre Schritte langsamer. Tief atmete Andrea auf und fuhr sich mit beiden Händen übers Gesicht. War es nur der Regen, der ihr über die Wangen rann? Oder waren es Tränen?

Es war besser, sich darauf keine Antwort zu geben.

Wieder schossen ein paar Möwen im Sturzflug dicht an ihr vorbei, hinüber zu dem reichgedeckten Tisch im Hafen. Kiesel knirschten unter Andreas Füßen, sie glitt beinahe auf einem dichten Büschel Tang aus, das graugrün zwischen den feuchten Steinen lag. Ein paar Krabben, aufgescheucht durch den Menschen, der ihre Ruhe störte, hasteten zurück ins rettende Wasser.

Ein schmaler Strandabschnitt war auch heute das Ziel ihres Spaziergangs. Seit fünf Jahren, seit sie auf den Lofoten lebte, war diese kleine, versteckt liegende Bucht ihr Lieblingsplatz. Touristen verirrten sich nie hierher, und auch von den Einheimischen kam nur selten mal jemand an diesen Ort.

Sie bemerkte die Fußspuren neben sich erst, als das Wasser ihre festen braunen Stiefeletten umspülte. Große Fußspuren waren es, Spuren von nackten Männerfüßen.

Andrea zuckte zusammen, als sie sich umdrehte und die letzten Meter zurückschaute. Dicht nebeneinander waren die Abdrücke in den feuchten Sand eingegraben – so, als wären zwei Menschen eng umschlungen am Strand spazieren gegangen.

Magnus und ich sind oft hier entlanggeschlendert. Dicht am Wasser, das unsere Füße umspülte. Magnus hat sich immer die Schuhe ausgezogen und ist barfuß gegangen, das kalte Wasser hat er nicht gescheut.

Magnus … Sie spürte, wie ein heftiges Schluchzen in ihrer Kehle aufstieg. Es war, als säße der Schmerz, einem wilden Tier gleich, in ihrer Brust und dränge nun mit Macht heraus.

»Warum hast du mich allein gelassen? Warum nur? Warum?« Sie krümmte sich zusammen, als könne sie sich so vor dem Schmerz schützen, der sie mit eisernen Krallen packte. So war es seit anderthalb Jahren, seit dem Moment, in dem man ihr mitgeteilt hatte, dass Magnus bei einem Segeltörn verunglückt war.

Drei Jahre lang waren sie unendlich glücklich gewesen. Magnus hatte als Meeresbiologe sowohl auf den Lofoten als auch auf dem Festland gearbeitet. Intensiv forschte er in seinem privaten Labor, war aber auch etliche Male im Jahr mit Kollegen auf der *Black Lady*, einem perfekt ausgestatteten Forschungsschiff, unterwegs. Zudem hielt er im Ausland Vorträge. Sein Wissen war wertvoll und sehr gefragt. Doch am liebsten war er auf den Lofoten, bei seiner kleinen Familie.

Die kleine Familie ... die gab es nicht mehr. Ausgelöscht. Von einem Tag zum anderen. Zurückgeblieben waren sie und Lars. Lars ... wenn es ihn nicht gäbe, hätte ihr Leben kaum noch einen Sinn. Aber der quirlige, aufgeweckte Zweieinhalbjährige brauchte seine Mama, und Andrea bemühte sich, in seiner Gegenwart fröhlich und optimistisch zu wirken. So, wie sie sich auch während der Arbeit in ihrer Praxis ruhig und ausgeglichen gab.

Es war am Anfang nicht leicht gewesen für die deutsche Ärztin, das Vertrauen der Inselbewohner zu erringen. Dr. Andrea Sandberg, die eines Tages mit einem Postschiff angekommen und einfach geblieben war, hatte erst beweisen müssen, dass sie eine würdige Nachfolgerin für den alten Johan Ecklund war. Inzwischen jedoch war sie völlig etabliert, wurde geachtet und geschätzt.

Mit einer energischen Geste rieb sie sich Regen und Tränen aus den Augen und ging langsam weiter.

Die Fußspuren, eben noch ganz dicht neben den ihren, waren verschwunden.

Nein, da waren sie ja wieder, die großen Abdrücke von Männerfüßen! Aber nun waren es Spuren von derben Schuhen, und sie führten vom Strand fort, hinauf zu den Krüppelkiefern, die in zwanzig Metern Höhe am Hang standen und den Blick auf die Straße verstellten.

Es war wie ein Reflex, als Andrea der Spur folgte. Warum soll ich nicht mal einen anderen Weg gehen, sagte sie sich fast trotzig. Es ist Sonntag, Lars wird von Birgit Ecklund gehütet, und ich hab alle Zeit der Welt.

Es regnete nicht mehr, und auch der Wind hatte nachgelassen. Andrea schob die Kapuze nach hinten und strich sich eine feuchte Haarsträhne hinters Ohr. Der Wind, der ihr eben noch die Regentropfen wie kleine Nadelstiche auf die Haut geweht hatte, war jetzt wie ein Streicheln auf der Haut und trocknete endgültig das salzige Nass auf ihren Wangen.

Etwa vierzig Meter folgte Andrea der Spur, die dann aber, kurz bevor sie die ersten der Krüppelkiefern erreicht hatte, unvermutet nach links abbog. Felsbrocken, mehr als haushoch, türmten sich plötzlich vor ihr auf und nahmen Andrea die Sicht. Statt des feuchten Sandes hatte sie glattgewaschene Kiesel unter den Füßen. Sie hörte das Rauschen des Meeres, doch den Strand konnte sie nicht mehr sehen.

Sie kannte diese Felsformationen, da, wo sich die grauen Steinriesen bis zum Meer erstreckten, endete stets ihre Spazierstrecke. Langsam drehte sie sich um und sah zurück zum Sandstrand.

»Ob es einen Weg oberhalb der Felsen gibt?« Sie blieb stehen und sah sich stirnrunzelnd um. Wo waren die Fußspuren geblieben?

Eine Möwe flog so dicht über ihren Kopf hinweg, dass sie den Fisch, den der Vogel gefangen hatte, deutlich in seinem Schnabel sehen konnte.

Andrea ging weiter und kletterte vorsichtig über die feuchten Steine. Wenn ich abrutsche, muss ich ewig auf Hilfe warten, schoss es ihr durch den Sinn. Sie warf sich vor, wieder einmal ihr Handy nicht eingesteckt zu haben.

Zögernd blieb sie stehen. Sollte sie umkehren?

Die Möwe kam zurück, umflog den fast glatten Felsbrocken, der sich vor Andrea auftürmte, und man hörte nur noch das aufgeregte Kreischen des Vogels. Lockte er sie?

Vorsichtig setzte sie Fuß vor Fuß. Erst als sie die ersten der riesigen Steine umrundet hatte, begleitet vom wütenden Protest einiger Papageientaucher, die an den schroffen Felswänden brüteten, hatte sie wieder freie Sicht. Eine winzige Bucht tat sich vor ihr auf. Ihr weißer Sandstrand, höchstens fünf Meter breit, bildete einen krassen Kontrast zum fast schwarz anmutenden Wasser.

Andrea sah drei Papageientauchern zu, die über die Wellen flogen und nach Nahrung tauchten. Dass diese Vögel sich in dieser Gegend zum Brüten niedergelassen hatten, war ungewöhnlich. Ihre bevorzugten Brutplätze waren sonst eher die schroffen Klippen auf den Inseln Röst oder Væröy. Dort, auf den über zweihundert Meter hohen Felsen, lebten die Tiere in riesigen Kolonien.

»Sind eben auch Individualisten«, murmelte Andrea vor sich hin und setzte ihren Spazierweg fort. Diese kleine Bucht kannte sie noch nicht, und sie freute sich über ihre Entdeckung.

Sie bemerkte die kleine Hütte, die aus Natursteinen gebaut war und sich in den Schutz einiger Felsbrocken schmiegte, erst, als sie bis auf zehn Meter herangekommen war. Die verwitterte Holztür war nicht fest geschlossen, und trotz des Rauschens der Brandung konnte Andrea das Quietschen der Scharniere hören. Zögernd ging sie näher.

»Hallo, ist hier jemand?« Im Türrahmen blieb sie stehen und schaute vorsichtig ins Innere der Hütte. Diese bestand nur aus einem einzigen, spärlich möblierten Raum. Die beiden kleinen Fenster ließen nur wenig Licht herein. Doch es genügte, um sich vorsichtig umzusehen. In der Mitte stand ein grobgezimmerter, länglicher Holztisch und davor ein einzelner Stuhl, beide wirkten alt und verwittert. Unter den Fenstern bemerkte Andrea eine lackierte Truhe, auf der eine dunkelgrüne Wachsjacke lag. Von der einst bunten Bemalung der Truhe war kaum noch etwas zu erkennen, nur ein Boot in hohem Seegang und einen Walfisch konnte Andrea ausmachen.

»Hallo! Jemand zu Hause?« Bevor sie näher trat, rief sie noch einmal in den Raum hinein – keine Antwort.

Ein paar Gummistiefel lagen seitlich neben der Tür, Sand war von den groben Profilsohlen abgefallen.

Andrea bückte sich und hob einen der Stiefel auf – noch war der Sand feucht! Wer immer die Stiefel getragen hatte, er konnte noch nicht lange fort sein!

Weiter schweifte der Blick, blieb an einer Pritsche hängen, die rechts von der Tür stand. Auf dem schmalen Bett lagen ein Thermoschlafsack und ein Rucksack. Und auf der Erde, halb verdeckt von einer alten Wolldecke, bemerkte sie zwei blutgetränkte Handtücher und eine Rolle mit Leukoplast.

Wer immer hier hauste, hatte sich massiv verletzt!

Zögernd hob Andrea den Rucksack hoch. Ein blauer Norweger-Pulli, zwei Paar Socken, Shorts, ein Buch über

Hochseefischerei im Nordatlantik, ein Notizblock und eine Brieftasche.

Andrea biss sich auf die Lippen. Sie war nicht neugierig, doch diese blutigen Lappen … Vielleicht brauchte jemand Hilfe, und sie sollte wissen, wer das war.

Als sie die Brieftasche aufklappte, sah sie in einer Plastikhülle eine Kreditkarte und einen Führerschein. Gerade wollte sie die Brieftasche zurücklegen, da fielen ein paar Blätter heraus: eine kleinformatige Straßenkarte und zwei Fotos. Ein Farbfoto zeigte einen riesigen Pottwal, der mit seiner Finne das Wasser aufpeitschte. Es war ein toller Schnappschuss!

Das zweite Foto … Andrea schrie unterdrückt auf. Auf dem zweiten Foto waren drei junge Männer beim Hochseeangeln zu sehen. Sie blickten strahlend auf einen riesigen Hai, der an einer Seilwinde hing. Obwohl das Foto schon leicht vergilbt war, erkannte sie einen der Männer sofort – es war Magnus!

»Nein!« Wimmernd fiel Andrea auf die Knie. Wie in einem Krampf hielt sie das Foto fest, starrte darauf und nahm nichts um sich herum wahr.

»Hey, kann ich dir helfen? Geht's dir nicht gut?«

Andrea zuckte zusammen. Langsam hob sie den Kopf. Zunächst sah sie nur nackte Beine und eine bis fast zu den Knien hochgekrempelte Cordhose.

»Nein! Nein! Magnus …« Sie sprang auf, und das Foto entfiel ihren zitternden Fingern, ehe sie voller Panik aus der Hütte stürmte. Wie von allen teuflischen Mächten gehetzt rannte sie den Weg zurück, kletterte an den Felsen vorbei und hoch zu den Krüppelkiefern, die ihr zumindest ein wenig Schutz boten.

Schutz wovor?

Vor Magnus? Vor dem Trugbild, das ihr am helllichten Tag erschienen war?

Keuchend blieb sie stehen und sah sich um, es folgte ihr niemand mehr. Magnus – oder wer immer es gewesen war, der in die Hütte gekommen war – lief ihr nicht mehr nach.

Andrea hatte Seitenstechen, und auch das Gesicht brannte. In ihrer Panik war sie vom Weg abgekommen, einige der harten Kiefernzweige waren ihr ins Gesicht geschlagen und hatten schmerzhafte Kratzspuren auf ihren Wangen hinterlassen.

Schwer atmend beugte sie sich nach vorn, denn so wurde das Seitenstechen erträglicher. Ihre Gedanken wurden klarer, und sie versuchte sich das Bild, das sie im Rucksack gefunden hatte, noch einmal genau zu vergegenwärtigen.

War es wirklich Magnus gewesen?

»Nein, das kann gar nicht sein«, murmelte sie und strich sich über das blonde Haar, das ihr in feuchten Strähnen bis über die Schultern fiel. Während der Praxisstunden fasste sie ihre Haare meist in einem Pferdeschwanz zusammen oder steckte sie locker hoch. In der Freizeit aber ließ sie die langen Locken bis weit über die Schultern fallen. Magnus hatte sie so am liebsten gesehen.

Magnus … nein, er war nicht der Mann auf dem Foto. Der Abgebildete war jünger. Viel jünger.

»Es kann ein altes Bild von ihm gewesen sein«, sagte sie aus ihren Überlegungen heraus. »Vor zehn, zwölf Jahren hat Magnus sicher so ausgesehen.«

Langsam und sich immer wieder umsehend, ob sie nicht doch verfolgt wurde, kletterte sie weiter nach oben. Vorsichtig jetzt, damit sie sich nicht noch mehr verletzte.

Den Mann, der sich in den Schutz einiger hoher Felsbrocken duckte und sie mit zusammengekniffenen Augen beobachtete, bemerkte sie nicht.

2

»Boris, kannst du mich verstehen? – Du, es ist was dazwischengekommen. Ich werde mich verspäten.« Der große, schlanke Mann spähte nach links, wo sich ein schmaler Weg zwischen sturmgepeitschten Kiefern und ein paar Weißdornbüschen bis zur Straße hochschlängelte. »Ja, ja, ich komme sicher noch heute. Hab ich dich schon mal hängenlassen?«

»Ist das ein Trick? Ich warne dich, so was machst du nicht mit mir.« Die Männerstimme am anderen Ende hatte einen starken russischen Akzent.

»Wofür hältst du mich?«

»Das willst du nicht wirklich wissen.« Ein heiseres Lachen, das im nächsten Moment in ein lang anhaltendes Husten überging, folgte der Beleidigung.

»Überleg dir, was du sagst.« Der Anrufer richtete sich auf und ging ein paar Schritte in Richtung Strand. Die alte Hütte lag nun wieder verlassen da. Aber Jacob Stevensen war vorsichtig. Schon gestern hatte er einen Mann bemerkt, der in der Hütte vor einem heftigen Regenschauer Unterschlupf gesucht hatte. Der Fremde hatte eine Kamera mit Teleobjektiv dabeigehabt, ein Umstand, der Jacob skeptisch machte.

Ich hätte ein Schloss an der Hütte anbringen sollen, dachte er. Aber damit wäre ich auch aufgefallen hier in der

Gegend. Niemand schließt seine Rorbuer ab, zumindest nicht die Leute aus Stamsund.

Die Hütte, ganz verborgen hinter haushohen Felsen, war der Hauptgrund dafür gewesen, dass Jacob Stevensen das geräumige Ferienhaus an der Hauptstraße überhaupt erworben hatte. Das weiße Holzhaus besaß sechs Zimmer, eine große Veranda mit Blick aufs Meer und dazu eine separate Sauna, die links neben dem Haus installiert worden war.

Als Jacob den Besitz erwarb, war der Garten völlig verwildert gewesen. Er hatte Büsche und halbhohe Bäume anliefern lassen, die das Haus weitestgehend vor fremden Blicken abschirmten. Ein Handwerker aus Stamsund hatte die Sauna gebaut.

»Der reiche Mann aus Oslo« – so nannten Jacob viele der Leute im Ort. Wobei niemand konkret wusste, was er beruflich genau machte. »Makler bin ich«, hatte er ganz bewusst im Supermarkt verlauten lassen, als er zum ersten Mal dort einkaufen ging und sich bekannt gemacht hatte. »Mein Geschäft ist in Oslo, hier will ich ausspannen und meine Ruhe haben.«

Das hatte er auch den Gärtnern und Handwerkern gesagt und auf diese Weise sichergestellt, dass man ihn nicht mit jeder Kleinigkeit behelligte.

»Wir legen in drei Stunden ab. Bis dahin will ich mein Geld.«

»Geht klar, Boris. Wir warten noch ein halbe Stunde, wenn ich mich bis dahin nicht mehr melde, ist die Luft rein.«

»Na gut.« Der Russe legte grußlos auf.

»Idiot«, murmelte Jacob und klappte sein Handy zu. »Deinetwegen werde ich nichts riskieren!«

Er ging auf die Hütte zu, schloss die Tür und zog sich dann wieder in den Schutz der Kiefern zurück. Als sich nach einer halben Stunde niemand blicken ließ, rief er Boris erneut an.

Schon wenige Minuten später fuhr ein altes, verwittert wirkendes Boot auf die Bucht zu.

Der Anstrich, einst dunkelblau, war an vielen Stellen abgeblättert, der Name des Bootes nicht mehr lesbar. Der Außenbordmotor lief allerdings recht leise, und Jacob konnte sicher sein, dass von der Straße aus dieses Geräusch nicht zu hören war.

Der Mann am Steuerruder wartete nicht, bis der Sandstrand erreicht war. Knapp zwei Meter vorher drosselte er den Motor und sprang ins knietiefe Wasser. Aus dem Boot holte er ein längliches Paket, das etwa armlang war und halb so breit.

»Wo hast du das Geld?« Er hielt sich nicht mit einer Begrüßung auf.

»Zeig mir erst die Ware.«

Boris grinste, wobei eine Zahnlücke links vorn und gleich daneben ein Goldzahn sichtbar wurden. Wortlos riss er den Karton auf und holte eine runde Dose heraus.

Jacob Stevensen nahm sie und drehte sie hin und her. »Gut.« Er griff in die linke Westentasche und zog ein Geldbündel hervor. »Wann kannst du mehr davon liefern?«

Boris zuckte mit den Schultern. »Sobald wir wieder in der Gegend sind mit unserem Boot. Wann das ist, bestimmt der Kapitän. Ich ruf dich an.«

»Und – die andere Ware?«

»Darum kümmert sich mein Bruder.«

»Er ist ja wohl zuverlässig?«

Wieder grinste Boris. »Igor ist Fachmann auf seinem Gebiet, mach dir keine Gedanken. Du kriegst genau das, was du brauchst. Aber du musst es an der Grenze bei Kirkenes abholen.«

»Weiß ich.« Jacob nahm den Karton unter den Arm. »Wir hören voneinander.«

»Mit Vergnügen.« Boris tippte sich an die Stirn, dann kletterte er zurück ins Boot und fuhr in Richtung Hafen davon.

Jacob Stevensen sah ihm nach, bis das alte Motorboot nur noch ein kleiner Punkt auf dem dunklen Wasser war. Ein paar Möwen flogen aufgeregt kreischend über seinen Kopf hinweg. Sie hofften wohl auf Futter, drehten aber ab, als sie zwei Fischkutter bemerkten, die den Hafen ansteuerten, sowie ein Postschiff, das in der Ferne sichtbar wurde. Stamsund war einer der Häfen auf den Lofoten, die von den Hurtigruten angelaufen wurden. Die Schiffe transportierten nicht nur lebenswichtige Güter, immer mehr Touristen reisten mit den inzwischen sehr komfortablen Schiffen gen Norden und ließen sich von der einzigartigen Küstenlandschaft verzaubern.

Jacob Stevensen allerdings interessierte sich weder fürs Hochseeangeln, für Trolle und alte Sagen noch für die tiefdunklen Fjorde und die gigantische Lofotenwand, die von den meisten Menschen bestaunt wurden. Ihn hatten seine Geschäfte in den hohen Norden geführt.

Noch einmal blickte er sich um, kein Mensch war zu sehen. Wer immer in der Hütte seine Sachen deponiert hatte – er schien nicht in der Nähe zu sein. Mit langen Schritten ging Jacob Stevensen zu seinem Ferienhaus und dort gleich hinunter in den Keller.

In einem kleinen, fensterlosen Raum, der nur von zwei Neonleuchten erhellt wurde, öffnete er das Paket vollständig und sortierte die runden Dosen in ein Regal. Eine allerdings öffnete er und nahm mit den Fingern etwas von dem dunklen Beluga-Kaviar heraus. Er kostete sachverständig und nickte zufrieden. Boris hatte ihn nicht betrogen, er hatte erstklassige Qualität geliefert!

Jacob sah auf die Uhr – höchste Zeit, wenn er pünktlich zum Essen mit zwei Bekannten aus der Gegend im *Stamsund Lofoten Hotel* sein wollte. Vom Restaurant des Hotels aus hatte man einen schönen Blick auf den Hafen, zudem war das Essen erstklassig. Die beiden Männer, die er durch den Umbau des Ferienhauses kennengelernt hatte, gehörten zu den Honoratioren des Ortes. Sich in ihrer Gesellschaft zu zeigen war taktisch klug, fand Jacob.

Als er den weitläufigen Wohnraum betrat, der mit hellen skandinavischen Möbeln eingerichtet war, überlegte er, ob er sich vorab noch einen Scotch gönnen sollte. Der Barwagen neben der weißen Ledercouch war bestens bestückt.

Ein kleiner Aperitif … so viel Zeit sollte schon noch sein, dachte Jacob Stevensen. Genüsslich trank er einen Schluck. »Auf die Geschäfte«, murmelte er und sah dabei hinaus aufs Meer, das in der einsetzenden Dämmerung einen silberfarbenen Schimmer bekommen hatte.

»Du bist lange weggeblieben.« Birgit Ecklund sah Andrea forschend an. »Ist was passiert?«

Andrea schüttelte den Kopf. »Nein, nein, nichts Besonderes.« Sie hörte selbst, dass ihre Stimme nicht überzeugend klang. Doch zum Glück fragte Birgit nicht weiter nach. Sie ging ein paar Schritte ins Haus zurück und wies nach draußen. »Die beiden Männer sind im Garten.«

Andrea durchquerte den rechteckigen Flur, an dessen Wänden alte Fotos hingen, auf denen die Gegend um Svolvær und Stamsund zu sehen war. Auf einem Bild war der noch junge Johan Ecklund zu sehen, wie er vor seiner Praxis stand und stolz auf das weiße Praxisschild wies.

Inzwischen praktizierte der alte Arzt nur noch stundenweise, er hatte die Praxis an Andrea abgetreten, nachdem er vor Jahren einen Herzinfarkt erlitten hatte. Damals war Andrea, eine junge deutsche Ärztin, für ihn eingesprungen und hatte sich rasch das Vertrauen der Patienten erworben.

»Hallo, Lars! Mami ist wieder da!«

»Er wird dich nicht hören. Die beiden sind ganz damit beschäftigt, ein kleines Beet mit dem Bagger umzugraben.« Birgit lachte. »Mein Johan gefällt sich gut in der Rolle des Ersatz-Großvaters.«

»Und ich bin froh, dass ich den Kleinen hin und wieder bei euch abgeben kann. Das ist mir eine riesengroße Hilfe.«

Birgit legte ihr den Arm um die Schultern. »Ich hab dir doch von Anfang an gesagt, dass du dir kein Kindermädchen nehmen musst. Ich sorge zu gern für Lars, wenn du in der Praxis bist oder deine Hausbesuche machst. Und Johan ist ganz vernarrt in den Kleinen.« Sie ging voraus in den Wohnraum. »Sieh nur, Johan kniet auf der Erde! Wahrscheinlich graben sie noch einen Weg bis hinunter zum Wasser.«

»Der Bagger hat es Lars angetan. Damit habt ihr ihm die größte Freude gemacht. Er rangiert in der Liste der

Lieblingsspielzeuge direkt hinter Teddy Brumm.« Andrea folgte der mütterlichen Freundin in den gemütlich eingerichteten Wohnraum. Auf dem hellbraunen Holzboden lagen drei wertvolle Perserbrücken, eine nougatfarbene Ledercouch stand an der Längswand, daneben zwei runde Glastische, auf denen große gelbe Lampen bei Einbruch der Dämmerung warmes Licht spendeten.

Der ovale Tisch mit der geschliffenen Schieferplatte war zur einen Hälfte mit Zeitschriften und Büchern bedeckt, auf der anderen Hälfte lagen bunte Legosteine. Im Sessel davor hockte Teddy Brumm, ein dunkelbrauner, etwa vierzig Zentimeter großer Plüschbär, um dessen Hals eine rotgrün karierte Schleife hing.

Von der Terrasse her wehte ein frischer Wind ins Zimmer und trug die verschiedensten Düfte herein. Es roch nach Kiefernholz, nach Salz und Teer, aber auch nach dem gerade aufblühenden Fliederbusch, auf den Birgit besonders stolz war. Sie hatte die Pflanze zur Hochzeit mit Johan Ecklund geschenkt bekommen und hegte sie mit besonderer Liebe.

Viele Jahre lang hatte Birgit dem verwitweten Arzt den Haushalt geführt, war seine rechte Hand in der Praxis und für die meisten Patienten der gute Geist des Doktorhauses gewesen.

Vor fünf Jahren hatte Johan dann endlich den Mut gefunden, ihr seine Zuneigung zu gestehen und ihr einen Ring an den Finger zu stecken.

Das war in dem Jahr geschehen, in dem Andrea auf die Lofoten gekommen war und sich verliebt hatte. In die unvergleichlich schöne Landschaft, in die raue See, in die majestätische Lofotenwand, von der man sagte, sie sei ein

Teil der im Meer versunkenen Alpen. Vor allem aber hatte sie sich in Magnus verliebt! In einen Mann, der sie so glücklich gemacht hatte, dass sie von dieser Wärme, dieser Liebe auch heute, anderthalb Jahre nach seinem Tod, noch zehrte.

»Bei dir im Garten riecht es schon intensiv nach Frühling«, sagte Andrea und ging auf die Terrasse hinaus.

»Ja, die Tulpen drüben im Beet blühen sicher nächste Woche alle, und die Narzissen unter dem Birkenbusch duften herrlich.« Birgit wies nach links, wo, geschützt durch eine Holzwand und einen halbhohen Weißdornbusch, gelbe und weiße Narzissen blühten. »Hier im Norden muss sich die Natur beeilen. Es ist anders als bei euch in Deutschland.«

»Da hast du recht.« Andrea schaute hinaus aufs Meer, ein kleines, versonnenes Lächeln auf den Lippen. »Ich hab den Frühling immer ganz besonders geliebt. Vor allem die gelben Schlüsselblumen. Die gibt es leider immer seltener.«

»Mami! Mami!« Lars hatte sie entdeckt und kam, noch ein wenig unsicher auf den Beinen, auf sie zugelaufen. Zur dunkelblauen Latzhose aus robustem Jeansstoff trug er einen hellblau-weiß gemusterten Rolli, darüber eine ärmellose, wattierte rote Weste. So war er vor dem Wind geschützt und konnte doch ungehindert spielen. »Mein Bagger ist toll! Ganz toll!«

»Das glaub ich dir, mein Schatz!« Andrea fing ihren Sohn auf und hob ihn hoch in die Luft. »Was habt ihr denn alles gebaut, Opa Johan und du?«

»Viel.«

»Aha. Das sagt mir alles.« Andrea wandte sich Johan zu, der, den Bagger in der Hand, zur Terrasse kam.

»Wir waren sehr fleißig«, lachte der alte Arzt. »Noch zwei Jahre, dann ist der Weg zum Strand hinunter fertig.«

»Dann haben wir ja noch eine Weile unsere Ruhe.« Birgit hakte sich bei Johan ein. »Was hältst du von einem Kaffee und einem Stück Kuchen? Ich hab frische Hefehörnchen gebacken.«

»Wäre nicht schlecht. Allerdings haben Lars und ich sehr hart gearbeitet.«

Birgit schmunzelte. »Verstehe. Dir ist ein Roastbeef-Brot lieber.«

»Wie gut du mich doch kennst!« Johan wandte sich an Andrea. »Hat Birgit dir schon von dem Fremden erzählt, der nach Magnus gefragt hat?«

»Nein …« Andrea stellte Lars auf die Erde zurück. Ihre Augenlider flatterten ein wenig vor Nervosität, und sie hatte Mühe, ruhig zu atmen.

»Ach ja, stimmt …« Birgit ging ins Haus zurück, und die anderen folgten ihr. »Er kam gestern Abend am Gemeindezentrum vorbei, gerade als ich mit Frida Faksen rauskam. Da hat er uns angesprochen.« Sie zuckte leicht mit den Schultern. »Er wusste nicht, dass Magnus tot ist, und wirkte ziemlich erschüttert.« Sie holte die Kaffeedose und das Filterpapier aus dem Schrank. »Ich hab ihm gesagt, dass ihr zwei verheiratet wart und wo du wohnst. Er sagte, er würde sich bei dir melden, bevor er die Lofoten wieder verlässt.«

»Und – hat er nicht gesagt, wer er ist?«

»Nein.« Birgit goss vorsichtig das kochende Wasser in den Filter. Sie weigerte sich beharrlich, eine moderne Kaffeemaschine zu kaufen, und behauptete, der von ihr so altmodisch gebrühte Kaffee wäre der beste. »Ich wollte noch nach seinem Namen fragen, doch Frida hat mich irgendwie abgelenkt. Und dann war der Mann auch schon verschwunden.«

»Es war vielleicht ein ehemaliger Kollege von Magnus«, sagte Johan Ecklund und ließ sich am blankgescheuerten Esstisch nieder. In der Mitte lag ein blau-grün gemusterter Läufer, darauf stand eine kleine Vase mit hellem Birkengrün und ein paar Narzissen.

»Das kann sein.« Andrea biss sich auf die Lippen. Sie zögerte, ob sie den Freunden von ihrem Fund in der Hütte erzählen sollte.

»Mami, tomm. Pielen.« Lars zog sie wieder nach draußen und lenkte Andrea so ab. Der Zweieinhalbjährige konnte schon recht gut sprechen, doch mit dem K, dem Sp und dem St hatte er noch Schwierigkeiten, was hin und wieder zu drolligen Wortschöpfungen führte.

Andrea wehrte lächelnd ab. »Nein, Schatz, für heute ist's genug. Wir gehen jetzt nach Hause. Dann wird mein Dreckspatz gebadet.«

»Au ja! Mit der Ente.«

»Natürlich, dein Entchen darf mit in die Wanne.« Andrea nahm ihren Sohn an die Hand. »Sag Oma Birgit und Opa Johan ›Adjø‹.«

Lars hob winkend das rechte, ziemlich lehmverschmutzte Händchen. »Vi sees!«, krähte er fröhlich.

Birgit strubbelte ihm das dunkle Haar. »Wir sehen uns morgen wieder, mein Kleiner.« Dann wandte sie sich an Andrea. »Nimm noch ein bisschen Kuchen mit. Und etwas vom Krabbensalat. Ich hab ihn ganz frisch gemacht.«

»Danke.« Andrea nahm das noch warme Hefegebäck

und die Schüssel mit dem delikaten Salat nur zu gern mit heim.

Sie wohnte in einem hellgelb gestrichenen Haus, das dem alten Doktorhaus direkt gegenüberlag. Magnus hatte das alte Gemäuer zum Teil selbst renoviert, und die modernen sanitären Installationen und den neuen Dachstuhl hatten Handwerker aus dem Ort ausgeführt.

Fünf Zimmer besaß das gemütliche, einstöckige Haus, das in einen kleinen Garten eingebettet war. Rechts vor der weiß gestrichenen Haustür stand ein großer Betonkübel, in den eine Tanne eingepflanzt war. Es war der erste Weihnachtsbaum, den Andrea und Magnus erstanden hatten. Im Sommer umpflanzte Andrea das Nadelgehölz mit weiß-gelben Margeriten und leuchtend roten Geranien.

Das Grundstück wurde von einem weißen Holzzaun begrenzt. Von der Tür aus ging ein breiter Plattenweg zur Haustür, und ein schmaler Pfad führte links ums Haus herum in den hinteren Teil des Gartens.

Dort stand eine Schaukel im Blickfeld der weitläufigen Terrasse. Magnus hatte die rostroten Terrakotta-Fliesen eigenhändig verlegt und die passenden Blumenkübel am Terrassenrand aufgestellt.

»Hoffentlich sind sie wirklich so wetterfest, wie der Verkäufer gesagt hat, und bersten nicht gleich beim ersten Frost.« Die Hände in die Seiten gestemmt, hatte er sein halbfertiges Werk betrachtet. »Schließlich will ich noch in zwanzig Jahren hier mit dir sitzen.«

»Wenn sie brechen, müssen wir reklamieren, und du kannst mich noch mal mit deinen Plattenleger-Künsten beeindrucken«, hatte Andrea lachend gesagt, die Arme von hinten um seinen Körper geschlungen und sich an ihn geschmiegt.

Sie liebte seinen Geruch, diesen unverwechselbaren Duft nach dem Aftershave mit der dominanten Sandelholz-Note, in die sich, wenn Magnus körperlich arbeitete, leichter Schweißgeruch mischte.

»Für unseren Prinzen baue ich hinten noch einen Sandkasten. Und eine Rutsche.« Sein Lachen, dunkel vor Stolz und Glück, klang Andrea immer noch in den Ohren.

Es gab in ihrem Garten keinen Sandkasten. Noch bevor Magnus ihn hatte bauen können, war er verunglückt. Es gab auch keine Rutsche, nur die Schaukel, die Magnus schon aufgestellt hatte, kaum dass sie ihm gestanden hatte, schwanger zu sein.

»Mein Sohn muss unbedingt eine Schaukel haben«, hatte er gesagt. »Die ist wichtig.«

»Warum?«

»Weil man damit bis in die Wolken fliegen kann. Zumindest hab ich mir das als Kind immer vorgestellt. Aber ich habe nie eine Schaukel bekommen.«

»Mein armer Schatz!« Spielerisch hatte sie ihn geküsst. »Dann müssen wir dieses Defizit natürlich so rasch wie möglich ausgleichen.«

»Richtig. Ein Mann muss bekommen, was ein Mann sich erträumt.«

»Ein Mann – ja. Und wenn wir eine Tochter bekommen? Noch haben wir auf den Ultraschallbildern nichts sehen können.«

»Eine Tochter? Nein, das glaube ich nicht.«

»Warum nicht?«

Zärtlich hatte er sie in die Arme genommen und geküsst. Erst die Stirn, die Augen, dann die weichen Lippen. »Weil du jetzt schon so schön bist, dass ich dich immerzu ansehen könnte. Und man sagt doch, dass Frauen, die einen Sohn erwarten, besonders schön sind.«

»Sagt man das? Davon hab ich noch nie etwas gehört.« Fest hatte sie sich an ihn geschmiegt und dem ruhigen Schlag seines Herzens gelauscht.

Wie sehr er ihr fehlte!

Wenn sie Lars ansah, blickte sie in Magnus' dunkle Augen, sie sah sein braunes, leicht gewelltes Haar, das winzige Grübchen in der linken Wange.

»Mami, Lars will raus.« Lars reckte die Ärmchen in die Höhe. Er war jetzt müde und hatte keine Lust mehr, mit der Ente und den beiden bunten Wasserbällen, die ihn umschwammen, zu spielen.

»Dann komm, mein Spatz, ich trockne dich ab.«

Sie versorgte Lars, der so müde war vom Spielen, dass er einschlief, kaum dass er seine Milch getrunken und ein halbes Brot gegessen hatte.

Mit zärtlichem Lächeln sah Andrea auf ihren kleinen schlafenden Sohn. Wie sehr sie dieses Kind liebte! Lars war ihr täglicher Motor, der Grund, warum sie es wert fand, auch ohne Magnus weiterzuleben und jedem Tag einen Sinn abzugewinnen. Ja, mit Lars konnte sie lachen und glücklich sein.

Sie holte sich ein Glas Wein zum Krabbensalat und sah von der Terrasse aus nach Westen, wo die Sonne hinter den schroffen Felsen unterging. Andrea sah nur noch ihren goldroten Schein, der die markanten Bergspitzen der Lofoten mit einem hellroten Schleier umhüllte.

Von der Straße hörte sie Kinderlachen, dann eine Autohupe. Hin und wieder wehten ein paar Takte guter Jazzmusik zu ihr herüber. Das war Chris Eidsvag, ein junger Nachbar, der mit seinen Freunden vor zwei Jahren eine Jazzcombo gegründet hatte und sich an diesem Abend offensichtlich Platten von Duke Ellington und Louis Armstrong anhörte.

Mit Wehmut dachte Andrea daran, dass Chris bei der Beisetzung von Magnus auf der Trompete *I did it my way* gespielt hatte. Man hatte ihn nicht sehen können, weit abseits vom Grab hatte er gestanden, versteckt hinter ein paar hohen Grabsteinen. Doch der klare Klang seiner Trompete war bis zu den Trauernden gedrungen – ein letzter Gruß an Magnus Hallström, der Chris' großes Vorbild gewesen war. Chris studierte Meeresbiologie, so wie einst Magnus, und auch er wollte in die Forschung gehen, um die Meeresfauna zu erhalten und zu schützen.

Vom Meer her ertönten zwei Schiffssirenen, zwei Postschiff-Kapitäne grüßten sich. Ansonsten war es ruhig an diesem Sonntagabend.

Das laute Klingeln des Telefons zerriss die friedliche Stille.

»Dr. Hallström-Sandberg, hallo.« Andrea hielt den Hörer ein Stück weit weg vom Ohr, denn die aufgeregte Frauenstimme am anderen Ende schrie beinahe hysterisch in den Apparat:

»Hei, Frau Doktor – bitte komm schnell! Ein Gast ... er ist zusammengebrochen. Ich glaube, es ist das Herz.«

»Wer spricht denn? Bitte sag mir deinen Namen«, bat Andrea in ihrem inzwischen akzentfreien Norwegisch.

»Ich bin's – Thea. Vom Stamsund-Hotel.«

»Ganz ruhig, Thea, ich bin gleich da.« Andrea kannte

das junge Mädchen, das aus Narvik stammte und seit einem halben Jahr im Stamsund-Hotel arbeitete. Thea war gerade achtzehn, sie hatte weißblondes Haar, das sie immer zu einem Zopf geflochten trug. Sie war klug und fleißig, doch sie wirkte stets ziemlich schüchtern.

Der Notfallkoffer stand wie immer in der kleinen Nische links neben der Haustür. Andrea zog sich noch im Gehen die wattierte Jacke an, schloss die Haustür und hastete hinüber zu ihrem dunkelroten Mercedes Kombi, der rechts vom Haus unter einem Carport stand.

»Hei, Birgit, ich fahre gerade runter zum Stamsund-Hotel«, rief Andrea in die Freisprechanlage ihres Handys. »Ein Gast ist zusammengebrochen. Verdacht auf Herzinfarkt. Wenn ich in einer Stunde nicht zurück bin, weil ich ihn zur Klinik begleiten muss, schau bitte nach Lars.«

»Geht in Ordnung. Mach dir keine Sorgen.«

»Danke, ich weiß ... So ein Mist«, unterbrach sich Andrea. »Da laufen ein paar Schafe völlig verstört über die Straße.« Sie hupte laut, doch sie kam nur im Schritttempo voran, die Tiere wichen nur zögernd zur Seite.

»Die gehören sicher dem alten Emil.« Birgit seufzte. »Er kann die Tiere kaum noch versorgen, weigert sich aber, sie abzugeben.«

»Und jetzt?« Andrea hupte mehrmals, und endlich war der Weg wieder frei.

»Ich rufe seinen Nachbarn an, der wird die Tiere einfangen«, versicherte Birgit. »Bis später.«

»Danke. Du, ich bin jetzt da. Bis später.« Andrea lenkte den Wagen direkt vor den Hoteleingang. Dort stand, blass vor Aufregung, die junge Thea und winkte der Ärztin zu.

Andrea hob ihren Arztkoffer vom Rücksitz und eilte die vier Stufen hoch. »Wo ist der Patient?«

»Wir haben ihn in den kleinen Konferenzraum gebracht. Er ist während des Essens zusammengebrochen. Zum Glück war Tuva da. Sie hat uns geholfen.«

»Wer ist Tuva?«

»Eine alte Krankenschwester aus Kabelvåg. Sie hat gesagt, dass wir den Mann halb sitzend lagern sollen.«

»Das war sicher richtig.«

Hastig durchquerten die beiden Frauen das Restaurant, wo sich noch etwa ein Dutzend Gäste aufhielten, die allesamt recht bedrückt wirkten. Der Zwischenfall war an allen Tischen Gesprächsthema.

Der Patient ruhte, den Oberkörper mit Kissen abgestützt, auf einer Holzbank, die sich über die ganze linke Raumseite hinzog. Eine ältere Frau mit kurzem weißem Haar und braungebranntem Gesicht saß auf einem Schemel neben ihm und kontrollierte den Puls. Drei Männer standen mit besorgten Mienen daneben.

»Doktor Andrea! Hallo.« Der Hotelbesitzer begrüßte sie knapp. »Kann ich irgendwas tun?«

»Danke, erst mal muss ich den Patienten untersuchen.« Sie nickte der alten Tuva zu, die aufstand und ihr Platz machte. »Er ist wieder ansprechbar«, sagte sie.

»Danke.« Andrea beugte sich über den großen, schlanken Mann, der sie unter halbgeschlossenen Lidern ansah. »Hallo, ich bin Doktor Sandberg. Kannst du mich hören?«

Er nickte knapp und griff sich mit der rechten Hand an die linke Brustseite.

»Hast du starke Schmerzen?«

»Ja … Im Moment … schlimm wieder. Es ist mir in letzter Zeit häufiger passiert, dass ich Schmerzen in der Brust bekam. Vor allem, wenn ich mich irgendwie angestrengt hab. Aber es ist dann immer wieder vorbeigegangen, wenn ich mich ruhig hingesetzt hab.«

Andrea sah, dass er kalt und schweißig war. Rasch holte sie das Blutdruck-Messgerät aus ihrer Arzttasche und legte dem Mann die Manschette um den Oberarm. Dabei stellte sie wie nebenbei fest, dass er ein sehr teures Hemd trug. Und auch die Uhr am linken Handgelenk war ein Luxusstück. Sie bemerkte es, als sie den Puls fühlte, der schnell und flach war. Der Blutdruckwert hingegen war normal.

Beim Abhören des Patienten musterte sie sein blasses Gesicht im Halbprofil und war sich bereits ziemlich sicher, dass der Mann einen mittelschweren Infarkt erlitten hatte. Sie holte das Nitrospray, das zur Grundausstattung ihres Bereitschaftskoffers gehörte, aus der schwarzen Tasche und sprühte das Medikament dem Kranken unter die Zunge.

Nur wenige Augenblicke später ging es ihm sichtlich besser.

»Kannst du mir deinen Namen sagen?«

»Jacob … Jacob Stevensen.« Er griff nach Andreas Arm. »Ist es … ein Infarkt?«

»Genau kann ich es noch nicht sagen, aber alles spricht dafür.« Sie drückte seine Hand. »Keine Panik, das kriegen wir in den Griff.« Sie sah die Angst in seinen dunklen Augen, bemerkte das Zittern der schmalen Lippen. »Ich werde dir ein leichtes Beruhigungsmittel spritzen. Und etwas zur Blutverdünnung.« Sie wandte sich an Tuva. »Kannst du ihm den Hemdärmel aufrollen und den Stauschlauch anlegen?«

»Sicher.« Die alte Frau hantierte ruhig und besonnen. Sie war mehr als vierzig Jahre lang Krankenschwester gewesen, hatte zunächst in einer Klinik in Narvik gearbeitet, dann in Gravdal im Lofotenkrankenhaus, später bei einem niedergelassenen Arzt in Svolvær. Viel Kummer und Leid hatte sie gesehen in dieser Zeit, aber auch oft helfen können. Jetzt assistierte sie der blonden deutschen Ärztin sicher und souverän. Andrea spritzte ihrem Patienten intravenös Heparin und Aspirin zur Blutverdünnung, dann injizierte sie ihm ein Beruhigungsmittel.

Bevor sie ihn noch einmal abhorchte, wandte sie sich an die drei Männer, die ein paar Schritte entfernt standen. »Ruft einen Krankenwagen. Jacob hat einen Infarkt, er muss rasch in die Klinik.«

»Sofort.« Der Hotelchef hastete hinaus, um zu telefonieren.

»Nein! Nicht in die Klinik!« Jacob Stevensen versuchte sich aufzusetzen, doch Andrea hinderte ihn daran. »Das geht nicht! Ich muss morgen …«

»Ganz ruhig. Du musst dich in der Klinik gründlich durchchecken und eventuell behandeln lassen. Ich bin sicher, dass du einen Infarkt hattest, und den kann ich in meiner Praxis nicht versorgen.«

»Das geht nicht! Ich muss nach Oslo. Da werde ich erwartet.«

»Lass sie warten. Und tu, was die Ärztin sagt.« Die alte Tuva sah ihn ernst an. »Wenn dir allerdings nichts an deinem Leben liegt, dann steh doch in ein paar Minuten auf, geh heim und pack die Koffer.«

Jacob biss sich auf die Lippen. Er fühlte sich elend und schwach, und auch wenn dieser grausame Schmerz in seiner Brust nachgelassen hatte nach der Spritze, die ihm die Ärztin gesetzt hatte, so wusste Jacob doch genau, dass er immer noch in Gefahr schwebte.

»Es muss also sein?«

»Unbedingt.« Andrea horchte ihn erneut ab. Der Blutdruck war immer noch zu niedrig. »Ich werde mitkommen«, entschied sie, »dann kann ich mit den Kollegen sprechen und das EKG sehen.«

»Na gut.« Mit einem Seufzer schloss Jacob die Augen. Er war viel zu müde und fühlte sich viel zu elend, um noch länger mit der Ärztin zu diskutieren.

»Dann gehen wir jetzt. Jacob ist ja bei dir in guten Händen, Doktor Andrea.« Einer der drei Geschäftsleute, der zu Andreas Patienten gehörte, reichte der Ärztin die Hand. »Er kommt doch durch?«, fragte er dann leise.

»Aber ja. Macht euch keine Sorgen.«

»Dann adjø, Doktor Andrea. Bis bald.«

Sie nickte zustimmend, beugte sich dann wieder über den Kranken. Er hatte ein schmales, gebräuntes Gesicht, aus dem die etwas zu lange Nase herausragte. Ein längliches Grübchen am Kinn fiel Andrea besonders auf. Sein Haar, braun und mit grauen Schläfen, hatte einen exakten Schnitt, der den erstklassigen Friseur verriet.

Von fern war das Sirenengeräusch des Krankenwagens zu hören. Vor der Tür schwoll Stimmengewirr an, und auch die Gäste im Restaurant wurden unruhig.

Ein paar Minuten später eilten zwei Sanitäter in den Raum, in dem Andrea jetzt mit Tuva und dem Patienten allein war.

»Vermutlich hatte er einen Infarkt«, erläuterte Andrea, nachdem sie die beiden Sanitäter, die aus Svolvær stammten und die sie kannte, mit einem knappen Kopfnicken begrüßt hatte. »Er muss so schnell wie möglich in die Klinik. Seid ihr allein?«

»Der Notarzt ist unterwegs zu einer Schlaganfallpatientin.« Der ältere der Sanitäter sah sie an. »Du wirst mitkommen müssen, Doktorin.« Und schon hoben die beiden Männer den Patienten auf die Trage und schoben diese vorsichtig in den Rettungswagen. Andrea kletterte zu Jacob und half, ihn an die im Wagen vorhandenen Kontrollapparate anzuschließen.

Während der Fahrt blieb Jacob stabil, und der Fahrer konnte zügig zur Klinik nach Gravdal durchfahren.

Sie waren schon fast am Ziel, da griff Jacob nach Andrea Sandbergs Hand. »Es ist schön, Sie bei mir zu haben«, sagte er. Sein Deutsch war beinahe akzentfrei.

Überrascht sah ihn Andrea an. »Sie wissen, dass ich keine Norwegerin bin?« Auch sie siezte ihn jetzt.

»Ich kenne dich.« Er wechselte wieder in seine Muttersprache, dabei wurde der Druck seiner Finger stärker und sein Blick intensiver. »Du heißt Andrea ...«

Andrea spürte, dass sich ihr Herzschlag beschleunigte. Der Blick aus den nachtschwarzen Männeraugen war beinahe hypnotisch. Gut, dass der Notarztwagen in diesem Moment die Auffahrt zur Klinik erreicht hatte und stoppte.

3

Resigniert und wütend zugleich riss Kristian Björnsen das Blatt aus der alten Reiseschreibmaschine und knüllte es zusammen. Es landete, so wie etliche Blätter zuvor, in der linken Ecke des schmalen Raums.

»Ätzend langweilig«, murmelte Kristian und strich sich gedankenverloren über den Bart. Seit zwei Wochen wohnte er jetzt schon in einer alten Fischerhütte am Ortsrand von Stamsund. Und seit dieser Zeit versuchte er krampfhaft, einen dramatischen Einstieg in das dritte Kapitel seines neuen Kriminalromans zu finden. Es wollte ihm einfach nicht gelingen! Dabei war die Lofotenlandschaft eigentlich schon Inspiration genug. Und knorrige Typen hatte er in der kurzen Zeit auch schon etliche kennengelernt, die er als Vorlage für seine Romanfiguren brauchen konnte.

Kristian sah aus dem Fenster des kleinen Rorbu hinaus aufs Meer, das sich an diesem Tag von seiner rauen Seite zeigte. Auf den Wellen tanzten weiße Schaumkronen, der Wind, der aus Nordost kam, peitschte das Wasser immer wieder auf. Er zerrte gewaltsam an den Krüppelkiefern links vom Fenster, die sich mit ihren Wurzeln tief in die schmalen Felsspalten eingegraben hatten.

Vor dem rostrot gestrichenen Holzhaus, das Kristian für unbestimmte Zeit von einem Fischer gemietet hatte, erstreckten sich flache, vom Wasser in vielen Tausenden von Jahren glattgeschliffene Felsen, die bis zum Ufer reichten. Vier kleine Boote tanzten auf dem aufgewühlten Wasser, wurden hochgehoben auf die weißkronigen Wellenberge und verschwanden in nachtschwarzen Tälern – nur um Sekunden später erneut aufzutauchen.

Ein melodischer Dreiklang ertönte.

»Nicht schon wieder!« Kristian stand schwerfällig auf und ging zu dem halbhohen Bord, auf dem sein Handy lag. »Agneta, was willst du?«, fragte er, ohne sich gemeldet zu haben.

»Deine Stimme hören, nichts weiter.« Ein dunkles, laszives Lachen folgte.

»Ich hatte dir doch ausdrücklich gesagt, dass ich nicht gestört werden will.« Kristian seufzte deutlich hörbar. »Du aber rufst mich jeden zweiten Tag an. Lass die Kontrollanrufe endlich, so komme ich auch nicht schneller voran.«

»Darling, nun echauffier dich nur nicht so! Du stellst dich schlimmer an als eine alternde Diva beim Theater.«

»Welch sinniger Vergleich. Wenn du vorhattest, mich zu ärgern – es ist dir gelungen. Und beim Schreiben hast du mich auch gestört.«

»Ach nein! Heißt das, deine Schreibblockade ist endlich aufgelöst? Hast du wenigstens das Treatment für den neuen Roman fertig?«

Kristian zögerte mit der Antwort. »Du weißt, dass ich nicht gern über meine Projekte rede«, sagte er schließlich.

»Verstehe. Du bist keinen Schritt weitergekommen.« Die Stimme der Anruferin wurde schärfer. »Ich hoffe, du hast nicht vergessen, dass in fünf Monaten der Abgabetermin für deinen neuen Roman ist. Den Vorschuss hast du ja sicher schon aufgebraucht.«

»Kümmere dich nicht um meine Angelegenheiten, Agneta!«

»Deine Angelegenheiten? Darf ich dich daran erinnern, dass dies auch meine Angelegenheiten sind? Schließlich bist du in meinem Verlag unter Vertrag, mein Lieber!«

»Du erinnerst mich bei jedem Anruf daran. Wie könnte ich es also vergessen?«

»Dann ist es ja gut.« Die Frauenstimme wurde weicher, schmeichelnder. »Soll ich nicht doch kommen? Wir könnten die einzelnen Kapitel besprechen ... und noch so einiges mehr tun. Du bekommst doch in dieser Einsamkeit nicht die kleinste Inspiration, Darling.«

»Mach dir keine Sorgen um meine Fantasie. Und jetzt – auf Wiederhören, Agneta. Ruf mich nicht mehr an, ich werde das Handy ausstellen.«

»Wag es nur ja nicht! Dein Verhalten ist ...«

Kristian unterbrach das Gespräch und legte das Handy seufzend zurück. Agneta war eine Plage! Seit knapp sechs Jahren war er als Autor in ihrem Verlag unter Vertrag, seit gut zwei Jahren war sie seine Geliebte. Wie oft hatte er den Tag schon verflucht, an dem er zum ersten Mal mit ihr ins Bett gegangen war! Es war nach der erfolgreichen Präsentation seines vorletzten Kriminalromans passiert. Die geladenen Pressevertreter und Buchhändler waren begeistert gewesen, man hatte ihm zu seiner Idee und der geschliffenen Sprache gratuliert – und er hatte nur zu gern mit allen gefeiert.

Agneta, verführerisch schön wie immer, hatte sein Champagnerglas persönlich immer aufs Neue gefüllt. Und er ... er hatte in seiner Euphorie nicht bemerkt, dass sie an ihrem Glas nur nippte und ihn ganz bewusst betrunken machte.

Wie es anschließend dazu gekommen war, konnte er heute nicht mehr sagen. Jedenfalls waren sie in sein Hotelzimmer gegangen und dort sofort ins Bett. Er wusste noch, dass er ganz scharf darauf gewesen war, Agneta die schwarze Spitzenunterwäsche auszuziehen und dann jeden Zentimeter ihrer leicht gebräunten Haut zu küssen.

Agneta hatte es genossen – und seine Leidenschaft immer wieder aufs Neue angestachelt.

So war es lange Zeit geblieben. Die schöne Frau mit dem roten Haar, das ihr apartes Gesicht mit den hohen Wangenknochen wie eine flammende Löwenmähne umgab, schien die ideale Partnerin für ihn zu sein.

Kristian war ein liebenswerter, manchmal viel zu sensibler Mann, der eine gewisse Harmonie in seinem Leben brauchte, um sich wohl zu fühlen. Agnetas temperamentvolles Wesen, das ihn am Anfang fasziniert hatte, begann ihn mit der Zeit zu stören. Ihre Unrast, ihr Bestreben, immer die Erste, die Beste, die Aufsehenerregendste zu sein, stieß ihn zusehends ab. Wenn Agneta nicht im Mittelpunkt stand, war sie unleidlich.

Aber sie war nun mal seine Verlegerin, und in ihrem Job war sie hervorragend. Er verdankte ihr viel, und dank ihrer guten Marketingarbeit waren seine Bücher zu Bestsellern geworden.

Kristian hatte seine schriftstellerische Laufbahn vor fünfzehn Jahren damit begonnen, spannende und leicht lesbare Reiseberichte zu verfassen. Er war ein Globetrotter, hatte lange in Kanada, in England und zuletzt in Schweden gelebt. Während seines Aufenthalts in Stockholm waren die vier Kriminalromane entstanden, und sie hatten ihm Anerkennung und finanzielle Sicherheit beschert.

Mit dem neuesten Buch allerdings tat er sich schwer. Die große, zündende Idee, die einen Roman zu etwas Außergewöhnlichem macht, war ihm einfach noch nicht gekommen. Die vier Bücher hatten in Stockholm gespielt, jetzt wollte er seinen Kommissar Martenson ins Ausland schicken. Nur – wohin? Und – welcher Fall sollte gelöst werden?

Irgendwann kam ihm die Idee, auf die Lofoten zu fahren und dort seinen Cousin Magnus aufzusuchen, von dem er eine Ewigkeit lang nichts mehr gehört hatte. Leider hatte er erfahren müssen, dass Magnus nicht mehr lebte.

Vor einigen Tagen war er am Strand einer jungen Frau begegnet, die bei seinem Anblick in Panik geraten und davongelaufen war. Er war sich sicher, dass er Magnus' Witwe getroffen hatte. Schon am nächsten Tag hatte er sie aufsuchen und sich vorstellen wollen, doch die Schnittwunde an seinem linken Fuß, die er sich zwei Tage zuvor bei einem Strandspaziergang zugezogen hatte, schmerzte so stark, dass er es vorzog, das Bein hochzulagern. Verdammt, warum hatte er auch nicht besser aufgepasst! Die grüne Glasscherbe hatte in der hellen Sonne geglitzert, doch er war mal wieder so in Gedanken vertieft gewesen, dass er nicht darauf geachtet hatte, wohin er trat.

Zum Glück war eine verfallene Hütte in der Nähe gewesen, dorthin humpelte er und versorgte die Wunde. Wie immer, wenn er länger unterwegs war, hatte er seinen Rucksack dabei, und darin befand sich stets eine kleine Notfallapotheke.

Der Rucksack ... erst jetzt erinnerte sich Kristian daran, dass er den Rucksack in der Hütte liegen gelassen hatte. Er hätte ihn beim Gehen mit der provisorischen Krücke, die er sich aus zwei Ästen gebastelt hatte, behindert. Später hatte er die Sachen holen wollen – und hatte es prompt vergessen!

Morgen gehe ich los und hole ihn, hier in der Gegend kommt ja nichts weg. Und es verirrt sich auch kaum jemand an den einsamen Strand. Von der jungen Ärztin abgesehen ... Wenn ich den Rucksack hab, dann laufe ich in den Ort und frage nach Andrea, nahm er sich vor. Aber heute versuche ich, meine Idee weiterzuentwickeln. So penetrant Agneta auch ist – im Grunde hat sie recht. Wenn ich mich nicht beeile, kann ich den Abgabetermin nicht einhalten.

Der Wind, der um die Hütte heulte und mit den beiden losen Fensterläden des Schlafraums spielte, schien höhnisch darüber zu lachen.

»Hei, Jacob.« Andrea reichte ihrem Patienten die Hand. »Wie ich von meinem Kollegen gehört habe, geht es dir schon viel besser.«

»Na ja, besser ...« Jacob Stevensen richtete sich halb auf. »Bis eben hab ich mich schon noch sehr elend gefühlt. Aber wenn meine Lebensretterin mich besucht, geht es mir gleich besser.« Er streckte die Hand aus, und als Andrea danach griff, zog er sie am Arm näher zu sich. »Ich hab gehofft, dass du kommst.«

»Das ist doch selbstverständlich. Ich sehe immer nach meinen Patienten, die hier in der Klinik liegen müssen.«

Jacob runzelte die Stirn. »Dann bin ich also einer von

vielen?« Intensiv sah er Andrea in die Augen. Sein Blick schien sie förmlich zu hypnotisieren.

»Im Moment bist du der Einzige, der hier liegen muss.« Sie setzte sich zu ihm aufs Bett – etwas, das sie normalerweise nicht tat. Aber Jacob hatte sie so dicht zu sich herangezogen, dass sie gar nicht anders konnte.

Er ließ ihre Hand nicht los, als er sagte: »Vorgestern haben sie mich operiert. Ich hatte gehofft, dich noch vor dem Eingriff zu sehen.«

»Ich hatte Sprechstunde. Außerdem ...« Andrea sah ihn lächelnd an. »Du bist hier in den besten Händen.«

»In den Händen eines alten Mannes. Mir wäre lieber gewesen, du hättest dich um mich gekümmert.« Jacob lächelte sie so charmant an, dass Andreas Herzschlag sich beschleunigte. »Es ginge mir dann sicher noch besser als jetzt schon.«

»Was du nicht sagst!« Sie entzog ihm mit einem Ruck ihre Hand. »Doktor Herborg ist ein ganz hervorragender Spezialist.«

»Das bist du auch.« Wieder streckte er die Hand nach ihr aus. »Ich weiß inzwischen einiges vor dir, Doktor Andrea. Du warst sogar mal in Amerika und hast da als Herzchirurgin gearbeitet.«

Andrea runzelte die Stirn. »Wer hat dir das denn erzählt?«

»Ich hab meine Informanten.« Wieder war sein Lächeln voller Charme, doch Andrea beschlich ein ungutes Gefühl.

»Nun sieh mich nicht so streng an.« Der Druck seiner Finger verstärkte sich. »Es ist doch nicht verwerflich, sich für eine schöne Frau zu interessieren.«

»Dafür, dass du vorgestern operiert worden bist, geht es dir erstaunlich gut.« Sie bemühte sich, das Gespräch wieder in sachliche Bahnen zu lenken.

»Diese Ballondilatation ist nichts Besonderes, hat mir dein Kollege versichert.«

»Stimmt.« Andrea machte drei Schritte in Richtung Tür. Das Zimmer, das Jacob allein belegt hatte, war groß und hell. Vier Bilder, die die bekanntesten Sehenswürdigkeiten der Lofoten zeigten, hingen links an der Wand. Rechter Hand war die breite Fensterfront eingelassen, die einen wunderbaren Blick auf den Nappstraumen erlaubte.

Für die Landschaft hatte der Mann im Bett jedoch keinen Blick. Er sah Andrea nach, die jetzt die Hand auf die Türklinke legte. »Danke, dass du da warst. Wann kommst du wieder?«

Andrea zuckte leicht mit den Schultern. »Mal sehen. Wenn du nächste Woche noch hier bist, komme ich am Wochenende. Ansonsten sehen wir uns in meiner Praxis.«

»Das ist viel zu lange hin.« Er wollte sich aufrichten, doch Andrea war mit ein paar Schritten wieder bei ihm. »Du musst noch still liegen, hat man dir das nicht gesagt?«

»Ja, ja, schon gut.« Alles Samtige war aus seiner Stimme verschwunden.

»Du musst vernünftig sein.« Andrea legte ihm kurz die Hand auf den Arm. »Bis dann, Jacob. Gute Besserung.«

»Danke.« Als er sie jetzt ansah, bemerkte sie wieder dieses Glitzern in seinem Blick, das Andrea verunsicherte. »Ich freu mich, wenn wir uns wiedersehen. Versprich mir, dass du mich nicht allzu lange warten lässt. Wenn ich dich sehen kann, weiß ich, dass dieser alberne Infarkt doch einen Sinn hatte.« Sein Lächeln war betörend.

Schnell ging Andrea aus dem Zimmer. Dieser Jacob Stevensen hatte etwas an sich, das sie sowohl anzog als auch irritierte.

»Hei, Andrea, hier spricht Aleksander.«

»Hei, Aleksander.« Andrea, die ihrem Sohn gerade die mit kariertem Wollstoff gefütterte Wetterjacke anziehen wollte, klemmte sich den Hörer zwischen Wange und Ohr. »Ist was passiert?«

»Nein, nein, alles in Ordnung«, versicherte der Anrufer. »Es ist nur so, dass wir deinen Patienten Stevensen eben entlassen haben.«

Dr. Aleksander Faksen, chirurgischer Oberarzt in der Klinik von Gravdal, seufzte hörbar auf. »Er war ein etwas anstrengender Patient, ehrlich gesagt. Ebenso ungeduldig wie anspruchsvoll. Die Schwestern hatten es nicht leicht mit ihm.«

»Ist er denn wieder halbwegs okay?«

»Er muss sich noch schonen, aber die Werte waren so stabil, dass ich es verantworten konnte. Er wird dich am Montag in der Praxis aufsuchen, das hab ich ihm dringend angeraten.«

»Danke, dass du mich angerufen hast.« Andrea nahm den Hörer von der linken in die rechte Hand. »Er ist, glaube ich, ein recht erfolgreicher Geschäftsmann. Wahrscheinlich war er deshalb so ungeduldig in der Klinik.«

»Mag sein. Jedenfalls solltest du ihm unbedingt sagen, dass er diesen – wenn auch nicht allzu schweren – Infarkt nicht schon nach wenigen Tagen ignorieren soll.«

»Mach ich auf jeden Fall. Wir telefonieren noch mal in dieser Sache, ja?«

»Ruf mich an. Jederzeit.«

»Tomm, Mami, tomm mit!« Aufgeregt zog Lars an Andreas Hand. »Da ist das Boot!«

Andrea lachte. »Du, ich muss Schluss machen, Aleksander. Du hörst ja – Lars wird ungeduldig. Ich hab ihm versprochen, rüber zum Trollfjord zu fahren. Und das Postschiff läuft gerade in den Hafen ein.«

»Dann lass den Junior nicht warten. Ich weiß noch, wie ungeduldig kleine Jungs werden, wenn sie ein Abenteuer vor sich haben. Das war bei unseren beiden auch so.«

»Bis bald, Aleksander.« Andrea beendete das Gespräch mit dem Kollegen und wandte sich wieder Lars zu. »Gleich geht es los, mein Spatz, du musst nur noch die Mütze anziehen.«

Lars hielt die blaue Strickmütze mit dem Norwegermuster, das kleine weiße Rentiere zeigte, schon in der Hand. Birgit Ecklund hatte sie ihm gestrickt.

Zwei Minuten später verließen Mutter und Sohn das hellgelb gestrichene Haus, das dem alten Doktorhaus, in dem sich die Arztpraxis befand, genau gegenüberlag. Gerade als Andrea die weiße Holztür, die in den Gartenzaun eingelassen war, zuzog, fuhr langsam ein Taxi vorüber. Im letzten Moment erkannte sie Jacob Stevensen, der grüßend die Hand hob.

»Mami … tomm!« Lars stakste auf seinen kleinen Beinchen zielstrebig die Straße hinunter zum Hafen. Er kannte sich aus, denn Johan Ecklund, der sich in der Rolle des Ersatz-Großvaters gut gefiel, spazierte oft mit dem Kleinen dorthin, wo sie den Fischern zusahen, wenn sie ihren Fang an Land brachten.

Schon von weitem sahen sie die *Polarlys* am Hurtigrutenkai liegen. Der dunkle Kamin mit dem aufgemalten weißen H auf rotem Untergrund war deutlich zu erkennen. Die großflächigen Fenster des Panoramasalons glänzten in der Sonne.

»Da haben wir aber besonders viel Glück, mein Spatz!« Andrea drückte Lars' kleine Hand ein bisschen fester. »Das ist Onkel Knuts Schiff!«

»Nut! Nut!« Lars hüpfte aufgeregt weiter.

Es schien, als hätte der Kapitän des großen Postschiffes gewusst, dass Andrea und Lars herkamen – er stand an der Gangway, unterhielt sich mit einem alten Fischer und winkte Andrea gut gelaunt zu.

»Hei, ihr beiden, das ist eine schöne Überraschung!« Er hob Lars hoch und wirbelte ihn durch die Luft, bevor er Andrea mit einem Wangenkuss begrüßte.

»Wir wollen das schöne Wetter ausnutzen und zum Trollfjord fahren.«

»Dann pass auf, dass der Fossegrimmen dich nicht sieht und mitnimmt«, grinste der alte Fischer und ließ seine beiden Zahnlücken sehen.

»Kann er ja gar nicht«, warf Andrea rasch ein, die nicht wollte, dass ihr Sohn Angst bekam. »Trolle scheuen das Sonnenlicht, das weißt du doch!«

»Stimmt.« Knut zwinkerte Lars zu. »Sobald die Trolle einen Sonnenstrahl abbekommen, werden sie zu Stein. Du wirst sicher ganz viele von ihnen sehen. Sie verstecken sich unter den Wasserfällen und sind da ganz ungefährlich.«

»Gut.« Lars schien nicht sehr beeindruckt zu sein von den alten Geschichten.

»Nehmt vorsichtshalber ein Stück Fleisch mit, wenn ihr in den Fjord einlauft.« Bengt, der alte Fischer, ließ nicht locker. »Wer die Fossegrimmen auf diese Weise gnädig stimmt, dem bringen sie vielleicht sogar das Geigenspielen bei.« Fossegrimmen waren, einer alten Sage nach, Trolle der gemäßigten Sorte. Sie lebten am liebsten unter Wasserfällen und waren nicht besonders bösartig. Es gab jedoch auch andere, gemeine Trolle, und die alten Lofotenbewohner erzählten nur zu gern Geschichten von diesen hinterhältigen Wichten, die den Menschen gerne Streiche spielen. Inzwischen hatte Andrea etliche dieser Schauermärchen gehört, so, wie sie auch viele andere Sagen und Legenden dieser Region kannte.

»Lass gut sein, Bengt.« Die Ärztin, die den Alten gut kannte, legte ihm die Hand auf den Arm. »Lars ist noch zu klein für diese Geschichten.«

»Meine Enkel kriegen nicht genug davon«, brummte der Alte. »Und ich weiß, dass es sie gibt, diese gemeinen Wesen. Damals, als ich noch zur See gefahren bin, ist mir in der Dämmerung Draug, der Meerestroll, erschienen. Er hat einen fürchterlichen Sturm entfacht, und unser Kahn wäre fast gesunken, wenn wir ihm nicht ein paar Krabben als Futter geschenkt hätten.«

»Genug jetzt. Ich muss an Bord.« Knut tippte sich an die Mütze. »Bis zum nächsten Mal, Bengt. Grüß deine Frau.«

»Mach ich. Und – viel Spaß bei eurem Ausflug.« Er schwenkte seinen Stock ein paarmal durch die Luft und hinkte davon.

Bengt schätzte Andrea sehr, denn sie hatte ihn versorgt, als er sich einen Bandscheibenvorfall zugezogen hatte, und auch als seine Frau im vorigen Jahr an Lungenentzündung erkrankt war, hatte die blonde Ärztin helfen können. Sie war klug und liebenswert, alle in Stamsund waren froh, dass sie die Praxis von Johan Ecklund weiterführte.

»Bengt und seine Trollgeschichten!« Knut brachte Andrea zu einem kleineren Boot, das ausschließlich Ausflüge zum Trollfjord unternahm und weit entfernt vom Hurtigrutenkai angelegt hatte. »Keiner kann so dramatisch über unsere Fabelwesen erzählen wie er.« Er hob Lars hoch. »Du hast aber keine Angst vor den Trollen, nicht wahr?«

Lars schüttelte den Kopf und zog drei Kekse aus seiner Hosentasche. »Hab ich für die Trolle mitgebracht«, sagte er treuherzig.

»Gut, mein Kleiner, das wird die kleinen Wichte freuen.« Er sah Andrea an. »Schade, dass ich in Richtung Süden unterwegs bin. Sonst hätten wir ein Stück zusammen fahren können.«

»Die Route eurer Schiffe ist leider festgelegt«, meinte Andrea. »Aber wir sehen uns ja am Wochenende. Das hab ich zumindest mit Carina so verabredet.«

»Richtig.« Knut ließ es sich nicht nehmen, die beiden aufs Boot zu bringen. »Ich hol dir noch eine Decke«, bot er an und winkte dem alten Kapitän der *Marilyn*, den er gut kannte, grüßend zu. »Hei, Harald! Alles klar?«

»Alles bestens!« Der Alte zog heftig an seiner Pfeife. »Willst du mitfahren?«, grinste er. »Ist dir deine *Polarlys* zu groß geworden?«

»Das könnte dir so passen! Sieh bitte zu, dass meine Freundin es bequem hat.«

»Selbstredend. Ich werde Doktor Andrea verwöhnen.« Harald ließ sich nicht aus der Ruhe bringen und sah gelassen zu, wie Knut eine Decke aus einer der vier Bänke im Backbordbereich holte.

»Die hätte ich mir doch selber holen können«, wandte Andrea ein.

»Nichts da. Ich hab noch eine halbe Stunde Zeit.«

»Dann erzähl mal – was machen Carina und Ellen?«

»Carina arbeitet gerade an einem neuen Fall. Genaues weiß ich nicht, nur dass es sich um den Tod eines Drogenschmugglers handelt. Aber da muss es auch noch was anderes geben, das Carina und ihren Kollegen Rätsel aufgibt. Gestern meinte sie, die Ermittlungen stünden noch am Anfang, aber sie hätten wohl erst die Spitze eines Eisbergs entdeckt.«

»Das klingt aufregend.«

»Ja. Hoffentlich ist es nicht zu gefährlich.«

»Carina ist vorsichtig. Und eine tolle Ermittlerin.«

»Stimmt. Ellen wird ihr immer ähnlicher. Sie hat Carinas Augen, aber auch ihren eisernen Willen.« Er lachte stolz. »Meine Tochter ist einfach wundervoll! Sie ist ein aufgewecktes Mädchen und wickelt mich um den Finger, sobald ich daheim bin.«

Kapitän Knut Nerhus und seine Frau Carina waren Andreas engste Freunde.

Carina, von Beruf Kriminalbeamtin, hatte die Ärztin schon auf der ersten Schiffsreise auf die Lofoten kennengelernt und rasch mit der quirligen jungen Frau Freundschaft geschlossen. Eine Freundschaft, in die Knut und Magnus rasch einbezogen worden waren.

Als Carina schwanger wurde, bot sie Andrea die Patenschaft für ihre Tochter Ellen an, und die Ärztin hätte sich für ihren Lars keinen besseren Patenonkel als Knut wünschen können. Nach Magnus' viel zu frühem Tod waren die beiden der jungen Ärztin eine große Stütze gewesen.

Sie unterhielten sich angeregt, bis der Kapitän der *Marilyn* das Zeichen zum Auslaufen gab.

»Macht's gut, bis zum übernächsten Wochenende!« Knut hob Lars noch einmal hoch und warf ihn in die Luft, was der Junge mit lautem Jauchzen quittierte. »Dann bin ich wieder mal für zwei Wochen daheim.«

»Mehr! Mehr, Onkel Nut!«

»Tut mir leid, mein Kleiner, aber ich hab leider keine Zeit mehr. Ich muss zu meinem Schiff. Ade, ihr zwei. Und viel Spaß im Trollfjord!« Er winkte seinen Kollegen noch einmal zu, dann lief er in langen Sätzen die Gangway hinunter, die gleich darauf eingezogen wurde.

Andrea lehnte sich entspannt zurück und schloss die Augen. Die Sonne besaß noch nicht allzu viel Kraft, doch alle Menschen hier oben im Norden genossen ihre Wärme nach den langen, dunklen Wintertagen. Es war Andrea am Anfang nicht leichtgefallen, die Monate ohne direktes Sonnenlicht zu ertragen, doch inzwischen hatte sie sich daran gewöhnt.

In ihrer Nähe unterhielten sich ein paar Touristen über die hohen Gestelle, auf denen Unmengen von Dorsch hingen, stets paarweise an den Schwänzen über den Stangen befestigt. Bis Mitte Juni würden die Fische so an der Luft trocknen.

Stockfisch gehört zu den Lofoten wie das Nordlicht und die Mitternachtssonne. Für die Einheimischen waren die hohen Gestelle mit den harten Fischleibern ein gewohnter Anblick, doch die Touristen, die zum ersten Mal auf die Lofoten kamen, waren beeindruckt von den riesigen Mengen, die auf diese uralte Weise produziert wurden.

»Hallo, Lars. Magst du mit mir auf die Brücke kommen?« Ein junger Matrose trat auf Andrea und Lars zu. »Der Kapitän möchte, dass du ihm hilfst, das Schiff zu steuern.« Er sah Andrea an. »Du musst keine Sorge haben, ich pass auf den Kleinen auf. Der Käpt'n hat mir den Auftrag gegeben, damit du entspannen kannst.«

»Das ist sehr, sehr nett von Harald.« Andrea nahm dieses Angebot gern an. Sie wusste, dass der alte Seemann ihr auf diese Weise seine Dankbarkeit ausdrücken wollte. Sie hatte ihm schon mehrfach bei seinen heftigen Gichtanfällen geholfen, und auch als seine Frau im vorigen Jahr mit dem Wagen verunglückte, war Andrea rasch helfend zur Stelle gewesen.

»Mami, schlaf schön.« Lars gab ihr noch einen Kuss, ehe er dem jungen Matrosen folgte.

»Danke, mein Spatz.« Andrea lehnte sich entspannt zurück.

In den letzten Wochen hatte sie viel arbeiten müssen. Auf einer kleinen Schäreninsel, die nur von einem guten Dutzend Menschen bewohnt wurde, war eine extrem heftige Grippewelle ausgebrochen. Jeden zweiten Tag war die Ärztin mit einem Boot hinausgefahren und hatte sich um die Kranken gekümmert. Zweimal hatte Birgit sie begleitet und fertiggekochtes Essen mitgenommen, denn von den sieben Frauen auf der Insel waren fünf ans Bett gefesselt gewesen.

Im letzten Jahr hatte Andrea ihren Bootsführerschein gemacht und konnte nun, so wie früher Johan Ecklund, ihre Patienten auch auf abgelegenen Inseln aufsuchen, ohne einen Mann aus dem Ort bitten zu müssen, sie zu fahren.

Ein unterdrückter Schrei ganz in ihrer Nähe schreckte sie auf. Ein paar Meter entfernt stand ein junger blonder Steward und hielt sich die blutende Hand. Auf dem Boden lagen ein Tablett und zerbrochenes Geschirr.

»Oh nein, tut mir das leid!« Eine ältere Frau, ganz offensichtlich eine Engländerin, hielt den Steward am Arm fest. »Ich hab Sie einfach nicht gesehen, weil ich hinüber zu den bunten Häusern geschaut habe. Sorry, es tut mir unendlich leid.« Sie wirkte verstört und sah aus weit aufgerissenen Augen auf die blutende Hand des jungen Stewards. »Das ... das muss verbunden werden«, stammelte sie.

»Hei. Was ist passiert? – Ich bin Ärztin.« Andrea trat auf die beiden zu.

Der Verletzte hielt die Hand hoch, und Andrea bemerkte, dass das Blut im Takt des Pulsschlags aus der Wunde schoss. »Du hast dir eine Arterie verletzt.« Sie schob den jungen Mann, der schon leicht grün im Gesicht wurde, in Richtung der breiten Deckstür. »Komm mit zum Sanitätsraum, ich seh mir das mal genauer an.«

»Die Scherben ...« Der Steward wies auf die zerbrochenen Tassen und Gläser, die auf dem Boden verstreut lagen.

»Darum kann sich ein Kollege kümmern.« Andrea drängte ihn zur Tür. »Jetzt ist erst mal wichtig, dass deine Wunde versorgt wird.«

Der kleine Sanitätsraum des Schiffes war mit allem, was für eine Erstversorgung notwendig war, ausgestattet. Andrea reinigte die Wunde und prüfte, ob eventuell eine Sehne verletzt war. Aber der Steward konnte alle Finger bewegen.

Es war also nicht nötig, im nächsten Hafen vom Schiff zu gehen und den Verletzten in einer größeren Praxis oder gar Klinik zu verarzten.

»Dann werd ich dir jetzt den Schnitt nähen«, erklärte sie. »Er ist zu tief, um nur ein Pflaster draufzutun.«

»Ich ... ich glaube, mir wird schlecht.« Der junge Mann atmete ein paarmal tief durch.

»Ach was, das ist die Angst. Und die musst du nicht haben.« Andrea zog ein Betäubungsmittel auf. »Ich spritze dir was, dann spürst du gar nichts.«

Der Matrose kniff die Augen fest zu und öffnete sie erst wieder, als Andrea sagte: »So, alles geschafft. Wenn du willst, kannst du übermorgen in meine Praxis in Stamsund kommen, dann verbinde ich dich neu. Andernfalls geh zu deinem Hausarzt.«

»Danke, Frau Doktor. Ich ...« Er sah auf den Verband und verdrehte die Augen.

»Nun mach jetzt nicht noch schlapp. Es ist alles in Ordnung.« Andrea nickte ihm aufmunternd zu. »Ich geh wieder hoch und schau mal nach meinem Sohn. Bleib noch ein bisschen hier liegen und erhol dich.«

Als sie an Deck zurückging, stellte sie fest, dass die *Marilyn* schon Kurs auf den Raftsund genommen hatte. Sie hatte gar nichts davon mitbekommen.

Auch den Mann, der im letzten Moment in Stamsund an Bord gesprungen war, hatte sie nicht gesehen.

Jacob Stevensen allerdings bemerkte die blonde Ärztin sofort, und er hielt sich bewusst im Hintergrund. Ihm war sehr daran gelegen, dass niemand ihn auf dieser Fahrt erkannte.

4

Langsam und vorsichtig schlug Agneta Langlo die goldfarbene Seidendecke ein Stück zurück und streckte eines ihrer langen Beine nach draußen. Doch ehe sie aufstand, nahm sie sich die Zeit, den jungen Schlafenden neben sich intensiv zu betrachten. Rogers Haut hatte, nach vielen Besuchen im Solarium, einen intensiven Bronzeton angenommen, der in reizvollem Kontrast zu seinem hellblonden Haar stand. Breite Schultern ragten unter der Decke hervor, und was sie ansonsten verbarg, war auch höchst ansehnlich.

Agneta verzog leicht den Mund. Vor zwei Wochen hatten Roger und sie sich in einer Bar in Stockholm kennengelernt. Agneta, die schon lange keinen guten Sex mehr gehabt hatte, flirtete ungeniert mit dem jüngeren Roger – und er ging nur zu gern auf dieses Spiel ein. Agneta war eine verführerisch schöne Frau mit langen schwarzen Haaren, die ihr, wenn sie ausging, locker über die Schultern fielen. Sie trug ausschließlich schwarze Kleidung, dazu gern Pumps in leuchtenden Farben und lange, auffällige Ohrringe, die stets auf die Farbe der Schuhe abgestimmt waren.

Einer von Rogers Begleitern kannte die erfolgreiche Verlegerin. »Schnapp sie dir, sie ist ein Goldfisch«, raunte er dem Freund zu.

»Sie ist in Begleitung.«

»Na und? Sieh dir ihren hungrigen Blick an – du musst dich nicht mal anstrengen, mein Junge, sie fährt jetzt schon total auf dich ab.«

Zwei Drinks und eine Dreiviertelstunde später verließen Agneta und Roger die Bar. Es stand außer Frage, dass sie die Nacht zusammen verbringen würden.

Roger hielt, was Agneta sich von ihm versprochen hatte. Er war ein sehr ausdauernder Liebhaber, der ihr inzwischen manche Nacht versüßt hatte.

»Hei, du willst schon aufstehen?« Unter halbgeschlossenen Lidern sah er sie an, streckte den Arm nach ihr aus und zog sie näher zu sich. Zart küsste er sie auf die Schulter. »Das kannst du mir nicht antun, Schönheit.«

»Ich muss ins Büro. Im Gegensatz zu dir hab ich Pflichten, mein Lieber.« Trotz der ablehnenden Worte schmiegte sie sich enger an ihn und schloss die Augen, als er begann, jeden Zentimeter ihrer Haut zu küssen.

Die seidene Bettwäsche störte und flog achtlos auf den Boden, als Roger sich über Agneta beugte und ihre Beine auseinanderschob. »Du bist so was von sexy morgens ...« Er küsste ihre Brüste, und bevor seine Lippen tiefer glitten bis zu ihrer intimsten Stelle, gestand er: »Du machst mich immer wieder scharf.«

Agneta seufzte auf und genoss das Liebesspiel. »Mein Büro ...«

»Vergiss es einfach.« Roger steigerte ihre Lust immer mehr. Er wusste, was die erfahrene Frau von ihm erwartete – und er gab es ihr in reichem Maße.

Agneta war attraktiv, charmant und wohlhabend. Sie kannte einflussreiche Leute in Stockholm und verkehrte in

Kreisen, zu denen Roger bislang keinen Zutritt gehabt hatte. Es war ein Glücksfall für ihn, Agneta kennengelernt zu haben!

Vor Jahren hatte Roger angefangen, Jura zu studieren, das Studium aber schon nach wenigen Semestern wieder aufgegeben. Das Leben war, fand er, viel zu kurz, um es in Hörsälen oder gar in engen Büros zu verbringen. Mit Freunden spielte er in einer Band und verdiente so hin und wieder ein paar Kronen zu dem hinzu, was er aus einer kleinen Erbschaft besaß. Seit einigen Monaten hatte er noch eine weitere Einnahmequelle, von der er jedoch niemandem etwas verriet.

»Na, gefällt es dir so?« Er steigerte seinen Rhythmus, doch noch bevor er Agneta ganz befriedigte, zog er sich zurück und drehte sie um. »Darauf stehst du doch, das weiß ich genau.« Er schob ihr langes Haar auf die Seite und küsste ihren Nacken, während er in sie eindrang. Fest zog er ihren Kopf an den Haaren zurück und drehte ihn so weit um, dass er sie küssen konnte. Es war ein harter, brutaler Kuss, doch Agneta mochte es genau so.

Später lagen sie, keuchend und erschöpft, nebeneinander.

»Ich hab's immer gewusst – Morgenstund' ist aller Laster Anfang«, sagte Roger grinsend.

»Dass du so denkst, ist mir klar.« Agneta, wieder ernüchtert, stand auf. »Ich geh duschen.«

»Ich komme mit.«

»Nein.« Ihr Tonfall ließ keinen Zweifel daran, dass sie es ernst meinte.

»Dann eben nicht.« Roger verschränkte die Hände hinter dem Kopf und sah der schlanken Gestalt nach, die hinter der mit Ornamenten verzierten Milchglastür verschwand, die das Bad von dem großzügig geschnittenen Schlafzimmer abtrennte. Agneta war immer noch eine sehr schöne Frau mit einem makellosen Körper. Doch sosehr sie sich auch pflegte – es ließ sich nicht übersehen, dass sie ihre besten Jahre hinter sich hatte. Roger dachte an Mimi, die zierliche blonde Kunststudentin, mit der er vor ein paar Monaten zusammen gewesen war und die er gestern zufällig wiedergetroffen hatte. Mit Mimi konnte Agneta nicht konkurrieren.

Andererseits ... Er dachte an die Designerjeans und die beiden Kaschmirjacketts, die Agneta ihm gekauft hatte, da sie der Ansicht war, er müsse in ihrer Nähe unbedingt besser gekleidet sein. Die reiche Verlegerin besaß eben auch ihre Reize!

»Was machst du heute?« Agneta, eingehüllt in ein flauschiges apricotfarbenes Badetuch, kam wieder zum Bett und zog ihm die Decke weg.

»Mal sehen.«

»Mal sehen, mal sehen ... das sagst du jeden Tag!« Unwillig sah sie ihn an.

»Stört es dich plötzlich, dass ich nicht arbeite?« Roger stand auf und ging zum Fenster. Draußen regnete es, und von der See her wehte ein böiger Wind, der die Bäume im gegenüberliegenden Park zerzauste.

»Wenn du es genau wissen willst – ja, es stört mich. Menschen, die einfach so in den Tag hineinleben, sind mir zuwider.«

»Den Eindruck hatte ich gerade eben überhaupt nicht.« Grinsend drehte sich Roger um. Er besaß einen perfekt gebauten Körper und wusste genau, dass er Agneta damit beeindrucken konnte. Mit drei Schritten war er bei ihr und zog ihr das Badetuch fort. Fest presste er sie an sich, so dass sie spüren konnte, wie erregt er schon wieder war.

»Nein!« Sie stieß ihn fort.

»Meine Güte! Seit du gestern mit diesem Autor auf den Lofoten telefoniert hast, bist du unausstehlich!«

Agneta presste die Lippen zusammen und ging hinüber in das schmale Ankleidezimmer. Ihre Hände zitterten ein wenig, als sie sich die schwarze Seidenunterwäsche anzog. Zur langen schwarzen Hose wählte sie einen dünnen Kaschmirpulli mit spitzem Ausschnitt. Dazu passte eine Kette aus Korallen. Lange, in Gold gefasste Korallenohrringe vervollständigten das Outfit.

Als sie in ihr Schlafzimmer zurückkam, war Roger schon angezogen. »Ich geh ins Fitnesscenter«, erklärte er. »Sehen wir uns am Abend?«

Agneta zögerte. »Mal sehen. Ich ruf dich an.«

»So long.« Mit unbewegtem Gesicht griff Roger nach seiner Sporttasche, die gleich neben der Badezimmertür stand, und verließ den Raum.

Er befürchtete trotz allem, dass Agneta allmählich die Lust an ihrer Beziehung verlieren könnte. Ob das mit diesem Autor zusammenhing, den sie jeden zweiten Tag anrief? Oder brauchte sie einen neuen Kick?

»Den kannst du kriegen«, murmelte Roger.

Es hatte den Anschein, als steuere der Kapitän die *Marilyn* direkt auf die Felswand zu. Zum Greifen nah schienen die Steilhänge des Lofotengebirges, während rechter Hand die hohen Gipfel des Vesterålen-Massivs emporragten. Feucht und mit Moosen und Flechten bedeckt waren die gigantischen Felswände, und die Touristen, die zum ersten Mal diese enge Durchfahrt zwischen den Lofoten und den Versterålen passierten, waren so beeindruckt, dass ihnen die Worte fehlten.

Der Kapitän der *Marilyn*, der erfahren hatte, dass an diesem Tag besonders viele deutsche Touristen an Bord waren, erzählte ihnen, dass Kaiser Wilhelm II. mehrfach die norwegischen Küsten entlanggefahren war. Hier im Raftsund hatte er seine Jacht, die *Hohenzollern*, ankern und auf einem Berggipfel in der Nähe des kleinen Ortes Digermulen sogar eine Gedenktafel errichten lassen. »Wenn ihr hier oben hochklettert, könntet ihr den ›Steinmann‹ mit dieser Tafel bewundern«, schloss Kapitän Holger. Die Mikrofonanlage rauschte und knackte immer wieder, doch es gab niemanden an Bord, der nicht gebannt zuhörte.

Vor einer Viertelstunde hatte der junge Matrose Lars zurück zu Andrea gebracht, da der Kapitän in diesem Streckenabschnitt höchst konzentriert auf der Brücke arbeiten musste. Der Raftsund war der gefährlichste Streckenabschnitt der ganzen norwegischen Küste, und diese Meerenge war schon vielen Schiffen zum Verhängnis geworden.

Jetzt, da die hohen Berge so bedrohlich rechts und links vom Schiff aufragten, kletterte der kleine Junge auf Andreas Schoß und lehnte den Kopf an ihre Schulter.

»Sieh nur, da ist ein ganz großer Wasserfall. Dahinter verstecken sich die Trolle, du musst gar keine Angst haben.« Sie lachte leise. »Du weißt doch – bei Sonnenlicht kommen sie nicht hervor.«

»Ja ...«

»Der junge Mann scheint nicht ganz überzeugt.« Ein

großer, bärtiger Mann stellte sich an die Reling und sah sie amüsiert an.

Andrea zuckte zusammen. Aus weit aufgerissenen Augen blickte sie zu dem Fremden hoch.

»Hallo, keine Panik. Ich wollte dich nicht belästigen.« Der Mann hob besänftigend beide Hände.

»Ich … ich …« Andreas Lider flatterten, fast schmerzhaft umklammerte sie ihren kleinen Sohn. »Es ist nur …«

Der Mann kam einen Schritt näher. »Sag mal, bist du nicht Andrea Hallström? Die Frau von Magnus?«

Andreas Kehle war wie zugeschnürt. Es kostete sie fast übermenschliche Anstrengung, zustimmend zu nicken. Wie hypnotisiert sah sie den Fremden an. Einen Mann, den sie nicht kannte – und der ihr dennoch sehr vertraut vorkam. Am liebsten wäre sie aufgesprungen und davongerannt, so wie vor Tagen am Strand von Stamsund, als sie in der alten Hütte sein Bild entdeckt hatte. Aber wohin hätte sie weglaufen können? Wo sich verkriechen?

»Du kennst mich?« Ihre Stimme war ohne jeden Klang.

»Ja. Glaub ich zumindest. Ich bin Kristian.« Er streckte ihr die Hand entgegen.

»Andrea.«

»Dann bist du es wirklich – Magnus' Frau!« Er setzte sich neben sie und sah sie forschend an. Andrea schoss das Blut zum Herzen. Sie hatte das Gefühl, jeden Moment ohnmächtig zu werden. Diese Augen … es waren Magnus' Augen. Es war sein Lächeln. Seine Stimme …

»Ich wollte schon vor etlichen Tagen zu dir kommen.« Kristian zuckte mit den Schultern. »Aber irgendwie hab ich es immer wieder verschoben.« Er zögerte, dann fuhr er fort: »Ich bin Magnus' Vetter. Na ja, eigentlich nur ein

Vetter zweiten Grades. Sehr nahegestanden haben wir uns nicht. Das letzte Mal hab ich von ihm gehört, als ihr geheiratet habt. Da hat er mir eine Karte nach Stockholm geschickt, wo ich zehn Jahre lang gelebt habe. Aber ich war beruflich gerade sehr eingespannt damals und konnte nicht zur Hochzeit kommen.«

Andrea räusperte sich. »Er hat nie von dir gesprochen.«

»Das wundert mich nicht. Wie gesagt – sehr nahegestanden sind wir uns nicht, obwohl wir uns ein wenig ähnlich sehen. Zumindest hat man das früher, als wir jung waren, immer behauptet.« Er strich sich über den Bart und machte Lars so auf dieses für Kinder faszinierende männliche Attribut aufmerksam.

Der kleine Junge reckte sich und griff nach den braunen Haaren im Gesicht des fremden Mannes.

»Nicht, Spatz«, mahnte Andrea.

Kristian lachte. »Lass ihn doch, es tut nicht weh.« Er umfasste wie zur Beruhigung ihre Hand und hielt sie kurz fest.

Wie ein Stromschlag war diese Berührung. Brüsk zog Andrea ihre Hand zurück. Sie wollte Kristian sagen, dass sie schon ein Bild von ihm gesehen hatte. Aber dann ließ sie es. Wie sollte sie ihm erklären, dass sie in seinen Rucksack geschaut hatte?

»Bist du sauer?« Stirnrunzelnd sah er sie an.

»Nein. Nein ... wieso sollte ich?« Sie biss sich auf die Lippen. »Ich frag mich nur, was du hier auf den Lofoten willst. Und was du von mir willst.«

Kristian rückte ein Stück von ihr ab. »Gar nichts will ich von dir. Glaub mir.« Er knetete seine Hände und zog an den einzelnen Fingern, dass die Gelenke knackten.

»Das ist ungesund, lass es«, sagte Andrea spontan – so, wie sie es oft zu Magnus gesagt hatte, der diese Unart auch gehabt hatte. Es schien wirklich so, als hätten die beiden Vettern vieles gemeinsam.

Langsam bog die *Marilyn* in den Trollfjord ein. Die Touristen, die zum ersten Mal hierhergekommen waren, blickten fasziniert zu den hohen Felswänden empor, die so nah waren, dass man die einzelnen Blätter an den niedrigen Büschen und die Moose auf den feuchten Felsen erkennen konnte.

»Die Einfahrt in den Fjord ist nur einhundert Meter breit«, erklärte der Kapitän durch den Lautsprecher. »Der Trollfjord selbst hat eine Länge von zwei Kilometern. Ich werde versuchen, euch so weit als möglich zu den Trollen zu bringen. Aber seht euch vor, dass die bösartigen Kerlchen euch nichts stehlen und euch nicht mit Steinen bewerfen.«

»Die alten Geschichten sind auch heutzutage noch faszinierend«, sagte Kristian und sah hinauf zum mehr als eintausend Meter hohen Trolltindan. »Ich weiß noch, dass wir als Kinder nicht genug davon hören konnten.«

»Hier, für dich.« Ein kleines Mädchen in der farbenprächtigen Tracht der Samen kam auf Lars zu und streckte ihm einen kleinen Troll entgegen. »Den schenk ich dir.«

»Danke!« Lars packte das etwa zehn Zentimeter große Figürchen mit strahlendem Lächeln und sah den Troll mit seiner dicken Nase, dem runden Bauch und den langen grauen Zottelhaaren begeistert an.

»Das ist doch dein Troll«, wandte Andrea ein. »Willst du ihn wirklich verschenken?«

»Ja. Er braucht den Mig. Der Mig soll ihn beschützen.« Damit drehte sich das Mädchen um und rannte davon.

»Mig heißt der Troll also.« Kristian lachte. »Ich wusste gar nicht, dass Trolle Namen haben.«

Andrea zog Lars näher zu sich. »Ich auch nicht.« Sie wies zum Himmel, wo ein Schwarm Möwen sich im Sturzflug von einem Felsen stürzte, um Sekunden später im Kielwasser der *Marilyn* zu landen. »Sieh nur, so viele Möwen!«

Noch während sie den laut kreischenden Vögeln zusah, bemerkte sie eine kleine weiße Wolke, die hinter den Zacken des Trolltindan hervorlugte. Der obere Teil war von einem rötlichen Kranz umgeben, so, als säße ein rotes Mützchen auf der Wolke.

Andrea bekam Gänsehaut. Diese Wolke ... sie weckte in ihr die Erinnerung an ein anderes Samenmädchen: Andrea hatte die kleine, todkranke Kim während ihrer ersten Reise mit einem Hurtigrutenschiff kennengelernt. Kim und ihren Großvater Ole, einen geheimnisvollen alten Samen, dem sie seither noch dreimal begegnet war.

Die kleine Wolke zog rasch über den Trollfjord hinweg und verschwand hinter dem Gipfel des gegenüberliegenden Blåfjell.

»Merkwürdig ... es geht gar kein Wind, und doch zieht die Wolke ganz schnell über den Himmel«, stellte Kristian verwundert fest.

Andrea antwortete nicht. Aber ihr Puls raste, und sie hatte das Gefühl, keine Luft mehr zu bekommen.

»Ich hole uns einen Kaffee. Magst du auch einen?«

Sie schüttelte den Kopf. »Nein danke, jetzt nicht. Lars und ich gehen nach vorn und sehen mal nach, ob nicht vielleicht doch ein Wassertroll auftaucht.«

Nur fort von ihm! Weg aus seiner Nähe! Weg aus dem Bann dieser dunklen Augen!

»Toll, Toll! Wir suchen den Toll!« Lars hüpfte aufgeregt über die dunklen Planken der *Marilyn*, wobei er den geschnitzten Troll mit den grauen Haaren übermütig durch die Luft schwenkte.

»Es ist alles in Ordnung, Jacob, ich bin sehr zufrieden. Du hast dich schon wieder sehr gut erholt.« Andrea rollte das Stethoskop zusammen und nahm hinter ihrem Schreibtisch Platz.

»Dann kann ich also nach Oslo fliegen.« Jacob lehnte sich in seinem Stuhl zurück und knöpfte sein Hemd zu. »Es wird auch Zeit, dass ich mich wieder um die Geschäfte kümmere. Fast drei Wochen hab ich mich jetzt ausgeruht. Das ist eine Ewigkeit nicht mehr vorgekommen.«

»Und genau das hat sich gerächt.« Andrea griff nach ihrem Rezeptblock. »Du hast zu lange Raubbau mit deinen Kräften getrieben, die Quittung hast du nun erhalten.« Sie reichte ihm das Blatt. »Fliegen solltest du auf keinen Fall, nimm ein Schiff und dann die Bahn.«

»Sei nicht so streng, Doktor Andrea.«

»Ich rate dir nur, vernünftig zu sein. Du hast so viel Glück gehabt, also setze die Genesung nicht aufs Spiel.«

»Na gut. Ich bleibe ja auch noch eine Weile hier.« Er beugte sich vor und sah sie lächelnd an. »Dann musst du aber mit mir essen gehen und mir genau erklären, was ich alles tun muss, um ganz gesund zu werden.«

»Das weißt du doch alles schon.« Andrea schmunzelte. Jacobs Charme war umwerfend, und sie hatte Mühe, die

Distanz zu wahren, die sie als Ärztin zu einem Patienten haben sollte.

»Ich glaube, in deiner Nähe bekomme ich eine gewisse Form von Amnesie.« Er erhob sich. »Dagegen solltest du unbedingt etwas tun.«

Auch die Ärztin erhob sich. »Nimm die Medikamente regelmäßig, die ich dir neu aufgeschrieben habe. Dann sehen wir weiter.«

Er griff nach ihrer Hand und hielt sie fest. »Das ist schon fast ein Ja.«

»Ein Ja – wozu?«

Er beugte sich vor, und fast hatte es den Anschein, als wolle er sie küssen. Doch mitten in der Bewegung hielt er inne. »Mit mir essen zu gehen. Was ist mit heute Abend? Es bleibt jetzt ja schon lange hell, wir könnten zum Hafen gehen und ...«

»Heute Abend bekomme ich Besuch von einer Freundin«, fiel Andrea ihm ins Wort.

»Schade.« Er ging zur Tür. »Aber ich gebe nicht auf. Ich gebe nie auf, wenn ich etwas erreichen will.« Er hob kurz die Hand. »Bis bald, Doktor Andrea.«

»Bis bald, Jacob.« Mit einem kleinen, verträumten Lächeln sah sie ihm nach, als er das Behandlungszimmer verließ. Dieser Mann besaß eine ganz besondere Ausstrahlung. Er war nicht nur charmant, sondern auch humorvoll, und er hatte eine natürliche Autorität und Zielstrebigkeit an sich. Alles Eigenschaften, die Andrea mochte und die sie für Jacob einnahmen. Die Vorstellung, einen Abend allein mit ihm zu verbringen, besaß für sie durchaus einen gewissen Reiz.

Heute jedoch kamen Carina und Ellen zu Besuch. Carina, die den Polizeiposten in Svolvær leitete, hatte zwei dienstfreie Tage und wollte sie bei der Freundin in Stamsund verbringen, da Andrea die Praxis nicht allein lassen mochte. Es kam sowieso viel zu oft vor, dass Johan einspringen musste. Mal, weil Andrea irgendwo außerhalb zu einem Patienten gerufen wurde und Johan dann die Praxisarbeit übernahm. Oder er fuhr hinaus zu einer der vielen kleinen Schäreninseln, weil dort ein alter Patient nach dem vertrauten Arzt verlangte, den er seit Jahrzehnten kannte.

Jacob war der letzte Patient für diesen Vormittag gewesen. Andrea schloss die Praxis zu. »Ich bin dann weg!«, rief sie zum Garten hinüber, wo Birgit in einem Frühbeet hockte und Setzlinge einpflanzte.

»Nimm dir den frischen Apfelkuchen mit, den ich gebacken hab! Den mag Carina doch so gern!« Birgit richtete sich nur kurz auf.

»Du sollst dir nicht immer so viel Arbeit machen. Ich hätte doch rasch im Ort was kaufen können.«

»So weit kommt es noch!« Birgit beugte sich wieder über ihre Arbeit, und Andrea ging zurück ins Haus, um sich den Kuchen zu holen.

Lars hielt noch seinen Mittagsschlaf, als Carina und Ellen eintrafen. Ellen, vor zwei Monaten drei Jahre alt geworden, trug einen Blumenstrauß wie eine Trophäe vor sich her.

»Für dich!« Sie streckte Andrea die bunten Tulpen entgegen.

»Danke, Spätzchen. Die sind wunderschön. Und du bist schon wieder gewachsen.«

»Ich bin ja auch schon groß!« Ellen reckte das kleine

Kinn stolz nach vorn – eine Geste, die sie ihrer Mutter noch ähnlicher machte. Beide hatten hellblondes Haar und blaue Augen, die an die Farbe frisch erblühter Veilchen erinnerten.

»Geh nach oben und weck Lars auf«, schlug Andrea vor. »Er hat eine neue Kugelbahn, damit könnt ihr spielen. Und wir ...« Sie legte den Arm um Carinas Schultern, »wir gönnen uns erst mal Kaffee und Kuchen im Wintergarten.«

»Eine sehr gute Idee! Ich hab extra nichts zu Mittag gegessen, weil ich ja weiß, dass Birgit uns perfekt bekochen wird.«

»Das lässt sie sich nicht nehmen. Aber probier erst mal ihren Kuchen.«

Die beiden Freundinnen genossen das ungestörte Zusammensein. Von oben hörte man die Kinder lachen, sie waren ganz in ihr Spiel vertieft.

»Und – was gibt es Neues? Hast du einen interessanten Fall?«

Carina trank noch einen Schluck Kaffee und streckte dann die langen Beine weit von sich. »Es gab einen Mord an einem Fremden, wohl ein Russe. Leider konnte der Täter noch nicht gefasst werden. Wir ermitteln länderübergreifend. Außerdem gibt es ein Problem mit Schmugglern, das noch nicht geklärt ist.«

»Ich hab gedacht, diese Zeiten wären lange vorbei.«

Carina zuckte leicht mit den Schultern. »Wir reden auch nicht über Schnaps oder Rentierschinken. Es geht um ganz was anderes. Aber frag mich nichts Näheres, es ist topsecret. Wir fürchten, die Russen stecken irgendwie mit drin, und das macht es kompliziert.«

»Dann sei nur ja vorsichtig.«

»Bin ich doch immer.« Carina liebäugelte mit einem weiteren Stück Kuchen. »Soll ich noch was essen?«

»Aber ja!« Andrea legte ihr das Stück auf den Teller und gab ungefragt noch etwas Schlagsahne darauf.

»Mäste mich nicht! Ich muss gut aussehen, wenn Knut auf Urlaub kommt.«

»Du siehst immer gut aus.«

»Du auch. Irgendwie ... anders.« Sie legte den Kopf in einer für sie typischen Geste schräg und sah Andrea aus zusammengekniffenen Augen an. »Was ist passiert?«

»Nichts. Was soll denn passiert sein?«

»Das frag ich dich ja gerade. Steckt ein Mann dahinter? Gestehe, ich krieg's ja doch raus!«

Andrea lachte. »Du bist unmöglich, Carina!«

»Mitnichten. Ich bin nur erstens eine Frau, zweitens eine sehr gute Ermittlerin, drittens deine beste Freundin. Mir kann man auf Dauer gar nichts verheimlichen. Also, erzähl schon!«

Betont langsam trank Andrea noch einen Schluck Kaffee. Sie amüsierte sich über die neugierige Miene der Freundin und ließ sie noch ein wenig zappeln. »Also, es gibt da einen sehr gutaussehenden Patienten, der mich zum Essen eingeladen hat. Er stammt nicht von hier, hat am Ortsrand allerdings ein wunderschönes Ferienhaus.«

»Das ist alles?« Carina wirkte enttäuscht.

»Na ja, das ist doch schon was, oder?« Sie grinste. »Er hat leider ein schwaches Herz, also will ich ihn nicht zu sehr strapazieren und hab erst mal abgelehnt.«

»Das ist nicht dein Ernst! Wann trifft man hier in der Gegend schon mal einen interessanten Mann?«

»Das sagst ausgerechnet du? Dein Knut ist ein Traumtyp!«

»Stimmt. Aber ich hab ihn ja auch nicht auf den Lofoten kennengelernt!« Carina liebäugelte mit einem weiteren Stück Kuchen, verkniff es sich dann aber doch. »Erzähl mir mehr von ihm. Wie sieht er aus? Was macht er?«

»Ich glaube, er handelt mit Immobilien. Irgend so was ist es, glaube ich. Zumindest scheint er viel Geld zu verdienen, denn er besitzt ein recht großes Anwesen und fährt einen teuren Wagen. Und er ist immer sehr gut gekleidet, das fällt hier in der Gegend richtig auf.«

»Und?« Carina legte den Kopf auf beide Hände. »Wie ist er als Mann?«

»Sag ich doch: nett, aufmerksam.« Sie zuckte mit den Schultern. »Ich weiß einfach zu wenig von ihm, als dass ich ihn beurteilen könnte. Frag mich nach seinen Blutwerten, die könnte ich dir sagen.«

»Triff dich mit ihm, dann kannst du ihn besser einschätzen.«

»Du tust geradeso, als wäre ich auf der Suche nach einem neuen Mann.«

Carina lächelte. »Bist du zwar nicht, aber ein bisschen Abwechslung könnte dir nicht schaden.«

»Hab ich gesagt, dass ich mich langweile?«

»Ach du … Versteh mich nicht absichtlich falsch.«

»Gut, ich geb's zu, Jacob ist ein sehr interessanter Mann. Und ich werde, wenn er mich noch mal fragt, seine Einladung annehmen, obwohl er mindestens fünfzehn Jahre älter ist als ich. Aber das muss ja nicht unbedingt stören. Bist du jetzt zufrieden?«

»Noch nicht. Muss ich sonst noch was wissen?«

Andrea sah in den Garten hinaus. Ihre Augenlider flatterten, und die Lippen zitterten, als sie sagte: »Magnus' Vetter ist aufgetaucht.«

»Magnus hat noch Verwandte? Das wusste ich ja gar nicht!«

»Ich auch nicht. Aber er hat diesem Vetter wohl damals eine Einladung zu unserer Hochzeit geschickt. Der konnte allerdings nicht kommen. Ich weiß nicht mal, ob er gratuliert hat. Jedenfalls hat er sich plötzlich an Magnus erinnert.«

»Und? Wie ist er?«

»Uninteressant.«

»Wie das?«

»Es ist eben so.« Andrea goss sich neuen Kaffee ein, doch ihre Finger zitterten, so dass sie etwas von der dunklen Flüssigkeit auf die hellblaue Tischdecke verschüttete. Carina bemerkte es, sagte jedoch nichts dazu.

»Wie heißt er denn, dieser Vetter?«

»Kristian.« Andrea biss sich auf die Lippen. »Ich ... ich hab vor etlichen Tagen schon mal ein Foto von ihm gesehen. Unten am Strand lag in einer alten Hütte ein Rucksack. Die Tür der Hütte stand offen, aber es war weit und breit niemand zu sehen. Da hab ich nachgesehen, und ...« Sie schluckte schwer. »Und da hab ich in seiner Brieftasche ein Bild gefunden. Ein älteres Foto. Er ... er sah darauf aus wie Magnus. Ich bin zu Tode erschrocken und weggelaufen.«

Carina griff nach der Hand der Freundin und drückte sie. »Und jetzt? Wie sieht er heute aus?«

»Ich weiß nicht genau. Er trägt einen Bart.«

»Aha.«

Andrea lachte. »Sag das nicht in diesem Ton! Ich weiß einfach nicht, wie ich ihn beschreiben soll. Er sieht Magnus schon ähnlich, aber ... er ist irgendwie anders. Ich glaube, er ist größer, als Magnus es war. Und durch den Bart sieht er viel älter aus, als er ist. Glaub ich wenigstens. Nur die Stimmen sind sehr ähnlich. Das ist verwirrend.«

Ehe Carina etwas erwidern konnte, klingelte Andreas Handy. Sie meldete sich und hörte angespannt zu.

»Ich mache mich gleich auf den Weg«, sagte sie dann und stand schon auf. »Das war der Polizeiposten. Tut mir leid, ich muss zu einem Verkehrsunfall. Eine Frau ist verletzt worden.«

»Soll ich mitkommen?«

Andrea schüttelte den Kopf. »Sei so gut und bleib bei den Kindern, dann muss ich Birgit nicht schon wieder herüberbitten. Ich bin hoffentlich bald zurück.«

Der Notfallkoffer stand stets gepackt in der kleinen Nische neben der Haustür. Hastig warf die Ärztin sich eine Wetterjacke um die Schultern, nahm die schwarze Tasche auf und eilte zu ihrem Wagen.

Den Unfallort erkannte sie schon von weitem: Etliche Fahrzeuge standen am Straßenrand, das Blaulicht des Polizeiwagens rotierte, und der Krankenwagen fuhr im gleichen Moment vor wie sie.

»Hierher, Frau Doktor!« Ein junger Polizist winkte sie näher. »Die Fahrerin ist eingeklemmt. Wir versuchen alles, um sie zu befreien«, erklärte er, während er neben Andrea herlief.

Der Unfallwagen, ein schwarzer italienischer Sportwagen mit schwedischem Kennzeichen, lag halb seitlich über dem Abhang. Das Glas der Frontscheibe war zersplittert und die Fahrertür so stark eingedrückt, dass sie sich nicht öffnen ließ.

»Doktor Andrea!« Ein älterer Polizist kam auf sie zu. »Wir können erst mal gar nichts machen, solange der Wagen schräg liegt. Die Feuerwehr ist unterwegs.«

»Und die Fahrerin?«

»Genaues kann ich nicht sagen. Sie ist bewusstlos.« Der Polizist wies auf die Verunglückte, die mit schräg gelegtem Kopf in den Polstern hing. Das blauschwarze Haar verdeckte halb ihr Gesicht, und auf Zurufe reagierte sie nicht.

»Du kannst gar nichts tun im Moment«, sagte der Polizist. »Wenn wir den Wagen zu viel bewegen, stürzt er den Abhang hinunter, das dürfen wir nicht riskieren.«

»Ich will nur versuchen, ihren Puls zu kontrollieren.« Andrea beugte sich in das Fahrzeug, so weit es eben möglich war. Sie sprach die Verletzte an, aber es kam keine Reaktion.

»Ich sehe nur eine Wunde an der Schläfe. Die scheint aber nicht tief zu sein.« Sie richtete sich auf und trat zurück, als die Feuerwehr eintraf. Mit Hilfe der technischen Geräte, die den Männern zur Verfügung standen, gelang es rasch, den Sportwagen aus dem Gefahrenbereich zu ziehen. Auch die Tür öffneten die Feuerwehrmänner ohne große Schwierigkeiten.

Gerade als die Sanitäter die Verletzte anhoben, um sie auf die bereitgestellte Trage zu legen, öffnete die Frau die Augen. »Wo … was ist los?« Sie wollte sich aufrichten, wurde aber gleich von Andrea zurückgedrückt.

»Ganz ruhig. Ich bin Ärztin. Du hattest einen Unfall –

ich kümmere mich gleich um dich.« Andrea griff nach der Hand der ganz in Schwarz gekleideten Frau.

»Ich ... mir ist schlecht ... Und mein Kopf ...«

»Du bekommst gleich etwas gegen die Beschwerden.« Andrea führte eine Tastuntersuchung durch, doch außer Prellungen, einer Schnittwunde an der linken Hand und der Platzwunde am Kopf konnte sie nichts feststellen. Sie legte eine kreislaufstärkende Infusion und gab der Verunglückten ein Schmerzmittel, das zugleich die Übelkeit dämpfte. »Es wird dir gleich bessergehen.«

»Ich ... ich weiß gar nicht, was passiert ist. Da war ein Rentier auf der Straße ... Ich hab es viel zu spät gesehen.« Die Verunglückte verfiel zum Teil ins Schwedische.

Andrea runzelte die Stirn. »Frei laufende Rentiere gibt es hier gar nicht, höchstens ein paar Hausrentiere, aber auch davon hab ich lange nichts gehört. Es war sicher ein Schaf.«

»Nein. Ein Rentier! Ein ganz weißes Rentier! Ich bin so erschrocken ...«

»Reg dich nicht auf, alles wird gut.«

Sie wandte sich an einen der Sanitäter. »Bringt sie zur Sicherheit in die Klinik zum Röntgen. Ich komme später nach und sehe nach ihr.« Sie schaute zu, wie die Männer die Verunglückte auf der Trage festschnallten und sie in den Krankenwagen schoben. Die große schwarze Tasche, die auf dem Nebensitz gelegen hatte, brachte der junge Polizist nach. Andrea fiel auf, dass alles an der Verunglückten schwarz war: die Haare, die Kleidung, das Auto ... Nur die Ohrringe waren von intensivem Korallenrot, und auch die eleganten schwarzen Designerschuhe hatten eine rote Blende als Verzierung.

»Wird gemacht, Doktor Andrea.« Der ältere der Sanitäter, schon mehr als dreißig Jahre im Dienst, tippte sich kurz an die Stirn. »Grüß Johan von mir. Er soll nächste Woche zum Stammtisch kommen.«

»Richte ich aus!«

Langsam und in Gedanken versunken fuhr Andrea zurück nach Hause. Immer wieder musste sie an die Bemerkung der Verunglückten denken, ein Rentier gesehen zu haben.

»Schon wieder Blumen für dich!« Birgit hielt den bunten Strauß in die Höhe, den ein Bote gerade gebracht hatte. »Ich muss sagen, dieser Jacob legt sich schwer ins Zeug. Er hat die Blumen extra in Svolvær bestellt, im größten Blumenladen der ganzen Insel. Du solltest noch mal mit ihm ausgehen.«

Leichte Röte stieg in Andreas Wangen. »Wir waren erst vor drei Tagen zusammen essen.«

»Und? Lass dich ruhig von ihm verwöhnen. Er ist ein smarter Typ.«

»Hmm …«

Birgit legte den Kopf ein wenig schräg. »Das klingt nicht wirklich begeistert.«

Eine Weile blieb es still zwischen den beiden Frauen. Andrea zupfte gedankenverloren an einer der leuchtend roten Tulpen. So lange, bis sie ein Blütenblatt in der Hand hielt. »Ich weiß ja auch nicht, was mit mir los ist«, gestand sie. »Jacob ist wirklich nett. Er ist klug und weltgewandt, ein guter Unterhalter, der viel zu erzählen weiß. Mit ihm wird es nicht langweilig, und …«

»Und?« Stirnrunzelnd sah Birgit sie an.

»Ach, ich weiß es doch nicht!« Andrea stand auf und holte eine Vase aus dem Schrank, füllte sie mit Wasser und stellte die Blumen hinein. Dass die Vase viel zu groß war, schien ihr gar nicht aufzufallen.

Birgit sah hinaus in den Garten, wo Lars seinen Bagger quer durch ein noch nicht bepflanztes Beet schob und ganz in dieses Spiel versunken war. »Hat es … hat es mit diesem Kristian zu tun?«

»Mit Kristian? Ach Quatsch!«

»Hast du ihn noch mal gesehen?«

Andrea nickte. »Ja. In der Klinik.«

Birgit stand auf und holte sich eine frische Tasse Kaffee. »Ist er verletzt?«

»Er nicht. Aber seine Freundin. Sie hatte vor vier Tagen diesen Unfall am Ortsende. Erinnerst du dich? Carina und Ellen waren gerade zu Besuch, und ich musste die Erstversorgung vornehmen.«

»Klar doch. Und? Was hat Kristian mit dieser Frau zu tun?«

»Keine Ahnung, er hat nur mal kurz nach ihr gefragt.« Andrea presste kurz die Lippen zusammen. »Ich muss rüber zur Sprechstunde.«

»Ist gut. Ich mach hier noch ein bisschen sauber, dann geh ich mit Lars zur alten Elli. Sie hat mir was genäht, das kann ich abholen.«

»Ist gut.« Andrea ging hinaus in den Garten. »Spätzchen, ich gehe jetzt in die Praxis. Sei lieb, ja?«

»Ja.« Lars sah kurz auf und strahlte sie an.

Sein Lächeln versetzte Andrea einen Stich. Es war Magnus' Lächeln, es waren Magnus' Augen, mit denen Lars sie anschaute … und es waren auch Kristians Augen!

Kristian ... Sie wollte ihn nicht mehr sehen. Sie wollte auch nicht an ihn denken. Er brachte Unruhe in ihr Leben. Er störte ihren Seelenfrieden, den sie nach Magnus' Tod so mühsam wieder errungen hatte.

Sie waren sich ein paarmal zufällig in der Klinik begegnet, wo er seine Freundin besucht hatte. Und immer hatte er Andrea mit diesem warmen, zärtlichen Lächeln angesehen, das ihr unter die Haut ging.

Was fiel ihm ein, sie so zu verwirren? Er war gebunden, die schöne Schwedin war ihm extra nachgereist, was zeigte, wie verbunden sie sich ihm fühlte. Er aber versuchte, mit ihr, Andrea, zu flirten.

Verflixt, und sie reagierte auf diese tiefen Blicke, auf seine Nähe mit so großen Emotionen, dass es ihr Angst machte. Sie wollte das nicht. Sie wollte ihre Ruhe, ihr beschauliches Leben hier auf den Lofoten. Kristian sollte seine Sachen packen und mit seiner Freundin nach Schweden zurückkehren.

Ihre Hände zitterten leicht, als sie die Tür der Praxis aufschloss. »Stell dich nicht so an«, murmelte sie beim Eintreten. »Er ist ein Fremder. Was er tut oder lässt, geht dich gar nichts an.«

Nur stimmte das leider ganz und gar nicht. Sie bekam sein Bild einfach nicht mehr aus dem Kopf.

5

Von Nordwesten überzog eine Regenfront die Lofoten. Tief hingen die Wolken über dem Bergmassiv, verbargen die zackigen Spitzen und hüllten die Landschaft in ein graues, undurchdringliches Gespinst aus Kälte und Nässe.

Zwei Hausbesuche lagen hinter Andrea, und sie war froh, als ein Anruf vom alten Kjell kam, der ihr erklärte, dass es seiner Frau schon wieder besserginge und die Ärztin nicht noch zu ihnen auf den weit im Hinterland liegenden Berghof kommen müsse.

Streng genommen gehörte die Betreuung der beiden Alten nicht mehr zum Einzugsbereich von Andreas Praxis.

Aber Kjell und Johan Ecklund waren einst zusammen zur Schule gegangen, und Kjell würde nie im Leben einen anderen Arzt an sich herumdoktern lassen. Genau so hatte er sich ausgedrückt, als er sich vor ein paar Jahren beim Mähen mit der frisch geschärften Sense verletzt hatte. Johan hatte zu diesem Zeitpunkt aber mit einem Herzinfarkt in der Klinik gelegen, und so war Andrea hinausgefahren auf den einsamen Bauernhof. Sie hatte Kjells Handverletzung genäht, ihn verbunden – und sich in den letzten Jahren immer mehr das Vertrauen des Alten und seiner Frau Amalie erworben.

Da sie schon in Richtung Svolvær unterwegs war, beschloss sie, in die Stadt hineinzufahren und im Krankenhaus noch einmal nach der schwedischen Unfallpatientin zu sehen. Es war im Grunde genommen nicht notwendig, aber es drängte sie danach, die attraktive Schwarzhaarige noch einmal zu sprechen. Dass sie nur herausfinden wollte, was Agneta Langlo mit Kristian verband, gestand sie sich nicht ein.

Bei dieser Gelegenheit konnte sie zudem noch kurz mit dem Kollegen Jan-Frederik Draksen sprechen. Jan-Frederik war Chirurg und sollte in wenigen Tagen eine fünfzigjährige Patientin von Andrea operieren, die an einem Magengeschwür litt, das mit konservativen Mitteln nicht zu heilen war.

Schon in der Halle traf sie auf den Kollegen, der sie lachend musterte: »Du siehst aus wie eine gebadete Katze!« Spontan wollte er sie umarmen, wie er es immer tat, zuckte aber im letzten Moment zurück, denn von Andreas Regenjacke tropfte es schwer auf den hellen Marmorboden der Halle.

»Ich schnurre aber nicht!« Andrea lachte und ließ sich aus der Jacke helfen. Darunter trug sie Jeans, eine blauweiß karierte Bluse und eine hellblaue Strickjacke.

»Wer weiß das besser als ich!« Jan-Frederik, ein liebenswerter Möchtegern-Casanova, grinste jungenhaft. »Für jeden Korb von dir eine Krone ... das würde mich reich machen!«

»Lass das nicht deine Freundin hören!«

Er verzog das Gesicht. »Es ist schon wieder aus. Sie wollte so schnell wie möglich heiraten, aber damit lass ich mir noch ein paar Jahre Zeit.« Er nahm ihren Arm. »Trinken wir einen Kaffee in meinem Büro?«

»Gern. Ich kann etwas Warmes gebrauchen. Außerdem wollte ich mit dir über eine Patientin sprechen.«

Etwa eine Viertelstunde blieb sie bei Jan-Frederik, dann ging sie hinüber zur chirurgischen Station, auf der es heute recht still war. Bei dem schlechten Wetter kamen nur wenige Besucher in die Klinik.

Nach kurzem Anklopfen betrat sie das Einzelzimmer am Ende des Flurs. Die Vorhänge waren halb geschlossen, und in dem großzügig geschnittenen Raum herrschte Dämmerlicht.

Agneta Langlo saß, gestützt von zwei Kissen, im Bett und hielt die Hand eines Mannes. Das lange schwarze Haar verdeckte zum größten Teil den Verband an der Schläfe.

»Hei, ich wollte nur noch mal kurz nach dir sehen. Als ich das erste Mal hier war, hast du geschlafen.« Andrea trat zum Bett – und zuckte zurück, als sie Kristian erkannte, der jetzt etwas brüsk seine Hand aus der Agnetas löste.

»Das ist nett, dass Sie nach mir sehen wollen.« Mit einer langsamen Geste schob die Patientin das Haar zurück und streckte der Ärztin dann die Hand entgegen. »Ich hab gehört, dass Sie mich als Erste versorgt haben. Danke.« Agneta siezte die Ärztin, was für den Norden ungewöhnlich war. Ganz offensichtlich wollte sie so Distanz schaffen.

»Nichts zu danken. Das ist mein Job.« Andrea streifte Kristian mit einem kurzen Blick. »Ich will nicht stören, ich wollte mich nur erkundigen, wie es dir geht.«

»Danke. Ich fühle mich ganz gut.« Ein langer Blick ging zu Kristian. »Wenn er bei mir ist, geht es mir immer gut.«

»Und – was macht der Kopf? Wie ich hörte, haben Sie eine Gehirnerschütterung davongetragen.« Auch Andrea verfiel in die förmliche Anrede.

»Ach, das geht schon wieder. Auch die Kopfwunde ist nicht gravierend, sagt der Arzt.«

»Und die Fraktur?« Andrea wies auf das eingegipste linke Bein.

»Ich hab kaum noch Schmerzen. Übermorgen wird ein Gehgips angelegt, dann kann ich hier raus.« Sie klopfte kurz auf das linke Bein, das in einer Gipsschale lag, und lehnte sich dann wieder in den Kissen zurück. Andrea konnte sehen, dass Agneta Langlo ein schwarzes, spitzenbesetztes Nachthemd trug, dessen Dekolleté absolut unpassend war für den Klinikaufenthalt.

Sie war ja nicht darauf vorbereitet gewesen, hier liegen zu müssen, ging es Andrea durch den Kopf. Dieses Negligé hatte sie sicher für einen anderen Zweck eingepackt! Sie will Kristian, das signalisiert sie ganz deutlich. Und er – will er sie auch? Natürlich, sagte eine kleine bissige Stimme in ihrem Hinterkopf. Warum sollte er sich nicht von einer so schönen Frau angezogen fühlen? Diese Agneta ist ausgesprochen attraktiv, sie weiß einen Mann zu fesseln. Zudem hat sie bestimmt Geld, das sieht man an all ihren Sachen.

Für einen flüchtigen Moment glitt ihr Blick zu Kristian, sie presste die Lippen zusammen und atmete zweimal tief durch. »Dann wünsche ich weiterhin gute Besserung.«

»Danke.« Agneta streckte die Hand bereits wieder nach ihrem Besucher aus, doch Kristian sprang auf und ging Andrea nach.

Draußen auf dem Flur hielt er sie am Arm fest. »Ich muss dir was erklären ... Agneta und ich kennen uns aus Stockholm. Sie ist meine Verlegerin und wollte mich hier besuchen. Ich hatte keine Ahnung davon.«

Andrea sah ihn mit unbeteiligtem Gesicht an. »Warum erzählst du mir das? Du bist mir absolut keine Rechenschaft schuldig.« Sie entzog ihm ihren Arm. »Ich muss wieder los. Adjø.«

Mit zwei großen Schritten war sie im Lift, dessen Türen sich gerade öffneten.

»Verdammt, Boris, willst du es nicht verstehen, oder bist du einfach zu beschränkt?« Jacob brüllte wütend in den Hörer. »Ich darf nach meinem Herzinfarkt noch nicht fliegen, sonst käme ich bestimmt selbst nach Petersburg, das kannst du mir glauben!«

Boris antwortete mit einem Wortschwall, der mit zwei deftigen Flüchen endete.

Jacob war davon jedoch alles andere als beeindruckt. »Wir sehen uns nächsten Monat, wie vereinbart. Und denk dran: Keine Alleingänge, das käme dich teuer zu stehen.« Ohne Gruß legte er auf und trat an die offene Verandatür. »So ein Idiot«, murmelte er vor sich hin und trank einen Schluck Scotch. »Seine Extratouren werde ich ihm austreiben, darauf kann er Gift nehmen. Einfach so die Route zu ändern ... Wahnsinn ist das.«

Eine Weile schaute er hinaus aufs Meer. Am Morgen noch hatte ein starker Sturm die arktische See aufgepeitscht, aber jetzt war es windstill. Die Sonne hatte sich durch die dunkelgraue Wolkendecke gekämpft, und die Wasseroberfläche wirkte wie mit Silber überzogen.

Von fern hörte Jacob das Tuten einiger Schiffssirenen, und drüben in der Guanofabrik fuhren ein paar Lastwagen vor. Jacob verzog leicht den Mund. Der strenge Geruch des Guanos war bisweilen grässlich und das Einzige, das ihm den Aufenthalt in Stamsund hin und wieder verleidete. Heute konnte er froh sein, dass der Wind günstig stand und er von dem Gestank nichts mitbekam. So lukrativ das Geschäft mit dem Dünger auch heutzutage noch war, so unangenehm waren die Nebenwirkungen.

Jacob drehte sich um und ging zu seinem Schreibtisch, wo er in einer schwarzen Kladde ein paar Eintragungen vornahm. Die Kladde verstaute er dann in dem Wandtresor, der mit einer komplizierten Sicherheitstechnik vor dem Zugriff Unbefugter geschützt war.

Danach telefonierte er noch einmal. »Hast du die Opernkarten?«, fragte er. Als er eine zustimmende Antwort erhielt, hellte sich seine Miene auf. »Gut, schick sie mir in die Stadtwohnung. Ich bin in zehn Tagen wieder in Oslo.«

Nach einem knappen Gruß beendete er das Telefonat und verließ wenig später das Haus.

Den alten Samen, der ihm auf dem Weg in den Ort entgegenkam und der ihm aus zusammengekniffenen Augen nachsah, bemerkte er nicht.

Mit einem lauten Schrei schreckte Carina Nerhus aus dem Schlaf auf. Sie zitterte am ganzen Körper und sah sich voller Panik im dunklen Schlafzimmer um. Die Vorhänge waren einen Spaltbreit offen, und die erste Helligkeit des Tages drang herein.

»Schnuckel, was ist denn los?« Mit geschlossenen Augen tastete Knut zum Nebenbett.

»Ich … ich weiß nicht …« Carinas Stimme war kaum zu verstehen. »Ich hab geträumt. Irgendwas Aufregendes.«

»Ach so.« Knut legte sich auf die Seite und blinzelte zu ihr hoch. Sie saß, die Arme um die hochgezogenen Knie geschlungen, im Bett und starrte zum Fenster hinaus. Monoton rauschte der Regen draußen, und ein paar Windböen klatschten Kaskaden von dicken Wassertropfen gegen die Scheiben.

Denkbar schlecht war das Wetter, und das schon seit drei Tagen. Kalter Wind wehte von Osten, und auf den Bergen hatte es noch einmal geschneit.

Knuts Blick umfasste Carinas Gestalt, er sah die sanften Rundungen ihrer Brüste, den schlanken Hals, das helle Haar, das ihr ein wenig wirr ins Gesicht fiel und die linke Seite fast ganz verdeckte. Eine Welle der Zärtlichkeit und Leidenschaft durchflutete ihn.

»Und ich hatte gehofft, du würdest immer nur von mir träumen«, sagte er leise und versuchte, Carina am Arm an sich zu ziehen.

»Lass, bitte.« Sie zog ihren Arm weg und wandte ihm nur das Gesicht zu. Irritiert bemerkte er die Panik in ihren Augen.

»Was war denn los?« Er richtete sich nun auch auf und streichelte sacht ihren zuckenden Rücken. »Du hast gestern vielleicht zu viel Champagner getrunken, und jetzt spielt dein Kreislauf verrückt. Komm her, Spatz, bei mir bist du sicher.«

Sein Lachen mischte sich mit einem tiefen Seufzer, der sich Carinas Lippen entrang. Und während sie sich wieder in die Kissen zurückfallen ließen, glitt sein Blick zum

Nachttisch hinüber, auf dem im Sektkübel eine Flasche Champagner stand, daneben zwei Gläser.

»Es war doch schön gestern Nacht, nicht wahr?« Er küsste Carinas Augenlider, ihre Nasenspitze, dann die Lippen, die sich jedoch nicht, so wie sonst, unter seinen Küssen öffneten.

»Hmm ...« Carina legte den Kopf an seine Brust. Es war beruhigend, seinem gleichmäßigen Herzschlag zu lauschen. Langsam entspannte sie sich und genoss es, Knut so nah bei sich zu haben. Gestern hatten sie den sechsten Jahrestag ihres Kennenlernens gefeiert. Knut war damals noch Zweiter Offizier auf dem Hurtigrutenschiff *Kong Olav* gewesen, und sie selbst hatte gerade die Kommissariatslaufbahn begonnen und eine Stelle auf dem Polizeiposten in Tromsø angetreten.

In einer kleinen Bar am Hafen waren sie sich das erste Mal begegnet, und Carina hatte sofort gewusst, dass dieser große blonde Mann sie glücklich machen konnte. Den ganzen Abend bis spät in die Nacht hinein hatten sie zusammengesessen und geredet: über ihre Jobs, über Musik, über Reisen, die sie unternommen hatten – und über ihre Zukunft, von der sie sich schon nach kurzer Zeit sicher gewesen waren, dass sie sich auf eine gemeinsame freuen konnten.

Und mit Knut war sie unendlich glücklich geworden! Wunschlos glücklich, seit ihre kleine Tochter Ellen auf der Welt war.

Ellen ... Mit einem Ruck sprang Carina auf und hastete ins Kinderzimmer. Die lichtblauen Vorhänge mit den hellen gelben Sternchen darauf waren noch zugezogen und schlossen Licht und Sturm aus. Ellen lag, zusammengerollt wie ein kleiner Hund, in ihrem Bett und schlief tief und fest. In ihrem linken Arm lag Nanni, das schwarze Schaf mit der roten Schleife, das ihr Andrea vor einem Jahr zum Geburtstag geschenkt hatte. Ohne Nanni ging Ellen nie zu Bett.

Gleich neben der Tür stand Buffys Körbchen. Der braune Labrador hob nur kurz den Kopf, ließ ihn aber gleich wieder mit einem tiefen Seufzer auf die Pfoten sinken, als Carina »Pst, sei leise« murmelte.

Erleichtert sah Carina von Buffy wieder auf ihr Töchterchen. Sie atmete ein paarmal tief durch, dann zog sie die blaue Wolldecke ein wenig höher und ging dann auf Zehenspitzen zurück zu Knut.

»Alles in Ordnung«, murmelte sie und schlüpfte unter die Decke.

»Warum sollte etwas nicht in Ordnung sein?« Knut legte den Arm um ihre Schultern.

»Ich ... ich hab schlecht geträumt. Jemand hat Ellen etwas antun wollen.« Sie biss sich auf die Lippen. »Und ich konnte ihr nicht helfen. Aber da war ein Rentier. Und eine rote Wolke, die auf den Verbrecher niedergeschwebt ist ... Alles war ziemlich irre.«

»Frau Kommissar, deine Nerven haben dir einen Streich gespielt. Oder hast du gerade einen besonders verzwickten Fall, der dich so beschäftigt, dass du die Probleme mit in deine Träume nimmst?« Er küsste sie zärtlich auf die Stirn, knabberte dann spielerisch an ihrem Ohr. »Das treibe ich dir aus, sofort!«

»Nein. Nein, es ist nichts.« Carina hob den Kopf und küsste ihn. »Du hast recht – ich hab wohl gestern zu viel Champagner erwischt.«

»Und ich weiß, wovon ich zu wenig gehabt habe – von dir.« Knuts Küsse wurden leidenschaftlicher. Spielerisch glitten seine Hände über Carinas schlanke Gestalt. Er umfasste ihre Pobacken fester und presste sie an sich, so dass sie spüren konnte, wie erregt er war.

»Du ...« Nur ein kleines Wort, doch es enthielt alles, was sie empfand in diesem Moment: Zärtlichkeit. Geborgenheit. Zufriedenheit. Grenzenlose Liebe.

Knut sah ihr lächelnd in die Augen, bevor er ihre Brüste ausgiebig küsste und sie dann immer stürmischer liebkoste.

Die Schatten, die Carina vor wenigen Minuten noch in ihrem Bann gehalten hatten, verschwanden in einem Meer von Glück und Leidenschaft.

Draußen wurde der Sturm stärker, der Regen prasselte gegen die Scheiben, und aus der Ferne hörte man das Tuten eines Nebelhorns.

Doch das kümmerte die beiden nicht. Sie waren in ihrer eigenen, wundervollen Welt.

»Wie lange fiebert sie schon?« Andrea Sandbergs Miene konnte man nicht entnehmen, wie besorgt die Ärztin war, nachdem sie Mia Gjerken untersucht hatte. Die vierzigjährige Bäuerin lag apathisch im Bett.

»Keine Ahnung. Gestern hat sie gesagt, sie kann einfach nicht mehr. Ihre Kopfschmerzen würden immer stärker.« Jesper, Mias Mann, zuckte hilflos mit den Schultern. Er war groß und breitschultrig, man sah ihm an, dass er die meiste Zeit des Tages draußen verbrachte. Zusammen mit Mia und seinem alten Vater Thore bewirtschaftete er einen Hof etwa zehn Kilometer von Stamsund entfernt.

Einsam lag das Gehöft in einer Senke, umgeben von grünen Hügeln, auf denen Jespers große Schafherde weidete. Aber auch einige Ziegen und Kühe fanden genügend Futter.

»Pst, sprich leiser.« Andrea zog ihn ein paar Schritte vom Bett fort, nachdem sie gesehen hatte, dass die Kranke auf die laute Stimme ihres Mannes mit schmerzverzerrtem Gesicht reagierte. »Ich mache noch ein paar Tests, aber ich fürchte, dass ich Mia in die Klinik einweisen muss.«

»Nur das nicht!« In Jespers Augen glomm Panik auf. »Wie sollen wir denn ohne Mia zurechtkommen, Vater und ich?«

»Das werdet ihr wohl für eine Weile müssen.« Andrea beugte sich wieder über ihre Patientin und bat: »Streck mal die Beine aus, Mia.«

Mia bemühte sich sichtlich, doch es gelang ihr nicht.

»Komm, ich richte dich mal ein bisschen auf. Versuch jetzt, den Kopf nach vorn auf die Brust zu beugen.«

Die Kranke hielt die Augen geschlossen, während sie versuchte, den Anweisungen zu folgen.

Andrea presste kurz die Lippen zusammen, als sie feststellte, dass auch das Brudzinski-Zeichen vorhanden war: Beim Vorbeugen des Kopfes wurden unwillkürlich die Beine angezogen – ein weiteres Symptom für eine Hirnhautentzündung! Zusammen mit der Lichtempfindlichkeit, der Nackensteife und dem hohen Fieber war die Diagnose beinahe eindeutig.

Ohne sich länger aufzuhalten, rief Andrea einen Krankenwagen, der ihre Patientin so rasch als möglich in die Klinik bringen sollte.

»Und – was wird jetzt aus Vater und mir?«

Andrea sah ihn empört an. »Hast du sonst keine Sorgen? Weißt du nicht, wie gefährlich eine Hirnhautentzündung ist? Mia muss sofort behandelt werden, sonst …« Sie zögerte, doch dann sagte sie sich, dass es in diesem Fall besser war, schweres Geschütz aufzufahren, und so fuhr sie leiser fort: »Sie könnte sterben, wenn sie nicht intensiv versorgt wird.«

»Nein!« Der große Mann sackte sichtlich zusammen. »Das … das darf nicht sein! Doktor Andrea, du musst ihr helfen, ich flehe dich an!«

»Das tu ich ja. Aber sie braucht Infusionen, Medikamente, die das Fieber senken, und Antibiotika. Diese Mittel kann man ihr gezielt nur im Krankenhaus verabreichen und dann beobachten, wie sie anschlagen. Hier bei euch kann Mia nicht optimal versorgt werden, das musst du einsehen.«

Jesper nickte. »Ja, ja, tu, was notwendig ist.« Leise ging er zum Bett und beugte sich über Mia. Der große Mann, der sich oft so tapsig wie ein Bär verhielt, war plötzlich von einer Sanftheit, die Andrea berührte. »Ich liebe dich, Mia«, flüsterte er der Kranken zu. »Du musst bald wieder gesund werden.«

»Ja.« Mia öffnete nur kurz die Augen.

Es dauerte nicht lange, dann fuhr der Krankenwagen vor und transportierte Mia ab.

»Ich komme gleich nach und bringe Mia ein paar persönliche Sachen in die Klinik«, sagte Andrea zu dem älteren der beiden Sanitäter. Sie hatte bemerkt, dass Jesper gar nicht wusste, was seine Frau brauchen würde, und beschloss, alles selbst zusammenzusuchen. Während sie ein paar Nachthemden und Waschzeug einpackte, ging ihr durch den Kopf, welch einsame Verantwortung auf ihr lastete, seit sie die Praxis des alten Johan Ecklund übernommen hatte. Als Landärztin, deren Patienten weit verstreut wohnten, musste sie die Diagnose allein stellen – und allein entscheiden, wie der Behandlungsverlauf aussehen sollte. Damals in Deutschland, als sie in einer großen Klinik gearbeitet hatte, war das anders gewesen. Ein Team von Ärzten und umfangreiche diagnostische Hilfsmittel hatten zur Verfügung gestanden und eine optimale Versorgung der Patienten garantiert. Und doch – sie wollte nicht zurück. Sie wollte das Leben, das sie jetzt führte, auf keinen Fall mehr gegen ein Leben in der Großstadt eintauschen!

Eine gute Viertelstunde später machte sie sich auf den Weg nach Svolvær. Die Nachmittagssonne, die jetzt, Anfang Mai, schon recht kräftig war, lockte viele Menschen hinaus auf die Straße. Die Cafés waren ebenso gut besucht wie die kleinen Geschäfte und Shops am Hafen.

Andrea sah eines der Hurtigrutenschiffe, das sich anschickte, in den Hafen einzulaufen. In einer halben Stunde würden dann noch mehr Touristen die Straßen bevölkern und sich an der idyllischen Lage dieses größten Städtchens auf den Lofoten erfreuen.

Vorbei am modernen gläsernen Einkaufszentrum des Ortes, wo man alles bekam, was man zum Leben benötigte, fuhr sie zum Krankenhaus und parkte gleich neben dem Eingang zur Ambulanz.

Noch stand der gelbe Krankenwagen in der Auffahrt, und einer der Sanitäter, der danebenstand und rauchte, hob kurz die Hand. »Deine Patientin ist schon im Untersuchungsraum«, berichtete er. »Doktor Draksen und Doktor Mörle haben Dienst.«

»Danke.« Andrea betrat das Klinikgebäude, dessen Geruch so unverwechselbar war wie überall auf der Welt. Es roch nach Medikamenten, nach Desinfektionsmitteln – und ein wenig auch nach Angst. Zumindest empfand Andrea es immer so.

»Hei, Andrea.« Dr. Daniel Mörle, Internist und leitender Chefarzt, kam aus dem Untersuchungszimmer, gerade als Andrea die Hand nach der Türklinke ausstrecken wollte. »Du hast uns die neue Patientin geschickt, hörte ich.«

»Ja. Mia Gjerken. Verdacht auf Meningitis.«

»Deiner Diagnose kann ich mich nur anschließen. Alle Symptome sprechen dafür. Sie ist kaum noch ansprechbar, ich hab veranlasst, dass sie gleich auf die Intensivstation kommt.«

»Danke. Hier hab ich ihre Sachen.«

»Gib her, Schwester Britta kann sie ihr bringen.« Er lächelte Andrea an. »Und – Lust auf einen Kaffee?«

»Gern. Ich will vorher nur noch kurz auf der Chirurgie nach zwei Patienten sehen. Du bist dann in deinem Büro?«

»Ja. Bis gleich.«

Andrea lächelte ihm zu und durchquerte die helle Eingangshalle. Kurz bevor sie den Lift erreichte, kam ihr Kristian Hallström entgegen. Sein Anblick versetzte ihr einen Stich: Kristian hatte sich den etwas verwilderten Bart abrasiert. Jetzt ähnelte er Magnus so stark, dass Andrea ihn wie hypnotisiert anstarrte.

»Hei. Was ist denn? Geht's dir nicht gut?« Mit zwei langen Schritten war er neben ihr und umfasste ihre Schultern. Sie sah aus, als würde sie im nächsten Moment ohnmächtig werden.

»Nicht. Lass mich.« Andrea zitterte am ganzen Körper.

»Was ist denn los? Andrea! Sag doch was!«

Ein paarmal kniff sie die Augen zusammen, atmete tief durch, schüttelte vorsichtig den Kopf und versuchte sich dann aus seinem Griff zu befreien. »Entschuldige, es ist nichts. Alles in Ordnung.«

»Den Eindruck hatte ich aber nicht gerade.« Mit leicht schräg gelegtem Kopf sah er sie an.

Andrea hatte Mühe, die Beherrschung zu wahren. Dieser Blick ... liebevoll besorgt, fast ein wenig zärtlich ... so hatte Magnus sie oft angeschaut, wenn sie müde und erschöpft von einem Hausbesuch heimgekehrt war.

Nein, lass mich los! Lass mich sofort los!, hätte sie am liebsten geschrien, doch kein Laut kam über ihre Lippen, als Kristian sie noch fester an sich zog und ihren Kopf an seine Schulter bettete. Dieses vertraute, lang entbehrte Gefühl von Geborgenheit ... Sie atmete ganz flach, so, als könnte sogar ihr heftiges Luftholen den Zauber des Augenblicks zerstören.

Es ist, als hielte mich Magnus in seinen Armen, dachte sie, und am liebsten wäre sie so stehen geblieben, in der Hoffnung, dass die Erinnerung an eine glückliche Vergangenheit Wirklichkeit werden möge.

»Geht es wieder?« Die dunkle Männerstimme riss sie aus ihren Tagträumen.

Mit einem Ruck befreite sie sich aus Kristians Armen. »Ja. Ja natürlich.« Sie sah ihn nicht an. Sie wollte ihm nicht in die Augen sehen, die doch Magnus' Augen waren. Sie wollte ihn nur riechen, diesen unverkennbaren Geruch nach Meer, nach dem Aftershave mit der herben Sandelholz-Note, nach Kaffee und den Lakritzdrops, die Magnus so geliebt hatte.

Es konnte einfach nicht sein, dass Kristian genauso roch wie Magnus! Es war Einbildung, nichts anderes!

»Sorry, ich muss gehen.« Sie drehte sich um und stürmte aus der Halle, rannte zum Parkplatz und schloss mit zitternden Fingern ihren Wagen auf.

Dann brach sie weinend über dem Lenkrad zusammen.

»Hei, Berit, wo kommst du her?« Der alte Same saß vor seinem Holzhaus am Ortsrand von Ramberg und schnitzte an einer Pfeife. Vor etlichen Jahren war Ole hier endgültig sesshaft geworden, das Herumziehen mit den Rentierherden wurde ihm zu beschwerlich. Zudem war er hier näher an der großen Klinik gewesen und hatte Kim, seine kranke Enkelin, dort behandeln lassen können.

Aber jetzt war Kim bei den Ahnen. So wie ihre Eltern, die auch viel zu früh dorthin hatten gehen müssen, von wo kein Sterblicher je zurückkehrt.

Der alte Mann blickte hinaus aufs Meer, sah die endlose, silbrig glitzernde Wasserfläche und seufzte auf. Das Meer war unendlich, aber ihm fehlte auch nach Jahren noch oft die Weite der Tundra, der enge Bezug zu den Tieren, die zu einem Samen gehören wie die Wolken zum Himmel und die Lachse in die nordische See.

»Von daheim. Woher sonst.« Berit ließ sich neben ihm nieder. Wie immer trug sie die alte Tracht ihres Volkes. Da es kühl war, hatte sie über den blau-roten Kittel eine dunkelbraune Jacke aus Rentierfell gezogen. Die rote Kappe, üppig bestickt mit weißen, gelben und blauen Glasperlen, verdeckte zum größten Teil ihr dunkles Haar, das nur an den Schläfen ein paar weiße Strähnen zeigte.

»Du kommst direkt von Hinnøy?«

Berit nickte. »Erst hat mich Hendrik Mattis ein Stück weit in seinem Wagen mitgenommen, dann bin ich in den Bus gestiegen.« Ein kleines Lächeln glitt über ihren faltigen Mund. »Glaubst du vielleicht, ich lebe noch im vorvorigen Jahrhundert?«

»Aber nein!« Ole stand auf. »Ich bin nur verwundert.« Er streckte die Hand nach ihr aus. »Kommst du mit ins Haus? Ich koche uns Kaffee. Frischer Kuchen und Kekse sind auch da, eine Nachbarin hat sie mir herübergebracht.«

»Kaffee ist gut. Aber erst mal mag ich nichts essen.« Berit nestelte an den Verschlüssen ihrer Jacke, zog sie aus und legte sie über ihre alte Tasche aus Rentierleder. »Es ist wärmer hier als bei uns.«

»Heute ist ein besonders schöner Tag.« Ole ging ins Haus und setzte Kaffeewasser auf. Als er zurückkam, stellte er einen Teller mit Gebäck vor Berit auf den grobgezimmerten Holztisch. »Schmeckt gut, probier mal.«

»Ja. Danke.« Berit sah sich um. »Wo sind deine Tiere?«

»Hinter dem Haus. Da haben sie ein ganzes Stück Weide. Willst du sie sehen?« Er nahm Berits rechte Hand, die abgearbeitet und voller Schwielen war, in seine.

»Ja.« Die alte Frau stand ein wenig schwerfällig auf und folgte ihm durch das kleine Tor aus schlichten Birkenstämmen hinüber zum Pferch für die drei Hausrentiere.

»Es lebt immer noch!« Berit wies auf ein weißes, ziemlich kleinwüchsiges Rentier, das ein Stück abseits von den beiden anderen stand. »Kims Ren!«

Als hätte es Berits Stimme erkannt, kam das Albino-Ren auf die alte Frau zu und schmiegte seine weiche Schnauze in Berits Hand. Gedankenverloren streichelte Berit das Tier, dann wandte sie sich Ole zu, der sich an den Zaun lehnte und mit tränenfeuchten Augen auf die Szene sah. »Ich hatte einen Traum.«

Ole zuckte zusammen. Die alte Schamanin besaß übersinnliche Kräfte, das wusste er seit vielen Jahren. »Und – was hast du geträumt?« Seine Stimme klang brüchig.

»Lass uns Kaffee trinken.« Berit ging zu der schmalen Bank vor dem roten Holzhaus zurück und setzte sich. Die sich immer stärker gen Westen neigende Sonne warf einen goldenen Schein über das Meer. Ein paar kleine Fischerboote zogen ihre Bahn, verfolgt von Papageientauchern und einem Schwarm laut kreischender Möwen.

»Schön hast du es hier. Aber vermisst du nicht unsere Zelte, die Gemeinschaft, die Rituale unseres Stammes?« Berit tauchte einen der Kekse in den Kaffee und steckte sich das Gebäck erst dann in den Mund.

»Nur ganz selten.« Ole trank seinen Kaffee in kleinen Schlucken. »Meine Nachbarn sind sehr nett, zwei Häuser weiter lebt Mats mit seiner Familie, und mein Neffe Kjell wohnt am anderen Ortsende. Nein, nein, es ist schon gut, dass ich hierhergekommen bin.« Er biss sich auf die Lippen. »Seit Kims Tod zieht mich nichts mehr zu euch in die Tundra.« Tränen liefen ihm über die wettergegerbten Wangen. Er räusperte sich und sagte dann leise: »Seit die Kleine gestorben ist, ist auch ein Stück von mir gestorben.«

»Ich weiß.« Berit legte ihre Hand auf seine zuckenden Finger. »Aber wir werden noch gebraucht, du und ich.«

»Wozu?« Mit müdem Blick sah er sie an.

»Die Menschen hier brauchen uns.« Berit zog etwas unter ihrem bunten Kittel hervor. »Die deutsche Ärztin ist in Gefahr. Du musst zu ihr.« Von einer Sekunde zur anderen hatte ihre Stimme einen anderen Klang bekommen. Sie sprach leise, unmelodiös, in abgehackten Wörtern, von denen man glauben konnte, sie suche sie mühevoll zusammen. »Da ist ein Mann. Ein Fremder. Er ist nicht gut. Nicht gut für Doktor Andrea.«

Mit einem Satz sprang das weiße Rentier über den Zaun, legte sich vor Berit hin, bettete den Kopf auf ihre hohen Lederschuhe und sah zu der Alten auf, deren Blick sich in der Weite des Horizonts verlor. Von Norden her zog eine Quellwolkengruppe immer näher. Eine kleine, tellerrunde Wolke löste sich daraus, und es schien, als schwebe sie direkt auf die beiden Alten zu. Sie blickten fasziniert zum Himmel auf und sahen zu, wie die untergehende Sonne der Wolke einen rotgoldenen Mantel umhängte.

Leise begann die alte Schamanin zu singen, den uralten Joik-Gesang der Samen. Dann beugte sie sich vor, holte aus ihrer Tasche eine kleine Trommel und schlug sie im Takt des Gesangs.

Ole saß ganz still. Seit jeher besaßen die Schamanen seines Volkes übersinnliche Fähigkeiten. Und Berit war damit besonders reich gesegnet. Wenn sie die Trolltrommel schlug und sich so in Trance versetzte, kam es vor, dass sie Kontakt zu den toten Ahnen bekam. Oder dass sie Dinge sah, die noch in ferner Zukunft lagen.

Eine Viertelstunde etwa saßen sie so. Berit sang leise vor sich hin, schlug ihre Trommel und sah zu der kleinen

Wolke hoch, die genau über ihnen zum Stehen gekommen war.

Das weiße Rentier erhob sich mit einem Ruck, stieß einen Schrei aus – und sackte tot in sich zusammen.

»Andrea ... Doktor Andrea ... hilf ihr ... der Fremde ...« Berit schwankte, ihre Stimme versagte. Sie legte die Trommel auf dem Schoß ab und blickte auf das weiße Rentier, das direkt vor ihren Füßen lag.

»So plötzlich ist es dahin.« Ole schüttelte den Kopf. »Warum?«

»Das wissen nur die Götter.« Berit nestelte eine lange und eine kurze Kette aus roten Glasperlen aus ihrer Tasche. An beiden hingen ein paar kleine Haizähne und Knochen. Die Alte bückte sich und zog dem toten Ren ein paar Haare aus dem Nackenfell. Geschickt flocht sie auch diese noch in die lange Kette ein.

»Was machst du?«

Berit antwortete erst nach einer Weile. Sie hob die Ketten hoch und ließ sie ein paarmal über ihrem Kopf kreisen. Dann legte sie die lange Kette dem toten Rentier kurz zwischen die gebrochenen Augen, ehe sie das seltsame Schmuckstück Ole reichte.

»Bring die Kette Doktor Andrea. Sie soll sie immer bei sich tragen. Was du mit der anderen tun musst, weißt du.«

»Er ist schon wieder da, Doktor Andrea!« Liv Björnsdotters Augen glänzten, und sie strich sich aufgeregt über den weißen Kittel.

»Wer ist da?« Andrea sah nur kurz von ihrem Krankenbericht auf.

»Jacob Stevensen. Und er hat Blumen dabei. Rosen.«

Andrea runzelte die Stirn. »Sitzt er im Wartezimmer?«

Liv nickte. Die Zwanzigjährige, die Medizin im zweiten Semester studierte, half während der Semesterferien gern in der Praxis aus. So hatte Birgit mehr Zeit für ihren Haushalt, und Liv konnte einiges an praktischer Erfahrung sammeln.

Jetzt war Liv für ein paar Wochen zu Hause, und gleich hatte sie angefragt, ob sie wieder im Doktorhaus arbeiten könne.

»Bring ihn noch für ein paar Minuten ins Labor, ich komme, sobald der nächste Patient behandelt ist.« Andrea täuschte Gelassenheit vor, doch ihr Herzschlag beschleunigte sich. Jacob war ein zwar unaufdringlicher, aber hartnäckiger Verehrer. Sie hatten sich schon öfter getroffen, und er hatte bereits mehrmals Blumen geschickt.

Sie musste sich bemühen, Siv Drahlen mit der gebotenen Konzentration und Freundlichkeit zu behandeln. Die junge Frau erwartete ihr drittes Kind und strahlte vor Glück.

»Jetzt wird es endlich ein Junge, das spüre ich genau«, sagte sie und blickte Andrea erwartungsvoll an. »Kannst du mir schon was sagen?«

Andrea wies zur Untersuchungsliege und nahm eine Ultraschalluntersuchung vor. »Das sieht ganz so aus, als würde diesmal dein Wunsch erfüllt.« Sie zwinkerte Siv zu. »Der Erbe ist unterwegs!«

»Doktor Andrea, das ist wunderbar!« Die junge Frau strahlte. Ihrer Familie gehörte eine große Fischfabrik, und alle warteten sehnsüchtig auf den Erben, der einmal die Tradition des Fischhandels fortführen würde. »Mein Yannik wird ausflippen!«

»Grüß ihn von mir. Und du – schone dich ein bisschen.«

»Das mach ich bestimmt!«

»Gut. Dann sehen wir uns in vier Wochen wieder.«

Ein kleines Lächeln lag noch auf Andreas Lippen, als sie die Labortür öffnete und Jacob begrüßte.

Siv war eine von ihren treuesten Patientinnen. Gleich nachdem die deutsche Ärztin die Praxis von Johan Ecklund übernommen gehabt hatte, war Siv mit ihren beiden Kindern zu ihr gekommen. Und schon bald sagte sie »Doktor Andrea« zu der Ärztin – eine vertrauliche Anrede, die die meisten Patienten inzwischen übernommen hatten.

Jacob Stevensen saß auf einem kleinen Hocker, den Arm auf einen halbhohen Medikamentenschrank gestützt, auf dem ein herrlicher Strauß gelber Rosen lag. Jacob trug einen hellgrauen Blazer zur schwarzen Hose, dazu ein fliederfarbenes Hemd, das am Hals offen stand. In diesem Outfit unterschied er sich von den meisten anderen Männern aus Stamsund. Die trugen entweder Jeans oder warme Cordhosen, dazu Arbeitshemden und höchstens mal ein helles Polohemd unter einem warmen Pullover.

»Ich weiß, ich komme mal wieder ungelegen.« Er zog Andreas Hand an die Lippen. »Aber ich gestehe, dass ich einfach nicht mehr bis zum späten Nachmittag warten wollte. Ich möchte deine Antwort sofort.« Bei diesen Worten legte er ihr die Rosen in den Arm.

Andrea biss die Lippen zusammen. Was wollte er damit sagen? Worauf sollte sie ihm antworten? Leise Panik breitete sich in ihr aus, mischte sich aber mit einem leisen Glücksgefühl, als sie in Jacobs lächelndes Gesicht sah.

Der Widerstreit der Gefühle, der in ihr tobte, stand ihr ins Gesicht geschrieben. Jacob konnte darin lesen wie in einem offenen Buch. Er lachte leise, dieses dunkle, samtweiche Lachen, das Andrea sehr mochte.

»Du siehst aus wie ein Kind, wenn's donnert. Ich wollte dich nicht erschrecken. Hier, das ist es, was ich dir zeigen – und worauf ich eine Antwort haben möchte.« Er griff in seine Jacketttasche und holte zwei Tickets hervor. »Opernkarten. In Oslo wird nächste Woche *La Bohème* gespielt. Mit der Netrebko als Mimi.« Erwartungsvoll sah er Andrea an. »Na, was sagst du?«

»Die Bohème ...« Andrea seufzte sehnsüchtig auf. »Weißt du, wann ich das letzte Mal in der Oper war? Oder in einem Konzert?«

»In der Oper warst du in New York und hast dort *Rigoletto* gesehen.«

»Stimmt!« Andrea griff nach den Karten. »Das hast du behalten.«

Er strich ihr kurz über die Wange. »Ich kann mich an alles erinnern, worüber wir gesprochen haben.«

Eine kleine Weile blieb es still zwischen ihnen. Draußen fuhr ein Wagen vor, man hörte das Weinen eines Kindes und die aufgeregte Stimme einer Frau.

»Ich muss wieder in die Praxis.« Andrea legte die Blumen zurück, dazu die Karte. »Danke für die Rosen. Sie sind wunderschön.«

»Und – wie ist deine Antwort?« Jacobs Stimme klang nun drängend.

Andrea sah ihn an. »Ich komme gern mit, Jacob. Es ist eine wundervolle Idee, und ich freue mich auf den Trip. Aber wie kommen wir ...«

»Pst. Kein Wort mehr.« Er legte ihr den Finger auf den Mund. »Darum kümmere ich mich. Du musst nur mitkommen, alles andere überlass mir.«

»Ja dann ...« Andrea öffnete die Tür. »Ich muss wieder an die Arbeit.«

Jacob nickte und folgte ihr. »Wir telefonieren heute Abend noch mal«, sagte er.

»Einverstanden.«

Mit einem Ruck zog Jacob die Eingangstür hinter sich zu.

Ein siegessicheres Lächeln umspielte seine Lippen, als er hinüber zu seinem Wagen ging, der auf der gegenüberliegenden Straßenseite geparkt war. Eine kleine Schnur mit roten Perlen hing an der Fahrertür, daran baumelten Fischzähne und bereits faulendes Rentierfleisch.

»Schweinerei«, schimpfte Jacob und riss die Schnur ab. In weitem Bogen warf er sie ins Geröll gleich neben der Straße.

Andrea hörte das Jauchzen ihres kleinen Sohnes schon von weitem. Sie ging schneller, öffnete mit der Linken die Haustür und nahm sich gerade noch die Zeit, die Rosen in der Küche in die Spüle zu legen, dann eilte sie nach draußen.

»Mama! Mama! Guck mal!« Mit leuchtenden Augen hielt ihr Lars ein geschnitztes Rentier entgegen. »Und das da!« Aus der Hosentasche zog er ein Lederband mit einem runden Medaillon, das kunstvoll aus einem Stück Walfischzahn geschnitzt worden war.

»Wie schön! Wer hat dir das denn geschenkt?« Sie beugte sich vor und gab Lars einen Kuss.

»Da!« Lars tapste zur Bank an der rückseitigen Hauswand. Birgit saß dort, und neben ihr …

»Ole!« Verblüfft sah Andrea auf den alten Samen, der sich langsam erhob und auf sie zukam. »Wir haben uns lange nicht gesehen!« Sie reichte ihm beide Hände.

»Andrea.« Mit leicht schräg gelegtem Kopf musterte er sie. »Gut siehst du aus. Ist alles in Ordnung?«

»Aber ja!« Sie hakte sich bei ihm ein. »Und bei dir? Geht es dir gut, oder brauchst du einen Arzt?«

»Nein, nein. Mir geht es gut. Es ist nur …« Ole zögerte. Sein Blick ging von Andrea zu Lars, dann zu Birgit, die gerade einen Schluck Kaffee trank.

Bedächtig stellte Birgit die Tasse vor sich ab. »Sag es geradeheraus, Ole. Das ist am besten.« Dann stand sie auf. »Komm mit, Lars, wir holen noch ein paar Kekse für die Mama aus der Küche.«

»Und Tuchen.«

»Ja, Kuchen auch.« Birgit nahm ihn an die Hand. »Jetzt könnt ihr ungestört reden«, sagte sie und nickte Ole auffordernd zu.

Der alte Mann streckte die Hand aus. »Komm, setz dich zu mir. Und dann sag mir ehrlich, ob du dich wirklich gut fühlst. Gibt es … gibt es einen neuen Mann in deinem Leben?«

Wenn Andrea irritiert war, ließ sie es sich nicht anmerken. Sie wusste inzwischen genug über Ole und seine Landsleute, um zu erkennen, dass er diese Frage nicht aus Neugier stellte.

»Es geht mir wirklich gut«, antwortete sie. »Und … ja, es gibt wirklich einen Mann, der …«

»Ja?« Fragend sah er sie an.

Andrea zuckte mit den Schultern. »Wie soll ich es dir erklären? Er heißt Kristian und ist mit Magnus verwandt. Vor einigen Tagen tauchte er hier auf. Und er ist ... er hat mich ...« Sie biss sich auf die Lippen. »Er sieht Magnus so unheimlich ähnlich«, gestand sie dann leise. »Mir ist oft so, als sähe Magnus mich an. Mit demselben Blick. So zärtlich, so vertraut ...«

Während sie sprach, verlor sich ihr Blick in der Ferne. Ihr Gesicht bekam einen weichen, beinahe verträumten Ausdruck, der viel mehr von ihren Gefühlen verriet, als ihr bewusst war.

»Und sonst? Gibt es sonst noch jemanden?« Oles Stimme klang ungewöhnlich drängend, was Andrea irritierte.

Sie zögerte ein paar Herzschläge lang, dann nickte sie. »Ich hab einen Patienten, der mir sehr sympathisch ist.«

»Woher kommt er?« Ole beugte sich ein wenig vor und sah die junge Ärztin eindringlich an.

»Er besitzt hier ein Ferienhaus. Aber er lebt wohl hauptsächlich in Oslo.«

Wenn jemand den beiden zugehört hätte, wäre er verwundert gewesen über die Offenheit, mit der Andrea antwortete. Doch sie kannte Ole seit ihrer Ankunft in Norwegen. Damals war sie unendlich traurig gewesen, da sie der Mann, wegen dem sie die Heimat verlassen hatte, um mit ihm in Bergen zu leben, schamlos betrogen hatte. In ihrer Verzweiflung war sie auf eines der vielen Hurtigrutenschiffe gestiegen und einfach losgefahren, die ganze wildromantische Küste Norwegens entlang. Während der Fahrt hatte sie Ole und seine todkranke Enkelin Kim kennengelernt. Kim, das Samenmädchen mit dem roten

Käppchen über der Perücke, das so tapfer sein Schicksal ertragen hatte und dem der beste Arzt der Welt nicht hätte helfen können. Der Tumor in Kims kleinem Kopf war inoperabel gewesen; es galt nur noch, ihr die letzten Tage so schön wie möglich zu machen.

Seit dieser Reise gehörte Ole zu Andreas Leben. Sie trafen sich nur selten, doch wenn sie sich sahen, war eine Vertrautheit zwischen ihnen, die außergewöhnlich war und keinerlei Worte bedurfte.

»Ein Fremder.« Oles Stimme war kaum zu verstehen. Er nestelte an seiner Jacke, griff dann in den alten Rucksack aus Rentierleder und zog ein Päckchen heraus. »Hier, für dich.«

»Ole, du sollst mir nichts schenken! Du hast Lars schon so viel mitgebracht!«

»Es ist kein Geschenk.« Der alte Mann nahm Andreas Hände und legte sie dann um das in graues Packpapier eingeschlagene Paket. »Berit war bei mir. Deinetwegen. Sie sagt, du musst diese Kette tragen. Zumindest behalte sie immer am Körper.«

»Berit.« Andrea biss sich kurz auf die Lippen. »Was … was hat sie denn noch gesagt?«

»Nimm die Kette und trag sie bei dir.« Ole griff nach seiner Kaffeetasse und leerte sie in kleinen Schlucken. »Berit hatte einen Traum. Sie hat von dir und einem Fremden geträumt. Deshalb schickt sie dir die Kette.«

Andrea fröstelte. Der Tag, der eben noch so heiter gewesen war, hatte plötzlich seinen frühlingshaften Glanz verloren. Sie wusste um die Fähigkeiten der Schamanin, die oft das Zweite Gesicht hatte und Dinge sah, die den meisten Menschen verborgen blieben.

»Was hat Berit gesehen? Bitte, Ole, du musste es mir sagen!« Fest umklammerte sie den Arm des Alten.

Ole schüttelte den Kopf. »Ich weiß es nicht. Nur eins ist sicher: Trag die Kette immer bei dir!«

6

In der Nacht hatte ein heftiges Unwetter über den Lofoten und Vesterålen getobt. Stundenlang hatte es sintflutartig geregnet, und ein eisiger Sturm hatte das erste Grün an den Büschen und Bäumen fast zum Erfrieren gebracht.

In den Häfen waren einige kleine Boote zum Spielball der hohen Wellen geworden und zerschellt. Allein die Hurtigrutenschiffe zogen, unbeeindruckt vom Toben der Naturgewalten, weiter ihre Bahn, denn kräftige Stabilisatoren sorgten dafür, dass die Schiffe relativ ruhig im Wasser lagen.

Im Krankenhaus von Stamsund fiel für anderthalb Stunden der Strom aus, und das Notaggregat musste eingeschaltet werden.

Als Kristian Hallström am frühen Nachmittag die chirurgische Station betrat, war von dem Unwetter allerdings nichts mehr zu bemerken. Nur die im Sonnenlicht weiß glitzernden Spitzen der Lofotenwand zeugten davon, dass der Winter noch einmal versucht hatte zurückzukommen.

»Hol mich so schnell wie möglich hier raus, Kristian.« Nervös zupfte Agneta Langlo an dem geblümten Stoff des klinikeigenen Nachthemdes herum. »Ich halte es nicht mehr aus. Sieh dir nur diesen Lappen an … furchtbar!«

Kristian musste sich ein Grinsen verkneifen.

Agneta in diesem – zugegebenermaßen höchst unattraktiven – Baumwollnachthemd zu sehen war so ungewöhnlich, dass er sie immer wieder anschauen musste. Agneta war perfekt geschminkt, die dunklen Augen mit einem feinen Kajalstift betont, die Lippen in leuchtendem Lachsrot geschminkt. Das nachtschwarze Haar fiel in weichen Wellen auf den hellblauen Baumwollstoff mit den zartgelben Blumen.

»Der Arzt hat gesagt, dass du erst übermorgen entlassen werden kannst. Die Gehirnerschütterung ist noch nicht komplett ausgeheilt.«

»Ach was! Dummes Geschwätz! Mir geht es prächtig! Seit gestern hab ich einen Gehgips, damit kann ich mich sehr gut draußen fortbewegen.« Sie biss sich auf die Lippen und zerrte wieder an dem bunten Stoff. »Wenn ich nur meine eigenen Sachen anziehen könnte! Aber man ist hier ja noch nicht mal in der Lage, meine Seidendessous zu waschen.«

Kristian nickte. »Logisch. Klinikwäsche sieht nun mal anders aus.«

»Ja, ja, ich weiß. Und du bist ja auch nicht bereit, dich darum zu kümmern.«

Das Gesicht des Mannes versteinerte. »Nun mach mal halblang, Agneta. Ich habe mich hierher zurückgezogen, um in Ruhe schreiben zu können, nicht, um dir als Kammerdiener zur Verfügung zu stehen.«

»Mistkerl!« Ihre dunklen Augen füllten sich mit Tränen. »Hast du gar kein Mitleid mit mir? Deinetwegen befinde ich mich doch nur in dieser misslichen Lage!«

»Meinetwegen?«

»Natürlich! Ich hab mir Sorgen um dich gemacht, deshalb bin ich dir in diese gottverdammte Einöde gefolgt.« Vorwurfsvoll sah sie ihn an. »Was hat dich nur geritten, auf die Lofoten zu fahren?«

»Ich wollte meine Ruhe haben.« Kühl sah er sie an. »Agneta, versteh es endlich – mit uns beiden, das geht auf Dauer nicht. Wir sind zu verschieden und ...«

»Gerade deshalb passen wir doch perfekt zusammen«, fiel sie ihm ins Wort. »Du bist der Künstler, und ich vermarkte deine Werke. Und zwischendurch ...«, sie sah ihn unter halbgeschlossenen Lidern an, und ihre Zungenspitze glitt rasch über die roten Lippen, »... zwischendurch gibt es vieles, das wir gemeinsam tun können. Im Bett sind wir doch das perfekte Paar, gib es zu.«

Sie streckte die Hand aus und wollte ihn näher zu sich ziehen, doch Kristian stand rasch auf und trat ans Fenster.

Unten, auf dem kleinen Parkplatz, fuhr gerade ein dunkelroter Mercedes vor.

»Ich muss gehen.« Kristian drehte sich um und kam zum Bett zurück. »Sei vernünftig und halte noch zwei Tage lang Ruhe, Agneta.« Er beugte sich über sie und küsste sie flüchtig, dann war er auch schon an der Tür. Ohne sich noch einmal umzudrehen, ging er hinaus.

»Verdammt! Verdammt, verdammt!« Wütend schleuderte Agneta die Vase mit den bunten Frühlingsblumen, die Kristian ihr heute mitgebracht hatte und die auf dem Nachttisch neben dem Bett standen, durchs Zimmer.

Kristian hörte sie toben, doch er reagierte nicht. Sollte Agneta ruhig das halbe Krankenhaus zusammenschreien, er ließ sich von ihr nicht mehr manipulieren. Einer Krankenschwester, die ihn fragend ansah, nickte er flüchtig zu. »Schau mal nach ihr«, sagte er. »Aber keine Sorge, es fehlt ihr an nichts.«

»Ist gut.« Die ältere Pflegerin, die Agneta in den wenigen Tagen schon zur Genüge kennengelernt hatte und die Situation einschätzen konnte, beschloss, die schöne Schwedin erst einmal toben zu lassen. Sollte sie sich gar nicht beruhigen, konnte man ihr immer noch eine Spritze geben.

Kristian hastete über den Flur, nahm immer zwei Stufen auf einmal und atmete auf, als er in der Halle Andrea entdeckte, die gerade die breite Schwingtür aufstieß.

»Hei, Andrea!«

»Kristian. Hallo.« Sie sah ihn nur kurz an und wollte weitergehen, doch er hielt sie am Arm fest.

»Bist du sehr in Eile?«

»Ja. Ich muss ein paar Patienten besuchen.«

»Dann warte ich hier.« Entschlossen sah er sie an. »Du weichst mir aus, wann immer wir uns begegnen. Warum, Andrea?«

»Ach was. Das bildest du dir ein.« Sie versuchte, ihn nicht anzusehen, nicht in die dunklen Augen zu schauen, die sie schon wieder so zärtlich anblickten.

»Nein. Ich merke es genau.« Er legte ihr den Zeigefinger unters Kinn. »Sieh mich an und sag mir, dass ich mich irre.«

»Kristian, ich muss weiter. Unter anderem will ich nach deiner Freundin sehen. Wie geht es ihr?«

»Gut. Aber sie ist nicht meine Freundin. Nicht mehr«, fügte er rasch hinzu.

Andrea zog kurz die Augenbrauen hoch. »Ach nein? Da

hat sie mir aber ganz etwas anderes erzählt. Ihr wollt noch in diesem Sommer heiraten.« Sie wusste nicht, warum sie das sagte. Eventuell glaubte Kristian jetzt noch, sie sei eifersüchtig.

Und – war sie das nicht auch? Diese Agneta war eine rassige, wunderschöne Frau mit großer erotischer Ausstrahlung. Es gab sicher keinen Mann, der sich ihrer Anziehungskraft entziehen konnte.

»So ein Unsinn!« Eine kleine Zornesader pochte an Kristians Schläfe. Er presste die Lippen zusammen und atmete heftig. »Glaub das nur ja nicht! Agneta spinnt sich da was zusammen.«

Andrea antwortete nicht darauf.

»Was ist, trinkst du einen Kaffee mit mir, dann können wir über ein paar Dinge reden. Drüben ist ein nettes Lokal. Sie haben Blaubeerkuchen, hab ich gesehen.« Er lächelte sie an, und Andrea konnte gar nicht anders als zustimmend nicken.

Kaum hatten sie bestellt, griff Kristian nach ihrer Hand. »Andrea, ich möchte dir gern einiges erklären.«

»Und was sollte das sein?«

Er zögerte. »Es geht um Magnus. Und um uns. Ich ... es tut mir so leid, dass ich damals nicht zu eurer Hochzeit gekommen bin. Aber ich war beruflich so angespannt, dass ich die Einladung glatt vergessen habe. Außerdem hatten Magnus und ich jahrelang keinen Kontakt. Wenn ich gewusst hätte, dass wir uns nicht wiedersehen, hätte ich es sicher möglich gemacht, herzufliegen. Es tut mir leid.«

Andrea wurde einer Antwort enthoben, da gerade die Kellnerin kam und ihnen Kaffee und kleine, köstlich aussehende Blaubeerkuchen servierte. Erst nachdem sie einen Schluck getrunken hatte, sagte sie leise: »Er hat nie von dir gesprochen.«

Kristian zuckte mit den Schultern. »Kein Wunder. Wir haben uns, wie gesagt, eine Ewigkeit nicht gesehen und nichts voneinander gehört. Ich hab mich erst an ihn erinnert, als ich durch Zufall die alte Einladung fand. Und weil ich da gerade einen Platz gesucht habe, an dem ich ungestört schreiben kann, bin ich spontan hierhergekommen.«

»Was genau schreibst du eigentlich?«

»Im Moment entwickle ich die Story zu einem Kriminalroman. Aber es geht nicht so recht voran. Deshalb drängt mich Agneta, sie hat Angst, dass ich den Abgabetermin nicht einhalte.« Ein flüchtiges Grinsen huschte über sein Gesicht. »Du siehst, sie ist zu einem großen Teil aus geschäftlichen Gründen an mir interessiert. Ihr verlegerischer Erfolg ist ihr mit Sicherheit wichtiger als ich.«

»Erzähl mir, worum es in deinem Roman geht.« Andrea lehnte sich zurück und hörte ihm gebannt zu. Er sprach ruhig, formulierte interessant. Seine Stimme hüllte sie ein in einen Kokon aus Wärme, Sicherheit und Zärtlichkeit. Schon lange sprach er nicht mehr von seinem Roman, sondern berichtete von seinen Reisen, von seinen Erlebnissen in Asien, Amerika und auf Grönland.

»Das ist das faszinierendste Land, das ich kennengelernt habe. Diese unendliche Weite, die Einsamkeit, die für mich aber nichts Bedrückendes hatte ... so habe ich es noch nicht mal in der Wüste Afrikas empfunden.« Er machte eine kleine Pause. »Ich glaube, es geht fast jedem

Fremden so, der einmal nach Grönland kommt. Man wird gefangen genommen von diesem Land und kommt kaum noch davon los.«

»Ich war im Grunde immer im Süden in Urlaub«, sagte Andrea und fügte nach einem kleinen Zögern hinzu: »Während eines Ferienaufenthaltes hab ich auch Jonas kennengelernt, einen Norweger. Ich hab mich in ihn verliebt und bin so in dieses Land gekommen.«

»Aber jetzt fühlst du dich wohl im Norden.«

Andrea nickte. »Sehr sogar. Ich möchte hier nie wieder fort.«

Kristian griff nach ihrer Hand. »Wir kennen uns noch nicht sehr lange, und ich fürchte, du empfindest es als unverschämt, aber ...« Er schluckte kurz, dann fuhr er fort: »Wenn du magst, fliegen wir mal nach Grönland. Ich hab einen Freund dort, der uns sicher gern alles zeigen wird.«

Es war, als hätten die letzten Worte Andrea in die Wirklichkeit zurückgeholt. Sie zuckte zusammen und stand auf. »Ich muss gehen. Es ist viel zu spät geworden.«

»Nein, bitte bleib noch.« Kristian zog sie auf den runden Bistrostuhl zurück. »Ich wollte dir nicht zu nahe treten. Es ist nur so, dass ich immer wieder ins Schwärmen gerate bei den Erinnerungen an Grönland. Und ich möchte dann jedem, den ich mag, dieses Land zeigen.«

»Schon gut, ich versteh schon, dass du es gut meinst, aber ...« Mit einem kleinen, verunglückten Lächeln sah sie ihn an. »Wir kennen uns wirklich noch nicht.«

»Das lässt sich ändern. Erzähl doch mal was von dir. Und von Magnus. Ihr wart glücklich, nicht wahr?«

Andreas Augen verdunkelten sich. »Sehr sogar. Er war ein wunderbarer Mann.«

Kristian nickte. »Das glaube ich dir. Aber jetzt erzähl doch mal von dir. Ich ... ich würde gern mehr von dir erfahren. Was du gern magst, welche Musik du hörst, wer dir besonders nahesteht, was du in deiner Freizeit machst ...« Seine Finger begannen, ihre Hand zu streicheln. Sie wollte ihm die Hand entziehen, doch sie schien wie hypnotisiert.

Kristian ließ endlich ihre Hand los. »Deine Kette ist hübsch. Außergewöhnlich.«

Andrea tastete mit zitternden Fingern nach den roten Perlen. »Es ist ein Geschenk.«

»Von Magnus?«

»Nein.«

»Verstehe.« Er presste die Lippen zusammen, dass sie nur noch einen geraden Strich bildeten.

»Nein, das glaube ich nicht.« Andrea stand auf. »Ich muss jetzt wirklich gehen.«

»Dann ... bis bald.« Kristian beugte sich vor und hauchte einen Kuss auf ihre Wange.

Die flüchtige Berührung fühlte sich an wie Feuer auf der Haut.

Andrea griff nach ihrer Tasche und verließ fast fluchtartig das kleine Bistro. Was tat er da? Was nahm er sich heraus? Und ... warum ließ sie es geschehen? Sie mochte ihn doch gar nicht! Er war nur ein billiger Abklatsch von Magnus. Magnus war einmalig gewesen. Keiner, *keiner* konnte ihn ersetzen!

»Dieser Schreiberling soll mich in Ruhe lassen. Ich will ihn nicht wiedersehen«, flüsterte sie vor sich hin, als sie über die Straße zu ihrem Wagen zurückging.

»Das wird heute nichts.« Fröstelnd zog Carina Nerhus die Schultern hoch. Obwohl sie eine wattierte Jacke trug, drang die Kälte der Nacht in alle Poren. »Ich denke, wir können abbrechen.«

»Lass uns noch eine halbe Stunde warten.« Peer Selboskar, der schlaksige blonde Kommissarsanwärter, ließ für einen Moment das Nachtglas sinken. »Unser Informant war sich doch ganz sicher, dass das Fort von Eggum der Ort der Übergabe sein soll.«

Carina schüttelte den Kopf. »Irgendwie passt das alles nicht zusammen. Warum sollen die Frauen gerade auf den Lofoten an Land gebracht werden? Sie kommen angeblich aus Sankt Petersburg, da ist es doch unsinnig, sie bei Kirkenes über die Grenze zu bringen. Oder ...« Sie zögerte. »Vielleicht kamen sie am Anfang aus Petersburg. Und jetzt ist Murmansk dran. Schließlich gibt es eine direkte Straßenverbindung zwischen den beiden Städten. Murmansk hat viel von seiner einstigen Bedeutung verloren. Die Armut grassiert, und im Hafen verrosten die U-Boote der Sowjetmarine. Was meinst du, könnte es nicht so sein?«

Peer zuckte mit den Schultern. »Du kannst recht haben. Vielleicht lebt ja auch ein Mittelsmann in der Gegend. In den kleinen Dörfern auf dem Land kann man sich gut verstecken. Und natürlich auch die Mädchen. Es fällt sicher nicht auf, wenn auf einem einsam gelegenen Gehöft für ein, zwei Wochen ein paar Leute wohnen.«

Carina seufzte auf. »Kaviarschmuggel lass ich mir ja noch gefallen, bei Drogen hört im Grunde der Spaß schon auf. Aber wenn es darum geht, unschuldige, ahnungslose Mädchen zu kidnappen und sie dann in irgendein Bordell zu verschleppen … mir wird ganz elend bei dem Gedanken. Wie kann ein Mensch nur so gewissenlos sein!«

»Aber Chefin, wie lange bist du schon in unserem Job? Du solltest dir keine Illusionen mehr machen.«

»Hast ja recht.« Carina streckte die Hand nach dem Nachtglas aus. »Lass mich noch mal sehen.« Sie schaute kurz übers Wasser und schwenkte dann zum Fort von Eggum, einem burgähnlichen Gebäude, das im Zweiten Weltkrieg eine deutsche Radarstation gewesen war. »Der Platz wäre ideal. Hier ist um diese Zeit keine Menschenseele mehr.«

»Nur Schafe.« Peer wies auf ein gutes Dutzend Schafe, die auf einmal über den Parkplatz zogen und dann in dem hügeligen Gelände verschwanden.

In Carinas Tasche summte das Mobiltelefon. Leise meldete sie sich.

»Zwei Kutter haben den Hafen gerade verlassen«, meldete einer ihrer Kollegen. »Eingelaufen ist aber seit dem frühen Abend kein einziges Schiff.«

»Dann fahrt heim. Es war wohl eine Fehl-Info.«

»In Ordnung, Chefin. Bis morgen.«

»Ja, bis morgen im Büro.« Carina stand auf und streckte die steif gewordenen Glieder. »Peer, wir machen auch Schluss für heute.«

»Mist.«

Sie lachte leise. »Du weißt doch, was einen guten Kriminalbeamten auszeichnet – Geduld und nochmals Geduld.«

»Ich bin ja noch in der Lehre!«, erwiderte Peer grinsend, doch auch er war froh, heimfahren zu können. »Wenn die Kollegen aus Oslo wüssten, wie kalt hier oben die

Nächte sind, dann würden sie ihre Informationen sicher genauer abchecken.«

»Vielleicht sind die Kerle gewarnt worden.« Carina ließ den Motor des schwarzen Kombis an, den sie hinter einer Mauer geparkt hatten. »Morgen telefonieren wir mit Oslo und Tromsø, eventuell wissen die Kollegen dann schon mehr.«

Seit Wochen arbeiteten die norwegische und die russische Polizei daran, einen Schmugglerring zu zerschlagen. Es hieß, der Kopf der Bande sei ein Norweger, ein Mann, der im Hintergrund agiere und den niemand wirklich kenne. Zwei Russen waren bereits festgesetzt worden, doch es waren unbedeutende Handlanger, von denen man keine wesentlichen Informationen erhalten hatte. Einer hatte allerdings ausgesagt, auf den Lofoten befände sich ein großes Zwischenlager der Schmuggelware.

»Dieser Russe hat sich wohl nur wichtig machen wollen«, sagte Peer, als sie die kurvenreiche Schotterstraße entlangfuhren, die hinüber zur Landstraße und dann weiter zur E 10 führte.

»Mag sein.« Carina gähnte verhalten. Sie war müde, in den letzten vier Nächten hatte sie nur wenig Schlaf bekommen. Ihr Töchterchen hatte sich eine heftige Erkältung zugezogen. Die Kleine war quengelig und weinte viel. Inga, das Kindermädchen, konnte sie nur selten beruhigen.

Wind kam auf, als sie Svolvær erreichten. Die Hafenanlagen waren wie immer hell erleuchtet, einige Trawler hatten Anker geworfen. Am Hurtigrutenkai herrschte Ruhe, das nächste Postschiff würde erst am späten Nachmittag einlaufen.

Als Carina ihren Kollegen vor dessen Wohnung absetzte, begann es zu regnen. Der eisige Nordostwind ließ vergessen, dass selbst auf den Lofoten eigentlich der Frühling Einzug halten müsste.

»Auch das noch«, murmelte Peer. »Komm gut heim – bis morgen.«

»Bis morgen im Büro.« Carina atmete auf, als sie ihr Haus betrat und alles still war. Buffy, die schokoladenbraune Labradorhündin, kam freudig wedelnd auf sie zu.

»Leise, meine Gute. Du hast fein aufgepasst, ja?«

Buffy leckte Carina die Hand.

»Ist gut, Buffy, geh in deinen Korb zurück.« Sie gab der Hündin einen Keks, dann ging sie auf Zehenspitzen zum Kinderzimmer am Ende des Flurs. Ein sanft leuchtender Halbmond mit lustigem Gesicht stand neben Ellens Kinderbett. Die Nachtlampe musste immer brennen, und so konnte Carina sehen, dass ihre kleine Tochter tief und entspannt schlief.

Nebenan, in einem kleinen Gästezimmer, übernachtete Inga Brendboe, das Kindermädchen, das sich seit einem halben Jahr um Ellen kümmerte. Inga, strohblond und ein wenig pummelig, stammte von der Insel Gimsøy, nordwestlich von Svolvær. Ingas Eltern bewirtschafteten einen kleinen Hof, der kaum genug zum Leben abwarf. Sie waren froh gewesen, dass ihre Tochter nach ihrer Ausbildung als Erzieherin bei der Kommissarin eine feste Anstellung bekommen hatte. Und für Inga war es sowieso viel spannender, in der Hauptstadt der Lofoten zu leben als auf dem Land.

Carina überlegte, ob sie auch nach Inga sehen sollte, unterließ es aber.

»Himmel, bin ich jetzt müde«, murmelte Carina und nahm sich nur noch Zeit für eine Katzenwäsche, dann sank sie ins Bett. Dass Buffy ihr ins Schlafzimmer folgte und sich am Fußende des Bettes zusammenrollte, ließ sie diesmal durchgehen. Für Erziehungsmaßnahmen war sie einfach zu erschöpft!

»Wo habt ihr gesteckt, zum Teufel? Wir haben stundenlang gewartet!« Jacobs Stimme zitterte vor unterdrückter Wut.

»Wir hatten einen Maschinenschaden. Noch bevor wir auslaufen konnten, hat der Kahn den Geist aufgegeben.«

»So eine billige Ausrede!« Erregt ging Jacob in seinem Arbeitszimmer auf und ab. »Du warst wahrscheinlich mal wieder zu besoffen, um dich an die Absprachen erinnern zu können.«

»Das stimmt nicht! Es war alles vorbereitet.«

»Und – wie viele sind es?«

»Fünf. Drei Blonde, wie bestellt, und zwei Dunkelhaarige. Sie sind alle unter achtzehn.«

»Das will ich dir auch geraten haben! Du weißt, was unsere Abnehmer wollen.«

»Hältst du mich für blöd?«

Er bekam keine Antwort. Jacob Stevensen ersparte sie sich, um den Russen nicht noch mehr zu verärgern. Boris war ungehobelt und nicht allzu clever, doch man durfte seine Brutalität nicht unterschätzen.

Draußen regnete es immer noch, und von den hohen Fenstern perlten die Tropfen ab. Fasziniert beobachtete Jacob die kleinen Rinnsale auf den Scheiben, ohne jedoch wirklich wahrzunehmen, was er sah. »Und was ist mit der übrigen Ware? Unsere Abnehmer werden ungeduldig.«

»Wir bringen sie übermorgen. Dann kann ich ein anderes Schiff haben, einen alten Trawler, der immer noch unter finnischer Flagge fährt. Den Kapitän kenne ich von früher.«

»Übermorgen ... Nein, das geht nicht.«

»Aber es muss klappen. Ich kann den Transport nicht länger aufschieben. Es gibt jetzt schon Ärger mit den Mädchen.«

»Idiot!« Jacob trat gegen ein Holzscheit, das aus dem Korb neben dem Kamin gerutscht war. »Muss ich dir auch noch erklären, wie man Weiber ruhigstellt?«

»Schon gut, reg dich ab. Ich tu, was ich kann.«

»Tu, was du tun musst, Boris. Es ist in deinem Interesse.«

»Aber ...«

»Hast du auf einmal was mit den Ohren? Ich habe keine Zeit übermorgen. Ich könnte höchstens ...« Er biss sich auf die Lippen, dachte nach und sagte dann zögernd: »Ich werde versuchen, einen Ersatzmann zu schicken. Du hörst von mir.« Ohne Gruß beendete er das Gespräch. Eine Weile stand er noch am Fenster, sah in den Regen hinaus und dachte nach. Schließlich holte er ein zweites Mobiltelefon aus dem Schreibtisch, wählte eine Telefonnummer in Oslo und verhandelte mit einem Geschäftspartner darüber, wo und wie er die bestellte Ware in Empfang nehmen konnte.

Als er nach einigem Hin und Her das Okay dazu bekam, beendete er erleichtert das Gespräch und zog die SIM-Karte wieder aus dem Handy. »Andrea, du ahnst ja nicht, wie viel mich der Opernbesuch mit dir kosten wird«, murmelte er. »Aber du bist es wert!«

»Was machst du hier, Agneta?« Schlaftrunken blinzelte Kristian zu Agneta hoch, die, auf eine Krücke gestützt, neben seinem Bett stand. Sie war mit einem knappen seidenen Hemdchen bekleidet, das mehr preisgab als verhüllte.

»Mir war kalt. Die Abstellkammer, die du als Wohnzimmer bezeichnest, lässt sich ja nicht mal heizen.«

»Das hier ist ein altes Fischerhaus, kein Luxushotel. Ich hatte dir gesagt, du sollst nach der Entlassung aus der Klinik in ein Hotel gehen. Oder, besser noch, gleich nach Stockholm zurückfliegen.«

»Mit dem Gipsbein?«

»Es scheint dich nicht allzu sehr einzuschränken.«

Agneta machte sich nicht die Mühe, zu antworten. Sie schlüpfte unter Kristians Bettdecke und legte den Kopf an seine Schulter.

»Was soll das? Agneta, begreif doch endlich, ich will das nicht mehr!« Er wollte von ihr abrücken, doch das Bett war zu schmal.

Sie antwortete nicht, sondern schmiegte sich stattdessen noch fester an ihn. Er spürte ihre prallen Brüste durch den dünnen Seidenstoff und merkte, dass sie mit der Hand tastend zwischen seine Beine fuhr.

»Lass ...«

Sie verschloss ihm den Mund mit einem langen Kuss, wobei sie ihn sacht zu streicheln begann. Immer intensiver wurden ihre Zärtlichkeiten, und Kristian seufzte unterdrückt auf. Schließlich konnte er ihr nicht länger widerstehen.

Er sah nicht das triumphierende Aufblitzen in Agnetas Augen, als er sich über sie beugte und ihr das schwarze

Seidenhemd auszog. Mit einem tiefen Seufzer vergrub er das Gesicht in ihrer Halsbeuge und küsste die Stelle, an der ihr beschleunigter Pulsschlag zu spüren war.

Na also, dachte Agneta, ich weiß doch, wie ich dich rumkriege. Tu nicht so, als könntest du mir auf Dauer widerstehen. Letztendlich krieg ich ja doch, was ich will!

Das schmale, alte Bett knarrte heftig, und Agneta, die die harte Matratze im Rücken spürte, wäre unter anderen Umständen protestierend aufgesprungen. Jetzt aber ertrug sie die Unbequemlichkeit, versuchte sie auszuklammern und sich ganz auf Kristian zu konzentrieren, dessen Rhythmus immer schneller wurde, ehe er mit einem Stöhnen über ihr zusammensackte.

Agneta lachte leise und streichelte sein Haar. »Du bist ja ganz ausgehungert gewesen, mein Bärchen. Bist selber schuld. Warum hast du dich auch hier in der Einsamkeit verkriechen müssen? Ich hätte dir eine ruhige Wohnung in Stockholm besorgt, wenn du nur einen Ton gesagt hättest.«

Im nächsten Moment bereute sie ihre Worte, denn Kristian setzte sich mit einem Ruck auf. Er sah Agneta nicht an, als er sagte: »Tu nicht so, als sei ich ein unmündiges Kind! Ich will nicht, dass du alles für mich erledigst, alles entscheidest, als wäre ich lebensuntüchtig. Wenn ich in Stockholm hätte bleiben wollen, wäre ich geblieben.«

»Du bist gemein und ungerecht!«

»Ich bin nur ehrlich.« Kristian stand auf und ging ins kleine Bad. Als er zurückkam, hatte sich Agneta wie ein Kind zusammengerollt, das Gesicht der Wand zugedreht und tat so, als schliefe sie. Das Bein mit dem Gehgips ragte unter der Decke hervor.

»Ich gehe raus.« Kristian zog sich an und verließ die Hütte. Draußen atmete er ein paarmal tief durch. Himmel noch mal, wie hatte er sich nur so weit vergessen können, wieder mit Agneta zu schlafen? Konnte er ihren Reizen, ihren Verführungskünsten tatsächlich nicht widerstehen, wie sie immer behauptete?

Vor vier Jahren war er zu ihr nach Schweden gezogen, nachdem sie ihn als Krimiautor fest unter Vertrag genommen hatte. Zuvor hatte er eine Weile in Amerika, in Kanada und in seiner Heimatstadt Trondheim gelebt. Sein Elternhaus hatte er schon kurz nach dem Tod des Vaters verkauft, war mit dem Geld durch die Welt gezogen, hatte sich von Alaskas Weite inspirieren lassen und von der Schönheit des Amazonas-Gebiets.

Seine Bücher über die Reiseerlebnisse waren erfolgreich, doch irgendwann hatte er die Idee zu einem Kriminalroman gehabt und so Agneta als neue Verlegerin kennengelernt. Sie hatte von Anfang an keinen Zweifel daran gelassen, dass er sie nicht nur als Autor, sondern auch als Mann interessierte. Vor zwei Jahren dann waren sie ein Paar geworden, nachdem er schon einige Jahre für ihren Verlag geschrieben hatte.

In der ersten Zeit war Kristian fasziniert gewesen von der schönen, leidenschaftlichen Frau. Doch je länger sie zusammen waren, umso stärker engte Agneta ihn ein. Sie forderte ihn als Liebhaber, aber auch als Autor. Jedes Jahr mindestens ein Bestseller, das war ihre Planung.

»Nach der kommenden Buchmesse könnten wir heiraten.« Das war der Satz, der Kristian wachgerüttelt hatte. Heiraten? Agneta? Die Vorstellung hatte etwas Abschreckendes. Er ahnte, dass er damit jede Eigenständigkeit verlieren würde. Agneta war ein Mensch, der den Partner ganz für sich wollte und keine Freiräume zuließ. So, wie sie jeden guten Autor an ihren Verlag band, so wollte sie den Mann, den sie liebte und begehrte, auch für immer an sich binden. Sie selbst allerdings ließ sich gern auf einen heftigen Flirt ein, das wusste er inzwischen. Sie brauchte diese Selbstbestätigung, vielleicht sogar andere Lover. Er war sich da nicht sicher, wollte es, wenn er ehrlich zu sich war, auch gar nicht genau wissen. Er wusste nur, dass er Agneta unter keinen Umständen heiraten wollte!

Nur – wie sollte er ihr das klarmachen, ohne sie allzu sehr zu verletzen?

Die Flucht auf die Lofoten war ihm da als einziger Ausweg erschienen.

Er war so aufgewühlt, dass er nicht zurück ins Bett ging. In dem kleinen Wohnraum setzte er sich in einen Sessel, die Beine auf einen Stuhl gelegt, und versuchte, noch ein wenig Schlaf zu finden. Ein Vorhaben, das mehr schlecht als recht gelang.

Noch vor sechs Uhr stand er mit schmerzenden Gliedern auf und ging hinaus. Vom Meer her wehte ein kühler Wind und trieb den Geruch nach Fisch, Tang und Teer zu ihm herüber. Auf dem Wasser sah er einige Boote; kleine Fischer, von denen es immer weniger auf den Lofoten gab, kamen von ihrer nächtlichen Fangfahrt zurück.

Eine Weile sah Kristian zu, wie sie die Boote in den Hafen von Stamsund lenkten. Dann blickte er hinter sich, zu der hoch aufragenden Lofotenwand. Langsam kroch die Morgendämmerung über die Bergkette, tauchte die spitzen Gipfel in ein sanftes, hellrotes Licht.

Kristian reckte sich und beschloss, einen Morgenlauf

zu machen, um fit zu werden. In die Hütte wollte er im Moment noch nicht zurückgehen, morgens war Agneta immer besonders scharf, und er wollte auf keinen Fall riskieren, dass sie ihn noch einmal ins Bett lockte.

»Du bist selbst schuld«, sagte er sich, als er loslief. »Du hättest gar nicht erst zulassen dürfen, dass sie nach der Entlassung aus der Klinik zu dir kommt und sich bei dir einnistet.«

Doch jetzt war es zu spät. Jetzt musste er ihre Anwesenheit wenigstens noch so lange ertragen, bis ihr Beinbruch ausgeheilt war.

Er lief los, ohne ein festes Ziel zu haben. In einem kleinen, verwilderten Garten grasten drei Ziegen, die ihn mit aufgeregtem Gemecker begrüßten. Irgendwo bellte ein Hund, bekam Antwort von einem zweiten und dritten.

Kristian lief in Richtung Meer, ohne genau darauf zu achten, wohin er rannte. Als er irgendwann wieder zu sich kam, stellte er fest, dass er auf dem Weg zu der verfallenen Fischerhütte am Strand war, in der er kurz nach seiner Ankunft auf den Lofoten Unterschlupf vor einem heftigen Regenguss gesucht hatte. Damals hatte er sich an einer Glasscherbe geschnitten und sich hier verarztet. Die Hütte schien unbewohnt zu sein, daher war er noch mehrfach hierhergekommen, hatte vor dem Haus auf einer verwitterten Bank gesessen, aufs Wasser geschaut und darüber nachgedacht, wie seine Zukunft aussehen könnte.

Heute war die Hütte verschlossen, also kletterte er den steilen Pfad hoch, der an einem Privatgrundstück entlang zurück zur Straße führte. Gerade als er die Straße erreichte, fuhr ein Taxi vor, doch Kristian schenkte ihm keine Beachtung. Er war ganz in Gedanken, denn er hatte während des Laufens beschlossen, noch heute ins Doktorhaus zu gehen und mit Andrea zu reden.

Noch wusste er nicht, wie er das, was er empfand, in Worte fassen sollte. Es war ja für ihn selbst fast unbegreiflich, doch er spürte es jeden Tag deutlicher: Er hatte sich in Andrea verliebt! In ihr sanftes Lächeln, in ihre Klugheit, die Tapferkeit, mit der sie ihr Schicksal trug … und nicht zuletzt in ihre zarte Schönheit.

In den ersten Tagen ihres Kennenlernens hatte er geglaubt, sie beschützen zu müssen, inzwischen aber wusste er, dass sie stark war und ihr Leben im Griff hatte. Sie war eine gute Mutter, eine hervorragende Ärztin … und eben eine ganz bezaubernde Frau. Eine Frau, mit der er für lange Zeit zusammen sein wollte!

7

Der Blick vom Balkon des *Grand Hotels* aus war beeindruckend. Andrea beugte sich ein wenig vor und sah hinunter auf die belebte Karl Johansgate. Wie hektisch es in Oslo zuging! Auto reihte sich an Auto, der Lärmpegel war inzwischen für sie völlig ungewohnt.

»Nun, hab ich dir zu viel versprochen? Das Hotel ist immer noch die erste Adresse hier in der Stadt.« Jacob war auf den Nachbarbalkon getreten und machte eine weit ausholende Handbewegung. »Sieh mal rüber zum Balkon über dem Eingang. Dort zeigen sich die Nobelpreisträger den applaudierenden Osloer Bürgern.«

»Beeindruckend.« Andrea ließ den Blick schweifen. »Du hast uns sehr luxuriös untergebracht. Ich habe gelesen, dass schon Henrik Ibsen hier gewohnt hat.«

»Stimmt. Im *Grand Café* ist sogar sein Stammplatz gekennzeichnet.« Jacob lachte. »Einen Besuch dort werden wir wohl nicht schaffen. Aber wir wollen unseren Aufenthalt genießen, so gut es geht, nicht wahr?« Er wartete keine Antwort ab, sondern fuhr fort: »So schön ich es auch auf den Lofoten finde – ohne das alles hier könnte ich nicht leben. Ich brauche das Flair einer Großstadt, ich muss den Trubel haben, Abwechslung, Unterhaltung, Kultur …« Er sah Andrea an. »Du siehst bezaubernd aus. Man wird mich um dich beneiden.«

»Übertreib nicht.« Andrea ging einen Schritt auf ihn zu. »Ich war nur mal wieder bei einem sehr guten Friseur.«

Sie hatte sich die Haare heller tönen und ein wenig kürzer schneiden lassen, und sie fielen ihr in weichen Wellen auf die Schultern. »Wann müssen wir los?«

»In zehn Minuten.«

»Bin gleich fertig. Bis dann.« Schnell ging sie in ihr Zimmer zurück, zog sich den flauschigen Bademantel aus und nahm das nachtblaue Abendkleid vom Kleiderbügel. Es war raffiniert schlicht geschnitten und aus schimmernder Seide. Für einen Moment kam Wehmut in Andrea auf. Magnus und sie hatten vor zwei Jahren das Kleid zusammen in Trondheim gekauft. Zu Weihnachten waren sie dorthin geflogen, waren ins Theater und in ein wunderbares Grieg-Konzert gegangen. Es war das erste Mal seit Lars' Geburt, dass sie ein paar Tage allein weggefahren waren. Wie Flitterwochen waren die vier Tage gewesen.

Andrea stiegen Tränen in die Augen, als sie sacht über den raschelnden Stoff strich. »Ach, Magnus, du fehlst mir so …« Das Heulen einer Polizeisirene riss sie aus ihren traurigen Erinnerungen. Sie gab sich einen Ruck und zog vorsichtig das Kleid an, um ihr Make-up nicht zu verwischen.

»Wunderschön!« Jacob umfasste ihre schlanke Gestalt mit einem ebenso bewundernden wie besitzergreifenden Blick, als er sie wenig später an ihrer Hotelzimmertür abholte. Er zog ihre Hände an die Lippen und küsste sie. Viel zu lange. Viel zu intensiv.

Andrea hielt sekundenlang den Atem an. Die unverhohlene Bewunderung, die Art, wie Jacob sie umwarb, hatte etwas Fesselndes, dem sie sich nicht entziehen konnte. Und nicht entziehen wollte. Er war ein ebenso gutaussehender wie interessanter Mann. Dass er sie aus ihrer beschaulichen Welt, in der sie in Stamsund lebte, herausholte, gefiel ihr, und auch, dass er ihr seinen Arm anbot, als sie nach kurzer Fahrt das Opernhaus erreichten. Er trug an diesem Abend einen nachtblauen Smoking, dessen perfekter Sitz den erstklassigen Schneider verriet.

Andrea sah sich begeistert um. »Das Haus ist fantastisch. Eine beeindruckende Architektur.«

»Ja, zu Recht sind die Architekten unserer Oper ausgezeichnet worden. Sie haben das Gebäude einem treibenden Eisberg nachempfunden, die Fassade besteht zum größten Teil aus Carrara-Marmor.«

»Toll.« Andrea hatte kaum noch Zeit, sich genauer umzusehen, denn sie wurden mit dem Strom der Premierenbesucher mitgezogen. »Du musst mir später mehr darüber erzählen.«

Jacob nickte. »Gern. Komm, da sind unsere Plätze.« Sie hatten sich gerade in der Loge niedergelassen, als der Dirigent erschien. Applaus brandete auf, dann begann die kurze Ouvertüre, und der Vorhang hob sich.

Die Aufführung war hervorragend, das Premierenpublikum begeistert. Anna Netrebko glänzte wieder einmal in ihrer Paraderolle als tuberkulosekranke Mimi, die sich ebenso leidenschaftlich wie hoffnungslos in den armen Dichter Rudolfo verliebt. Auch der polnische Tenor, der bereits an der Met und in Mailand sehr erfolgreich gastiert hatte, war hervorragend, und Andrea ließ sich von der Brillanz der Sänger ebenso bewegen wie von der Handlung der Oper.

Bei Mimis Sterbeszene konnte sie die Tränen kaum noch zurückhalten und griff in ihre Abendtasche, um ein Taschentuch herauszuholen und sich vorsichtig die Augen abzutupfen. Dabei zog sie die kleine rote Perlenkette, die Ole ihr gegeben hatte, halb heraus.

Jacob, der dicht neben ihr saß, erstarrte. Wie gebannt sah er auf die Kette und schluckte schwer. Diese Kette mit den Fischzähnen und Muscheln ... Wie kam Andrea dazu, solch einen Firlefanz mitzuschleppen? Die roten Perlen und die Fischzähne erinnerten ihn an die ekelerregende Kette, die an seinem Wagen gehangen hatte.

»Wer hat dir das denn geschenkt? Es sieht aus, als wäre es ein Fetisch.« Er beugte sich zu ihr herüber und deutete auf die Kette, die Andrea rasch wieder in die Tasche zurücksteckte. Da in diesem Moment der Schlussapplaus frenetisch aufbrandete und seine Worte verschluckte, bekam Andrea gar nicht mit, dass er die Kette bemerkt hatte.

Es dauerte lange, bis sich der Vorhang zum letzten Mal senkte und sie die Oper verlassen konnten.

»Ich habe einen Tisch im *Bagatelle* für uns bestellt. Du hast doch sicher Appetit.« Vor der Oper drängten sich Taxis und Limousinen, und Jacob winkte eine schwarze Limousine mit getönten Scheiben heran. Galant half er Andrea in den Fond.

»Ehrlich gestanden hab ich wirklich Hunger.« Andrea lachte. »Sehr undamenhaft, nicht wahr?«

»Aber es gefällt mir sehr.« Jacob griff wieder nach ihrer Hand. »Die meisten Frauen verderben einem glattweg den Appetit, wenn sie an einem Salatblatt kauen und dabei noch erklären, ihre Diät unterbrochen zu haben.« Er drückte

Andreas Hand. »Das ist aber nur ein kleiner Bruchteil dessen, was ich an dir mag.« Er wandte ihr das Gesicht zu. »Du weißt es, nicht wahr?«

Andrea gab keine Antwort, doch sie ließ es zu, dass Jacob den Arm um sie legte, sie an sich zog und zart ihre Schläfe küsste. »Magst du ein Glas Champagner?« Er drückte auf einen Knopf, und wie von Geisterhand bewegt öffnete sich eine in den mittleren Teil des Wagens eingelassene Minibar.

Jacob lächelte, griff nach einer kleinen Champagnerflasche und öffnete sie. »Auf dich, Andrea. Ich freue mich sehr, dass du meiner Einladung gefolgt bist.«

»Auf einen schönen Abend.« Andrea sah ihm in die Augen, als sie mit ihm anstieß. Jacobs Blick war voller Wärme. Er ließ keinen Zweifel daran, dass er sie begehrte.

Und ich?, fragte sich Andrea. Will ich ihn auch? Es gab keine Antwort auf diese Frage. Noch nicht.

Schon nach kurzer Fahrt tauchte das *Bagatelle* vor ihnen auf. Weithin sichtbar leuchtete der über dem Eingang angebrachte Schriftzug des mit zwei Michelin-Sternen ausgezeichneten Lokals.

»Soll ich warten, Chef?« Der Chauffeur im dunklen Anzug drehte sich kurz um.

»Nein, nein, ich melde mich, wenn ich dich wieder brauche.«

Jetzt erst wurde Andrea bewusst, dass sie in Jacobs eigenem Wagen saßen.

»Gib mir deine Hand.« Lächelnd half er ihr aus dem Wagen und führte sie ins Lokal, wo er vom Restaurantleiter persönlich begrüßt wurde.

»Es freut mich, Sie wieder einmal bei uns begrüßen zu

dürfen, Herr Stevensen. Der gewünschte Tisch ist reserviert.« Er führte Andrea und Jacob zu einem Tisch auf einer kleinen Empore.

Man saß hier ein wenig separat, konnte aber einen Teil des Raumes gut überblicken. »Das Arrangement ist hoffentlich zu Ihrer Zufriedenheit.«

»Danke.« Jacob nickte dem grauhaarigen Mann im schwarzen Anzug kurz zu, dann rückte er seiner Begleiterin persönlich den Stuhl zurecht.

Auf Andreas Platzteller lag eine rote Orchidee, und Jacob sagte: »Ich hoffe, es gefällt dir hier.«

Sie nickte. »Ich bin begeistert. Es ist lange her, dass ich in einer solchen Atmosphäre diniert habe.«

»Dann lass dich heute Abend von mir verwöhnen.« Er lächelte ihr zärtlich zu. Es überraschte Jacob manchmal selbst, mit welcher Geduld er um die blonde Ärztin warb. Normalerweise nahm er sich, was er wollte. Doch Andrea brachte er echte Gefühle entgegen, er begehrte sie, wollte sie unbedingt besitzen. Doch es ging ihm dabei nicht nur um Sex. Er wollte, dass Andrea ihn genauso liebte wie er sie. Er wollte ihr Herz, ihre aufrichtige Hingabe.

Also übte er sich in Geduld, doch ihm war auch klar, dass er sich nicht mehr allzu lange beherrschen konnte. Jacob Stevensen war es nicht gewohnt, wochenlang auf etwas, das er haben wollte, zu warten!

Andrea stellte rasch fest, dass Jacob diesen Abend minutiös geplant hatte. Nach dem Rosé Champagner zum Aperitif gab es ein Menü, das keine Wünsche offenließ.

»Der Koch hat seine Auszeichnungen zu Recht bekommen.« Andrea lehnte sich entspannt zurück. »Es war köstlich, Jacob. Ich danke dir für diesen Abend.«

»Es freut mich, dass er dir gefallen hat.« Er zögerte, dann sagte er: »Es könnte noch viele solche Abende für uns geben, Andrea. Es liegt ganz allein an dir.«

Ein paar Sekunden blieb es still zwischen ihnen. Andrea spielte mit einem kleinen Mokkalöffel. Jacobs Worte irritierten sie. Natürlich hatte sie gespürt, dass er sie sehr mochte, und wenn sie ehrlich zu sich war, hatte es ihr auch geschmeichelt. Jacob war ein gutaussehender, interessanter Mann, sich mit ihm zu unterhalten war eine Bereicherung ihres nicht allzu aufregenden Alltags. Obwohl er es nicht ausdrücklich betonte, war klar, dass er viel von der Welt gesehen hatte. Außerdem war er charmant und konnte auch höchst amüsant sein. Dennoch war da etwas, dem sie zwar keinen Namen geben konnte, das sie aber daran hinderte, offen auf seine Werbung einzugehen. Flüchtig dachte sie an Kristian. Er war ebenso interessant wie Jacob, und doch spürte sie in seiner Nähe nicht diese Distanz. Merkwürdig …

»Schon gut, du musst noch nicht antworten.« Jacob winkte dem Kellner. »Wir gehen jetzt. Buch es auf das allgemeine Konto, Jo.«

»Selbstverständlich, Herr Stevensen.« Der Kellner geleitete sie bis zur Tür und wünschte einen schönen Abend.

Es war eine sternenklare Nacht, und obwohl ein kalter Wind blies, waren noch viele Nachtschwärmer unterwegs.

»Hier, nimm meine Jacke.« Jacob zog seine Smokingjacke aus und legte sie Andrea um die Schultern. »Ich hätte doch nach dem Wagen telefonieren sollen.«

»Ach was!« Andrea lächelte und zog sich die Jacke ein wenig fester um die Schultern. »Dort drüben stehen zwei Taxis, bis dahin schaffe ich es schon noch.«

Im Fond des Taxis legte Jacob seinen Arm um ihre Schultern. Um ihn nicht noch einmal zu brüskieren ließ Andrea es geschehen. Außerdem war es ganz angenehm, die Wärme seiner Hand, die sacht ihren Arm streichelte, zu spüren.

Die *Limelight-Bar* des *Grand Hotels* war ganz im englischen Stil eingerichtet. Gedämpftes Licht tauchte den Raum in eine Mischung aus Burgunderrot und Kupfer. Der Teppichboden harmonierte farblich perfekt mit den tiefen Ledersesseln. An den Wänden hingen Bilder mit Szenen aus dem legendären Orson-Welles-Film, und im Spiegelglas hinter dem Tresen leuchteten unzählige Gläser und Flaschen in allen Farben und Größen. Drei Barkeeper versuchten, den Ansturm der neuen Gäste – fast alles Opernbesucher – zu bewältigen.

Andrea und Jacob bekamen einen Platz am Ende der langen Theke, und es verwunderte Andrea nicht mehr, dass der Barmann Jacob freundlich mit Namen begrüßte.

»Wie immer?«, erkundigte er sich, doch Jacob schüttelte den Kopf.

»Wir nehmen einen Metropolitan.« Er wandte sich an Andrea. »Es ist dir doch recht?«

»Gern.« Andrea lehnte sich entspannt auf dem Barhocker zurück.

»Darf ich?« Ehe sie es verhindern konnte, griff Jacob in ihr Haar und zog die beiden Kämme heraus, mit denen sie ihre Locken seitlich hochgesteckt hatte. »So gefällst du mir noch besser.« Er ließ seine Finger in ihrem Haar, strich zart über die Haut an ihren Schläfen, dann zog er ihren Kopf an seinen und küsste sie.

Andrea schloss die Augen und erwiderte den Kuss. Doch

das Glücksgefühl, das sie stets empfunden hatte, wenn Magnus sie küsste, stellte sich nicht ein.

Vorsichtig löste sie sich von Jacob und trank ihr Glas in einem Zug leer. Sofort schenkte ihr der Barkeeper nach, und auch Jacob trank noch ein Glas.

Im Nebenraum spielte eine Combo, und das Paar neben ihnen stand auf und ging hinüber, um zu tanzen.

»Hast du auch Lust?« Auffordernd streckte Jacob Andrea die Hand entgegen.

»Himmel, ich hab eine Ewigkeit lang nicht mehr getanzt.«

»Ich auch nicht.« Er stand auf. »Komm, allzu sehr werden wir uns bestimmt nicht blamieren.«

Er tanzte besser als erwartet, und Andrea passte sich seiner Führung an. Sie tanzten zweimal miteinander, tranken und unterhielten sich angeregt mit einigen anderen Gästen.

Es war fast zwei Uhr, als sie aufbrachen und zu ihren Zimmern gingen. Andrea fühlte sich leicht und unbeschwert. Es war wundervoll, einmal nicht an ihre Pflichten denken zu müssen, keine Verantwortung zu spüren und sich anlehnen zu können. Zudem machten sie die Drinks, die sie im Lauf des Abends getrunken hatte, ein wenig lockerer.

Vor der Tür ihres Zimmers blieb Jacob stehen und umarmte sie leidenschaftlich. Sein Kuss war fordernd, fest presste er die Lippen auf Andreas Mund, fast gewaltsam suchte sich seine Zunge den Weg in ihre Mundhöhle. Dabei tasteten seine Hände nach ihren Brüsten, und sie spürte, wie erregt er war. Sein Atem ging schwer, als er ihren Mund nach einer Weile wieder freigab.

»Nein …« Sie wollte ihn von sich schieben, doch Jacob hatte alle Zurückhaltung aufgegeben.

»Ich will dich!«, stieß er hervor, und wieder wollte er sie küssen. »Mein Gott, Andrea, komm schon, wir sind doch erwachsene Menschen.« Er griff in ihr Haar und bog ihren Kopf zurück. »Stell dich nicht so an!«

»Nein! Bitte, Jacob, ich bin noch nicht so weit.« Entschiedener schob sie ihn von sich fort, dabei fiel ihre Tasche zu Boden, und der Verschluss sprang auf. Neben einem Lippenstift und einer kleinen Geldbörse rollte auch die rote Perlenschnur mit den Fischzähnen zu Boden.

Wie erstarrt blickte Jacob darauf, er presste die Lippen zusammen und sah Andrea wütend an. »Was soll das?«

»Ich … Bitte lass mich, Jacob. Mach jetzt nicht alles kaputt.« Sie bückte sich und sammelte ihre Sachen ein. Mit einem Schlag war die lockere Stimmung, die sie eben noch empfunden hatte, dahin.

Jacob atmete ein paarmal tief durch. »Schon gut«, stieß er hervor. »Tut mir leid.« Er streichelte kurz über ihre Wange. »Schlaf gut, Andrea. Bis morgen.«

»Bis morgen. Gute Nacht.« Schnell schloss sie die Tür hinter sich und lehnte die Stirn an das kühle Holz. Tränen brannten in ihren Augen.

In der Nacht quälten sie wirre Träume. Rote Perlen fielen wie Regenschnüre vom Himmel, und inmitten des roten Perlenregens sah sie Magnus' lachendes Gesicht.

Wieder einmal schaute Carina verstohlen auf die Uhr, ehe sie das Nachtglas an die Augen hob. Konzentriert suchte sie die Gegend ab, doch kein Boot war auszumachen. Und auch in den alten Steinmauern des Forts von Eggum rührte sich nichts.

»Das wird heute wieder nichts.« Peer Selboskar strich sich müde übers Gesicht. »Wir sollten abbrechen, Chefin.«

»Noch eine Stunde.« Carina kaute nervös auf ihrer Unterlippe. »Unser Informant war sich diesmal ganz sicher!«

»Das hab ich vor ein paar Tagen schon mal gehört.« Der blonde Kommissarsanwärter stand auf und reckte sich. Ihm tat jeder Knochen im Leib weh.

»Runter mit dir!« Carina zog ihn an der wattierten Jacke zurück zur Erde. »Willst wohl die perfekte Zielscheibe abgeben, was?«

»Aber …«

Er hatte den Satz noch nicht ausgesprochen, da peitschte ein Schuss auf.

Peer griff sich an die Stirn, doch die Kugel war um Haaresbreite an seinem Kopf vorbeigerauscht.

»Alle bleiben in Deckung!« Carina zog ihre Waffe. »Wo zum Teufel stecken die Kerle?«

Drei Salven aus Maschinengewehren erklangen, und die sechs Beamten, die gemeinsam mit Carina im Schutz der Fortmauern gelauert hatten, erwiderten das Feuer, ohne ein genaues Ziel ausmachen zu können.

Noch eine weitere Gewehrsalve, dann war es still.

»Das waren Kalaschnikows«, murmelte Peer.

»Richtig. Und frag mich mal, warum mich das nicht wundert.« Carina nahm das Nachtglas nicht von den Augen, doch sosehr sie sich auch anstrengte, sie konnte nicht die kleinste Bewegung entdecken.

Nach einer halben Stunde gab sie den Befehl, den nächtlichen Einsatz abzubrechen. »Die Kerle sind uns wieder entwischt, es hat keinen Sinn mehr, noch länger hier herumzuhocken. Die lachen uns letztendlich nur aus.«

»Nicht ohne Grund.« Ihr Assistent seufzte vernehmlich. »Das ist die dritte Nacht, die wir uns hier um die Ohren schlagen. Und wieder ohne Erfolg.«

»Aber die Scheißkerle waren diesmal da!« Carina suchte nochmals die ganze Umgebung ab. »Igendwer muss sie gewarnt haben.«

Peer schüttelte den Kopf, eine Bewegung, die im Dämmerlicht nur schwer auszumachen war. »Wir haben keinen Maulwurf in der Abteilung, da bin ich mir sicher.«

»Ich mir nicht mehr.« Carina stand auf und streckte die schmerzenden Glieder. Es war kalt, sie fror trotz der dicken Jacke. In der Nierengegend spürte sie seit Tagen Schmerzen, hatte davon aber nichts verlauten lassen. Sie wollte unbedingt an diesem Einsatz teilnehmen. Die Schmuggler und Menschenhändler, hinter denen sie und die Kollegen seit vier Monaten her waren, besaßen nicht die Spur eines Gewissens. Zwei Tote waren am Strand angespült worden, Russen, die man mit Kopfschüssen getötet und ins Meer geworfen hatte. Aber auch ein totes Mädchen wurde gefunden. Geschlagen, gefoltert, missbraucht. Im Absatz ihres linken Schuhs hatten die Kriminaltechniker einen Zettel gefunden. Nur wenige Buchstaben waren darauf zu entziffern – ein *V*, ein *C* und das Wort *Fort*.

Auf dem Weg zurück nach Svolvær war es still in den beiden Einsatzfahrzeugen. Alle waren deprimiert und müde.

»Das war der totale Reinfall«, kommentierte ein älterer Polizist. »Die Kerle sind gewarnt, Carina, die kriegen wir auf diese Tour nie und nimmer. Weiß der Himmel, wo die ihren Unterschlupf haben.«

»Da hast du recht. Wir müssen unsere Suche ausdehnen, auf neue Erkenntnisse hoffen und auf unseren Informanten in Russland.«

»Dem trau ich nicht von hier bis zum Trollstigen«, murmelte Peer.

Die anderen nickten zustimmend.

Mit stoischer Ruhe steckte sich Boris ein Stück Kautabak in den Mund. Er hockte, zusammen mit seinem Kumpel Wassily, in einem grauen Lada und fixierte den schmalen Weg, der sich parallel zur Straße durch den Wald schlängelte.

»Sie sind zu spät.« Wassily nahm einen Schluck Wodka.

»Sauf nicht so viel, du musst noch fahren.«

»Kann ich.« Wassily schob die Flasche in die Seitentasche seiner abgewetzten Militärjacke. »Mach dir deshalb keinen Kopf. Sorg dich lieber um die Ware. Ich hätte diesem Wanja an deiner Stelle nicht getraut. Auf dem Weg von Murmansk bis hierher kann er sich leicht abgesetzt haben. Er ist gierig, wollte vielleicht das Geschäft auf eigene Faust abwickeln.«

»Das wagt er nicht!« Boris kniff die Augen zusammen. »Er würde es nicht überleben, und das weiß er.«

Wassily schwieg und starrte weiter in die Dämmerung hinaus.

Noch eine halbe Stunde und eine beinahe halbgeleerte Wodkaflasche später entdeckten sie endlich das vereinbarte Lichtsignal!

»Da sind sie!« Langsam stieg Boris aus und stellte sich neben den Lada. Gleich darauf stoppte ein Kleinbus vor ihm.

»Warum hat das so lange gedauert, Wanja?« Boris griff ins Wageninnere und zog an der Steppjacke des rotblonden, circa dreißig Jahre alten Fahrers, in dessen ungepflegtem Bart noch ein paar Brotkrümel hingen.

Wanja verzog kurz den Mund. »Im Hafen von Kirkenes wimmelt es von Polizisten. Wir sind gleich wieder umgekehrt und ...«

»... und habt die Behörden auf euch aufmerksam gemacht!« Boris schlug kurz und knapp zu. Ein schmaler Blutfaden sickerte aus Wanjas Mundwinkel in das rotblonde Bartgewirr.

»Sie haben nichts gemerkt, glaub mir.« Er wischte sich das Blut mit dem Jackenärmel ab. »Es war schon dunkel, wir hatten keine Positionslichter gesetzt. Niemand hat uns gesehen, das schwöre ich.«

»Lass das lieber.« Boris zog einen braunen Umschlag aus seiner Jacke. »Hier, für dich und deine Männer. Und jetzt steig aus, ich fahre weiter.«

»Aber ...«

»Aussteigen. Die Pläne haben sich geändert, ich bringe den Transport selbst bis zum Ziel, und zwar fahren wir über Land, damit rechnen die Bullen nicht. Wassily fährt dich bis zur Grenze nach Murmansk, du kannst durch die Wälder zurückgehen. Kennst dich ja aus«, fügte er mit deutlicher Ironie hinzu.

»Das kannst du mit mir nicht machen!« Wanja stieg aus und stellte sich dicht vor Boris. »Wo ist der Boss? Ich will mit ihm reden.«

»Verhindert.«

»Dann will ich mit ihm telefonieren.«

»Geht nicht. Er will nicht gestört werden.« Ehe Wanja begriff, was geschah, hatte Boris eine Waffe gezogen und hielt sie ihm an den Kopf. »Hau ab, ehe ich mich vergesse«, zischte er.

»Aber die Ware ...« Wanja wies auf den Kleintransporter. »Sie werden bestimmt bald wach. Was willst du dann allein mit ihnen machen?«

Boris zuckte mit den Schultern. »Sie kriegen, was sie brauchen. Und jetzt fahrt endlich los.« Er wartete nicht, bis der Lada gestartet wurde, sondern ging zum Transporter und warf einen prüfenden Blick ins Wageninnere. Sieben junge Mädchen hingen schlafend in den Sitzen. Noch wirkte das starke Betäubungsmittel, das Wanja ihnen verabreicht hatte.

Boris stellte ein paar Dosen Cola, die er präpariert hatte, ins Wageninnere, schloss die Tür und schwang sich hinters Lenkrad.

Während er den Wagen auf schmalen, einsamen Straßen, die diese Bezeichnung kaum verdienten, durch das fast menschenleere Gebiet in Richtung Alta lenkte, grübelte er darüber nach, ob er es wohl wagen könnte, den Boss um einen höheren Anteil zu bitten. Er ging diesmal ein wesentlich höheres Risiko ein, von den Schwierigkeiten, die der Transport über Land mit sich brachte, ganz zu schweigen.

Von Tana aus wagte er es, die Europastraße 6 zu befahren. Noch war es dämmrig, und kaum jemand war unterwegs, nur drei Wohnmobile und ein LKW, auf dem diverse Container gestapelt waren, kamen ihm entgegen.

Kurz vor Alta kontrollierte Boris noch einmal, ob die Mädchen noch schliefen. Er grinste, als er sah, dass alle Coladosen geleert waren.

»Na also, schlaft schön weiter, meine Täubchen. Wir haben noch eine lange Strecke vor uns.«

»Guten Morgen, Andrea. Hast du gut geschlafen?« Mit einem Lächeln und so, als habe es den Misston in der vergangenen Nacht nicht gegeben, trat Jacob auf Andrea zu, als die den Frühstücksraum des Hotels betrat.

»Danke, ja. Du auch?«

»Hab ich, ja.« Er winkte einem Kellner und bestellte Kaffee. »Ich hab zwar schon gefrühstückt, aber ich leiste dir gern noch bei einer Tasse Kaffee Gesellschaft.« Er griff in seine Jackentasche. »Hier, ich hab aufgeschrieben, was wir uns heute ansehen könnten. Du möchtest doch sicher die Stadt kennenlernen und eventuell einen Einkaufsbummel machen.«

»Wenn wir dazu noch Zeit haben, gern.« Andrea atmete auf. Jacob war so höflich und zurückhaltend wie stets. Die kleine, unschöne Szene in der Nacht war vielleicht darauf zurückzuführen, dass er zu viel Alkohol getrunken hatte.

Der Tag verlief harmonisch und abwechslungsreich. Sie machten eine Stadtrundfahrt, und Andrea konnte die Alte Universität mit ihren klassizistischen Säulen ebenso bewundern wie Oslos Domkirche und den Königspalast. Sie bewunderte das Ibsen-Haus und die gelbweiße Villa, die das Nobel-Institut beherbergte.

»Wollen wir vor dem Abflug noch etwas essen, oder möchtest du lieber einkaufen gehen?«

Andrea schüttelte den Kopf. »Wenn's dir nichts ausmacht, würde ich gern kurz ins Munch-Museum gehen. Ich mag die Expressionisten sehr gern, und er gilt als einer ihrer Wegbereiter.«

»Dann komm, wir lassen uns hinfahren.« Scheinbar unbekümmert ergriff er ihre Hand und zog sie mit zu seinem Wagen, der ihnen offenbar stets in geringem Abstand gefolgt war.

Inzwischen wunderte sich Andrea nicht mehr darüber. Sie ließ sich in die weichen Polster sinken und streckte die Füße weit von sich. »Puh, Pflastertreten ist anstrengend!«

»Du wolltest es so.« Jacob zog ihre Hand an die Lippen. »Und ich habe versprochen, dir jeden Wunsch zu erfüllen.«

Andrea schüttelte den Kopf. »Das will ich gar nicht. Aber das, was du mir an diesem Wochenende gezeigt hast, war wunderschön. Ich danke dir dafür.«

Jacob antwortete nicht, doch der Druck seiner Finger wurde fester, er zog Andreas Hand noch einmal an die Lippen, doch diesmal presste er seine Lippen intensiv in ihre Handinnenfläche.

»Ach, wir sind schon da!« Andrea entzog ihm die Hand und tastete nach ihrer Handtasche. »Hoffentlich ist noch geöffnet. Es ist schon spät.«

Aber sie hatten zum Glück mehr als eine Stunde Zeit, sich in den Räumen des Museums umzuschauen. Als sie dann endlich vor dem weltberühmten »Schrei« standen, erschauerte Andrea innerlich. Faszinierend, beängstigend, düster und doch in seiner Dramatik fesselnd war dieses Bild, von dem es vier bekannte Variationen gab.

»Drei der Bilder sind hier in Norwegen ausgestellt«, erklärte Jacob, »das vierte befindet sich in Privatbesitz.« Er legte kurz den Arm um Andrea. »Ich hatte mal eine Lithographie, musste sie dann aber veräußern, da ich in finanziellen Schwierigkeiten war.« Lässig zuckte er mit den Schultern. »Na ja, das ist lange her, heute käme so was bei mir nicht mehr vor.«

Andrea wandte kurz den Blick vom Bild ab und sah ihn an. Er wirkte ganz entspannt und erklärte lächelnd: »Weißt du, was Munch zu seinem Werk gesagt hat?«

»Nein.«

»Ich malte dieses Bild, malte die Wolken wie wirkliches Blut …« Er lachte leise. »Du hast ja keine Angst vor Blut, nicht wahr?«

Ein seltsamer Gedankensprung! Andrea schüttelte den Kopf. »Wie sollte ich? Ich bin Chirurgin!«

»Meine schöne, mutige Andrea. Ich bewundere dich wirklich!« Er warf einen raschen Blick auf die goldene Uhr an seinem Handgelenk. »Wir müssen los, der Flieger wartet nicht.«

Andrea war beinahe froh, das Museum verlassen zu können. Und so wunderbar der Opernbesuch gewesen war, sosehr sie es auch genossen hatte, wieder einmal Großstadtluft zu atmen – sie war froh, dass sie am späten Abend wieder zurück auf den Lofoten sein würden.

Während des Flugs schlief sie ein, den Kopf an Jacobs Schulter gelehnt. Er atmete den zarten Duft ihres Haares ein und wünschte sich, Andrea endlich ganz besitzen zu können. Aber er musste sich in Geduld üben. Sie sollte aus freien Stücken zu ihm kommen; er wollte sie weder mit Gewalt noch von Drogen betäubt in Besitz nehmen.

Sacht schob er mit dem Zeigefinger ihre Bluse auseinander, um den Ansatz ihres Busens genießen zu können. Doch im nächsten Moment zuckte er zurück. Unter der Bluse kam diese alberne Kette aus Muscheln, Federn und Perlen, die ihn so irritierte, zum Vorschein.

»Verdammter Unsinn«, zischte Jacob und rückte unwillkürlich ein Stück zur Seite.

8

Andrea erwachte vom fröhlichen Kichern ihres Sohnes, in das sich das dunkle Lachen von Johan Ecklund mischte. Irritiert sah sie auf die Uhr – schon neun vorbei! Sie hatte total verschlafen, kein Wunder nach der anstrengenden Nacht, die hinter ihr lag. Zweimal war sie zu Patienten gerufen worden. Einmal war es die junge Märtha gewesen, die Angst um ihr Baby hatte, das anhaltend weinte. Wie sich herausstellte, hatte der kleine Andres Probleme mit der Umstellung von der Muttermilch auf andere Nahrung. Andrea half mit Tropfen und ein paar Tipps für die junge Mutter.

Der zweite Notruf war dramatischer: Ein Motorradfahrer war in einer Kurve gleich hinter Stamsund von der Fahrbahn abgekommen und eine steile Böschung hinuntergestürzt. Zum Glück hatten zwei Fischer, die zum Hafen unterwegs waren, den Unfall gesehen und die Ärztin alarmiert. Andrea, die noch vor dem Rettungswagen eintraf, konnte den knapp Zwanzigjährigen notversorgen. Vor allem war es wichtig gewesen, die starke Blutung am linken Oberschenkel zu stillen. Dann wartete sie, bis der Notarztwagen aus Svolvær eintraf und sie den Verletzten an die Kollegen übergeben konnte.

Der Morgen zog schon mit hellrotem Schein herauf, als sie endlich ins Bett kam.

Unten in der Küche klapperte Birgit mit Geschirr, zwischendurch rief sie etwas in den Garten hinaus, was Lars mit noch lauterem Lachen quittierte. Fast jeden Morgen kam die Frau des alten Landarztes herüber zu Andrea und kümmerte sich um den Haushalt.

Mit einem kleinen Seufzer ließ sich Andrea noch einmal kurz in die Kissen zurücksinken. Vier Stunden Schlaf waren einfach nicht genug! Ein Glück, dass sie durch Birgit und Johan so viel Unterstützung erfuhr. Ohne die beiden könnte sie nicht arbeiten, und auch Lars wäre gewiss kein so fröhliches Kind, wenn er in dem alten Arzt und seiner Frau keine Ersatz-Großeltern hätte.

»Im Wartezimmer ist noch nichts los«, empfing Birgit sie, als sie eine halbe Stunde später herunterkam. »Der Emma vom Hansen-Hof hat Johan schon eine Spritze gegen ihr Asthma gegeben, und ich hab Harald Jonnsik auf den Nachmittag vertröstet. Der Alte hatte mal wieder Langeweile und wollte eine Untersuchung.« Sie lachte. »Das ist seit fast zwanzig Jahren so – wenn Harald nicht mit auf See darf, weil seine Jungs weit rausfahren und ein paar Tage fortbleiben, wird er krank.«

»Ich weiß.« Andrea lachte und nahm sich eine Tasse Kaffee. »Mir hat er schon mal vorgeschlagen, ihn stationär für zwei Tage aufzunehmen.«

»Das könnte dem Alten so passen! Wenn er Langeweile hat, soll er sich ein Hotelzimmer nehmen und sich nicht bei uns einnisten.« Birgit setzte sich zu Andrea an den Tisch. »Er hofft dann wohl darauf, dass sich Johan mit ihm beschäftigt. Aber das darf man gar nicht erst einreißen lassen.« Sie goss sich einen Kaffee ein. »Gestern hab ich deinen Jacob beim Einkaufen getroffen.«

»Er ist nicht mein Jacob!«

»Nicht?«

»Nein. Er ist – nett. Charmant und sicher auch interessant. Aber …« Andrea biss sich auf die Lippen. »Irgendwas fehlt. Du weißt, was ich meine, nicht?«

»Aber ja. Dann lass es einfach langsam angehen.«

»Mach ich. Zumindest was Jacob betrifft. Ansonsten muss ich mich beeilen, ich wollte noch vor Mittag in der Klinik in Svolvær sein, gehe aber erst mal rüber in die Praxis.«

»Um die zwei, drei Leute, die vielleicht kommen, soll sich Johan kümmern. Fahr du besser gleich los. Lars und ich machen es uns hier im Garten gemütlich.«

»Danke. Wenn ich dich nicht hätte …« Andrea umarmte die mütterliche Freundin, dann machte sie sich auf den Weg.

Drüben, auf der anderen Straßenseite, ging gerade ein Patient ins Doktorhaus. Sie erkannte ihn, es war der alte Lucas Björnsberg, der an Rheuma litt. Sicher war der fast Achtzigjährige froh, dass ihn Johan Ecklund heute untersuchen würde.

Die Sonne schien an diesem Tag besonders intensiv. Die letzten Maitage waren beinahe sommerlich warm und lockten die Menschen hinaus ins Freie. In ihrer Zeit auf den Lofoten hatte Andrea gelernt, dass die Wochen, in denen die Mitternachtssonne schien, für alle das reinste Lebenselixier waren. Niemand ging früh schlafen, Nachbarn und Freunde trafen sich zum Feiern. Die hellen Nächte, in denen die Sonne nie ganz hinter dem Horizont verschwand, besaßen einen Reiz, dem sich niemand entziehen konnte.

Leichte Wehmut kam in Andrea auf, als sie sich an die vielen Mittsommernächte erinnerte, die sie mit Magnus verbracht hatte. Häufig waren sie hinüber nach Ramberg gefahren und hatten den weiten Blick über den Ozean genossen, der in den hellen Nächten einem riesigen Silberteller glich. Von keinem Punkt der Lofoten aus war die Mitternachtssonne besser zu sehen. Wenn sich der rote Sonnenball dem Horizont näherte, dann immer mehr an Farbintensität verlor, bis schließlich nur noch ein heller Silberstreifen den Himmel erhellte, war das ein einzigartiges Schauspiel.

Andreas Augen füllten sich mit Tränen, als sie sich an den Tag erinnerte, an dem Magnus und sie einen Ausflug zum südlichsten Teil des Selfjords unternommen hatten. Es war ein windstiller Tag gewesen, das tiefblaue Wasser des Fjords war spiegelglatt, und die Berge spiegelten sich darin ebenso klar wie die wenigen Hütten am Strand.

Und dann hatten sie ihn gesehen – einen mächtigen Seeadler, dessen Horst wohl irgendwo in den Felsen versteckt lag. Beinahe lautlos und nur mit wenigen Flügelschlägen zog der mächtige Vogel seine Kreise übers Wasser, so, als demonstriere er seine Flugkünste extra für Andrea und Magnus.

Wundervolle Stunden hatten sie gemeinsam verbracht. Stunden voller Liebe, Zärtlichkeit, innigem Verstehen.

Vorbei. Unwiederbringlich vorbei! Andrea seufzte leise auf. Es schien ihr auf einmal so, als wäre das alles in einem anderen Leben passiert.

Immer wieder kam es in letzter Zeit vor, dass sie sich nicht einmal mehr genau an Magnus' Gesicht erinnern konnte. Wenn sie sich seine markanten Züge vorstellte, drängte sich ein anderes Bild davor. Ein Gesicht, das dem von Magnus ähnlich sah – und doch ganz anders war.

Lautes Hupen riss sie aus ihren Gedanken. Sie war, ohne es wirklich zu realisieren, schon auf dem Parkplatz des Krankenhauses angelangt und hätte dem Fahrer eines alten Volvos beinahe die Vorfahrt genommen.

Der leichte Wind, der von der See herüberwehte, vertrieb ihre Gedanken an die Vergangenheit. Sie warf sich ihren hellgrünen Wollschal um die Schultern und griff nach der großen Handtasche, die auf dem Nebensitz lag.

Mit schnellen Schritten ging sie gleich hinauf zur Inneren Station, wo Mia Gjerken noch immer behandelt wurde. Auf dem Flur traf sie ihren Kollegen Daniel Mörle, der soeben aus einem der Krankenzimmer kam.

»Hei, Andrea, das ist ja eine nette Überraschung!«

»Ich wollte kurz nach Mia sehen. Wie geht es ihr?«

»Besser zum Glück. Vor einer Woche hatten wir wirklich Angst, dass sie es nicht schaffen wird.«

Andrea zuckte zusammen. »Das hab ich nicht gewusst.«

»Keine Sorge, sie ist über den Berg und kann, wenn alles gutgeht, in drei, vier Tagen nach Hause.«

»Das ist schön. Sie muss sich aber noch schonen, sag ihr das.«

»Mach du das lieber. Sag es vor allem ihrem Mann.« Daniel grinste. »Er ist in den letzten Tagen nicht von ihrem Bett gewichen. Hab selten einen so tollpatschigen, aber liebenswerten Kerl gesehen.«

Andrea nickte. »Ich bin sicher, er wird alles tun, um Mia zu schonen. Aber ich red gleich noch mal mit den beiden. Bis dann, Daniel. Grüße an deine Lieben.«

»Mach ich.« Er hielt sie zurück. »Komm doch am Wochenende zu unserem Gartenfest. Wir feiern wie immer im Wochenendhaus auf Gimsøy. Kannst auch gern jemanden mitbringen.«

»Mal sehen, ob's klappt. Danke jedenfalls für die Einladung.«

Nach kurzem Anklopfen ging sie in Mias Zimmer, das immer noch ein wenig abgedunkelt war. Doch Andrea bemerkte gleich den großen Rosenstrauß, der neben dem Bett auf einem kleinen Tischchen stand.

Jesper, der auf der Bettkante saß und die Hand seiner Frau hielt, stand auf, als die Ärztin eintrat. Er wirkte verlegen, dieser bullige Mann, und Andrea war gerührt.

»Hei, ihr beiden. Ich hab schon gehört, dass es dir wieder bessergeht, Mia.«

»Dank deiner raschen Hilfe, Doktor Andrea. Das werden wir dir nie vergessen.«

Andrea winkte ab. »Schon gut, die Diagnose war nicht schwer zu stellen. Und du bist hier in den besten Händen.« Sie sah Jesper an. »Du weißt, dass Mia noch nicht wieder arbeiten darf, wenn sie daheim ist, ja?«

Jesper nickte. »Weiß ich. Deshalb kommt ein Mädchen aus der Nachbarschaft dreimal in der Woche, um zu helfen. Mia soll sich unbedingt schonen, da pass ich schon auf.«

»Das ist gut.« Andrea blieb noch ein paar Minuten, dann verabschiedete sie sich. »Ich muss noch nach zwei anderen Patienten sehen, und um drei fängt die Sprechstunde an. Macht's gut, ihr zwei.«

Als sie die Halle durchquerte, traf Andrea noch mal auf Daniel. »Denk ans Wochenende!«, rief er ihr zu.

»Mach ich!« Sie lächelte, doch das Lächeln erstarb, als sie Kristian bemerkte, der gerade durch die Eingangstür kam. Als er sie sah, glitt ein strahlendes Lächeln über sein eben noch ernstes Gesicht.

»Hei, Andrea! Ich hab dich lange nicht gesehen.«

»Ich war verreist, und dann hatte ich viel zu tun. Du doch sicher auch?« Sie sah ihn nur kurz an. »Kommst du voran mit deiner Arbeit? Oder bist du abgelenkt?« Verflixt, das hatte sie nun wirklich nicht sagen wollen.

»Falls du auf Agneta anspielst ... sie fliegt morgen nach Hause.«

»Schade für dich.« Sie sah ihn nur kurz an, doch schon dieser Blick in seine dunklen Augen, die sie so zärtlich ansahen, genügte, dass ihr Herz einen Schlag aussetzte.

»So sehe ich das nicht.« Er streckte die Hand nach ihr aus. »Das mit Agneta und mir ... es ist nur noch eine geschäftliche Beziehung. Sie ist nun mal meine Verlegerin, und sie ist gut. Aber privat sind wir getrennt. Das solltest du wissen.«

»Warum?« Sie tat desinteressiert, dabei war sie insgeheim froh, zu hören, dass Kristian und die schwarzhaarige Verlegerin kein Paar mehr waren.

»Das fragst du wirklich noch?« Kristian zog sie näher zu sich. Andrea hatte das Gefühl, den Boden unter den Füßen zu verlieren, als er mit seinen Lippen flüchtig ihre Wange streifte.

»Hallo, da bin ich! Gesund und fit!« Agneta legte ihre rechte Hand auf Kristians Schulter. Auch jetzt war die schöne Schwedin wieder in Schwarz gekleidet. Zu einer langen Hose trug sie einen schwarzen Strickblazer. Lachsfarbene Korallenohrhänger in einer breiten Goldfassung sowie ein lachsfarbener Kaschmirschal, lässig um den Hals geschlungen, waren auffällige Accessoires, die ihrem Teint schmeichelten.

»Schön, dass alles wieder in Ordnung ist.« Andrea trat einen Schritt zurück. »Ich wünsche alles Gute für die Zukunft.« Ein kurzes Kopfnicken, dann ging sie hastig zu ihrem Wagen.

»Was hat sie denn nur?« Agneta zuckte mit den Schultern. »Sie tut ja so, als hätte ich die Pest!«

»Du bist die Pest«, murmelte Kristian, riss sich los und lief zu Andreas Wagen.

»Andrea!« Fest klopfte er an die Scheibe. »Bitte mach auf!«

»Was willst du noch?« Nur wenige Zentimeter ließ Andrea die Scheibe herab. Starr sah sie geradeaus.

»Dich sehen. Mit dir reden. Kann ich dich heute Abend abholen? Bitte!«

Nein, wollte sie sagen. Ich will dich nicht sehen, will dich nicht in meiner Nähe haben. Es beunruhigt mich. Wühlt mich auf. Du bringst mein Seelenleben durcheinander.

Aber nichts von alledem sagte sie, sondern startete den Motor und fuhr davon.

Der Abend brach an, und immer mehr kleine Schiffe fuhren in den Hafen von Stamsund ein. Mit lautem Sirenensignal verabschiedete sich eines der Hurtigrutenschiffe, es fuhr gen Süden, während das Schwesternschiff im Gegenzug nach Norden aufbrach.

Der Wind wehte eine Zeitlang den unangenehmen Geruch des Guanos herüber, der in einer Fabrik am Ortsrand zu hochwertigem Dünger verarbeitet wurde. Doch dann drehte der Wind zum Glück und brachte den Duft frischen Gebäcks heran.

Andrea schmunzelte. So, wie es üblich war in den Wochen der Mitternachtssonne, wurde überall im Land gefeiert, und frisches Gebäck gehörte unbedingt dazu.

Seit gestern schon werkelte Birgit begeistert in ihrer Küche. Es duftete nach Plätzchen und Plundergebäck. Heute machte sie, speziell für Johan, ihre berühmte *Rullade*, eine mit Zitronencreme gefüllte Biskuitrolle. Für Lars gab es *Boller*, süße Brötchen mit Rosinen, die er heiß und innig liebte.

Mit einem kleinen Seufzer lehnte sich Andrea im Schaukelstuhl zurück. Magnus hatte das alte Stück kurz vor seinem Tod bei einem Bauern entdeckt und gekauft. Jetzt stand es, bestückt mit zwei weißen Schaffellen, in einer windgeschützten Ecke auf der seitlichen Terrasse des Hauses. Von hier aus konnte man zur einen Seite aufs Meer schauen, während die andere den Ausblick auf die Berge eröffnete.

Auf einem kleinen Tisch stand ein Krug mit hellroten und weißen Blumen, die ihr heute ein dankbarer Patient geschenkt hatte.

Andrea sah unter halbgeschlossenen Lidern hindurch hinaus auf den Fjord, auf dem die Positionslampen einiger Schiffskutter aufleuchteten. Der Himmel, hellgrau und von goldroten Schleierwolken überzogen, schien in den hellen Nächten eins zu werden mit dem Grau des Meerwassers.

Sie hörte das Läuten an der Haustür wie durch eine Wattewand gefiltert. Noch ehe sie aufstehen konnte, kam Kristian durch den Garten auf die Terrasse zu.

»Entschuldige, aber du hast das Läuten wohl nicht gehört.« Er legte ihr eine einzelne weiße Rose in den Schoß.

»Und da bist du einfach so hereingekommen.« Ob sie es wollte oder nicht – ein kleines Lächeln stand in ihren Augen.

»Ich bin sportlich, und der Zaun ist nicht allzu hoch.« Er kniete neben dem Schaukelstuhl nieder. »Du bist nicht böse?«

»Nein.« Sie roch an der Rose. »Danke.«

Kristian sah sich um. »Du hast es wunderschön hier. Man könnte meinen, der ganze Fjord liegt dir zu Füßen.«

Andrea lachte. »Dazwischen ist aber noch die Straße. Zum Glück sieht man sie nicht von hier.« Sie wies nach links. »Das alte Doktorhaus liegt direkt am Wasser, Johan hat seinen eigenen Bootssteg.«

»Aber ihr habt es gut gelöst, indem ihr eine zweite Terrasse mit Meerblick gebaut habt.« Noch immer kniete er neben ihr.

»Ja, der Ausblick ist wunderbar.«

»Ich bereue, dass ich nicht früher hergekommen bin.«

Andrea schwieg, doch sie ließ es zu, dass er seine Hand in ihren Nacken legte und sie sanft näher zu sich herzog. Vielleicht ist es sogar gut, dass er erst jetzt gekommen ist, dachte sie – und schloss die Augen, als Kristian sie sanft küsste.

Es war ein sanfter, unendlich zärtlicher Kuss.

Und doch veränderte er in Sekundenbruchteilen alles …

Andrea hatte das Gefühl, als sei direkt neben ihr ein Vulkan ausgebrochen. Kristians Kuss schien mit einem Schlag all die Traurigkeit, die seit Magnus' Tod in einem Winkel ihres Herzens nistete, zu vertreiben. Ohne nachzudenken, hob sie die Arme und legte sie um Kristians Nacken.

Der Kuss wurde leidenschaftlicher, heftiger, inniger, und er dauerte eine kleine Ewigkeit, so lange, bis sie in Andreas Schlafzimmer angekommen waren.

Sie sprachen kein Wort, während sie sich gegenseitig auszogen und immer wieder küssten. Sanft ließ Kristian Andrea aufs Bett sinken, streichelte ihre Wangen, ihr Haar, küsste ihre Augen, die ihn so liebevoll und zugleich ungläubig ansahen.

»Andrea ... Andrea ...« Nur ihren Namen murmelte Kristian immer wieder, während er sie liebte.

Später, nach einer kleinen Ewigkeit, saßen sie eng aneinandergeschmiegt auf der Terrasse und tranken Wein. Es ging auf Mitternacht zu, doch noch immer war es hell. Vom Hafen wehten Musikfetzen und fröhliches Lachen herüber, und ein paar Schafe, in ihrer Ruhe gestört, blökten leise.

Was hab ich getan, dachte Andrea und presste die Lippen zusammen. Sie rückte ein Stück von Kristian ab und legte den Kopf in den Nacken. Tränen standen ihr auf einmal in den Augen, und sie schluchzte unterdrückt auf.

Magnus ... was hab ich nur getan? Ich habe dich betrogen, habe unsere Liebe verraten. Sie wollte aufstehen, davonlaufen, doch da waren Kristians Arme, die sie hielten, sanft und doch sicher. Und es war ein gutes Gefühl, nicht mehr allein zu sein. Allein in einer Nacht wie dieser ...

Andrea schaute noch lange schweigend in das helle Himmelsgrau, so, als fände sie dort Hilfe. Doch nur eine kleine Wolke schwebte direkt über ihnen, daneben glitzerten zwei Sterne.

Als sie am Morgen erwachte, war Kristian fort.

Andrea atmete erleichtert auf. Sie verschränkte die Hände hinter dem Kopf und sah zum Fenster hinaus. Widerstreitende Empfindungen erfüllten sie. Da war das Glück, das sie empfunden hatte. Ein Gefühl von Wärme und Geborgenheit, das sie lange vermisst hatte.

Doch da waren auch Schuldgefühle, Ängste, Zweifel. Hatte sie Magnus verraten? Und – was war mit Jacob? Vor wenigen Tagen erst war sie mit ihm in Oslo gewesen, hatte ihm eventuell dadurch Hoffnungen gemacht. Und jetzt ...

Vor dem Haus erklang lautes Hupen, dann verzweifelte Rufe. »Hilfe! Doktor! Wir brauchen den Doktor!«

Mit einem Satz war Andrea aus dem Bett, warf sich den hellen Kimono über, der an der Tür hing, und hastete hinaus.

Draußen stand ein junges Paar, der Mann hielt ein Baby im Arm. »Hilfe, sie stirbt«, stieß er hervor. »Unsere Miriam ... sie stirbt!«

»Hier herein.« Andrea ging mit den aufgeregten Eltern hinüber in ihre Praxis und führte sie gleich in den Untersuchungsraum. »Leg die Kleine hierher.«

»Sie ist gestochen worden«, flüsterte die junge Mutter. »Ich weiß nur nicht, von was. Die Oma hat ihr Brei gefüttert, und dann ... Miriam kriegt plötzlich keine Luft mehr.« Tränen erstickten ihre Stimme.

Rasch stellte Andrea fest, dass der Rachen des Kindes stark geschwollen war. Doch nachdem sie der Kleinen eine Ampulle Cortison und ein Antihistaminikum gespritzt hatte, ging es ihr rasch besser. Die Gesichtsfarbe normalisierte sich, und schon bald wirkte das Baby wieder munter und lächelte seine Mutter an.

»Alles wieder in Ordnung«, sagte Andrea. »Passen Sie nur in Zukunft besser auf beim Füttern.«

»Das machen wir auf jeden Fall. Tausend Dank, Frau Doktor.«

Bis zum Mittag war Andrea beschäftigt. Ein paar Touristen kamen in die Praxis, und auch etliche ihrer Stammpatienten wollten versorgt sein. Andrea und Liv, ihre junge Sprechstundenhilfe, arbeiteten ohne Unterlass.

Gegen Mittag kam ein Anruf von Kristian, doch Andrea hatte nur kurz Zeit, mit ihm zu reden. »Ich hab noch Patienten«, sagte sie knapp, kaum dass er seinen Namen genannt hatte.

»Ich möchte dich sehen.« Warm und liebevoll klang Kristians Stimme, und Andrea spürte, wie sie ein angenehmer Schauer durchrieselte.

»Ich weiß nicht, ob ich es heute einrichten kann.« Ihre Stimme klang spröde.

»Es war wunderschön mit dir.«

»Tut mir leid, ich muss mich jetzt um die Praxis kümmern.« Ohne einen Abschiedsgruß legte Andrea auf. Sie barg das Gesicht in den Händen und schluchzte auf, gequält von widerstreitenden Empfindungen.

Kristian war ein faszinierender Mann, sie fühlte sich wie magisch zu ihm hingezogen. Aber war es nicht nur seine Ähnlichkeit mit Magnus, die sie so sehr in den Bann zog?

»Ich werde ihn nicht wiedersehen«, sagte sie laut vor sich hin. »Das gestern Nacht, das war ein Ausrutscher. Eine sentimentale Entgleisung.«

Noch zweimal rief Kristian an diesem Tag an, doch immer lehnte Andrea ein Treffen ab. »Lass mich in Ruhe«, sagte sie bei seinem letzten Anruf. »Vergiss, was passiert ist. Du hast mich an Magnus erinnert, das ist alles.«

Er schwieg, zutiefst getroffen. »Nein«, murmelte er nach einer Weile. »Nein, das ist nicht wahr.«

»Vergiss mich«, sagte Andrea leise. »Und am besten verlässt du die Lofoten bald wieder.«

Sie fanden den schwerverletzten Mann am Ortsrand von Svolvær. Ohnmächtig, mit einer Kugel in der Brust und hoch fiebernd lag er auf ein paar alten Fischernetzen. Er hatte keine Papiere bei sich, doch rasch stand fest, dass er Russe war.

»Diese Tätowierungen sind typisch«, stellte ein älterer Kriminalbeamter fest. »Die hat er sich in einem russischen Gefängnis machen lassen.«

Carina nickte. »Das könnte gut sein. Seine Sachen scheinen auch aus russischer Produktion zu stammen, zumindest die Militärjacke.«

»Man hat ihn erschossen – und der Killer hat seine Arbeit nicht perfekt gemacht.« Der alte Olav, der nur noch ein paar Monate bis zur Pensionierung hatte, strich sich über den eisgrauen Bart. »Zumindest hat er nicht kontrolliert, ob der Schuss wirklich tödlich war.«

Carina wandte sich an den Arzt, der den Angeschossenen operiert hatte. »Was meinst du, wann ist er ansprechbar?«

»Das kann man nicht prognostizieren. Hoffen wir, dass er überhaupt die Nacht übersteht. Wann du ihn vernehmen kannst, weiß der Himmel.«

»Verdammt, es wäre so wichtig! Vielleicht gehört er zu der Bande, hinter der wir schon seit Wochen her sind.«

»Vielleicht. Vielleicht auch nicht.« Der Arzt schob sie und Olav zur Tür hinaus. »Er braucht jetzt erst mal Ruhe. Ich melde mich, sobald es ihm bessergeht. Versprochen«, fügte er hinzu, noch ehe Carina etwas sagen konnte.

»Ich spür's genau – dieser Kerl da drinnen kann uns was sagen.« Sie schlug mit der geballten rechten Faust in ihre linke Hand. »Verdammt, Olav, warum kommen wir einfach nicht weiter? Da werden vor unseren Augen Verbrechen begangen, Drogen werden unters Volk gebracht, junge Mädchen werden in ihr Verderben gestoßen – und wir können nichts, aber auch gar nichts dagegen unternehmen. Das macht mich wahnsinnig!«

»Du bist zu ungeduldig, Carina.« Olav hielt ihr die Tür nach draußen auf. »Wenn du mal so lange Dienst schiebst wie ich, wirst du gelassener.« Er zuckte mit den Schultern. »Wobei das nicht heißen soll, dass ich die Typen nicht auch gern dingfest machen würde. Lieber heute als morgen, das kannst du mir glauben.«

Vier Tage dauerte es, dann kam der erlösende Anruf aus der Klinik: »Ihr könnt ihn verhören!«

Der Russe lag immer noch auf der Intensivstation, doch sein Blick war klar, und als der Dolmetscher ihn fragte, was passiert sei, konnte er deutlich antworten.

»Diese Mistkerle! Ich hab mich geweigert, die Kleine zu vergewaltigen, nachdem schon zwei der anderen sie hatten. Und dann hab ich Boris von ihr weggezogen, weil ich es nicht mehr mitansehen konnte.« Er schloss die Augen. »Ich hatte eine Tochter. Sie ist tot. Sie hat von diesem verdammten Crystal Meth genommen.« Schwer atmete er, dann fuhr er fort: »Diese Kleine … sie war so alt wie meine Dana jetzt wäre.«

»Und da haben sie dich erschossen?«

»Ja. Und weil ich aussteigen wollte. Ich konnte das nicht mehr. Stehlen, rauben ... das hab ich gemacht, dazu steh ich. Aber das andere ... ich konnte nicht mehr. Da hat Boris ...«

»Wer ist dieser Boris?«, hakte Carina ein. »Der Boss?«

Der Mann im Bett biss sich auf die Lippen. »Nein. Glaube ich nicht. Da ist noch ein anderer ... aber den kennt nur Boris.« Die Kontrollgeräte neben seinem Bett begannen leise zu piepen, und sofort war ein Arzt zur Stelle.

»Das muss reichen«, sagte er energisch. »Der Mann braucht jetzt Ruhe.«

»Aber ich muss noch mehr über diesen Boris wissen!«, rief Carina.

»Später. Jetzt ist erst mal Schluss.« Der Arzt wies energisch nach draußen, und den beiden Beamten und dem Übersetzer blieb nichts anderes übrig, als seiner Anweisung zu folgen.

»Es ist eine Spur«, meinte Olav, als sie am Schwesternzimmer vorübergingen. »Eine erste wirklich heiße Spur. Wir haben endlich einen Namen.«

»Hoffen wir, dass der Kerl da drinnen wirklich alles sagen wird, was er weiß.« Carina blieb skeptisch. »Wenn er sich erst mal besser fühlt, sieht es vielleicht anders aus.«

»Glaub ich nicht.« Olav sah einer drallen rothaarigen Schwester nach. »Die ist neu«, sagte er.

»Kennst du dich hier so gut aus?«

Er zuckte mit den Schultern. »Meine Frau lag lange hier. Krebs.«

Kurz legte sie ihm die Hand auf den Arm. »Tut mir leid, daran hab ich nicht gedacht.«

»Schon gut. Gehen wir auf ein Abendbier?«

Carina zögerte. Eigentlich wollte sie so rasch wie möglich nach Hause, denn Inga, das Kindermädchen, war erkältet. Sie wollte die Neunzehnjährige nicht länger als nötig mit Ellen allein lassen. Doch sie mochte Olav auch nicht vor den Kopf stoßen.

»Auf ein Bier, einverstanden.«

Endlich und viel zu spät für Andreas Empfinden hatte sich die Sonne einen Weg durch die Wolkendecke gebahnt. Jetzt, kurz vor Mittag, schien sie mit voller Kraft. In den Kübeln, die neben dem Klinikeingang standen, blühten neben späten Tulpen bereits Ranunkeln, Geranien und Fuchsien.

Andrea schaute von der üppigen Blütenpracht hinüber zu den immer noch schneebedeckten Gipfeln der Lofotenwand, die sie in ihrer bizarren Schönheit immer wieder faszinierte. Wenn man die etwa hundert Kilometer lange Bergkette vom Meer aus betrachtete, konnte man sich kaum vorstellen, dass dieses Gebirge, vor gut drei Milliarden Jahren entstanden, fast so alt war wie die Erde selbst.

Wie immer, wenn sie sich dies alles in Erinnerung rief, überlief Andrea ein kleiner Schauer, und sie dachte an all die Sagen, die sich die Einheimischen über die Berge und die Fabelwesen, die darin lebten, erzählten. Da waren die bösen und die guten Trolle, oder es gab die versteinerten Königstöchter, die für ihren Ungehorsam verflucht und in die Bergspitzen der *Sieben Schwestern* verwandelt worden waren.

In dieser Region im hohen Norden gab es einfach Dinge, mystische Geschehnisse und rätselhafte Erscheinungen, für die niemand eine rationale Erklärung fand und die doch das Leben einiger Menschen beeinflussten. Bei diesen Gedanken griff sie sich an den Hals, wo die Kette mit den roten Perlen baumelte. Zu dem weißen Baumwollpulli, den sie am Morgen zur Jeans und einer hellgrünen Steppjacke gewählt hatte, passte die Kette ausgezeichnet.

»Doktor Andrea! Hallo, Doktorin!« Die dunkelroten Rosen, die ein junger Mann wie eine Trophäe schwenkte, als er den Parkplatz der Klinik überquerte, leuchteten im Sonnenschein besonders schön. »Es ist ein Junge!«, rief er strahlend. »Ein gesunder Junge!«

»Gratuliere, Haakon. Und wie geht's deiner Frau?«

»Bestens! Komm doch mit und schau selber nach!« Haakon und seine Frau Birgit waren seit zwei Jahren Andreas Patienten. Sie stammten aus Trondheim, doch Haakon hatte auf den Lofoten einen gutbezahlten Posten angeboten bekommen, und so war die junge Familie umgezogen.

»Heute hab ich leider keine Zeit, aber ich komme bald vorbei, versprochen!«

Ein kleines Lächeln lag noch auf Andreas Gesicht, als sie ihren Wagen aufschloss.

»Endlich!« Wie aus dem Boden gewachsen stand Kristian neben ihr. »Andrea ...«

Das Herz schlug ihr plötzlich bis zum Hals. Sie sah sein Gesicht, das ihr so vertraut war, sah seinen liebevollen Blick, und dann waren da seine Arme, die sich einfach um sie legten, und sein Mund, der sie zärtlich auf die Lippen küsste.

»Nicht ...« Sie versuchte sich aus der Umarmung zu lösen, doch Kristian gab sie nicht frei.

»Ich hab mich so nach dir gesehnt«, murmelte er. »Warum weichst du mir aus?« Nur kurz beugte er sich zurück, um ihr in die Augen zu sehen. »Jeden Tag hab ich versucht, mit dir zu reden, dich zu sehen. Heute war ich bei dir im Doktorhaus. Von Frau Ecklund hab ich gehört, dass du in die Klinik gefahren bist, also hab ich hier gewartet.«

Andrea blickte an ihm vorbei. Sie fühlte sich so zerrissen wie seit langem nicht mehr. Wenn Kristian sie in den Armen hielt, so wie jetzt, fühlte sich das gut und richtig an. Aber da war Jacob, und auch er faszinierte sie auf seine Art. Er war weltmännisch, aufmerksam, führte ein interessantes, aufregendes Leben und würde ihr die Welt zu Füßen legen, wenn sie sich auf ihn einließe. Das hatte er ihr mehr als einmal zu verstehen gegeben.

»Was ist los? Bereust du unsere Nacht?« Sie roch sein Rasierwasser mit diesem unverwechselbaren Duft nach Limetten und Sandelholz.

»Nein, aber ...« Sie schob ihn von sich. »Ich brauche noch Zeit. Magnus ... ich habe ihn so geliebt, es ist nicht leicht, ihn zu vergessen.«

»Das sollst du doch auch nicht! Ich weiß, dass er immer einen Platz in deinem Herzen haben wird, und das ist gut und richtig so. Du hast einen Sohn, eine lebendige Erinnerung an Magnus.« Er drückte ihr die Hände. »Gib mir die Möglichkeit, den Kleinen kennenzulernen – und ihm eventuell ein großer Freund zu sein. Mehr will ich gar nicht.«

»Du bist doch auch nicht ganz frei«, sagte sie leise.

»Doch, das bin ich. Agneta weiß, dass es aus ist zwischen uns. Sie ist zurück nach Stockholm geflogen.«

Sacht löste Andrea ihre Finger aus seinen Händen. »Gib mir einfach noch Zeit.« Dann stieg sie rasch ein.

Kristian trat einen Schritt von ihrem Wagen zurück. Er hob grüßend die Hand und sagte: »Ich rufe dich an!«

Noch ehe Andrea antworten konnte, kam ein Wagen mit getönten Scheiben auf Kristian zugerast. Das Fahrzeug, dessen Marke sie nicht ausmachen konnte, streifte knapp die Stoßstange ihres Mercedes und raste dann ungebremst auf Kristian zu.

Mit einem großen Satz zur Seite brachte der sich in Sicherheit.

Auf eine Woche voller Wärme und Sonnenschein folgte ein Sturmtief, es brachte vom Atlantik her Regen mit, der einen ganzen Tag lang ununterbrochen vom wolkenverhangenen Himmel fiel.

Wie einen Sonnenstrahl empfand Andrea den großen Strauß gelber Rosen, den ein Bote am Mittag brachte. Auf der beigefügten Karte stand nur: *»Sehen wir uns am Freitag? Bei mir? Ich warte voller Sehnsucht – Jacob.«*

Andrea zögerte, dann rief sie ihn an. »Jacob, danke für die herrlichen Blumen! Sie verschönern mir den Tag.«

»Dann haben sie ihren Zweck erfüllt.« Eine kleine Pause, dann fragte er: »Nimmst du meine Einladung an? Ich habe noch zwei Paare aus Svolvær eingeladen und einen Geschäftsfreund.«

»Ja, gern.« Es erleichterte Andrea, dass sie nicht allein mit ihm sein würde.

»Ich freue mich.«

»Ich mich auch.« Sie machte eine kleine Pause, fragte dann: »Jacob, geht's dir gut?«

Für einen Moment war es still am anderen Ende der Leitung. »Warum fragst du?«

»Ich ... ich hatte den Eindruck, dass du ...« Sie brach ab. »Vergiss es.«

»Du hast nicht ganz unrecht.« Jacob räusperte sich. »Heute hab ich wirklich leichte Beschwerden. Aber das liegt am Wetter, mach dir keine Sorgen.«

»Soll ich kurz vorbeikommen?«

Er zögerte. »Nein, nein, alles in Ordnung. Ich komme klar.«

»Gut, wie du meinst. Dann bis Freitag.« Nachdenklich legte Andrea auf. Jacob hatte irgendwie merkwürdig geklungen. Angespannt, kurzatmig, nervös. Sollte sie ihn doch aufsuchen? Doch dann verwarf sie den Gedanken. Es gab viel zu tun in der Praxis, und Liv war heute nicht gekommen. Sie hatte sich eine heftige Bronchitis eingefangen und wollte zwei Tage im Bett bleiben.

»Mama, hab Hunger.« Einen kleinen weißen Eisbären unter den Arm geklemmt, kam ihr Sohn auf sie zu.

Andrea hob ihn kurz hoch. »Du hast schon wieder Hunger?« Lars nickte ernsthaft.

»Dann komm, wir schauen mal, was Oma Birgit heute gekocht hat.«

Lars strahlte. »Ich weiß das!«

»Und – verrätst du es mir?«

Der kleine Junge schüttelte den Kopf.

»Dann muss ich mich ja wohl überraschen lassen!« Mit Lars auf dem Arm ging sie hinüber ins alte Doktorhaus, wo Birgit noch in der Küche werkelte. Wie immer, wenn Andrea vormittags in der Praxis arbeitete, kochte Birgit für sie und Lars mit.

»Hm, das duftet mal wieder!« Andrea ging zum Herd, wo Birgit gerade eine große Kasserolle mit Lammgulasch abschmeckte.

»Die Nudeln sind schon fertig, du kannst sie gleich abgießen.« Birgit sah nur kurz auf.

»Wo ist denn Johan?«

»Unterwegs.« Birgits Stimme klang spröde, und jetzt erst bemerkte Andrea, dass sich zwei tiefe Falten in Birgits Stirn eingegraben hatten. »Der alte Kristoffer Mörk hat ihn rufen lassen, und Johan musste natürlich gleich mit dem Boot losfahren!«

»Kristoffer Mörk? Aber die Familie lebt doch weit draußen auf einer Schäreninsel!«

»Ja. Es gibt nur zwei Häuser da.« Birgit strich sich kurz übers graue Haar. »Kristoffer ist fast neunzig und seit über vierzig Jahren Johans Patient. Er hat Lungenkrebs, will sich aber nicht noch mal in die Klinik legen.«

»Und was sagt Johan dazu?«

»Er meinte, bevor er losfuhr, Kristoffer hätte das Recht, daheim im Kreis seiner Lieben zu sterben.«

»Das wünschen wir uns alle«, warf Andrea ein.

»Natürlich. Aber Johan ist auch nicht mehr der Jüngste und Gesündeste, und ich hab ein schlechtes Gefühl, wenn er solche Strapazen auf sich nimmt. Wenn er sich wenigstens fahren lassen würde ... Aber nein, er meint ja, er könnte immer noch alles allein machen.«

»Ich wäre losgefahren, wenn ihr mich gerufen hättet. Aber der alte Mann würde nie freiwillig eine Ärztin konsultieren, nicht wahr?« Andrea setzte Lars in den hölzernen Hochstuhl. Sie hatte sich inzwischen daran gewöhnt, dass es noch einige Menschen in der Gegend gab, die ausschließlich Johan Ecklund als Arzt akzeptierten. Vor allem waren es die alten Fischer, die sich nicht vorstellen konnten, von einer jungen Frau untersucht zu werden.

Zu Beginn ihrer Tätigkeit hatte Andrea versucht, die Leute zu überzeugen, doch inzwischen hatte sie gelernt, die Eigenheiten der Inselbewohner zu akzeptieren. Und solange Johan noch rüstig genug war, um hin und wieder zu helfen, war das ja alles in Ordnung.

Das Lammgulasch war ausgezeichnet, und Andrea aß mit Appetit. Zwischendurch erzählte sie von ihrer Begegnung mit Kristian.

»Du magst ihn.« Birgit legte ihr Besteck zur Seite, und ihre Kehle war wie zugeschnürt. Die Ahnung von drohendem Unglück, die sie seit Stunden quälte, nahm immer mehr zu.

»Ja, schon. Aber ... ich bin wie zerrissen. Weiß einfach nicht, was ich wirklich will.«

»Lass dir genügend Zeit, das herauszufinden.« Birgit stand auf und holte Lars noch einen Löffel Kartoffelbrei. »Was ist denn mit Jacob Stevensen? Du hast gar nicht viel über euren Trip nach Oslo erzählt.«

Andrea spießte ein Stück Fleisch auf, hielt die Gabel aber ganz in Gedanken eine Weile in der Luft. »Es war ein wunderschönes Erlebnis«, sagte sie schließlich. »Die Oper war wunderbar, und Anna Netrebko mal live singen zu hören ein großer Genuss.«

»Kann ich mir denken. Und sonst?«

»Das Hotel war toll, die Stadt sehr reizvoll.«

»Pah, das ist doch nicht das, was ich hören will! Nun red schon: Was ist passiert?«

»Nichts. Gar nichts.«

Birgit schüttelte den Kopf. »Das glauben du und ich nicht.«

Andrea seufzte auf. »Passiert ist wirklich nichts. Aber Jacob hat schon versucht, mir näherzukommen.« Sie zuckte leicht mit den Schultern und legte die Gabel an den Tellerrand. »Aber mir ging das zu schnell.«

»Bei Jacob.« Birgit schmunzelte. »Ehrlich gesagt finde ich Kristian auch sympathischer. Er wirkt offen und ehrlich, während Jacob ...« Sie zögerte und fuhr dann leiser fort: »Am Anfang fand ich ihn nett. Aber ich hab ihn jetzt noch ein paarmal im Ort gesehen und ...« Sie brach ab und zuckte mit den Schultern. »Er ist mir irgendwie zu glatt, zu smart. Ich würde was drum geben, wenn ich hinter die elegante Fassade blicken könnte.«

Das war genau das, was Andrea auch empfand. »Er hat mich für Freitag zu sich nach Hause eingeladen. Ich hab zugesagt.«

»War das klug?«

»Ich will mir einfach über meine Gefühle noch klarer werden. Und Jacob auch ein wenig näher kennenlernen. Bisher hab ich, ehrlich gestanden, mehr den Patienten als den Mann in ihm gesehen. Und deshalb hab ich wohl auch in Oslo so abweisend reagiert.«

»Mach dir nicht selbst was vor«, warf Birgit ein.

»Doch, es ist so. Er ist ... na ja, interessant. Ein gutaussehender, interessanter Mann, der mich verehrt.« Sie lachte. »Das hat doch was, oder?«

»Und – Kristian?«

»Kristian ist sehr nett, aber ich weiß nicht, ob ich mich nicht nur deshalb zu ihm hingezogen fühle, weil er mich an Magnus erinnert. Jacob hingegen ... das Zusammensein mit ihm ist aufregend, er zeigt mir eine ganz neue Welt. Und er kann ungemein charmant sein.«

Sie brach ab, da in diesem Augenblick das Telefon klingelte. Birgit zuckte zusammen. Ihre Finger zitterten, als sie das tragbare Gerät von der Station nahm und sich meldete.

Sekundenlang blieb es still, dann flüsterte sie: »Nein! Nein, Victor! Sag das nicht!« Tränen rannen ihr aus den Augen, und sie sank auf ihren Stuhl zurück.

Andrea nahm ihr das Telefon aus der Hand und meldete sich.

»Victor, hier ist Doktor Sandberg. Was ist passiert?« Victor war ein weitläufiger Nachbar, der zusammen mit seinem Bruder eine Lachszucht weit draußen im Fjord betrieb. Doch sie fuhren auch oft mit dem Boot hinaus, um Barsche oder Schellfische zu fangen.

»Wir haben den Doktor an Bord. Der Sturm hier draußen hat beinahe Orkanstärke angenommen, sein Boot drohte gegen die Felsen geschleudert zu werden.« Er räusperte sich. »Verrückt, dass er überhaupt rausgefahren ist mit dieser Nussschale. Ich hab ihn zum Glück auf dem Radar gehabt und konnte ihn aufnehmen.«

»Wo seid ihr jetzt?«

»Gleich in Stamsund. Wir sind so rasch wie möglich umgekehrt. Der Doktor ist verletzt. Und immer noch ohnmächtig.«

»Ich komme sofort zum Hafen. Danke, Victor.«

»Schon gut. Bis dann.« Es knackte, und die Verbindung war unterbrochen.

»Was ist mit Johan?« Birgits Stimme klang heiser vor Aufregung und Angst.

»Er ist verletzt. Sie bringen ihn in den Hafen.«

»Ich fahre gleich los!« Birgit wollte aufspringen, doch Andrea drückte sie auf ihren Stuhl zurück.

»Ich fahre und versorge ihn gleich an Ort und Stelle. Ruf du einen Krankenwagen und bestell ihn an den Hafen.« Sie strich Lars kurz übers Haar. »Kümmere dich um den Kleinen, ja? Und sag den Patienten Bescheid, dass die Sprechstunde verschoben werden muss.«

Birgit nickte nur.

Bevor sie aus dem Haus stürmte, umarmte Andrea die mütterliche Freundin noch einmal. Im Laufschritt überquerte sie dann die Straße, auf der sich etliche Pfützen gebildet hatten. In der Diele nahm sie die dickere Wetterjacke vom Haken und griff nach ihrem Notfallkoffer.

Die Straßen waren leer; sie begegnete nur Chris Eidsvag, der aus einer schmalen Gasse kam, die direkt hinunter zum Wasser führte. Der Biologie-Student ließ sich von Wind und Wetter nicht beirren, er hatte sich die Kapuze seiner Wachsjacke tief ins Gesicht gezogen und trotzte dem Sturm.

Andrea mochte Chris, er war ein stiller, in sich gekehrter junger Mann, der außer dem Meer nur seine Jazzmusik zu lieben schien. Mit Magnus hatte er sich oft unterhalten. Magnus hatte ihn auch dazu ermutigt, Meeresbiologie als Spezialgebiet zu wählen. Schon jetzt arbeitete Chris in den Semesterferien in der meeresbiologischen Station auf Skrova. Auf dieser kleinen Inselgruppe war um 1870 die erste Forschungsstation in Norwegen eingerichtet worden.

Als Andrea den Wagen auf den Parkplatz im Hafen lenkte, zuckte sie zusammen. Mit brachialer Gewalt brandeten die Wellen gegen die Kaimauern an, und die Gischt spritzte weit ans Land.

Die kleinen roten Holzhäuser, die direkt am Ufer standen, waren wie hinter einer grauen Wasserwand verborgen. Nur ein paar kleinere Boote tanzten auf den Wellenkämmen, wurden hochgehoben, nur um im nächsten Moment in einem der tiefen Täler aus schwarzem Nichts zu verschwinden.

Andrea konnte draußen auf dem Fjord kaum etwas erkennen. Wo war Victors Boot? Konnte der Fischer überhaupt anlegen bei dem Sturm?

Gerade als sie aussteigen wollte, öffnete jemand ihre Wagentür.

»Um Himmels willen, was machst du denn hier bei diesem Wetter?« Kristian steckte den Kopf ins Wageninnere.

»Johan ist verunglückt. Mit dem Boot.«

»Und – ist ihm was passiert?«

»Er ist verletzt. Wie sehr, weiß ich nicht. Ein Fischerboot hat ihn aufgenommen und will ihn herbringen.« Sie sah zu Kristian auf. Er trug grünes Wachszeug, aber die Kapuze war ihm vom Sturm vom Kopf gerissen worden, aus seinem Haar tropfte das Wasser.

»Ich glaube nicht, dass die im Moment in den Hafen einlaufen können.«

»Aber Johan ist verletzt! Er braucht Hilfe!« Ohne auf den Regen zu achten, stieg sie aus und machte ein paar Schritte zum Hafenbecken hin. In der Ferne konnte sie die Positionslampen eines Schiffes ausmachen.

Kristian überlegte kurz. »Wir müssen die Seenotrettung alarmieren, wenn der Fischtrawler nicht anlegen kann.«

»Die *Captain Skaugen* liegt in Svolvær. Wir hier haben

keine Rettungsboote.« Tränen liefen über Andreas Wangen und mischten sich mit dem Regen. »Wann kommt denn endlich der Rettungswagen?« Nervös nestelte sie ihr Handy aus der Tasche.

»Sie sind bestimmt unterwegs.« Kristian legte beruhigend den Arm um sie. »Versuch doch mal, Kontakt mit dem Schiff aufzunehmen. Hast du die Nummer?«

»Ja. Im letzten Moment vom Display abgeschrieben.« Andrea wählte, doch sie bekam keine Verbindung. »Nichts. Sie melden sich nicht.« Sie schluchzte auf und schlug die Hände vors Gesicht.

»Da! Sie kommen näher!« Kristian hastete zum Kai. Und wirklich, unter großen Anstrengungen gelang es, das Fischerboot sicher in den Hafen zu bringen.

Victor hatte eine Weile gezögert, ob er das Risiko eingehen könnte. »Wir schaffen es nicht«, hatte er seinem jüngeren Bruder zugeschrien, der neben der schmalen Bank im hinteren Teil des Ruderhauses hockte und sich um Johan Ecklund kümmerte. »Wir müssen warten, bis der Sturm nachlässt.«

»Das überlebt der Doktor nicht. Ich kann das Blut an seinem Bein nicht mehr stoppen. – Victor, versuch's!« Jens, ein hochaufgeschossener Neunzehnjähriger, sah panisch von Johan zu seinem Bruder, der sich krampfhaft bemühte, das Boot auf Kurs zu halten. »Denk dran, was der Doktor für Mutter getan hat, als sie Krebs hatte. Immer war er da, wenn es ihr schlechtging.«

Und so versuchte Victor das scheinbar Unmögliche – und schaffte es, das Boot sicher in den Hafen zu bringen.

Kaum war es vertäut, hasteten Andrea und die beiden Sanitäter, die mittlerweile eingetroffen waren, an Bord.

Kristian folgte langsamer. Er legte Victor kurz die Hand auf die Schulter und sagte: »Gut gemacht. Danke.«

»Für den Doktor musste ich das riskieren.«

»Ich kann mir vorstellen, wie schwierig das war. Dieser Sturm ... so was hab ich noch nicht erlebt.«

Victor winkte ab. »Da gibt's Schlimmeres, vor allem im Herbst hatten wir schon Stürme mit Wellengang, dass man dachte, das Schiff würde hoch oben auf dem Vågekallen landen.« Er wandte sich um und sah Andrea zu, die sich gemeinsam mit den Sanitätern um Johan Ecklund kümmerte.

Immer noch war der alte Arzt ohnmächtig. Aus einer Platzwunde an der Stirn sickerte ein schmaler Blutfaden, doch gefährlicher schien die klaffende Wunde am linken Unterschenkel zu sein.

»Ich hab versucht, das Bein abzubinden«, sagte Victor.

»Das war richtig.« Andrea tastete den alten Kollegen ab und zuckte zusammen, als sie erkannte, dass er etliche gebrochene Rippen hatte, von denen eine die Haut durchstoßen hatte.

»Er muss sofort operiert werden! Nicht dass es noch zu einem traumatischen Pneumothorax kommt. Wer weiß, ob sich nicht eines der Knochenstücke in seine Lunge gebohrt hat.«

Während sie Johan untersuchte, bereiteten die Sanitäter eine Infusion vor. Andrea injizierte zudem ein Kreislauf stärkendes Medikament, dem ein Schmerzmittel beigegeben war. Sie musste sich mit aller Kraft beherrschen, um Ruhe zu bewahren. Aus ihren Haaren tropfte das Wasser, mischte sich mit den Tränen, die ihr aus den Augen liefen.

Johan, der es ihr am Anfang auf den Lofoten so schwergemacht hatte, der nicht akzeptieren wollte, dass die junge deutsche Ärztin höchst kompetent war, war ihr inzwischen zum väterlichen Freund geworden. Die Vorstellung, dass es ihr nicht gelingen könnte, ihn zu retten, ließ Andrea schaudern.

Die Fahrt im Rettungswagen durch das Unwetter hatte etwas Gespenstisches. Das zuckende Blaulicht war streckenweise die einzige Lichtquelle auf der Straße. Erst als sie sich Svolvær näherten, kamen ihnen ein paar Wagen entgegen. Vom Fjord her ertönten Schiffssignale, zwei Containerschiffe und ein Schiff der Hurtigrutenflotte trotzten dem Unwetter und machten am Kai fest.

Das Krankenhaus tauchte schon vor ihnen aus dem grauen Nebel auf, als das Alarmsignal ertönte:

Herzstillstand!

9

Ein magisches Leuchten lag über Meer und Bergen. Vom Unwetter, das noch vor drei Tagen über die Lofoten hinweggefegt war, spürte man nichts mehr. Es war sommerlich warm, und die Straßen und Gassen der kleinen Orte füllten sich mit Touristen.

Die Fähren, die vom Festland kamen, waren gut besetzt, und auch die Campingplätze in der Region waren voll. In jedem Ort wurde gefeiert, Mittsommer stand kurz bevor, und überall war man mit den Vorbereitungen für das Fest beschäftigt.

Andrea und Kristian waren für den Abend in einem Lokal am Hafen verabredet, in dem es außergewöhnlich guten Wein gab. Die Frau des Besitzers stammte aus der Wachau, und jedes Jahr ließ sie sich von daheim ein paar Kisten Wein schicken.

Zuvor ging Andrea aber noch in die Klinik, um nach Johan zu sehen. Seit dem Vortag ging es ihm ein wenig besser, er war wieder ansprechbar und hatte den Schock gut überwunden. Aber noch lag er auf der Intensivstation, drängte jedoch darauf, bald entlassen zu werden.

»Erholen kann ich mich daheim«, sagte er immer wieder.

»Sei vernünftig, Johan«, bat Andrea ihn auch bei dem heutigen Besuch. »Du hast mir einen Riesenschreck eingejagt, als dein Herz plötzlich stehenblieb.«

»Das war nur der Schock, weiter nichts.«

»Das war mehr, und du weißt es.« Sie drückte seine Hand.

»Na gut. Ich lass mir den Schrittmacher einsetzen, das wird schon helfen.« Er sah sie eindringlich an. »Kein Wort zu Birgit. Sie macht sich viel zu viele Sorgen.«

»Nicht grundlos.« Andrea sah kurz zu den Instrumenten hinüber, die alle Lebensfunktionen des Patienten dokumentierten.

»Ich kann das selbst lesen. Alles in Ordnung«, knurrte Johan.

Mit nachsichtigem Lächeln sah sie ihn an. »Und ich hab immer gedacht, ich sei der Herzspezialist.«

»Aber ich hab mehr Erfahrung. Und jetzt raus mit dir. Ich brauche Ruhe.« Ein kleines, verunglücktes Grinsen huschte über sein blasses Gesicht.

»Du bist unmöglich, Johan.«

»Weiß ich.« Er drückte ihre Hand. »Danke.«

Andrea nickte nur. Spontan beugte sie sich über ihn und gab ihm einen Kuss. »Sei vernünftig und lass dich umfassend behandeln. Wir alle brauchen dich noch.«

»Was ist mit dem alten Kristoffer? Habt ihr noch was von ihm gehört?«

»Seine Tochter hat angerufen – eine halbe Stunde nachdem du abgefahren warst, ist er friedlich eingeschlafen.«

»Auch gut.« Johan schloss die Augen. Die kurze Unterhaltung hatte ihn erschöpft, er schlief ein.

Andrea beschloss, kurz zu Daniel Mörle zu gehen und mit ihm über Johan zu reden. Doch gerade als sie am Arztzimmer klopfen wollte, öffnete sich die weiß lackierte Tür und Carina stand vor ihr.

»Ja, was machst du denn hier? Ist was passiert?« Die Freundinnen umarmten sich flüchtig.

»Ich bin dienstlich hier.« Carina senkte die Stimme. »Es hat einen Mord gegeben.«

»Um Himmels willen, wer ist denn ermordet worden?«

»Der Russe.« Carina zog Andrea ins Arztzimmer zurück. »Eine Schwester hat ihn gefunden. Erdrosselt.«

»Daniel!« Andrea ging auf den Kollegen zu, der gebeugt hinter seinem Schreibtisch saß. »Wie schrecklich!«

»Das kannst du laut sagen! Ich hab's erst nicht glauben wollen, als Schwester Selma mich informierte.«

»Wann ist es denn passiert?«

Ellen zuckte mit den Schultern. »Vor circa einer Stunde, meint der Doktor.«

»Er ist noch warm, und die Leichenstarre hat noch nicht ganz eingesetzt«, warf Daniel ein. »Ich könnte ihn ja untersuchen, aber das darf ich nicht.«

»Gleich kommen die Kollegen der Spurensicherung, solange ist das Zimmer versiegelt.« Carina hieb kurz mit der geballten Rechten in die linke Handfläche – eine Angewohnheit, wenn sie ärgerlich oder verzweifelt war. »Es ist zu blöd, da ist der Kerl endlich wieder so fit, dass ich ihn verhören kann, und da bläst ihm irgendeiner seiner Auftraggeber das Licht aus.«

»Sei du nur ja vorsichtig«, mahnte Andrea. »Carina, ich hab Angst um dich. Ihr seid da einer Sache auf der Spur, die mehr als riskant ist.«

Die blonde Kriminalbeamtin nickte nur. Sie wusste inzwischen, dass es sich um eine mehr als gefährliche Schieberbande handelte, die im ganzen Norden operierte. Aus Oslo waren schon zwei Beamte unterwegs, um ihre kleine

Dienststelle hier auf den Lofoten zu unterstützen. Und auch in Tromsø und Trondheim wurde mit allen verfügbaren Kräften ermittelt. Schwedische und auch russische Stellen waren informiert.

»Ich fahre dann mal wieder heim.« Andrea umarmte die Freundin noch einmal. »Du hast jetzt sicher viel zu tun. – Daniel, wir reden später über Johan, einverstanden?«

»Kein Problem. Dem geht's inzwischen wieder ganz gut, aber er muss sich schonen, und ihm das zu vermitteln ist schwierig.« Daniel grinste. »Eine alte Weisheit: Ärzte sind ganz schlimme Patienten!«

Als Carina und Andrea das Arztzimmer verließen, kam ihnen Schwester Selma entgegen, sie grüßte nur knapp und verschwand in der Teeküche, die dem Arztzimmer gegenüberlag.

»Wie schön, dass du da bist!« Jacob umarmte Andrea kurz, nur flüchtig streiften seine Lippen ihre linke Wange. »Magst du draußen auf der Terrasse sitzen? Ich hab dort schon mal alles vorbereitet.«

»Gern.« Andrea folgte ihm durch das weitläufige Wohnzimmer hinaus auf die Terrasse. Auf dem Tisch stand schon Champagner bereit, neben dem silbernen Kühler eine schlanke Silbervase mit drei lachsfarbenen Rosen. Daneben eine große Schale Kaviar, eingebettet in einen Eiskranz.

»Das nenne ich einen Mittsommer-Snack.« Andrea lachte. »Kaviar hab ich seit Ewigkeiten nicht mehr gegessen.«

»Beluga. Heutzutage kaum mehr zu bekommen.« Jacob rückte ihr einen der bequemen Stühle zurecht und goss Champagner ein.

Sie tranken, und Andrea lehnte sich entspannt zurück. Noch stand die Sonne recht hoch, und es war warm und windstill. Ihr Blick glitt über den Garten, der sich den ganzen Hang bis fast zum Meer hinzog. Hohe Büsche begrenzten das Grundstück, ohne jedoch den freien Blick über den Fjord zu schmälern. In breiten Terrakotta-Kübeln blühten rote Geranien und niedrige Jasminbüsche.

»Du hast dir hier ein kleines Paradies geschaffen«, sagte Andrea.

»Ja, nur hab ich leider viel zu wenig Gelegenheit, es zu genießen. Geschäfte ...« Leichtes Schulterzucken begleitete diese Worte. »Übermorgen muss ich schon wieder fort, und deshalb bin ich umso glücklicher, dass du gekommen bist.«

»Du hast nie gesagt, was du genau machst.« Andrea trank einen Schluck Champagner.

»Ich leite ein kleines Imperium, um es mal simpel auszudrücken. Dazu gehören diverse Fabriken, eine Beteiligung an einer Modefirma, eine Restaurant-Kette ... um nur ein paar Geschäftszweige zu nennen.«

»Und dann ziehst du dich hierher zurück, um Urlaub zu machen?«

»Natürlich! Ich brauche hin und wieder totale Ruhe.« Er griff nach ihrer Hand und zog sie an die Lippen. »Du als meine Ärztin solltest doch wissen, wie wichtig das für mich ist.«

»Du hast vollkommen recht.«

Er schob ihr die Kaviarschale hinüber. »Greif zu.«

Andrea nahm ein paar Happen, trank ein zweites Glas

Champagner und lehnte sich entspannt zurück, als Jacob per Fernbedienung den CD-Player anstellte. Es erklang Mozarts Sinfonie B-Dur, und Jacob sagte leise: »Deine Lieblingssinfonie, nicht wahr?«

»Das hast du dir gemerkt?«

»Natürlich.« Er setzte sich dicht neben sie, nahm ihre Hand, und so blickten sie still auf den Fjord hinaus. Es verwunderte Andrea nicht, dass kein anderer Gast kam, doch sie nahm Jacob seine Lüge nicht übel.

Später, nachdem sie noch einen halben Hummer und etwas Käse gegessen hatten, tanzten sie zu einem alten Sinatra-Song. Andreas Sorge, Jacob könnte eventuell wieder zudringlich werden, verflog. Er war charmant und liebenswürdig, der perfekte Gastgeber. Sie redeten über ein paar Reisen, die sie gemacht hatten, über Filme und Literatur. Es verwunderte Andrea gar nicht mehr, dass Jacob Shakespeare zitieren konnte und erklärte, Schiller sei sein Lieblingsdichter.

»Seine Wildheit, dieses Aufrührerische, das ihm anhaftete, hat mich schon als Schüler fasziniert«, schwärmte er. »Damals hab ich mir gedacht, dass ich auch so ein rebellisches, spannendes Leben führen will.« Er grinste knapp. »Es ist anders gekommen.«

»Darüber bist du hoffentlich nicht traurig.« Andrea lehnte sich in dem bequemen Sessel zurück. »Sonst säßen wir bestimmt nicht hier. Du hast sehr viel erreicht in deinem Leben.«

»Ja, so kann man sagen.« Jacob stand auf und setzte sich auf die Lehne. Er legte einen Finger unter Andreas Kinn und sah ihr in die Augen. »Es ist nur nicht schön, das alles immer allein zu genießen. Andrea, du weißt, dass ich dich sehr, sehr mag. Viel zu sehr, um noch länger warten zu wollen. Darum …«

Das Summen seines Handys, das griffbereit auf einem Beistelltisch aus Acryl lag, unterbrach ihn.

Jacob zuckte leicht zusammen. Im Bruchteil einer Sekunde veränderte sich seine Miene. Alles Zärtliche wich aus seinen Augen, sie wurden dunkel und hart.

Er meldete sich mit einem knappen: »Ja?«, hörte zu, atmete ein paarmal tief durch und sagte dann: »Bleib, wo du bist. Ich melde mich später.«

»Ärger?« Andrea, insgeheim froh über die Unterbrechung, sah ihn forschend an. Seine Augenlider flatterten, und harte Linien zogen sich von der Nase zum Mund. In diesem Moment sah er älter aus, als er war.

Er nickte nur. »Tut mir leid, aber es gibt Probleme in einer Firma. Ich … ich muss mich wohl selbst um eine Lösung kümmern.«

»Dann gehe ich jetzt.« Sie stand auf, doch noch bevor sie die Terrassentür erreicht hatte, zog Jacob sie an sich und küsste sie. Kurz. Knapp. Ohne Zärtlichkeit. Eher mit einer Spur Verzweiflung, schoss es Andrea durch den Sinn.

Noch bevor sie sich sanft von ihm lösen konnte, schob er sie von sich. »Ich bringe dich nach Hause.«

»Nicht nötig. Ruf mir ein Taxi. Ich hab einfach zu viel Champagner getrunken, um noch selbst zu fahren.«

Aus den Lautsprechern, die versteckt in der Wand angebracht waren, klang *Strangers in the Night* – und wie ein Fremder kam ihr Jacob plötzlich vor. Die innere Unruhe, die ihn erfüllte, merkte man ihm deutlich an, sosehr er sich auch um Gelassenheit bemühte.

Das Taxi war zum Glück rasch da und hielt gleich hinter Andreas Mercedes.

»Danke, es war ein schöner Abend.« Andrea gab Jacob einen flüchtigen Kuss, bevor sie einstieg.

»Fand ich auch. Verzeih noch einmal die Störung.«

»Kein Problem.« Sie lächelte ihm zu, doch er sah an ihr vorbei, hinüber zur anderen Straßenseite. Andrea folgte seinem Blick, konnte aber niemanden entdecken.

Erst als Andrea fort war, kam Schwester Selma hinter einigen Büschen hervor. »Alles erledigt«, sagte sie und streckte die Hand aus. »Mein Geld.«

»Im Haus.« Jacob drehte sich um, er wartete nicht darauf, dass Selma ihm folgte.

Sie hatte das Haus kaum betreten, als sie einen Schlag gegen die Brust erhielt und in sich zusammensackte.

Ihre Leiche wurde erst Tage später an einem entfernten Strand angespült.

Kristian stand auf und streckte sich. Er hatte die halbe Nacht hindurch geschrieben, jetzt schmerzten die verspannten Nackenmuskeln. Aber er war weit gekommen, drei Kapitel hatte er in den vergangenen vierzehn Stunden geschrieben, mehr als drei Viertel des Buches waren inzwischen fertig, und er musste nicht mehr fürchten, den Abgabetermin nicht einhalten zu können.

Bevor er sich die obligatorischen Rühreier zum Frühstück machte, checkte er seine Mails. Sieben waren von Agneta, und eine kam von dem Verlag, für den er vor etlichen Jahren Reiseberichte geschrieben hatte. Dann war da noch eine kurze Nachricht von seinem alten Freund Fridtjof, der auf Grönland lebte. Vor einigen Wochen hatte ihm

Kristian von seiner Schaffenskrise geschrieben. Jetzt endlich kam die Antwort:

Wenn dir nichts Gescheites einfällt, komm doch her. Wir fahren raus in die Disko-Bucht und schauen nach Walen aus. Das macht den Kopf frei. Kannst aber auch mit zur Forschungsstation kommen, wenn du willst. Entscheide dich bald, der Sommer hier ist kurz, und für Schreibtischtäter wie dich ist das ewige Eis sicher nichts.

Kristian schmunzelte. Fridtjof war Däne und arbeitete als Klimaforscher auf Grönland. Vor sieben Jahren hatte er eine Inuk geheiratet und lebte mit ihr und den beiden Kindern in Ilulissat. Er liebte seine neue Heimat und hatte Kristian schon mehrmals aufgefordert, doch einen Reisebericht über diese außergewöhnliche Insel zu schreiben.

Danke für die Einladung, aber im Moment läuft bei mir alles perfekt. Auf den Lofoten hab ich nicht nur die richtigen Inspirationen, sondern auch meine große Liebe gefunden. Vielleicht komme ich zusammen mit Andrea mal zu euch. Melde mich bald wieder. Grüße an deine Lieben – Kristian

Er hatte die Mail gerade abgeschickt, als nach kurzem Anklopfen die Tür geöffnet wurde.

»Agneta!« Fassungslos sah er seine Verlegerin an. Wie immer trug Agneta Schwarz – eine enge schwarze Hose, darüber eine schwarze Seidenbluse. Ein brombeerroter Ledergürtel betonte die schlanke Taille, und Ohrringe aus dunkelroten Rubinen, die an dünnen Brillantstegen hingen, schmückten die Ohren. Brombeerrot war auch die große Tasche, die sie jetzt einfach auf die Erde fallen ließ.

»Mein Schatz!« Auf hohen Stilettos kam Agneta auf

ihn zu und fiel ihm lachend um den Hals. »Bin ich froh, endlich wieder bei dir zu sein!«

Kristian konnte diese Freude absolut nicht teilen. Mit einem harten Griff schob er Agneta von sich. »Was machst du hier? Was soll dieser Überfall?«

Lässig schob die schöne Frau eine lange schwarze Haarlocke hinters rechte Ohr. »Was ist das denn für ein Empfang? Schatzi, wir wollten doch gute Freunde bleiben! Und als Freundin, aber auch als deine Verlegerin bin ich hier, um dich zu besuchen.« Sie sah sich um. »Und – kommst du endlich voran?«

»Ja. Alles läuft bestens.«

»Das ist schön!« Lässig ließ sie sich in den einzigen Sessel, der im Raum stand, sinken und schlug die Beine übereinander. »Wie kannst du dich hier nur wohl fühlen! Alles ist so primitiv ...« Kopfschüttelnd sah sie sich um.

»Es muss dir nicht gefallen bei mir, Agneta. Du kannst gern gleich wieder gehen.«

»Puh, bist du schlecht gelaunt!«

»Bin ich gar nicht. Aber ich hasse solche Überfälle. Warum bist du gekommen?«

Sie zuckte mit den Schultern. »Es hat sich so ergeben. Ein alter Freund musste geschäftlich nach Tromsø, da bin ich einfach mit ihm geflogen. Und von dort nach Stamsund ist es ja nur ein Katzensprung.« Sie kramte in ihrer Tasche nach den Zigaretten. »Praktisch, so ein Privatflugzeug. – Hast du mal Feuer?«

»Einen Katzensprung würde ich das nicht nennen.« Er warf ihr die Streichhölzer zu. Ganz bewusst gab er sich unhöflich. Agneta sollte merken, dass sie ungelegen kam.

»Meine Güte, bist du kleinkariert!« Sie nahm einen tiefen Zug. »Das einsame Hausen hier hat dich verändert. Oder ...« Ihre Augen verengten sich zu schmalen Schlitzen. »Lebst du gar nicht allein hier?« Ehe er sie daran hindern konnte, sprang sie auf und öffnete die Tür zu der kleinen Schlafkammer.

»Du bist unmöglich, Agneta!« Er folgte ihr langsam, lehnte sich an den Türrahmen und sah zu Agneta hin, die sich auf sein Bett gesetzt hatte und gerade dabei war, ihre hochhackigen Pumps abzustreifen.

»Ich kann dich nicht so einfach aus meinem Leben streichen, Kris-Darling.«

»Sollst du ja auch nicht. Ich werde weiterhin Autor deines Verlags bleiben.« Kristian grinste ironisch. »Kannst also noch viel Geld mit mir verdienen.«

Mit einem Satz sprang Agneta auf. »So hab ich das nicht gemeint, und das weißt du genau!« Ganz dicht stand sie vor ihm. Er roch den Duft ihres Parfüms, schwer und vertraut, spürte ihren heißen Atem an seinen Lippen und fühlte die kleinen, festen Brüste, die sich gegen seine Haut drängten.

»Lass das, Agneta.« Er wollte sie von sich wegschieben, doch sie schmiegte sich nur noch enger an ihn, schlang ihm die Arme um den Hals und küsste ihn.

Kristian wollte diesen Kuss nicht erwidern, doch wie von selbst öffneten sich seine Lippen. Er zuckte jedoch zusammen, als er spürte, wie sich Agnetas Hand an den Lenden entlang zu seiner empfindlichsten Stelle vortastete.

Zwei, drei Minuten lang dauerte der Rausch, dann kam Kristian zu sich und machte sich energisch von ihr los.

»Nicht, Agneta. Es ist vorbei. Endgültig.«

Mit zusammengepressten Lippen, die Augen halb geschlossen, sah ihn Agneta an. »Eines Tages wirst du das bereuen«, zischte sie.

»Da irrst du ...«

Kristian zuckte zusammen, als er hörte, wie die alte Haustür mit dem typischen lauten Knarren ins Schloss fiel.

Er rannte hinaus. »Andrea!« Mit langen Sätzen lief er der Ärztin nach, die gerade wieder in ihren Wagen steigen wollte. »Warte! Es ist nicht so, wie es aussah!« Himmel, was für eine Plattitüde! Nie hätte er gedacht, dass er einmal diesen abgedroschen klingenden Satz sagen würde.

»Ich hab gar nicht viel gesehen.« Andrea sah ihn kühl an. »Lass es gut sein, Kristian. Ich hab nicht gedacht, dass ich stören könnte. Bei der Hausbesuchsrunde kam ich hier vorbei und dachte, ich sag mal kurz hallo.«

»Ich freu mich doch, dass du gekommen bist!« Er wollte sie an sich ziehen, aber mit einem Ruck befreite sich Andrea aus seinem Griff.

»Verdammt noch mal, ich kann doch nichts dafür, dass Agneta mich so überrumpelt hat! Du warst doch vor einigen Tagen auch bei diesem Jacob. War ich da eifersüchtig?«

»Warst du es nicht?« In Andreas Augen, eben noch dunkel vor Schmerz, blitzte es auf. Jetzt ließ sie es zu, dass Kristian sie in die Arme nahm.

»Doch, ich war eifersüchtig«, flüsterte er dicht an ihrem Mund. »Wie Othello. Mindestens!«

»Gut so.«

»Und – hatte ich Grund?«

Einen kleinen Moment lang blieb es still. »Nein. Ganz und gar nicht. Jacob ist ein interessanter Mann, das gebe ich zu. Und am Anfang, als er als Patient in die Praxis kam und ich ihn auch privat ein bisschen näher kennenlernte, hab ich gedacht, er könnte mehr für mich werden. Aber nein ...« Sie schüttelte den Kopf. »Ich könnte mir gut vorstellen, ihn zum Freund zu haben. Aber mehr ist da nicht.«

»Ganz sicher?«

Sie lachte leise, und endlich, endlich küsste sie ihn. »Ganz sicher«, murmelte sie bei einem kurzen Atemholen. »Ganz, ganz sicher.«

»Ich komme heute Abend vorbei. Darf ich?«

Sie nickte nur und schob ihn sanft von sich. »Ich muss los. Die Patienten warten.«

»Und ich muss rein zu Agneta und ihr endgültig klarmachen, dass sie mich auch als Autor verliert, wenn sie Auftritte wie den heutigen nicht unterlässt.«

»Dann versuch das mal. Und – pass auf dich auf! Sie scheint dir sehr gefährlich werden zu können.« Lächelnd setzte sich Andrea hinters Steuer. Auf einmal fühlte sie sich ganz leicht und unbeschwert, beinahe übermütig. Kristians Kuss hatte etwas in ihr geweckt, das sie lange nicht mehr empfunden hatte. So ähnlich, nein, beinahe genauso war es damals bei Magnus gewesen! »Also wappne dich!«

»Du bist ein Biest.«

»Ich weiß. Wahrscheinlich magst du mich genau deshalb.«

»Richtig. Und jetzt fahr los, sonst zerre ich dich wieder aus dem Wagen und küsse dich so lange, bis du zum sanften Lamm wirst.«

»Nie und nimmer.« Lachend gab sie Gas. Das Geplänkel machte ihr Spaß, es gehörte irgendwie zu dem intensiven Flirt mit Kristian dazu.

Kristian sah dem Wagen nach, bis er an der nächsten Ecke abbog, dann ging er in die Hütte zurück.

Agneta hatte sich inzwischen sein Manuskript vom Schreibtisch genommen, saß im Sessel und las. Sie hatte sich nicht einmal die Mühe gemacht, ihre Bluse zuzuknöpfen, die schwarze Spitzenunterwäsche sollte vielmehr aufreizend wirken. Man konnte ja nie wissen, und so rasch gab sie nicht auf.

Kristian ignorierte geflissentlich das verführerische Bild, ging zur Kaffeemaschine und machte Espresso. In Agnetas Tasse gab er einen gehäuften Löffel Zucker, so, wie sie es liebte.

»Hier, trink aus und dann geh. Das Manuskript kannst du auf der Fähre lesen, die nächste geht in knapp einer Stunde.«

Sie hob das Manuskript kurz an. »Das ist gut. Ausgezeichnet sogar.«

»Ich weiß.«

»Du … du arrogantes, eingebildetes Arschloch. Was denkst du, wer du bist?«

»Einer deiner besten Autoren – und zudem ein Mann, der sich gerade frisch verliebt hat. Tut mir leid, dass es nicht in dich ist, Agneta. Du musst es einfach akzeptieren, wenn wir auch in Zukunft zusammenarbeiten wollen.«

»Wenn du weiterhin so redest, sollest du es demnächst mit einer Liebesschnulze versuchen.«

Er grinste. »Mach ich vielleicht mal. Wart's ab.«

Als Andrea am folgenden Morgen hinaus auf die Terrasse trat, summte sie einen gerade aktuellen Schlager vor sich hin. Dicht neben einem der Blumenkübel, in denen Fuchsien, Margeriten und blaue Kornblumen blühten, blieb sie stehen und sah hinaus auf den Fjord. Sie blinzelte, denn die Wasseroberfläche spiegelte ein gleißendes Licht, und als sie hoch zum Himmel sah, hatte sie den Eindruck, das Blau sei intensiver als sonst, und sogar die Sonne schien noch mehr zu strahlen.

Sie lächelte. Seit sie sich in Kristian verliebt hatte und endlich zu diesem Gefühl stand, kam ihr alles noch schöner vor als sonst. Die Blumen dufteten lieblicher, und auch der Klang der Schiffssirenen, der hin und wieder herüberwehte, kam ihr melodischer vor als noch vor einigen Wochen. Selbst die Lofotenwand, die häufig so bedrohlich wirken konnte in ihrer Schroffheit, glänzte an diesem Morgen im goldenen Sonnenlicht.

»Mama! Hund!« Im hellblauen Schlafanzug, das dunkle Haar noch verstrubbelt, im Arm den großen Stoffhund, den ihm Kristian gestern mitgebracht hatte, kam Lars auf sie zugelaufen. Strahlend hielt er ihr den hellbraunen Stoffhund entgegen. »Haben«, krähte er.

»Ja, ja, ich weiß, dass du am liebsten einen lebendigen Hund zum Spielen hättest.«

Andrea nahm ihren Sohn auf den Arm. »Aber das geht nun wirklich nicht, ein Tier zu versorgen können wir Oma Birgit nicht zumuten.«

Lars verstand nicht genau, was sie sagte, doch er drückte den Stoffhund noch fester an sich. »Meiner!«

»Ja, das ist deiner. Komm, wir gehen frühstücken. Der Hund hat doch sicher auch Hunger.«

Lars nickte eifrig. Er fütterte seinen neuen Spielgefährten mit Cornflakes, aß aber zum Glück selbst seine Schüssel brav leer, so dass Andrea ihn gewähren ließ.

»So, jetzt wird geduscht, dann bringe ich dich rüber zu Oma Birgit.«

Während sie sich fertigmachte, glitt ihr Blick hinüber zum Bett. Noch war der Abdruck von Kristians Kopf auf dem zweiten Kopfkissen zu sehen. Andreas Herz schlug rascher, als sie sich an die leidenschaftlichen Stunden erinnerte, die gerade hinter ihr lagen. Kristian und sie hatten kaum geschlafen, und doch fühlte sie sich voller Elan.

Während Lars mit dem Hund und einem Lastwagen spielte, in den er das Stofftier zu setzen versuchte, zog sich Andrea an.

Für die Arbeit in der Praxis reichte ein leichtes T-Shirt und die weiße Baumwollhose. Dazu war die rote Kette, die ihr Ole gebracht hatte, mal wieder zu auffällig. Doch es war ihr inzwischen schon zur Gewohnheit geworden, sie in die Hosentasche zu stecken, wenn sie das ungewöhnliche Schmuckstück nicht um den Hals trug.

»So, mein Spatz, wir können gehen.«

»Der Hund geht mit.«

»Aber ja!« Sie hatte die Haustürklinke schon in der Hand, als das Telefon klingelte. »Einen Moment, Spatz.« Hastig ging sie zurück und nahm den Hörer vom Apparat. »Doktor Sandberg«, meldete sie sich.

»Andrea!« Carinas Stimme war kaum zu verstehen. »Ellen ist weg«, schluchzte die Kommissarin in den Hörer.

»Was sagst du da?«

»Entführt. Gerade eben. Sie war mit Buffy draußen im Garten – und jetzt ist sie weg.«

»Und der Hund hat nicht angeschlagen?«

Carina schluchzte wieder auf. »Doch. Glaub ich wenigstens. Ich … ich hatte gerade mit Oslo telefoniert und dort Bericht erstattet. Man wollte noch mehr Leute schicken, aber damit soll jetzt doch noch gewartet werden. Schon um hier auf den Inseln kein Aufsehen zu erregen.«

»Bist du wirklich ganz sicher, dass Ellen entführt worden ist? Vielleicht ist sie weggelaufen oder …«

»Sie ist entführt worden! Diese Scheißkerle haben Buffy mit einem Schlag in den Nacken betäubt, und für mich haben sie einen Zettel an sein Halsband gehängt.« Wieder ein unterdrücktes Schluchzen. »Ich soll den toten Russen vergessen und alle Ermittlungen einstellen. Sonst … sonst …« Weinend brach sie ab.

Andrea konnte sich vorstellen, wie die Drohung aussah. Man würde Ellen etwas antun, wenn Carina den Forderungen nicht nachkam.

»Ich bin gleich bei dir, muss nur noch schnell die Sprechstunde absagen.«

»Danke.«

Andrea war blass, als sie mit Lars hinüberging ins alte Doktorhaus, wo Birgit gerade Krabbensalat zubereitete, Johans Lieblingsgericht. Sie wollte ihm am Nachmittag, wenn sie ihn in der Klinik besuchte, eine Schüssel mitbringen.

»Birgit, sei so gut und pass auf Lars auf. Ein Notfall. Ich muss sofort los.« Sie gab ihrem kleinen Sohn einen raschen Kuss. »Sind Patienten da?«

»Vier.«

»Schick sie weg bitte. Es kann länger dauern.«

»Um Himmels willen, was ist denn passiert?«

»Erzähl ich dir später.« Sie hob kurz die Hand, dann lief sie hinaus und zu ihrem Wagen. Die Fahrt nach Svolvær kam ihr entsetzlich lang vor, dabei schaffte sie die Strecke in Rekordzeit.

Carina stand im Vorgarten und telefonierte. Tränen liefen ihr übers Gesicht, als sie die Freundin umarmte. Ins Handy sagte sie: »Andrea ist gerade gekommen, ich melde mich nachher wieder bei dir, Knut.«

»Wo ist er?«

»Sie laufen in einer knappen halben Stunde in Honningsvåg ein. Knut will versuchen, schon dort von Bord zu gehen.«

»Sein Erster Offizier kann doch sicher für eine Weile das Kommando an Bord übernehmen. Knut sollte jetzt hier bei dir sein.« Andrea sah sich vorsichtig um, doch sie konnte nichts Auffälliges entdecken. Buffy lag neben der unteren Treppenstufe und leckte sich die Pfoten. Das Fell im Nacken war blutig, und Andrea schaute kurz nach der Hündin.

»Sie ist wieder okay, es war nur eine kleine Wunde. Ich hab ihr schon eine Wundsalbe aufgetragen.« Carina streichelte kurz über den Kopf der Hündin. »Sie hat sicher versucht, Ellen zu schützen. Braves Mädchen.«

Die Hündin quittierte das Lob mit leichtem Schwanzwedeln.

»Lass uns ins Haus gehen, da können wir ungestört reden«, sagte Carina. »Ich hab immer nur das Gefühl, hier draußen nach Ellen Ausschau halten zu müssen.«

»Wo ist denn euer Kindermädchen?«, fragte Andrea, als sie in der gemütlichen Küche am Tisch saßen und Kaffee tranken.

»Inga ist für drei Tage bei ihren Eltern.« Vorsichtig trank Carina einen Schluck. »Ob die Verbrecher das gewusst haben? Kann das sein?«

»Glaub ich nicht. Aber vielleicht ist es ganz gut so, dass sie nicht da war, eventuell wäre sie verletzt worden.«

Carina nickte. »Daran hab ich auch schon gedacht.« Sie biss sich auf die Lippen. »Diese gewissenlosen Verbrecher! Ellen ist doch noch so klein ...« Sosehr sie sich auch bemühte, wieder liefen ihr Tränen die Wangen hinunter. »Glauben die wirklich, ich könnte die Ermittlungen stoppen?«

»Kannst du nicht?«

»Auf keinen Fall. Die Ermittlungen werden ja nicht nur hier, sondern auch in Oslo und sogar in Russland angestellt.«

Andrea trank ihren Kaffee aus. Diese SoKo bewies, dass es sich wirklich um eine gefährliche Verbrecherorganisation handelte.

Umso grausamer war das Wissen, dass sich Ellen in der Gewalt dieser Männer befand.

»Was macht ihr jetzt?«

»Ich weiß es noch nicht.« Carina stand auf und nahm ein Blatt, das sie in eine Folie gesteckt hatte, vom Schrank. »Hier. Lies.«

Keine Ermittlungen mehr. Keine Polizeiaktivitäten, sonst stirbt das Kind. Das ist keine leere Drohung.

»Wie soll ich dieser Forderung nachkommen?« Carina legte den Zettel wieder zurück. »Das ist doch ... irre, einfach irre.«

Andrea nahm die Freundin wieder in den Arm. Was konnte sie anderes tun, als Carina zu trösten? Sie fühlte sich hilflos wie nie zuvor im Leben.

Beide Frauen zuckten zusammen, als das Telefon durchdringend klingelte.

»Knut! Kommst du?« Carina lauschte in den Hörer, sie war erschreckend blass und schwankte leicht, als sie das Gespräch mit einem »Gut, bis gleich« beendete. »Er hat ein Flugzeug organisiert und kommt bald«, sagte sie zu Andrea.

»Ich bleibe, bis er da ist.«

Buffy kam herein, ein Stoffpüppchen von Ellen im Maul. Vorsichtig legte sie es vor Carinas Füße.

»Du verdammter Idiot! Warum schleppst du die Kleine hierher?«

»Aber du hast doch gesagt, dass wir sie kidnappen sollen, Boss.«

»Ja. Für drei, vier Stunden, um dieser Kommissarin einen Schrecken einzujagen. Und damit sie endlich kapiert, dass sie ihre Ermittlungen einzustellen hat.«

»Ja ...« Der stiernackige Mann mit dem kurzgeschorenen hellen Haar und den wasserblauen Augen senkte den Kopf. »Und jetzt?«

»Gib ihr was zu trinken. Tu ein Schlafmittel rein, und dann leg sie irgendwohin, wo sie nichts mitkriegt.«

»Ja – und dann, Boss?«

»Dann lass dir was einfallen. Oder frag Boris. Ihr zwei wart mir für die Operationen hier auf den Lofoten verantwortlich.«

»Geht klar. Bis dann, Boss.«

»Wag es nicht, noch mal hierherzukommen. Raus jetzt.« Als der Stiernackige schon die Tür zugemacht hatte, rief er ihm nach: »Und wehe, der Kleinen passiert was! Einen Kindermord können wir nicht gebrauchen! Bring sie bald zu ihrer Mutter zurück.«

Er erhielt keine Antwort. Leise vor sich hin fluchend ging er zum Barschrank und goss sich einen Cognac ein. Weit schweifte sein Blick über die Bucht. Er sah die kleinen roten Rorbuer am Hafen, die Fischkutter an ihren Liegeplätzen, die beiden Kreuzfahrtschiffe, die weit draußen vorüberfuhren. Er goss sich noch einen Cognac ein. Dabei stieß er an eine schmale Silbervase, in der drei Rosen standen und einen zarten Duft verströmten.

Wütend fegte er mit dem Arm die Vase auf den Boden.

Mit spöttischem Lächeln sah Agneta zu Kristian hinüber, der auf der schmalen Terrasse stand und zum wiederholten Mal versuchte, Andrea zu erreichen. Es lief stets die Mailbox, auch diesmal schien es so zu sein.

»Hier, nimm noch einen Drink, der entspannt.« Agneta reichte ihm ein kühles Longdrink-Glas, in dem leise die Eiswürfel klirrten. »Mein Spezialdrink für enttäuschte Liebhaber.«

»Du bist unmöglich, Agneta.« Kristian nahm einen tiefen Zug.

»Ich weiß einfach, was gut für dich ist.« Mit einer für sie typischen Geste warf Agneta das lange schwarze Haar über die Schultern. »Lass uns über deinen Roman reden, das lenkt dich ab.«

»Da gibt es nicht mehr viel zu diskutieren. Du hast selbst gesagt, dass es perfekt ist.«

»Stimmt. Ich dachte ja auch an das nächste Buch.«

Kristian sah sie kopfschüttelnd an. »Davon war noch nie die Rede. Ich hab doch noch nicht mal eine vage Idee!«

»Ich aber!« Triumphierend sah ihn Agneta an.

»Und die wäre?«

»Schreib mal wieder einen Reisebericht. Grönland fasziniert dich doch so, oder?«

Aus schmalen Augen sah er sie an. »Du hast meine Mails gelesen! Agneta, du bist unmöglich!«

»Ich weiß. Aber ich hab auch ein Näschen für interessante, gutverkäufliche Stoffe. Oder schreib noch einen Krimi, der auf Grönland spielt.«

»Du hättest die Fähre nehmen sollen, statt mich auszuspionieren und mir mit solchen verrückten Ideen zu kommen.« Aber kaum hatte er den Satz ausgesprochen, da dachte er auch schon: So verrückt ist die Idee gar nicht. Warum sollte ich nicht zu Fridtjof fliegen, eventuell zusammen mit Andrea …

»Na, bin ich gut?« Agneta hob ihr Glas. »Auf das nächste Projekt.«

Kristian schüttelte den Kopf. »Hör auf, dich in mein Leben zu drängen. Du bestimmst noch lange nicht, was ich tue – und auch nicht, was ich schreibe.«

Mit nachsichtigem Lächeln sah sie ihn an. »Sei nicht so empfindlich! Das Divengehabe steht dir nicht.«

»Stimmt, das ist ja dein Part.«

Langsam kam sie auf ihn zu, die Lippen leicht geöffnet und mit schmachtendem Blick. »Lass mich einfach deine Freundin sein. Wir kennen uns so gut und wissen ganz genau, was der andere braucht und liebt …« Sie stellte sich auf die Zehenspitzen und hauchte ihm einen Kuss auf die Lippen. »Du brauchst etwas Abwechslung, denke ich.«

»Denk nicht, Agneta, trink aus und dann lass mich allein.« Er wollte sie von sich wegschieben, doch sie drängte sich noch dichter an ihn. Es geschah fast wie von selbst, dass Kristian sie umarmte. Ihre Nähe war vertraut, ihre Lippen warm und weich, und der Duft ihrer Haut weckte Erinnerungen an leidenschaftliche Stunden. Er wusste genau, was sie wollte, als sie ihm das Knie zwischen seine Beine schob und es sanft an seinen Oberschenkeln rieb.

»Weißt du noch – der Tag vor deiner Abreise?« Sie lachte kehlig. »Du kamst in mein Büro und wolltest nur kurz adjø sagen, und dann haben wir es auf meinem Schreibtisch gemacht.« Sie schob sich eine Haarsträhne hinters Ohr. »Himmel, war das unbequem! Und doch war es der beste Sex, den wir je hatten.«

»Du übertreibst mal wieder.« Sanft, aber entschlossen schob er sie fort, obwohl die Erinnerung an diese Stunde sein Blut rascher durch die Adern trieb.

»Absolut nicht. Ich träume noch oft davon.« Sanft legte sie ihm die Hände auf die Brust. »Ich träume von dir, Kristian. Immer und immer wieder. Ich kann dich nicht vergessen.«

Kristian trat einen Schritt zurück, als sein Mobiltelefon leise summte. »Hallo«, meldete er sich knapp und konnte seine Erleichterung über die Störung nur schwer verbergen. Schnell machte er drei Schritte ins Haus hinein, hörte konzentriert zu und sagte nur: »Ich mache mich gleich auf den Weg.«

»Deine Ärztin? Hat sie Sehnsucht?«

Kristian reagierte nicht, sagte nur: »Ich muss los.« Ohne Agneta noch einen Blick zuzuwerfen, hastete er zur Tür und riss im Vorbeigehen die Lederjacke vom Haken.

»Sie pfeift, und er springt.« Agneta goss sich einen neuen Drink ein und trank das hohe Glas in einem Zug leer.

Wie erstarrt saß Carina auf dem hellen Sofa und knetete an der kleinen, bunten Stoffpuppe herum, die Knut vor wenigen Minuten im Garten gefunden hatte. Das weiche Püppchen hatte Ellen zum ersten Geburtstag geschenkt bekommen, es gehörte noch heute zu ihren Lieblingsspielsachen.

»Sie kommt bald wieder.« Immer und immer wieder sagte es Knut. »Sie kommt zu uns zurück, ganz bestimmt.« Es klang wie eine Beschwörungsformel.

Carina erwiderte nichts, denn sie spürte, ihr würde gleich schlecht werden. Sie war keine, die rasch Nerven zeigte, das wäre in ihrem Job auch völlig unangebracht. Doch jetzt war ihr Kind in Gefahr, und das war eine Ausnahmesituation.

Buffy, die braune Labradorhündin, schmiegte sich an ihre Beine.

»Wie kannst du diesen Kerlen klarmachen, dass du nicht mehr ermittelst? Das geht doch gar nicht.« Andrea reichte der Freundin ein Glas Wasser. »Hier, trink das. Es sind harmlose Beruhigungstropfen drin.«

»Ich muss wach bleiben!«, wehrte Carina ab.

»Das wirst du auch. Die Tropfen machen dich nur ein bisschen ruhiger, entspannter.« Sie drängte die Freundin, das Glas leer zu trinken.

»Wir haben uns mit Carinas Kollegen besprochen. Sowohl hier als auch in Tromsø und Oslo wird man alle Ermittlungen ruhen lassen – zumindest wird es so aussehen.«

»Das ist total irrwitzig. Kein Mensch kann annehmen, dass wir alles, was wir inzwischen wissen, vergessen und unter den Teppich kehren.« Sie wischte sich die Tränen vom Gesicht. »Diese irren Typen! Für die zählt kein Menschenleben, glaubt mir das!«

Andrea biss sich auf die Lippen. Sie teilte die Sorge der Freundin, ohne genau zu wissen, welche Ermittlungen gerade angestellt wurden. Doch sie mussten so gefährlich für die Verbrecher sein, dass sie nicht einmal vor einer Kindesentführung zurückschreckten.

Buffy sprang auf und rannte zur Tür. Ein leises Knurren kam aus ihrer Kehle, doch niemand reagierte darauf, und so kam sie zurück zu Carina und legte ihrem Frauchen, das so traurig war, die rechte Pfote aufs Knie.

»Arme Buffy. Sie hat so einen festen Hieb abgekriegt.« Carina streichelte kurz den Kopf des Tieres. »Hast Ellen sicher verteidigen wollen, nicht wahr?«

Ein kurzes Schwanzwedeln, dann rannte Buffy mit kurzem Bellen wieder zur Tür und starrte hinaus in den Garten.

»Sie ist immer noch aufgeregt.« Knut nahm Carina in die Arme und wiegte sie wie ein Kind. Dabei sah er Andrea an, mit einem Blick, in dem all das lag, was er empfand: Angst. Entsetzen. Panik. Verzweiflung.

Plötzlich begann Buffy, laut zu kläffen.

»Das wird Kristian sein. Sie kennt ihn noch nicht.« Die Ärztin folgte der Hündin und beruhigte das Tier, das sich dicht an sie drängte und aufgeregt hechelte.

Kristian kam nur kurz zur Tür. »Draußen am Zaun«, keuchte er. »Eine große Kiste …«

»Carina! Knut! Schnell!« Andrea rannte durch den schmalen Vorgarten, gefolgt von Carina und Knut.

Mit zitternden Fingern und ohne darauf zu achten, dass er sich ein paar Splitter ins Fleisch stieß, öffnete Knut die grobe Holzkiste, die nur mit drei großen Nägeln verschlossen war, die nicht einmal tief ins Holz eingeschlagen worden waren.

»Vorsichtig«, mahnte Andrea, als er nervös an dem Deckel zerrte.

Carina stand zitternd daneben. Sie rang die Hände und sah starr auf die hölzerne Kiste, aus der leichter Fischgeruch drang. In dieser Situation dachte die junge Kommissarin nicht daran, eventuelle Spuren zu sichern. All ihre Gedanken waren auf ihr Kind konzentriert.

»Ellen!«, schrie Knut heiser auf. Behutsam zog er sein schlafendes Töchterchen aus der Kiste und drückte es an sich.

»Gib sie mir«, bat Carina, doch Andrea mahnte:

»Kommt erst mal zurück ins Haus, ich will Ellen kurz untersuchen und sicherstellen, dass ihr nichts passiert ist.« Sie legte den Arm um die zitternde Freundin. »Sei vernünftig, das ist jetzt am wichtigsten.«

»Ja, ja …«

Kristian zögerte, den vieren ins Haus zu folgen. Was sollte mit der Kiste passieren? War es nicht dringend erforderlich, sie näher zu untersuchen?

Vorsichtig hob er sie an und zog sie hinter den Zaun, dann folgte er den anderen ins Haus.

Eine Viertelstunde später stand fest, dass Klein Ellen gesund war und ihr niemand etwas getan hatte. »Sie hat ein Beruhigungsmittel bekommen, schätze ich«, sagte Andrea. »Aber Herz und Kreislauf sind in Ordnung, sie wird noch eine oder zwei Stunden schlafen, dann ist sie wieder fit.« Sie hatten das kleine Mädchen auf die Couch gelegt und saßen jetzt im Kreis um sie herum und diskutierten leise das Geschehene.

»Wie haben die Mistkerle die Kiste hergebracht? Und warum haben wir nichts gehört?«

»Buffy hat sicher was gemerkt. Aber wir haben nicht auf sie geachtet.« Carina sah zu der Hündin hin, die vor der Couch lag und Ellen nicht aus den Augen ließ.

»Wie dreist von den Kidnappern, uns die Kiste am helllichten Tag vors Haus zu stellen.« Knut schüttelte den Kopf. »Sie müssen sich doch denken, dass die Polizei das Haus beschattet.«

»Nein, tut sie nicht. Und die Kerle wissen das auch. Wir haben das gleich am ersten Tag über die Presse verlautbaren lassen.« Carina barg kurz das Gesicht in den Händen. »Ich habe auch Anweisung gegeben, alle Untersuchungen vorerst einzustellen. Wir brauchten keinen Schutz, wir wollten einfach nur unser Kind zurück!«

»Und jetzt?« Andrea sah von einem zum anderen. »Ihr könnt nicht rund um die Uhr hier sitzen und auf Ellen achten.«

»Natürlich nicht.« Carina sah kurz auf. »Morgen fahre ich ins Büro zurück. Und nehme die Ermittlungen wieder auf.«

»Aber das geht doch nicht! Willst du Ellen noch mal in Gefahr bringen?«

»Knut hat recht«, warf Andrea ein. »Ellen kann nicht allein mit eurem Kindermädchen hierbleiben.« Sie zögerte. »Ich könnte sie mit zu mir nehmen.«

»Ach was, das kriegen diese Typen doch gleich mit.« Carina beugte sich über Ellen, die auf einmal unruhig wurde. »Sie wird wach!«

Und wirklich – das Kind schlug die Augen auf und sah sich um. »Wo ist der neue Hund?«

»Welcher Hund denn, Spätzchen?« Carina nahm Ellen in den Arm und wiegte sie wie ein Baby. Dabei rannen ihr Tränen über die Wangen, sie war kaum in der Lage, zu sprechen. »Wir haben doch Buffy.«

»Ja, aber der Mann hat gesagt, Papa hätte mir einen neuen Hund gekauft, den wollten wir am Hafen holen.« Sie befreite sich aus Carinas viel zu fester Umarmung. »Papa war nicht da. Und der Hund auch nicht.«

»Was habt ihr denn dann gemacht, der Mann und du?«, fragte Andrea.

»Kakao getrunken.«

»Und danach?«, fragte Knut.

Ellen runzelte die Stirn. »Weiß nicht ...«

»Sie hat dann bestimmt die ganze Zeit hindurch geschlafen. Gut so«, sagte Andrea leise. »Lasst sie jetzt in Ruhe.«

Knut nahm Ellens Hand. »Du, das mit dem Hund hat nicht geklappt. Er war noch ganz klein, seine Mama wollte ihn nicht hergeben. Und da hab ich gedacht, ich lasse ihn da, wo er zu Hause ist. Wir haben ja Buffy.«

Ellen nickte. »Ja, Papa.« Sie krabbelte von der Couch. »Ich hab Durst.«

»Dann komm, Spätzchen, in der Küche gibt es frische Limonade.« Carina hob Ellen auf den Arm, doch die zappelte und wollte allein gehen.

»Lass sie«, sagte Andrea. »Ich glaube, sie hat gar nicht realisiert, was passiert ist. Das Schlafmittel hat gewirkt – und Angst hat sie offenbar auch nicht gehabt.«

»Sie hätte nicht mit einem Fremden mitgehen dürfen! Ich hab ihr schon oft gesagt, dass sie das nicht darf.«

»Noch ist sie zu klein, um das wirklich zu verinnerlichen – und die Gefahr zu erkennen.« Andrea legte kurz ihren Arm um die Freundin. »Jetzt geht ihr beiden mal Limonade holen.«

Sie hatte sich noch nicht wieder gesetzt, als es klingelte. Knut ging zur Tür und schaute vorsichtig durch das helle Milchglasfenster, doch er konnte nur die Konturen von zwei Personen ausmachen.

Kurz zögerte er, dann zog er die Tür mit einem Ruck auf.

»Hei. Ich bin Ole.« Der alte Same, der eine dunkle Wetterjacke trug, war in Begleitung einer ebenfalls recht alten Samin, die jedoch in die alte Tracht ihres Volkes gekleidet war. Forschend sah sie Knut ins Gesicht.

»Wir kommen zu spät, nicht wahr?«, fragte sie.

10

Die beiden sind mit dem Taxi die lange Strecke von Ramberg nach Svolvær gefahren, um Carina zu warnen.« Andrea lehnte den Kopf an Kristians Schulter und sah in den hellen Abendhimmel hinauf. »Es ist unglaublich und mit unserem Verstand nicht zu begreifen, aber Berit hat wirklich das sogenannte Zweite Gesicht.«

»Das gibt es nicht«, warf Kristian ein.

»Ich denke doch, auch wenn wir es mit dem Verstand nicht begreifen können. Aber woher konnte sie wissen, dass Ellen in Gefahr war? Sie hat es nicht einfach nur geträumt, glaub mir.«

Sie nestelte die rote Perlenkette aus dem Ausschnitt ihrer weißen Bluse. »Hier, die hat sie mir durch Ole bringen lassen. Zum Schutz.«

»Ein Talisman, nett.« Kristian war nicht bereit, an Übersinnliches zu glauben.

»Die Kette ist mehr, da bin ich sicher.« Sie drehte die roten Perlen zwischen den Fingern hin und her. »Ich bin Medizinerin, Wissenschaftlerin, und doch … es gibt Dinge zwischen Himmel und Erde, die können wir mit unserem Verstand nicht erklären, nicht begreifen. Seit ich hier im Norden lebe, seit ich Ole und Berit kennengelernt habe, weiß ich ganz sicher, dass es etliches gibt, das außerhalb unseres Verstehenshorizonts liegt.«

Kristian schwieg, er zog Andrea noch ein wenig fester an sich und sagte: »Ich gebe ja gern zu, dass die beiden ganz außergewöhnliche Menschen sind. Und ich hab auch noch keine Erklärung dafür gefunden, woher sie von Ellens Entführung wussten …«

»Das wussten sie nicht. Berit hat nur sehr intensiv gespürt, dass die Kleine in Gefahr ist. Deshalb hat sie darauf gedrängt, mit Ole nach Svolvær zu fahren.«

»Ihr habt erzählt, dass sie Ellen nie zuvor gesehen hat«, warf Kristian ein, »wie konnte sie da spüren, dass die Kleine in Gefahr war?«

»Berit ist eine Schamanin. Man kann das, was sie spürt, was sie erahnt, nicht logisch erklären. Sie hat ja auch gesagt, dass es dieses Mal ein besonders starkes Gefühl von Bedrohung war. Sonst hätte sie sich nie hierher auf den Weg gemacht.« Sie schlang die Kette um ihr Handgelenk. »Wenn du willst, erzähle ich dir, wie ich sie und Ole kennengelernt habe.«

Sie saßen auf einem flachen, noch sonnenwarmen Felsen oberhalb des Strandabschnitts von Ramberg. Zur Linken dehnte sich eine Wiese aus, auf der in verschwenderischer Fülle weiße, gelbe und blaue Blumen blühten – ein bunter Teppich, den die Natur extra für sie ausgebreitet hatte. Zumindest kam es Andrea so vor, die eine solche Blütenpracht hier noch nie gesehen hatte.

»Eine gute Idee, hierher zu fahren, nicht wahr?«

»Ja. Ole hat nicht zu viel versprochen.« Vor einer Stunde hatten sie Berit und Ole nach Hause zurückgebracht. Berit fühlte sich erschöpft, sie wollte gleich schlafen gehen.

»Sie wird alt«, raunte Ole der jungen Ärztin zu, als sie sich voneinander verabschiedeten. »Sie ist vor drei Tagen zu mir gekommen, weil sie die Verwandten noch einmal sehen will. Außerdem hat sie in ihrer Herde immer noch das zweite weiße Rentier. Du erinnerst dich doch noch an Kims kleinen Liebling. Das ist eine Schwester.«

»Natürlich! Wie könnte ich die beiden vergessen!«

»Berit will mir das Tier dalassen. Draußen in der Herde, in der Freiheit hätte es keine Überlebenschance.« Er hatte Andrea kurz die Hände auf die Schultern gelegt. »Ich glaube, es ist Berits letzter Sommer. Und sie weiß es auch.«

»Sag so etwas nicht!«

Der alte Same hatte sie nur lange angesehen, fest ihre Hände gedrückt und gesagt: »Mach dir keine Sorgen, alles ist gut so, wie es ist. Berit bleibt eine Woche bei mir und meiner Familie, dann fährt sie zurück zu unserer Sippe. Ich fahre mit und hole das weiße Ren.«

»Ole … kann ich etwas tun? Für Berit? Oder für dich?«

Der alte Mann hatte nur gelächelt und den Kopf geschüttelt. »Nein. Aber tu etwas für dich, Doktor Andrea. Geh mit deinem Freund heute Abend an den Strand. Schaut auf die Mitternachtssonne.«

»Aber …«

Ein kleines Lächeln war über sein faltiges Gesicht gehuscht. »Jede Trauer hat einmal ein Ende. Und die Toten wollen nicht, dass wir ihnen auf ewig nachweinen.« Für einen Moment hatte er sie in den Arm genommen – etwas, das er nur ganz, ganz selten tat.

Und jetzt saß sie hier mit Kristian und erzählte ihm von ihrer ersten Begegnung mit Ole. Sie sprach von der kleinen Kim, die todkrank gewesen war und die sie auf ihrer ersten Reise mit dem Postschiff kennengelernt hatte. Damals, nach einer großen Liebesenttäuschung, war sie ganz ohne

Perspektiven gewesen und hatte sich erst einmal auf eine kurze Reise entlang der Westküste begeben.

»Ole hat damals schon gewusst, dass ich auf den Lofoten mein Glück finden würde«, schloss sie.

»Und jetzt hat er uns hierher geschickt ...« Kristian schaute aufs Meer hinaus. »Warum wohl?«

Andrea zögerte. »Vielleicht weil er uns klarmachen wollte, dass wir hier einen neuen Anfang machen können«, sagte sie dann leise.

»Wie meinst du das?«

Mit einem zärtlichen Lächeln sah sie ihn an. »Vielleicht sollen wir uns prüfen, uns über unsere Gefühle klarwerden. – Liebst du mich wirklich? Könntest du dir vorstellen, eine längere Zeit hier auf den Lofoten zu leben?«

»Natürlich kann ich das!«, versicherte er und wollte sie überschwenglich küssen, doch Andrea schob ihn sanft von sich.

»So leicht, wie es im Augenblick scheint, ist das Leben hier nicht. Vor allem in den dunklen Monaten des Jahres fällt es uns, die wir es nicht von Kindheit an gewohnt sind, sehr schwer, mit der andauernden Dunkelheit zurechtzukommen. Und ... ich hab meine Arbeit, mein Kind – Aufgaben, die mich den größten Teil des Tages in Anspruch nehmen. Du aber wärest oft allein.«

»Das sind die meisten Schriftsteller«, warf Kristian ein. »Wir brauchen sogar diese Ruhe, eine gewisse Abgeschiedenheit vom tagtäglichen Stress, um uns ganz auf unsere Texte konzentrieren zu können. Was meinst du, warum ich fortgegangen bin aus Stockholm? Die Stadt ist traumhaft schön, es gibt viel zu sehen, und man kann immerzu etwas unternehmen. Das ist verlockend, aber auch sehr schlecht für jemanden wie mich, der sich leicht ablenken lässt. Und der dann mit seiner Arbeit nicht vorankommt.«

»Und da hat dich deine Verlegerin hierher geschickt.«

»Nein, wahrhaftig nicht! Agneta hätte mich nicht gehen lassen, wenn sie von meinen Plänen etwas geahnt hätte.«

»Sie liebt dich«, warf Andrea ein und konnte einen kleinen Anfall von Eifersucht nicht unterdrücken.

»Mag sein. Aber ich glaube es eigentlich nicht. Agneta liebt nur sich selbst. Sie will allerdings das, was sie einmal hat, nicht wieder hergeben. Und sie hat geglaubt, mich zu besitzen. Sie hat die Vorstellung, mit einem erfolgreichen Autor zusammen zu sein, geliebt, nicht mich.« Kristian sah starr hinaus aufs Wasser, das sich immer stärker so rotgolden färbte wie die Sonne, die wie ein glänzender Feuerball am Horizont stand und alles in ihrer Nähe in dieses feurige Rot zu tauchen schien. »Agneta ist eitel und egoistisch. Und leider hat sie sich eingebildet, mich nicht nur als Autor unter Vertrag nehmen zu können, sondern auch als Mann.« Er lachte. »Das war ein großer Irrtum.«

»Aber du hast sie doch auch geliebt.«

»Für eine kurze Zeit. Sie ist schön und leidenschaftlich. Es war ein Rausch, mehr nicht.« Er zog Andrea fester an sich. »Das, was ich für dich empfinde, ist anders. Es ist ein warmes, tiefes Glück, das ich spüre, wenn ich bei dir bin.« Er küsste sie lange. »Und was, meinst du, hat Ole dir sagen wollen?«, fragte er, als er ihre Lippen endlich freigab.

Andrea zögerte, dann gestand sie: »Ich glaube, ich soll Magnus nicht länger nachtrauern. Das will er mir klarmachen.« Sie schaute ebenfalls zum Horizont, wo das tiefe

Rot langsam in ein schimmerndes Violett überging. Es war ein einzigartiges Farbenspiel, das in seiner Schönheit atemlos machte. »Ich werde Magnus nie vergessen«, sagte sie leise. »Er ist für immer in meinem Herzen, so, wie Lars ein Stück von ihm ist. Eine lebendige Erinnerung.«

»Das ist gut so.« Kristian nahm ihre linke Hand, zog sie an die Lippen und küsste jeden einzelnen Finger. »Diese Liebe gehört zu deinem Leben, und ich werde sie respektieren. Aber jetzt ... jetzt fängt ein neues Kapitel an. Und ich würde gern die Hauptrolle darin spielen.«

»Hier, auf den Lofoten? Glaubst du, du kannst wirklich hier leben?«

Er lachte leise. »Ich bin mir ganz sicher. Außerdem ... ich hab schon ein neues Projekt in Aussicht. Dazu müsste ich allerdings erst mal verreisen. Am liebsten mit dir.«

»Und wohin soll's gehen?«

»Nach Grönland.«

Andrea hob den Kopf. »Wohin?«

»Du hast richtig gehört – nach Grönland.« Er streckte sich ein wenig. »Grönland ist faszinierend. Ich war schon einmal da und so begeistert wie von keinem anderen Land, das ich je bereist habe.«

»Und was willst du über Grönland schreiben?«

»Einen Krimi. Oder einen Reisebericht. Ganz konkrete Vorstellungen hab ich noch nicht.«

Andrea schüttelte den Kopf. »Das geht nicht, Kristian. Ich kann hier nicht weg. Johan ist noch nicht wieder auf dem Damm, und die Praxis kann nicht einfach geschlossen werden. Ich brauche einen Vertreter. Und da ist ja auch Lars ... Solange Johan krank ist, kann ich ihn nicht bei Birgit lassen, das wäre zu anstrengend für sie.«

»Klar, das seh ich ein. Aber ist Johan denn der Einzige, der dich vertreten kann?«

Andrea zögerte. »Ich hab noch nie darüber nachgedacht.«

»Dann tu es mal. Bald.« Wieder küsste er sie und bettete sie ins duftende Gras, das noch sonnenwarm war.

»Befehl vom Chef in Tromsø – ich soll unbedingt eine Woche Urlaub machen.« Carina verzog den Mund. »Dabei hab ich das Gefühl, jetzt ganz nah dran zu sein. Die Kerle sind unruhig geworden, machen immer mehr Fehler.«

»Das stimmt, aber es sind Fehler, die deine Familie in Gefahr bringen.« Andrea legte der Freundin die Hand auf den Arm. »Sei vernünftig und nimm das Angebot an. Du siehst – offen gestanden – gar nicht gut aus. Erhol dich ein bisschen. Und nimm deine Familie aus der Gefahrenzone. Du hast doch gemerkt, wie rasch etwas passieren kann.«

»Ich weiß.«

»Na also. Solange dieser Fall nicht gelöst ist und die Verbrecher hinter Schloss und Riegel sitzen, seid ihr nicht sicher.«

»Sollen wir uns vielleicht wochenlang verstecken?«, begehrte Carina auf und warf ihren flachsblonden Zopf mit einer knappen Geste, die viel von ihrer inneren Erregung verriet, in den Nacken. »Das kommt ja gar nicht in Frage!«

»Was meint denn Knut?«

»Pah, der!« In Carinas Augen blitzte es kurz auf. »Der findet den Gedanken natürlich gut und richtig!«

»Er liebt euch. Und er hat Angst, das ist doch normal!«

»Ich weiß das ja alles.« Carina tastete in ihrer Jeans

nach den Autoschlüsseln. »Deshalb fahre ich ja auch mit ihm rauf in den Norden. Es ist ewig her, dass ich auf dem Nordkap-Plateau gestanden habe.«

»Eine sehr gute Idee«, lobte Andrea. »Auf einem Postschiff seid ihr in Sicherheit.«

»Mit Einschränkungen. Aber du hast schon recht, da hab ich alles unter Kontrolle. Außerdem kann ich mich unauffällig in Kirkenes umsehen.«

»Wieso das? Was ist in Kirkenes?«

»Genaues weiß man nicht. Aber wir vermuten, dass ein paar der Kerle da arbeiten.« Sie kramte in ihrer Tasche herum. »Kann doch gut sein, dass sie sich einen ihrer Außenposten an der russischen Grenze eingerichtet haben. Wäre logisch.«

»Carina, du bist unmöglich! Du sollst Urlaub machen, dich und deine Familie aus der Schusslinie nehmen.« Andrea schüttelte den Kopf. »Weiß Knut davon?«

»Nein. Muss er auch nicht wissen. Ich schau mich ja auch nur um.« Sie hatte endlich die Autoschlüssel gefunden. »So, ich muss jetzt los. Danke, dass du auf Buffy aufpasst. Sie wird immer seekrank, dieser dumme Hund.«

»Macht's gut. Und passt um Himmels willen auf euch auf. Sei nicht leichtsinnig, Carina.«

»Bin ich nicht, keine Sorge.« Carina umarmte die Freundin. »Zum Sonnwendfest sind wir zurück!«

Andrea lächelte. »Das glaub ich gern, dass du dir diese Feier nicht entgehen lässt.« Sie begleitete Carina zum Wagen. Dabei fiel ihr auf, dass die junge Kommissarin sich genau umsah, bevor sie einstieg.

Genauso sorgfältig, aber höchst diskret wurden alle Passagiere auf der *Polarlys* gecheckt, bevor das Postschiff den Hafen von Svolvær verließ. Knut hatte wieder das Kommando übernommen, und er war froh, seine kleine Familie bei sich zu haben.

Am ersten Tag war Carina noch zu nervös, um die Reise genießen zu können, doch nach und nach legte sich ihre Unruhe, und sie freute sich darüber, mit Knut und Ellen zusammen zu sein. Während in Tromsø die meisten der Touristen von Bord gingen, um sich die Stadt anzusehen, blieb Carina an Bord. Sie kannte die Stadt, die gern »Das Tor zum Eismeer« genannt wird.

»Bleibst du wirklich an Bord?«, fragte Shirley, eine sympathische rothaarige Engländerin, die etwa in ihrem Alter war und mit der sie sich am vergangenen Abend sehr nett unterhalten hatte.

»Ja, ich war schon so oft hier.« Carina lächelte. »Aber du solltest dir unbedingt die Stadt ansehen. Nicht umsonst heißt es auch, sie sei das Paris des Nordens. Geh in die Eismeerkathedrale, die ist wunderschön. Ihr Glasmosaik ist wirklich beeindruckend. Aber auch die Universität ist imposant, eventuell schafft ihr sogar noch einen Besuch im Nordlichtplanetarium.«

»Das wird ein Mammutprogramm.«

»Ja, aber Tromsø hat auch wirklich viel zu bieten.«

»Dann mach ich mich mal mit meiner Gruppe auf den Weg.« Shirley, eine rothaarige Vierzigjährige, lachte leise. »Du bist sicher froh, mal mit deinem Mann ein paar Stunden allein und in Ruhe verbringen zu können. Versteh ich.« Sie winkte kurz zum Abschied, dann beeilte sie sich, zur Gangway zu kommen.

Carina schaute ihr nach, wie sie mit der Gruppe das Schiff verließ und gleich am Hafen das Denkmal von Roald

Amundsen besichtigte. Der Polarforscher war im Jahr 1928 mit seinem Wasserflugzeug *Latham* von Tromsø aus aufgebrochen, um nach seinem verschollenen italienischen Kollegen und Rivalen Umberto Nobile zu suchen. Tragischerweise kehrte Nobile zurück, während Amundsen verschollen blieb.

Erst als niemand mehr von Bord ging, verließ Carina ihren Platz an Deck und schaute in der Kabine nach Ellen, die ihren Mittagsschlaf hielt. Leise setzte sich Carina auf das zweite Bett und beobachtete ihr Töchterchen. Ellen hatte das Kidnapping erstaunlich gut überstanden. Man hatte sie wohl gut behandelt, und die Kleine hielt den Ausflug mit den fremden Männern wohl für ein Abenteuer, das sie zum größten Teil ja auch verschlafen hatte.

Carina hatte noch zweimal versucht, ihr eindringlich klarzumachen, dass sie auf keinen Fall mit Fremden mitgehen dürfe, doch ob die Dreijährige die Ermahnung schon begriffen hatte, war fraglich.

Leise öffnete sich die Tür zur geräumigen Kapitänskabine und Knut kam herein. Lächelnd sah er auf sein schlafendes Töchterchen.

»Alles in Ordnung – auch bei dir?« Er nahm Carina in den Arm.

»Ja, alles bestens.« Sie lehnte den Kopf an seine Schulter.

Knut zog sie fester an sich, küsste sie und begann, sie zärtlich zu streicheln.

»Aber, aber, Herr Kapitän, was soll das denn?«

»Das ist Diensteifer. Ich muss schließlich dafür sorgen, dass sich meine Passagiere wohl fühlen.« Behutsam zog er ihr den leichten Pulli aus und öffnete den BH. Als er zärtlich ihre Brüste liebkoste, schloss Carina die Augen, umklammerte ihn mit Armen und Beinen und zog ihn aufs Bett hinunter.

In der nächsten halben Stunde vergaßen sie ihre Ängste, Carina dachte nicht mehr an irgendwelche Kidnapper oder Mädchenhändler. Alles war ausgeblendet – bis auf ihre leidenschaftliche Liebe zu Knut.

Erst als Ellen erwachte, lösten sie sich voneinander. »Ich liebe dich«, raunte Knut und vergrub noch einmal sein Gesicht in ihrer hellen Haarfülle, ehe er aufstand.

»Ich dich auch.« Sie lehnte an der holzverkleideten Wand und sah zu, wie er sich wieder anzog. Sein Oberkörper war leicht gebräunt, und das Muskelspiel seines athletischen Körpers faszinierte und erregte sie schon wieder.

»Sieh mich nicht so an«, lachte Knut, »sonst …«

»Sonst?«

»Wir haben zwei sehr nette Stewardessen an Bord, die könnten sich um Ellen kümmern.« Er beugte sich über Carina. »Na, was meinst du?«

»Nichts da! Sei nicht so unersättlich!« Sie stand auf und zog sich an. »Ich geh gleich mit Ellen ins Spielzimmer. Und dann legen wir uns früh schlafen, weil ja morgen der große Ausflug ans Nordkap ansteht.«

»Stimmt. Ich rede gleich mit meinem Ersten, der kann die Wache übernehmen, und wir drei Hübschen machen dann einen richtigen Touristentag!«

»Heute ist noch Polartaufe, oder?«

»Richtig. Da muss ich unbedingt anwesend sein. Für viele Gäste ist das eines der Highlights der Reise.«

»Und ich steige morgen in Havøysund kurz aus. Die Frauen dort stricken die tollsten Pullover.«

»Du kannst ja bei den Passagieren Reklame dafür machen.«

»Werde ich auch!« Carina lachte. »Ich hab mir extra den roten Pulli mit dem tollen Zopfmuster eingepackt. Für Ellen finde ich sicher auch was.«

Und so war es tatsächlich. Als das Postschiff am nächsten Tag den Hafen von Havøysund anlief, stand Carina schon mit einigen Frauen an Deck.

»Da, an diesem Zaun hängen schon die ersten Pullis!«, rief eine ältere Engländerin begeistert.

»Die Auswahl ist groß«, meinte Carina. »Schaut euch in aller Ruhe um, wir haben mehr als eine halbe Stunde Zeit.«

So lange brauchte sie selbst nicht, um für ihre kleine Tochter einen lichtblauen Pullover mit kleinen, aufgestickten weißen Rentieren zu finden. Er war ein Kunstwerk, und Ellen sah darin einfach süß aus.

Mittags erreichte das Schiff dann Honningsvåg, den Hauptort des Nordkaps. Von hier aus ging es über die lange Nordkapstraße zum Nordkap-Plateau, das mit seiner Steilwand 307 Meter senkrecht aus dem Meer emporwächst.

»Jetzt sind wir noch genau 2080 Kilometer vom Nordpol entfernt«, erklärte die Reiseleiterin, bevor alle den Bus verließen. »Dieser nördlichste Punkt Europas war über Jahrzehnte das Traumziel vieler Reisender aus aller Welt. Der Berg ist ein würdiges, beeindruckendes Wahrzeichen unseres Erdteils, meint ihr nicht auch?«

Alle nickten zustimmend, und Knut fügte noch rasch hinzu: »Als Seemann muss ich euch noch erklären, woher das Nordkap seinen Namen hat: Der englische Seefahrer Richard Chancellor taufte es im Jahr 1553 so, als er nach einer Nord-Ost-Passage suchte, die nördlich von Sibirien nach Indien führen sollte.« Er lachte. »Jetzt aber genug von Daten und Erklärungen, genießt den Ausblick, der einfach einmalig ist.«

Er selbst ließ es sich auch nicht nehmen, von Carina und Ellen Fotos zu machen, als sie unter der großen eisernen Weltkugel standen.

An diesem Tag konnten sie die Sorgen und Ängste, die sie quälten, einmal vergessen. Doch am Tag darauf, als sie am Vormittag in Kirkenes einliefen, wurde Carina wieder ernst und sah sich aufmerksam um, als sie das Schiff verließen.

»Entspann dich«, riet Knut und legte ihr den Arm um die Schultern. »Hier kann dir nichts passieren.«

Carina nickte, doch sie war von einer inneren Unruhe erfüllt, für die es keine Erklärung gab. Zwei Stunden bummelten sie wie alle anderen Touristen durch die Stadt, dann musste Knut zurück zum Schiff. Er hatte seinem Ersten Offizier, der Verwandte in Kirkenes hatte, versprochen, ihn bei der Wache abzulösen.

»Willst du auch schon mit?«, fragte er Carina.

»Ich würde gern mit den anderen zur Grenze fahren. Am Pasvikelva war ich noch nie.«

»Dann nehme ich Ellen mit mir.« Knut hob sein Töchterchen hoch. »Wir zwei machen es uns schon gemütlich, nicht wahr?«

Ellen nickte. »Wir spielen Verstecken!«, krähte sie fröhlich.

Carina wurde blass. »Lieber nicht«, murmelte sie.

»Lass sie, wenn sie das Kidnapping als ein Spiel sehen kann, ist das doch nur gut.«

»Hast ja recht.« Carina stellte sich auf die Zehenspitzen und gab erst Ellen, dann Knut einen Kuss. »Ich muss los, der Bus fährt ab.«

Gemeinsam mit den Touristen, die einen Ausflug zur russischen Grenze gebucht hatten, fuhr sie die zehn Kilometer bis zum Grenzfluss, der sich durch ein dichtbewaldetes Gebiet schlängelte. In der kleinen russischen Enklave Boris Gleb besichtigten sie eine rote Kapelle, deren Kirchengemeinde aus Russen bestand, die zum Gottesdienst auf die norwegische Seite des Flusses kamen, wo ihr Gotteshaus stand.

»Während des Kalten Krieges wäre das nicht möglich gewesen«, erklärte die Reiseleiterin, »doch die Zeiten haben sich zum Glück geändert, und es herrscht heutzutage ein reger Schiffsverkehr zwischen Kirkenes und Murmansk.«

Und schon war Carina wieder im Dienst! Sie tastete nach ihrer Handtasche, in der ihre Dienstwaffe lag. Knut wusste nichts davon, doch sie hätte sich ohne Waffe noch unwohler gefühlt.

Als sie zurück in die Stadt kamen und die Touristen sich in ein Lokal setzten, schlenderte Carina wie absichtslos durch die Straßen. In einer kleinen Holzwerkstatt kaufte sie sechs Frühstücksbrettchen aus Kiefernholz, die der alte Schreiner kunstvoll verziert hatte.

»Hab ich selbst aus dem Wald geholt, das Holz«, erzählte er. »Die Kiefern dort sind so alt wie ich. Schon als Kind haben wir am Grenzfluss gespielt, aber jetzt geht das nicht mehr wegen der Wasserkraftwerke, die sie dort mittlerweile errichtet haben.« Er zuckte mit den Schultern. »Eine neue Zeit ist angebrochen. Es gibt keine Feindschaft mehr mit den Russen, aber auch keine wildromantische Flusslandschaft.« Er lachte und entblößte dabei seine restlichen Zahnstumpen. »Mit meiner Frau hab ich da schöne Stunden verbracht im Wald. Verstehst du?«

Carina lachte. »Das denk ich mir. Lebt deine Frau noch?«

»Ja. Wir sind seit sechzig Jahren verheiratet – und immer noch glücklich.«

»Das ist beneidenswert.« Sie packte die Brettchen ein. »Grüß sie von mir. Alles Gute.«

»Pass auf dich auf.« Der Alte wies nach rechts, wo sein altes, schon recht windschiefes Haus stand. »Meine Frau ist Samin, sie sieht manchmal Dinge, die wir nicht sehen. Und nicht begreifen. Sie hat mir gesagt, dass heute eine Fremde kommt. Und ich soll dir sagen, dass du den Hafen meiden sollst.«

Carina nickte. »Danke, ich werde vorsichtig sein.«

Der Alte winkte ihr knapp zu, dann beugte er sich wieder über ein Stück Holz und arbeitete konzentriert weiter.

Carina schlenderte, der Warnung zum Trotz, hinüber zum Hafen. Es war helllichter Tag, und sie konnte sich nicht vorstellen, in Gefahr zu sein. Dennoch tastete sie kurz nach ihrer Tasche, wo die Pistole steckte, als ein junger Fischer von seinem Kutter sprang und dicht vor ihr stehen blieb.

»Willst du ein paar Krabben haben?« Er hielt ihr eine Riesenkrabbe entgegen. »Die Biester vermehren sich in rasender Geschwindigkeit, und sie fressen uns eines Tages noch den letzten Fisch weg«, klagte er.

Carina nickte. »Hab davon gehört. Aber ich bin mit dem Postschiff hier in Kirkenes, da kann ich deine Krabben nicht mitnehmen.«

»Schade.« Er lachte. »Macht nichts, ich koch sie drüben mit den Werftarbeitern. Vor allem die Russen, die da ihre Schiffe wieder flottmachen, sind froh über was Preiswertes.«

Carina winkte ihm zu, dann schlenderte sie wie absichtslos in die Richtung, in der die kleine Werft lag. Ein paar Männer in Arbeitskleidung kamen ihr entgegen, zwei riefen ihr ein Scherzwort zu, doch sie reagierte nicht.

Viel Betrieb herrschte nicht, nur aus einer Werkshalle hörte man Geräusche von Metall, das bearbeitet wurde.

Ein alter, verbeulter Lastwagen kam ihr entgegen, am Steuer saß ein junger, bärtiger Typ mit halblangem blondem Haar. Er hupte und winkte ihr zu. Neben ihm saß ein älterer Mann, der mit einer raschen Bewegung den breitrandigen Hut tiefer ins Gesicht zog.

Carina runzelte die Stirn. Dieser Mann ... er kam ihr bekannt vor, doch sie konnte das markante Gesicht nicht gleich einordnen. Auffällig war nur der Anzug, den der Mann trug. Dieses Outfit passte nicht hierher ins Hafengebiet, und erst recht nicht zu dem alten, klapprigen Laster.

Carina sah sich kurz um, aber der Wagen raste jetzt, eine Staubwolke hinter sich herziehend, den Schotterweg entlang in Richtung Stadt. Langsam und irritiert ging sie weiter. Bei einem verfallenen Schuppen, vor dem ein paar Schiffsschrauben, Bretter und zwei Boote lagen, wollte sie umkehren. Noch weiter wollte sie sich nicht vom Ankerplatz der *Polarlys* entfernen. Und was genau sie hier suchte, hätte sie nicht erklären können. Eine innere Unruhe trieb sie an. Oder – Instinkt?

Das Kreischen einer Säge zerriss die Stille, Stimmen

wurden laut, dumpfe Hammerschläge erklangen aus dem Schuppen.

Noch ein paar Meter ging Carina weiter – und blieb wie erstarrt stehen. Rechts von ihr, in einem Haufen alter Reifen, lag ein Mann. Seine gebrochenen Augen starrten blicklos in den Himmel.

»Schneller, du Idiot. Wir müssen weg von hier. Diese Frau ... sie ist Polizistin! Und du starrst sie an wie ein Weltwunder.« Jacob fluchte unterdrückt. »Hätte ich dich doch nicht mitgenommen!«

»Aber Chef, ich ... ich ...«

»Halt's Maul, sonst kannst du Boris in der Hölle Gesellschaft leisten.«

Der Blonde nickte nur. Dass der Boss keinerlei Skrupel kannte, wusste er seit genau zehn Minuten. Und Boris hatte gedacht, er bekäme endlich das Geld! Ha, eine Kugel in den Kopf hatte er bekommen, dieses Großmaul! Er, Juri, wollte es cleverer machen. Der Boss sollte erkennen, dass er sich auf ihn verlassen konnte.

»Diese Polizistin – mach dir keine Sorgen ihretwegen, Boss. Sie ist so gut wie tot.«

Jacob schwieg. Er sah starr aus dem Fenster, bis sie den Flughafen von Kirkenes erreicht hatten. Hier stand seine Privatmaschine, die er ausnahmsweise heute selbst steuerte. »Du bekommst die Position von Boris und fünftausend Dollar extra, wenn du Wort hältst.« Er stieg aus. »Melde dich nicht, ich rufe dich an.«

»Ja, Boss.« Juri hielt in einigem Abstand vom kleinen Flughafengebäude und sah zu, wie der Boss hineinging, um die Papiere klarzumachen.

Juri strich sich über den blonden Haarschopf. Zu gern hätte er von dem Boss mehr erfahren, doch niemand, den er kannte, hätte je zu fragen gewagt, wie er hieß und wo genau er wohnte. Es gab eine Telefonnummer, unter der man ihn in Notfällen erreichen konnte, mehr nicht.

Juri wollte warten, bis die Maschine abgeflogen war, dann wollte er versuchen, im Flughafen mehr zu erfahren. Es mussten doch Unterlagen über den Flug und den Flugzeugeigner existieren! Juri wollte unbedingt Genaueres über den Boss wissen, über den die wildesten Gerüchte kursierten. Bislang hatte nur Boris seine Identität gekannt. Juri war ehrgeizig, er wollte Boris' Platz einnehmen, egal um welchen Preis.

Er lehnte sich in dem verschlissenen Sitz zurück und schloss die Augen.

Den Schuss, der durch das Fenster abgegeben wurde, bekam er nicht mehr mit.

11

»Endlich Wochenende!« Mit einem kleinen Seufzer zog sich Andrea den weißen Kittel aus. »Die letzten Tage waren wirklich hart. Ein Glück, dass Liv nächste Woche wieder helfen kann.«

Birgit Ecklund legte das benutzte Untersuchungsbesteck in den Sterilisator. »Wenn wir weiterhin so viel Zulauf haben, musst du eine Vollzeitkraft einstellen, Andrea. Liv studiert, sie steht kurz vor dem ersten Examen, da hat sie immer weniger Zeit, um hier in der Praxis zu arbeiten. Und ich …« Sie biss sich auf die Lippen. »Johan kommt heute am späten Nachmittag nach Hause, ich muss mich um ihn kümmern.«

»Das hast du ja noch gar nicht erzählt! Wie wunderbar!«

»Ob es so toll ist, wie es sich anhört, weiß ich noch nicht.« Birgit verzog leicht den Mund. »Er hat darauf gedrängt, so früh entlassen zu werden, der eigensinnige Kerl.«

Andrea lächelte. »Du weißt doch, dass Ärzte immer die schlimmsten, sprich ungeduldigsten Patienten sind.«

»Ja, aber ich hab dann die Arbeit mit ihm – und du auch.«

Andrea nahm die ältere Freundin kurz in den Arm. »Sei nicht so pessimistisch. Freu dich lieber, dass er alles so gut überstanden hat. Und wir werden ihn schon gesund pflegen. Ich helfe dir, so gut ich kann.«

»Dann hast du ja noch weniger Zeit für deinen Kristian«, wandte Birgit ein.

»Er ist nicht *mein* Kristian.«

Birgit lachte. »Aber er wär's nur zu gern! Das sieht man ihm an.«

»Steht es ihm auf der Stirn geschrieben? Dann kann ich es nicht lesen.«

»Es steht in seinen Augen. Sie sind voller Liebe und Zärtlichkeit, wenn er dich ansieht.« Sie stellte das Gerät an. »Tu nicht so, als wüsstest du das nicht, Andrea. Und vor allem: Sträub dich nicht länger gegen deine Gefühle. Du bist noch so jung, du hast jedes Recht, noch einmal glücklich zu sein.«

Andrea erwiderte nichts. Sie blickte hinaus in den Garten, wo Lars im Sandkasten spielte. Mit dem Bagger schob er den Sand auf einen großen Haufen. Gleich daneben befand sich bereits ein hoher Berg, auf dem die norwegische Fahne flatterte. »Er ist ein Patriot«, sagte sie lächelnd.

»Er vermisst Johan. Ich denke, der Ersatz-Opa wird glücklich sein, wenn er wieder hier draußen im Garten sitzen und auf Lars aufpassen kann.«

Andrea nahm Birgit nochmals kurz in den Arm. »Ihr seid das Beste, was mir passieren konnte.«

»Hör auf, das will ich nicht hören! Ihr macht unser Leben so reich, der Junge und du!« Sie zögerte, dann sagte sie leise: »Wenn du dich für Kristian entscheidest ... bleibst du dann hier?«

Andrea sah sie irritiert an. »Wie kommst du denn jetzt auf so eine Frage?«

»Na ja, ist doch naheliegend! Kristian ist ein Weltenbummler. Er war viel unterwegs, und ich kann mir schon vorstellen, dass ihm das Leben hier in der Einsamkeit auf Dauer nicht zusagen wird.« Sie biss sich auf die Lippen. »Da wäre Jacob eventuell anders. Aber er ist nicht derjenige, für den dein Herz schlägt, nicht wahr?«

Eine Weile blieb es still. Draußen vom Meer her wehte der Klang einer Schiffssirene herüber, und ein Möwenschwarm flog über den Garten hinweg in Richtung Hafen, wo wohl gerade ein Fischkutter einlief.

»Jacob ist ein interessanter Mann. Aber ich hab mich nicht in ihn verliebt.« Andrea zuckte mit den Schultern. »Dabei würde er mir die Welt zu Füßen legen!«

»Schön und gut, aber ... das ist nun mal nicht alles. Reichtum muss nicht zwangsläufig glücklich machen.«

»Deshalb werde ich mich auch nicht mehr mit Jacob treffen. Beim letzten Mal ist mir klargeworden, dass aus uns nichts werden kann. Er ist ...« Sie zögerte, dann fuhr sie leiser fort: »Manchmal macht er mir Angst.«

»Um Himmels willen – hat er dir was getan?«

»Nein, nein, im Gegenteil. Er verwöhnt mich, ist freundlich und aufmerksam. Dennoch: Ich werde das Gefühl nicht los, dass er zwei Gesichter hat. Und das andere, das ich noch nicht genau kenne ...« Sie biss sich auf die Lippen. »Ich möchte es auch nicht kennenlernen.«

In der Diele klingelte das Telefon, und Birgit ging hinaus, um das Gespräch anzunehmen. Schon nach zwei Minuten war sie zurück. »Das war Mette Hilgersdotter. Ihre Schwiegermutter hat starke Schmerzen, Mette vermutet mal wieder eine Nierenkolik.«

»Ach du je, schon wieder! Elise muss sich dringend

operieren lassen, auf Dauer kann ich ihr mit Schmerzmitteln nicht helfen.« Sie kontrollierte ihre Bereitschaftstasche, doch es war alles da, was sie eventuell benötigen würde. »Bis später dann, Birgit. Ich beeil mich.«

»Lass dir ruhig Zeit und rede der Alten ins Gewissen. Sie ist stur, das hat schon Johan immer gesagt.«

»Ja, und sie glaubt an ihre alten Hausmittelchen. Aber die helfen nun mal nicht immer.« Andrea war schon an der Tür. »Bis später.«

Mette empfing die Ärztin schon an der Haustür. »Diesmal muss sie in die Klinik«, sagte sie leise. »Seit dem frühen Morgen wimmert sie vor Schmerzen, aber ich sollte dich nicht rufen. Es ist nicht mehr mitanzusehen, wie sie sich quält.«

»Ich geb ihr erst mal was, dann reden wir.« Andrea wollte schon den wohlbekannten Weg ins Schlafzimmer der Patientin einschlagen, als Mette sie noch einmal zurückhielt.

»Doktor Andrea, ich fahre schon übermorgen mit meinem Mann raus zum Fischen. Er braucht mich, sein Bootsmann fällt für zwei Wochen aus, er hat Ferien mit der Familie in Spanien gebucht.« Sie zuckte mit den Schultern. »Die wollten mal Sonne pur haben.«

»Und sonst kann niemand einspringen?«

»Nein.« Mette schüttelte entschieden den Kopf mit dem kurzgeschnittenen blonden Haar. »Es würde sich auch nicht lohnen, rauszufahren, wenn man noch jemanden zusätzlich bezahlen müsste.«

»Ich rede mit deiner Schwiegermutter.«

Zunächst aber gab sie der Kranken, die blass und fiebrig im Bett lag, eine schmerzstillende Injektion.

»Ich muss dich gar nicht untersuchen, um zu wissen, dass es wieder mal eine massive Kolik ist«, sagte sie, schlug dann aber doch die Bettdecke zurück und tastete den Leib der etwa Siebzigjährigen ab. »Sei vernünftig, Elise, und geh endlich in die Klinik.«

»Aber die Kräuter haben bis gestern noch geholfen!«

»Ach was, das hast du dir eingebildet.« Diesmal war Andrea nicht bereit, klein beizugeben. »Aber wenn du dir nicht helfen lassen willst ... ich lehne jede weitere Verantwortung ab.«

»Was heißt das?« Aus schmalen Augen sah die Kranke sie an.

»Dass ich dich nicht mehr behandeln werde, Elise. Du glaubst mir offensichtlich nicht, wenn ich sage, dass eine Operation dringend notwendig ist. Oder du vertraust mir nicht. Das ist in diesem Fall dasselbe. Deshalb musst du dir einen anderen Arzt suchen – oder dich weiter mit deinen Kräutern behandeln.« Sie machte Anstalten, das Zimmer zu verlassen.

»Doktor Andrea, das kannst du nicht tun!«

Andrea drehte sich noch einmal um. »Doch, Elise, das kann ich. Überleg es dir.« Sie drückte die Klinke nieder. »Ich trinke mit Mette noch einen Kaffee. Sag Bescheid, wie du dich entschieden hast.«

Sie hatte ganz bewusst die Schmerzspritze nicht allzu hoch dosiert, so dass Elise nicht gleich beschwerdefrei war.

Mette hatte gerade den Kaffee eingegossen und dazu ein paar Nusskekse auf den Tisch gestellt, als Elise nach der Ärztin rief.

»Der Johan ...«, sagte sie mit gepresster Stimme, »der Johan Ecklund hätte so was nie gesagt.«

»Doch. Hätte er, da bin ich sicher.« Andrea nahm ihre Hand und drückte sie behutsam. »Du brauchst keine Angst zu haben, Elise, die Operation ist wirklich nicht gefährlich.«

Die alte Frau nickte. Schweißtropfen standen ihr schon wieder auf der Stirn, die Spritze hatte nicht allzu viel geholfen. »Na gut, dann ruf den Krankenwagen. Ich halt's einfach nicht mehr aus.«

»Gut, dass du so vernünftig bist.« Andrea griff zum Handy, wählte die Nummer der Klinik in Svolvær und bestellte den Krankenwagen.

»Kommst du mit, Doktor Andrea?«

»Natürlich, Elise. Ich fahre mit in die Klinik.« Sie nickte der Kranken aufmunternd zu. Und sie blieb bei der alten Frau, bis die in einem Untersuchungszimmer lag, wo sie rasch für den dringend notwendigen Eingriff vorbereitet wurde.

Gerade als Andrea die Ambulanz verlassen wollte, kam ihr Jan-Frederik Draksen entgegen. Der junge Chirurg strahlte sie an. »Welch Glanz in unsrer armen Hütte!« Er umarmte sie freundschaftlich.

Andrea gab ihm ein Küsschen auf die Wange. »Jan-Frederik, das ist toll, dass ich dich treffe.«

»O weh, o weh. Das klingt gefährlich.« Er lachte. »Was willst du von mir?«

Andrea zuckte leicht mit den Schultern. »Die Kurzversion lautet: eine Urlaubsvertretung. Ich weiß nur noch nicht genau, wann.«

»Was ist mit Johan?«

»Der ist doch noch nicht fit genug!«

»Stimmt ja, das hatte ich vergessen.« Er wies zum OP-

Trakt hinüber. »Der Chef operiert gerade. Wenn er nichts dagegen hat und mich entbehren kann, kannst du mit mir rechnen. – Nur nicht zum Mittsommerfest«, schränkte er ein.

»Natürlich nicht dann. Wir dürfen doch die holde Weiblichkeit von Svolvær nicht um den Genuss deiner Flirtkünste bringen.«

»Bei dir sind sie ja abgeprallt. Leider.«

»Es ist für uns beide am besten so.« Andrea lachte leise. »Außerdem bist du viel zu jung für mich.«

Er legte ihr den Arm um die Schultern. »Fisch jetzt nur nicht nach Komplimenten, schönste aller Kolleginnen. Die drei Jahre, die uns trennen …«

»Es sind fast sieben«, korrigierte Andrea ihn. »Aber das ist ja auch nicht der Punkt.« Sie machte sich von ihm los. »Ich kann also wirklich auf dich zählen?«

Der Chirurg nickte. »Kannst du.«

Einen herzlichen Gruß zum Mittsommerfest. Es tut mir leid, dass ich nicht mitfeiern kann – dringende Geschäfte. Aber sobald ich zurück bin, müssen wir uns sehen. Ich küsse Deine Hände – Jacob

Andrea drehte die weiße Karte, die in einem wunderbaren Strauß bunter Rosen steckte, nachdenklich zwischen den Fingern hin und her. Seit Tagen hatte sie nichts mehr von Jacob gehört, auch das Rezept für seine Medikamente, das er bestellt hatte, war nicht abgeholt worden.

Das muss nichts bedeuten, sagte sich Andrea. Er kann überall in Norwegen einen Arzt aufgesucht und sich die benötigten Herztabletten besorgt haben. Er ist so viel unterwegs, da weiß er sich in allen Lebenslagen zu helfen.

Und doch – irgendetwas beunruhigte sie. War es ärztliches Verantwortungsgefühl? Oder kränkte es sie, dass er auf Geschäftsreise gegangen war, ohne sich von ihr zu verabschieden?

Unsinn! Er war ein Patient wie jeder andere. Privat hatte sie sich längst für Kristian entschieden. Was Jacob tat oder ließ, sollte ihr egal sein. Aber die Unruhe, die sie schon seit dem frühen Morgen empfand, blieb.

Heute, am Vortag des Johannistages, war die Praxis geschlossen. Andrea hatte ihrem kleinen Sohn versprochen, mit ihm hinüber zu Chris Eidsvag zu gehen. Der Student wollte mit ein paar Freunden am Abend ein großes Johannisfeuer am Ortsrand abbrennen, schon seit zwei Tagen trugen die jungen Leute Holz und Pappe zusammen. Auch ein Fackelumzug war organisiert worden.

Am gestrigen Abend hatte der Student eine Fackel in Form eines Walfisches ins Doktorhaus gebracht. »Die hab ich für Lars gekauft. Eine Laterne gehört für einen kleinen Jungen unbedingt zum Mittsommerfest. Schließlich ist es einer der Höhepunkte des Jahres.«

»Das ist eine liebe Idee! Danke, Chris.«

»Dafür nicht.« Der Student hatte Andrea ein bisschen verlegen angesehen. »Dein Mann war immer so großzügig mir gegenüber ... so kann ich mich wenigstens ein bisschen revanchieren.«

»Doktor Andrea! Hilfe!« Liv Björnsdotter stieß die Haustür, die wie immer am Tag unverschlossen war, mit einem Ruck auf. »Schnell, ein Unfall!«

Die weißblonde Medizinstudentin hatte an diesem Tag ihre langen Haare zu dicken Zöpfen gebunden. Ein paar

Strähnen hatten sich beim Laufen gelöst und fielen ihr ins gerötete Gesicht.

»Was ist denn los?« Andrea fasste Liv am Arm. »Beruhige dich und erzähl, was passiert ist. Wer ist verletzt?«

»Chris. Er ist auf der Straße mit dem Fahrrad gestürzt und hat sich die Hand ...« Sie presste die Lippen zusammen und schluckte schwer.

»Was hat er? Liv, reiß dich zusammen!«

»Er hat sich in die Hand geschnitten. Der Daumen ist fast ganz abgetrennt!«

»Was?« Andrea zuckte zusammen. »Wo ist er?«

»Zwei der Jungs, die beim Holzstapeln geholfen haben, bringen ihn gerade rüber ins Doktorhaus.« Livs Augen schwammen in Tränen.

Andrea zögerte keine Sekunde mehr und hastete hinüber ins Doktorhaus. Im Vorbeilaufen bat sie Birgit, nach Lars zu sehen, dann betrat sie das Sprechzimmer.

Chris lag schon auf der Untersuchungsliege, die linke Hand war provisorisch mit ein paar Tüchern verbunden, doch den Arm hatte Liv vorschriftsmäßig abgebunden.

»Mehr konnte ich doch nicht tun«, murmelte sie, als sie hinter Andrea an das Untersuchungsbett trat.

»Schon gut. Lass mal sehen, Chris.« Vorsichtig löste sie den Verband und zuckte zusammen: Ein tiefer Schnitt zog sich vom Daumen über den ganzen Handballen. »Ich geb dir erst mal was gegen die Schmerzen. Dann versuche ich, die Wunde zu säubern und zu nähen. Aber erst mal binden wir den Arm richtig ab.« Sie nahm einen Gummischlauch aus der sterilen Verpackung.

Dann wandte sie sich an Liv. »Du musst mir helfen bei der Operation. Traust du dir das zu?«

Liv wischte sich die Augen trocken und nickte.

»Musst nicht weinen, ich bin ganz okay«, sagte Chris, doch im nächsten Moment stieß er einen kleinen Seufzer aus und verlor das Bewusstsein.

»Chris! Chris!« Liv beugte sich über ihn und streichelte liebevoll sein blasses Gesicht. Andrea sah es voller Rührung, doch jetzt war keine Zeit für Zärtlichkeiten. Es galt, so rasch wie möglich zu helfen.

»Wenn wir hier operieren wollen, musst du mir assistieren«, sagte Andrea energisch. »Los, wasch dich und zieh sterile Handschuhe über. Wir müssen uns beeilen. Der Nervus radialis, also der zum Daumen führende Nervenstrang, muss auf jeden Fall fixiert werden, sonst kann es passieren, dass der Daumen steif bleibt.« Während des Redens hatte sie sich einen sterilen Kittel angezogen und begann nun, die Hände zu waschen. »Los, Liv! Streicheln kannst du ihn später.«

Die junge Studentin biss sich auf die Lippen. Sie mochte Chris sehr gern, vor einer Stunde erst hatten sie den ersten Kuss ausgetauscht, und dann war dieses schreckliche Unglück passiert …

»Beeil dich, jede Minute zählt. Sonst hätten wir ihn auch in die Klinik bringen können.«

»Du kannst das wirklich hier operieren?« In Livs Stimme mischten sich Angst und Zweifel.

»Ich denke schon.« Andrea hatte sich eine Lupenbrille angezogen und begann mit der Arbeit. Erst einmal wurde die Hand betäubt, dann säuberte Andrea die Wundränder und suchte dann mit einer dünnen Pinzette nach dem Nervenstrang, der die Dicke einer Stricknadel besaß.

Sie fixierte ihn, damit er nicht wieder im Wundgebiet

versinken konnte. Dann nähte sie die verletzte Arterie mit einem dünnen Seidenfaden zusammen und ebenso den Nervenstrang. Sie war hochkonzentriert, aber nicht nervös. Vor vielen Jahren, in den USA, hatte sie eine Zusatzausbildung als Mikrochirurgin gemacht und war in dieser Technik sehr erfolgreich gewesen.

»Schneller, Liv«, sagte sie jetzt. »Mach mir das OP-Feld frei, ich seh nicht genug.« Es galt, zügig zu arbeiten, da die Hand nicht allzu lange abgebunden bleiben durfte, denn sonst drohten Lähmungserscheinungen.

Die Finger der jungen Studentin zitterten leicht, als sie die Wunde säuberte.

»Die Vene ist unverletzt«, stellte Andrea fest. »Mal sehen, ob die Nähte an der Arterie und am Nerv dicht sind, sonst muss er doch noch rüber in die Klinik und dort operiert werden.« Vorsichtig lockerte sie den Gummischlauch.

»Es kommt kein Blut!« Liv sah entsetzt auf die Hand, die rotbraun von der Desinfektionslösung war, aber immer noch nicht durchblutet wurde.

»Sekunde noch. Vielleicht war die Ader ein bisschen gequetscht. Und außerdem braucht das Blut eine Weile, bis es vom Arm in die einzelnen Finger kommt.« Kurz sah sie in Chris' blasses Gesicht. »Sein Blutdruck ist infolge des Schocks sicher auch im Keller. Dagegen tun wir gleich was.«

»Da … das Blut fließt wieder.« Livs Augen füllten sich mit Tränen.

»Na also.« Andrea lächelte unter dem Mundschutz. »Dann kriegt er jetzt noch rasch etwas für den Kreislauf.« Sie spritzte Chris ein schnell wirkendes Mittel und sah erleichtert, dass sich seine Gesichtsfarbe belebte. »Hei, Chris, bist ja ein Musterpatient.«

Als er sich aufrichten wollte, drückte sie ihn energisch zurück. »Nichts da, mein Lieber, du bleibst erst mal hier liegen. Ich mache dir im Nebentrakt eines der Betten zurecht, da bleibst du heute und morgen.« Schon Johan Ecklund hatte zwei kleine Zimmer für Patienten, die eine oder zwei Nächte im Doktorhaus bleiben mussten, bereitgehalten. Andrea hatte daran nichts geändert, obwohl die meisten Patienten nach der Erstversorgung ins Krankenhaus überstellt wurden.

»Es ist Mittsommer«, sagte Chris leise. »Wir wollten doch feiern.«

»Das müsst ihr aufs nächste Jahr verschieben. Sei vernünftig, dieser Eingriff war keine Kleinigkeit. Für heute ist es nichts mit dem Johannisfeuer. Dafür wirst du einen voll funktionsfähigen Daumen behalten, das hoffe ich zumindest. Ist doch auch was wert, oder?«

»Ja klar. Danke, Doktor.«

»Es war mein Job«, sagte Andrea lächelnd. Insgeheim aber war sie ein wenig stolz darauf, ihre Fähigkeiten als Chirurgin wieder einmal unter Beweis stellen zu können. Als sie vor Jahren nach Norwegen gekommen war, hatte sie eine gutdotierte Anstellung in Bergen in einer großen Klinik in Aussicht gehabt. Doch dann hatte sie der Mann, dessentwegen sie Deutschland verlassen wollte, aufs gemeinste betrogen. Deprimiert hatte sie, einem ersten Impuls folgend, zurückreisen wollen, war dann aber doch geblieben. Hier auf den Lofoten hatte sie eine neue Aufgabe – und ein neues Glück gefunden.

Die Arbeit als niedergelassene Ärztin war interessant

und vielseitig. So, wie sie es heute wieder einmal erlebt hatte. Verletzte Nervenstränge zogen sich leicht zurück, wenn man sie nicht rasch fixierte. Zum Glück war die Schnittwunde an Chris' Hand nicht ganz so tief gewesen wie im ersten Moment befürchtet. Andrea war überzeugt, dass er schon in wenigen Wochen wieder mit der Hand arbeiten konnte.

Zunächst aber musste er Ruhe halten. Es war ganz normal, dass er ein paar Stunden tief und fest schlief.

»Lass ihn erst mal in Ruhe«, meinte Andrea, als Liv sich neben das Bett ihres Freundes setzte. »Und wenn er wach wird, sorg dafür, dass er den Arm so wenig wie möglich bewegt.«

»Ich pass schon auf.« Liv streckte die Hand nach Andrea aus. »Danke, dass du ihm so schnell geholfen hast. Das war fantastisch.« Sie biss sich auf die Lippen. »Ob ich so etwas auch mal können werde?«

»Aber sicher – wenn du dich entschließen solltest, Chirurgin zu werden. Aber noch hast du viel Zeit, dich für eine Fachrichtung zu entscheiden.«

»Die Chirurgie wäre schon reizvoll.« Liv sah wieder zu Chris hin. »Aber du hast recht, erst mal muss ich das Studium überhaupt zu Ende bringen.«

Bevor Andrea das kleine Krankenzimmer verließ, kontrollierte sie noch einmal den Blutdruck ihres Patienten. »Alles bestens«, sagte sie. »Ich geh jetzt mit Lars wieder rüber. Sollte irgendwas sein, dann ruf mich.«

Liv nickte. »Mach ich. Chris und ich werden dieses Jahr Mittsommer eben ganz allein hier feiern.«

Andrea lachte. »Vergiss nicht, dass er Rekonvaleszent ist. Allzu viel Aufregung solltet ihr vermeiden.«

Liv wurde rot. »Was du jetzt wieder denkst ...«

»Na, so alt bin ich nun auch noch nicht. Also – bis später. Ich schau noch mal rein, bevor wir rüber zum Feuer gehen.«

»Rosen. Und so ein üppiger Strauß! Da kann ich nicht mithalten.« Kristian sah hinüber zur Fensterbank, wo die Rosen, die Jacob am Morgen geschickt hatte, in einer hellgrünen Glasvase standen.

»Sei nicht eifersüchtig, das ist doch albern.« Andrea hob den Strauß bunter Sommerblumen, den ihr Kristian mitgebracht hatte, hoch und roch daran. »Sie sind wunderschön, danke.«

»Warum schickt dieser Jacob dir Rosen?«

Andrea zuckte mit den Schultern. »Er ist ein dankbarer Patient.«

»Mehr nicht?«

»Nein, mehr nicht.« Andrea zögerte, dann fügte sie ehrlich hinzu: »Ich gestehe, dass ich am Anfang unserer Bekanntschaft sehr von ihm fasziniert war. Er ist klug und charmant, und es war mir auch nicht unangenehm, dass er ein wenig mit mir geflirtet hat.« Sie legte die Blumen auf den Tisch, dann umarmte sie Kristian. »Ich liebe dich, du Dummkopf, dich allein.«

»Weiß dein Rosenkavalier das?«

»Keine Ahnung. Ich hab nicht mit ihm über uns gesprochen.«

»Das solltest du aber.« Er lachte leise, bevor er sie küsste. Dicht an ihren Lippen murmelte er: »Wenn er dir noch mal zu nahe kommt, fordere ich ihn zum Duell.«

»Lieber nicht.« Andrea wurde ernst. »Ich glaube nicht,

dass mit ihm gut Kirschen essen ist.« Sie zögerte, dann fuhr sie fort: »Ich kann es nicht genau definieren, aber je länger ich ihn kenne, umso unheimlicher ist er mir. Deshalb werde ich mich auch nicht mehr privat mit ihm treffen.«

»Aber er bleibt dein Patient, oder?«

»Natürlich! Es sei denn, er geht in Oslo zum Arzt. Dort lebt er ja in erster Linie. Hier hat er nur ein Ferienhaus.«

»Ich bin erleichtert!« Wieder lachte Kristian. »Dann muss ich ihn ja nicht auf Degen oder Pistolen fordern.«

»Nein, musst du nicht. Aber du musst gleich mit mir tanzen, sonst überleg ich es mir noch anders.« Sie wies zur Terrassentür. »Sieh nur, mein Sohn … er kann es kaum erwarten.«

Draußen vor der Tür stand Lars, strahlte übers ganze Gesicht und schwenkte seine Laterne hin und her.

»Dann sollten wir uns auf den Weg machen.« Kristian gab Andrea noch rasch einen innigen Kuss. »Hast du Essen vorbereitet, das wir mitnehmen können?«

»Dafür sorgt Birgit. Seit drei Tagen backt und kocht sie schon fürs große Fest.«

»Und der alte Doktor? Kommt er auch mit?«

»Aber ja doch! An so einem Abend darf er einfach nicht fehlen.«

Der Festplatz war schon gut gefüllt. Weithin leuchtete das Johannisfeuer. Und auch draußen auf dem Meer waren etliche, großzügig beleuchtete Boote unterwegs.

»Vom Wasser aus könnte man die Feuer, die entlang der ganzen Küste entfacht werden, besonders gut sehen.« Andreas Blick verlor sich in der Ferne. »Wir haben das mal gemacht, Magnus und ich. Wir sind mit einem kleinen Boot rausgefahren auf den Fjord und haben uns die Feuer angesehen.«

Kristian erwiderte nichts, er drückte nur ihre Hand ein wenig fester. Allzu oft sprach Andrea nicht von ihrem verstorbenen Mann, doch wenn sie es tat, gab es ihm stets einen kleinen Stich. Dabei wusste er, dass er auf den Toten nicht eifersüchtig sein durfte. Und doch ... er wünschte sich inbrünstig, dass Andrea ihn eines Tages auch so lieben könnte wie Magnus.

Als sie beim Feuer eintrafen, wurden sie mit großem Hallo begrüßt und bekamen gleich etwas zu trinken gereicht. An einer hohen Fahnenstange wehte die Nationalflagge.

Viele der Festbesucher trugen an diesem Tag die bunte Nationaltracht, die Bunad. Die Frauen sahen sehr apart aus mit ihren langen, dunklen Röcken und bestickten weißen Schürzen; darüber trugen sie weiße Blusen und rote Mieder. Eine Samenfamilie, die zufällig zu Besuch war, hatte ihre blauroten Kittel angezogen, die Frauen trugen dazu mit glitzernden Perlen bestickte Hauben und buntgemusterte Tücher.

Alle aßen und tranken in bester Laune, sie unterhielten sich mit den Nachbarn, die sich ausnahmslos an diesem Abend zusammengefunden hatten. Als drei Männer ihre Instrumente auspackten und zu spielen begannen, wurde sogar getanzt.

»Ein Walzer nur für dich und mich«, sagte Kristian, nachdem er mit dem ältesten der Musiker gesprochen hatte. »Darf ich bitten?«

Andrea lachte. »Jetzt bin ich gespannt!« Zu ihrem Erstaunen war Kristian ein ausgezeichneter Tänzer. »Du weißt zu überraschen«, murmelte sie dicht an seiner Wange.

»Nicht nur mit einem Walzer.« Er zog sie weg von den anderen Feiernden. »Komm mit.«

»Ich muss auf Lars aufpassen«, wandte sie ein.

»Das übernehmen Birgit und Johan. Ich hab schon mit ihnen gesprochen.« Zärtlich küsste er sie. »Diese Nacht gehört uns allein.«

Eng umschlungen gingen sie einen schmalen Pfad entlang bis zur Straße. Als sie sich einmal kurz umschaute, sah Andrea das großzügige Anwesen von Jacob linker Hand liegen. Das Haus war dunkel, alle Rollläden waren heruntergelassen. Nur die Lampen auf der hohen Mauer und die beiden dreiarmigen Laternen im Garten spendeten Licht.

»Den schmalen Weg hier hab ich schon in den ersten Tagen entdeckt«, sagte Kristian. »Er führt direkt zum Wasser.«

»Jetzt weiß ich, wohin du willst.« Andrea schmiegte sich noch enger an ihn.

Doch die Fischerhütte, in der sie vor Wochen Kristians Rucksack gefunden hatte, war verschlossen. In ihrem Windschatten stand ein Zelt, und darauf steuerte Kristian nun zu.

»Darf ich bitten – unser Schloss für diese Mittsommernacht.« Er zog den Reißverschluss auf, kroch kurz ins Zelt, holte eine Decke, eine Flasche Sekt und Gläser heraus. Die Decke legte er in den noch warmen Sand. »Setz dich, Prinzessin. Der Sekt kommt sofort.«

Lächelnd tranken sie sich zu, dann saßen sie eng aneinandergeschmiegt vor dem Zelt und sahen hinaus zum breiten Vestfjord, der die Lofoten vom Festland trennt. Im Wasser, normalerweise von tiefem Blauschwarz, spiegelte sich der Schein der tiefstehenden Sonne. Es war ein Farbenrausch aus Rotgold, das sich immer mehr ins Violett verfärbte, je weiter die Nacht fortschritt.

In geringer Entfernung vor ihnen schwammen auf dem ruhigen Wasser des Fjords zwei Reisiginseln vorüber, auf denen ebenfalls kleine Feuer brannten.

»Das ist die schönste Mittsommernacht, die ich je erlebt habe«, sagte Kristian. »Ich bin unendlich glücklich.«

Andrea erwiderte nichts, doch sie küsste Kristian mit einer Leidenschaft wie nie zuvor.

Alles um sie herum versank in diesem Strudel aus Zärtlichkeit und Verlangen. Es schien, als sei es ihre erste Liebesnacht, als wäre alles andere, was vorher gewesen war, ausgelöscht.

Wie schön das Leben doch ist, dachte Andrea. Sie blickte unter halbgeschlossenen Lidern hinaus auf den Fjord, wo ein paar hell erleuchtete Boote und in der Ferne zwei Fähren ihre Bahnen zogen.

»Was soll der Unsinn? Warum soll ein junger Klinikarzt dich während deines Urlaubs vertreten? Ich bin wieder topfit und kann ohne weiteres in meiner eigenen Praxis arbeiten!« Johan Ecklund war wütend wie lange nicht mehr.

Andrea schüttelte den Kopf. »Du weißt genau, dass das nicht stimmt.«

»Woher willst du wissen, wie ich mich fühle, hm?«

»Ich kenne deine Krankenakte, schon vergessen?« Andrea legte ihm die Hand auf den Arm. »Bitte, Johan, sei vernünftig und akzeptiere, dass Jan-Frederik meine Vertretung übernimmt. Du bist noch nicht lange aus der Klinik entlassen, musst dich dringend schonen.«

»Unsinn!«

Sie schüttelte den Kopf. »Das ist wahrhaftig kein Unsinn, und du weißt es im Grunde genommen auch. Du brauchst noch Ruhe, und die findest du nicht, wenn du in der Praxis arbeitest.«

»Erzählt mir doch nicht alle, was ich brauche und was ich nicht brauche.« Johan presste die Lippen zusammen und sah starr zum Fenster hinaus auf den Fjord.

Andrea verstärkte den Druck ihrer Hand. »Bitte, sei vernünftig.«

Sie machte eine kleine Atempause, sah ebenfalls hinaus aufs Wasser. »Aber wenn du unbedingt stur sein willst ... gut, dann werde ich eben nicht mit Kristian nach Grönland fliegen.«

»So weit kommt's noch!« Birgit stemmte die Hände in die Seiten. »Johan, reg dich ab und denk nach. Traust du dir wirklich zu, einen Patienten draußen auf den Schären zu besuchen? Oder eine kleine OP durchzuführen?« Ehe er sie daran hindern konnte, hob sie seine rechte Hand an. Die Finger zitterten leicht, und Johan entzog ihr die Hand mit einem harten Ruck.

»Lass den Unsinn«, knurrte er.

»Unsinn nennst du das? Ich nenne es Verantwortungsbewusstsein. Und ich will einfach nicht glauben, dass dir das abhandengekommen ist.«

Es war kein leichter Kampf, den der alte Arzt in den nächsten Minuten mit sich ausfocht. Fast vier Jahrzehnte lang hatte er die Praxis in Stamsund betrieben. Es war ihm schon schwergefallen, die meisten Patienten an Andrea Sandberg abzutreten. Doch er musste immer häufiger erkennen, dass ihm sein Alter und jetzt auch noch seine Krankheit Grenzen aufzeigten. Zudem war die deutsche Ärztin höchst kompetent und die Patienten sehr mit ihr zufrieden.

Johan selbst hatte seine Vorurteile ihr gegenüber schon lange aufgegeben und sie, vor allem aber den kleinen Lars, ins Herz geschlossen.

»Aber ich seh mir jeden Abend die Krankenakten an«, murmelte er.

»Mach das. Es würde mich beruhigen«, sagte Andrea lächelnd. »Die schweren Fälle müssen sowieso in die Klinik überwiesen werden. Jan-Frederik kann ja auch nur nachmittags kommen, morgens muss er in der Klinik im OP stehen, es war leider nicht anders zu organisieren.«

»Es wird schon alles klappen.« Birgit stellte frische Waffeln auf den Tisch. »Ich freu mich jedenfalls für dich, Andrea. Die Reise wird sicher fantastisch.«

»Kristian schwärmt von Grönland, er sagt, es sei das faszinierendste Land, das er je bereist hat. Und ich denke, er hat schon sehr viel von der Welt gesehen. Ich bin wirklich gespannt.«

Ihre Vorfreude trat dann allerdings eine Weile in den Hintergrund, als es hieß, von Lars Abschied zu nehmen. Es war das erste Mal, dass Andrea sich für längere Zeit von ihrem Kind trennte, und sie fühlte sich elend.

»Komm, die Fähre wartet nicht länger«, drängte Kristian. »Und wenn wir die verpassen, kriegen wir vielleicht auch den Flieger nicht.« Er wuschelte kurz durch Lars' Haar, was der Kleine mit einem kieksenden Lachen quittierte. Er mochte diesen großen Mann mit den dunklen Haaren, der so viele schöne Geschichten kannte. Wenn Kristian am Abend zu Besuch kam, erzählte er Lars die Abenteuer von kleinen Jungen, die mit Elfen tanzten, Trolle kannten und mit ihnen die tollsten Dinge erlebten. Er, der in seinen Büchern so geschliffen formulieren konnte, fand auch kindgerechte Worte, und er war froh, wenn Lars sich dann tief in die Kissen kuschelte und zufrieden einschlief.

»Bis bald, mein Großer.« Er zwickte Lars kurz in die Wange, dann nahm er Andrea am Arm.

»Ja, ich komm ja schon.« Andrea umarmte ihren Sohn noch einmal. »Mach's gut, mein Schatz. Und sei schön lieb bei Oma Birgit.«

»Hmm.«

»Wir machen uns eine tolle Zeit, was, mein Kleiner?« Birgit hob den Jungen auf den Arm.

»Ja. Bauen. Boot fahren. Und Tuchen backen.«

»Das machen wir alles.« Birgit lachte. »Und jetzt gib der Mama noch einen Abschiedskuss.«

Lars lachte glucksend und beugte sich vor, um Andrea einen feuchten Kuss zu geben. Dann winkte er ihr fröhlich nach, als sie zur Fähre ging.

»Sei nicht traurig, in zwei Wochen sind wir ja zurück.« Kristian nahm ihr eine Reisetasche ab, damit auch sie winken konnte.

»Es ist das erste Mal, dass wir für längere Zeit getrennt sind.« Andrea biss sich auf die Lippen, um die Tränen zu unterdrücken, die ihr in die Augen stiegen.

Dann aber, als die Fähre ablegte und die Menschen am Anlegesteg kleiner und kleiner wurden, stellte sich endlich

Vorfreude auf die abenteuerliche Reise ein. In Tromsø wollten sie eine Nacht bleiben und von dort aus dann über Island nach Kangerlussuaq fliegen.

Sie übernachteten in einem Businesshotel direkt am Flughafen. Es war funktionell eingerichtet, und kurz dachte Andrea daran, wie luxuriös ihre Unterkunft in Oslo gewesen war.

Doch den Gedanken schob sie rasch beiseite. Sie wollte jetzt nicht an ihren Trip mit Jacob in die norwegische Hauptstadt erinnert werden. Der Opernbesuch, auf den sie sich gefreut hatte und der so wundervoll gewesen war, hatte ja leider mit einem Missklang geendet.

Aber wahrscheinlich hatte es auch sein Gutes, dass ich auf diese Weise das andere Gesicht von Jacob kennengelernt habe, sagte sie sich. Vielleicht hätte ich mich sonst noch mehr von seinem Charme einwickeln lassen.

In Gedanken an die unschöne Szene tastete sie nach der roten Perlenkette, die sie während des Flugs umgelegt hatte. Auch wenn sie sich dagegen verwahrte, abergläubisch zu sein – Oles Worte gingen ihr nicht aus dem Sinn, daher versuchte sie, diesen Talisman stets bei sich zu tragen.

Als sie Tromsø am nächsten Tag verließen, regnete es leicht, doch der Flug über den Atlantik verlief ruhig, und als sie in Reykjavik, der Hauptstadt Islands, landeten, schien die Sonne.

»Weißt du, was der Name bedeutet?«, fragte Kristian.

»Keine Ahnung«, musste Andrea zugeben.

»Er bedeutet ›rauchende Bucht‹, und schon im 9. und 10. Jahrhundert haben norwegische und keltische Siedler dem Ort diesen Namen gegeben. Die dampfenden Geysire, die in der Umgebung so vielfältig wie nirgendwo sonst anzutreffen sind, haben wohl damals riesigen Eindruck hinterlassen.«

»Ich denke, das ist auch heute noch so.« Andrea sah ihn fragend an. »Haben wir noch Zeit, uns ein wenig umzusehen?«

»Den ganzen Tag über.«

»Aber der Flieger geht doch schon in drei Stunden!«

Kristian zog sie zärtlich an sich. »Überraschung! Wir haben einen Tag Zwischenstopp hier. Es wäre sündhaft, sich die Umgebung nicht anzusehen. Es gibt gigantische Wasserfälle, atemberaubende Landschaften und eben die vielen Geysire, die nirgendwo so eindrucksvoll sind wie hier.«

»Du warst schon mal auf Island?«

Kristian nickte. »Leider immer nur für wenige Tage. Das Land aus Feuer und Eis, wie man Island auch nennt, wäre es allerdings wert, genauer erkundet zu werden.«

»Einen Teil sehen wir uns heute ja wenigstens an.« Andrea hakte sich bei ihm ein. »Ich stelle fest, dass das Leben mit dir aufregender ist, als ich gedacht hatte.«

Er küsste sie zärtlich. »Glaub mir, ich bin noch für manche Überraschung gut«, sagte er dicht an ihrem Mund.

»Ich liebe Überraschungen!«

Vorsichtig richtete er sich auf, stützte sich auf den Ellbogen und sah zärtlich auf die Schlafende. Andreas Wangen waren rosig, und eine Haarsträhne hing ihr über die Wange, doch er wagte nicht, sie zur Seite zu schieben.

»Du bist wunderschön«, murmelte er.

»Hmmm.«

»Bist du wach?« Als er keine Antwort bekam, beugte er sich weiter vor und küsste erst sanft ihre Nasenspitze, dann die Lippen, die sich sofort öffneten.

Der Kuss dauerte eine süße kleine Ewigkeit, wurde intensiver, leidenschaftlicher. Vorsichtig streifte Kristian die Decke zur Seite, dann liebkosten seine Lippen sacht Andreas Brustwarzen, die sich gleich aufrichteten.

»So schön kann ein Tag beginnen«, murmelte sie und öffnete sich für Kristian.

Er gab keine Antwort, sondern konzentrierte sich ganz darauf, sie glücklich zu machen und langsam zum Höhepunkt zu bringen. Erst als sie nach einer Weile vor verhaltener Leidenschaft erschauerte, steigerte er seinen Rhythmus, und gemeinsam erreichten sie den Gipfel der Lust.

Bevor er sich neben sie gleiten ließ, strich Kristian sacht über Andreas Lippen, küsste ihre Augenlider und die immer noch heftig pulsierende Ader an ihrem Hals. Dann schlang er ein Bein um ihre Hüfte und schmiegte sich an sie.

»Ich könnte ewig so mit dir liegen bleiben.«

Andrea lachte leise. »So kommen wir aber nie nach Grönland.«

»Stimmt. Dann müssen wir wohl los.«

Als er sich aufrichtete, zuckte Andrea zusammen. Erst jetzt bemerkte sie das kleine sternförmige Muttermal auf seinem linken Oberschenkel.

»Was ist?«

»Das Muttermal ... Ich sehe es erst jetzt.« Andrea biss sich auf die Lippen. »Magnus hatte es, und Lars hat es auch. Genau an dieser Stelle.«

Kristian legte sich spontan die Hand auf den Oberschenkel. »Das wundert mich nicht. Alle aus meiner Familie hatten dieses Merkmal. Ich hab früher mit meiner Mutter und dem Großvater millimetergenau nachgemessen, ob es bei uns allen gleich groß ist.«

Andrea richtete sich auf und strich zart über den daumennagelgroßen Fleck. Für einen Moment verschleierte sich ihr Blick, sie dachte an Magnus, an die Zeit mit ihm, die so glücklich gewesen war …

»Komm, steh auf, wir müssen in zwei Stunden weiterfliegen.« Kristian streckte die Hand nach ihr aus, und Andrea ließ sich in seine Umarmung fallen. Es war tröstlich, ihn zu spüren, und die leichte Wehmut, die sie überfallen hatte, verflog rasch wieder. Sie freute sich auf die nächste große Etappe der Reise.

Im Flieger bekam sie einen Platz am Fenster, und so wie die meisten anderen Passagiere wartete Andrea gespannt darauf, dass die dunkle Wolkendecke sich lichtete und sie hinausschauen konnte.

Und dann, nach knapp zwei Stunden, riss der Himmel auf, und sie konnten das hellblau schimmernde Inlandeis Grönlands unter sich sehen. Es gab kaum jemanden im Flugzeug, der nicht aus dem Fenster schaute und die gigantischen Eismassen, die immer wieder von türkisblauen kleinen Wasserläufen aus Schmelzwasser durchzogen wurden, bewunderte.

»Das ist ja gigantisch!«

»Ja. Wir haben Glück, dass das Wetter so gut geworden ist, sonst wäre alles unter dichten Wolken verborgen geblieben.«

Es dauerte nicht lange, dann sahen sie unter sich eine

kleine Ansiedlung, die am Ende eines langen, breiten Fjords lag.

»Das ist Kangerlussuaq«, sagte ein junger Däne neben ihnen. »Die Siedlung war zu der Zeit, als die Amerikaner noch hier ihre Basis hatten, sehr belebt und größer als jetzt. Inzwischen ist Kangerlussuaq nur noch ein Transitflughafen, denn die meisten Reisenden zieht es ja doch in die Küstenstädte.«

»Und was ist das dort?« Gebannt sah Andrea aus dem Fenster.

Der Däne lachte. »Ein ganz besonderes Begrüßungskommando! Vier Moschusochsen. Sie kommen oft ganz nah ans Flughafengelände. Man hat es schon einzäunen müssen, damit die Riesentiere nicht übers Rollfeld laufen.«

»Gibt es viele davon?«, erkundigte sich Kristian.

»Beinahe zehntausend sind es inzwischen. Dabei waren es nur 27 einjährige Kälber, die man in den Sechzigerjahren hier ausgesetzt hat.« Er sah Andrea an. »Wenn Sie den Preis nicht scheuen, dann kaufen Sie sich eine Jacke aus Moschusochsenwolle. Die ist weicher und noch viel feiner als Kaschmir. Einige Inuit-Frauen verdienen sich mit solchen Strickwaren oder anderen Handarbeiten ein bisschen Geld.«

»Mal sehen, was sich ergibt.« Andrea lächelte ihm zu. »Was machen Sie hier auf Grönland?«

Der junge Mann zuckte mit den Schultern. »Was wohl? Ich hab einen Job als Mechaniker am Flughafen. Gerade komme ich aus dem Urlaub. Und ihr – macht ihr Ferien hier?« Er verfiel wieder in das vertrauliche Du, das in Skandinavien üblicher ist als das förmliche Sie.

»Ja, wir wollen nach Ilulissat.«

Der Däne nickte. »Ja, die Disko-Bucht lockt die meisten Touristen an. – Viel Spaß dann auf Grönland.« Er verließ noch vor ihnen das Flugzeug, und Andrea und Kristian konnten gleich darauf beobachten, dass er von einer jungen Inuk liebevoll in Empfang genommen wurde.

Auch sie wurden erwartet – Fridtjof Jensen stand am Ausgang des Flughafengebäudes.

»Meine Güte, ist es schön, dich mal wiederzusehen!« Die beiden Männer begrüßten sich laut und fröhlich, und Fridtjof reichte Andrea die Hand. »Ganz herzlich willkommen. Ich hoffe, du hast eine schöne Zeit hier bei uns.«

»Danke. Ich bin sehr gespannt auf alles.«

»Dann lasst uns gleich losfahren, damit ihr einen ersten Eindruck bekommt.« Er führte sie zu einem alten grauen Jeep, und Andrea grauste es bei der Vorstellung, länger als zwanzig Kilometer in diesem klapprigen Gefährt verbringen zu müssen. Doch zu ihrer Überraschung lenkte Fridtjof den Wagen über eine gutausgebaute Straße zum Hafen.

»Meine Güte, ich hätte nie gedacht, dass hier so viele Blumen blühen!« Andrea sah fasziniert aus dem Wagen. Entlang der Straße, aber auch auf den kleinen Hügeln ringsum blühte das pink-violette arktische Weidenröschen und weißes Wollgras.

»Die Gegend hier ist klimatisch geschützt, nicht mal im tiefsten Winter wird es kälter als minus 20 Grad. Deshalb halten sich auch einige Rentierherden hier gern auf. Es gibt reichlich zu fressen hier im Sommer, auch für Polarfüchse. Vielleicht sehen wir gleich noch ein paar. Gerade die Jungtiere, die jetzt noch fast schwarzes Fell haben, sind sehr neugierig und wagen sich nahe an die Menschen heran.«

Doch so eine Begegnung war ihnen nicht vergönnt. Andrea und Kristian staunten allerdings umso mehr, als Fridtjof den Jeep im Hafen parkte und auf ein schnittiges Boot wies. »So, hier könnt ihr erst mal euer Gepäck verstauen.«

»Wir fahren mit dem Boot?« Andrea sah fragend von Kristian zu Fridtjof.

Der blonde Däne lachte. »Das ist das einfachste Transportmittel. Viele Orte sind nur auf dem Wasserweg zu erreichen, die Straßen enden oft am Ende einer Siedlung.« Er sah sie forschend an. »Sag, bist du müde? Oder kann ich euch gleich hier noch ein besonders interessantes Naturschauspiel zeigen?«

Andrea schüttelte den Kopf. »Ich bin nicht müde. Im Gegenteil, es ist alles so aufregend hier ...« Mit leuchtenden Augen sah sie sich um.

Fridtjof schmunzelte. »Am Hafen gibt es nicht allzu viel zu sehen. Kommt mit, wir fahren zum Inlandeis. Weit ist es nicht, und auf dem Weg dorthin kann ich euch noch ein Flugzeugwrack, den nördlichsten Golfplatz der Welt und den *Sugar Loaf* zeigen. Von diesem Hügel hat man einen herrlichen Rundblick.«

»Und wieso heißt er *Sugar Loaf*?«, wollte Kristian wissen.

»Wenn er im Winter mit Schnee bedeckt ist, dann sieht er aus wie ein Kuchen mit Zuckerguss«, erklärte Fridtjof und half Andrea wieder in den Jeep. »Das Wetter ist herrlich, ich kann euch sogar den *Elvfossen* zeigen.«

In der nächsten Stunde kamen Andrea und Kristian aus dem Staunen nicht heraus. Die Landschaft veränderte sich von einer Viertelstunde zur nächsten. Während die beiden Männer das Flugzeugwrack bestaunten und sich überlegten, wie man auf dem sandigen Platz wohl Golf spielen konnte, sah sich Andrea um und entdeckte im Gras einen Schädelknochen.

»Was ist das wohl?« Vorsichtig hob sie das Skelettstück an.

»Nur ein Rentiergebiss«, lachte Fridtjof. »Davon gibt's hier sicher viele. Aber kommt weiter, noch ein paar Kilometer, dann kommt der *Elvfossen*, der wird euch noch mehr beeindrucken.«

Nach kurzer Weiterfahrt erreichten sie den Wasserfall. Etwa zehn Meter tief stürzte zementgraues Gletscherschmelzwasser durch eine enge Schlucht ins Tal hinunter.

»Die Wassermenge ändert sich mit den Jahreszeiten«, erklärte Fridtjof. »Jetzt, im Sommer, ist sie besonders groß, das kann schon mal zu verheerenden Überschwemmungen führen.«

Fasziniert sahen sie auf die tosenden Wassermassen, die ihre steingraue Farbe von den Sedimenten erhielten, die aus dem Inlandeis ausgeschwemmt wurden.

»Gigantisch«, murmelte Andrea und konnte sich an dem Naturschauspiel nicht sattsehen.

Fridtjof schaute kurz auf die Uhr und nahm ihren Arm. »Ja, Grönland ist ein Land voller Naturwunder. Aber jetzt kommt weiter, sonst wird es zu spät.«

Die Fahrt ging weiter über eine Straße, die inzwischen nur noch eine ausgewaschene Schotterpiste war. Und dann endlich hielten sie vor der Abbruchkante des Russel-Gletschers! Das mächtige Eis schimmerte in allen Blautönen, je nachdem, wie die Sonne einfiel. Mal war es silbrig, dann türkisblau bis hin zu hellem Graublau. Hoch ragten einige Zacken auf, wie Bergspitzen wirkten die bizarren Eisformationen.

Kristian legte den Arm um Andrea, und schweigend, beinahe andächtig sahen sie zu der sechzig Meter hoch aufragenden Abbruchkante hinüber.

»Von dieser Eiswand bricht immer wieder mal ein Brocken ab«, erklärte Fridtjof. »Man muss schon vorsichtig sein und sollte nicht allzu nah herangehen.«

»Sieh nur, es bilden sich richtige kleine Bäche!« Andrea wies nach links, wo zwischen dem Eis hellblaues Schmelzwasser herausströmte. »So etwas Beeindruckendes wie diese Eislandschaft habe ich noch nie gesehen.« Begeistert sah sie zu dem Dänen auf, der sie um einen Kopf überragte.

Fridtjof lächelte. »Du hast hier gerade mal einen Vorgeschmack von Grönland erhalten. Was meinst du, wenn wir erst einmal in der Disko-Bucht sind. Diese Skulpturen, die das Wasser dort bei Tauwetter aus den riesigen Eisblöcken formt, faszinieren mich auch nach Jahren hier im Land immer noch.«

»Können wir ein bisschen näher rangehen?«, fragte Kristian.

»Man könnte schon, aber heute haben wir einfach keine Zeit mehr. Wir müssen los, sonst kommen wir zu spät in Sisimiut an.«

»Aber es bleibt ja lange hell, oder?«, warf Kristian ein.

»Das schon. Etwa so lange wie in Nordnorwegen, wir

sind hier ja schon fast am Polarkreis. Aber das Hotelrestaurant schließt um 23 Uhr, und ehrlich gestanden hab ich Hunger. Ihr nicht?«

Erst jetzt wurde Andrea bewusst, dass sie seit dem Morgen nichts mehr gegessen hatte. Den Snack im Flugzeug hatte sie Kristian überlassen, da sie keinen Appetit verspürt hatte. »Erinnere mich nicht dran!«, sagte sie lachend. »Jetzt, wo du es sagst, rührt sich mein Magen.«

»Dann kommt, wir fahren zurück zum Hafen. Auf dem Boot hab ich ein paar Sandwiches im Kühlschrank, das reicht sicher fürs Erste.«

Die Fahrt durch den 200 Kilometer langen Kangerlussuaq-Fjord war dann noch mal ein Erlebnis für sich. Andrea und Kristian saßen eng aneinandergeschmiegt am Bug.

»Und – glücklich?« Kristian gab Andrea einen zärtlichen Kuss.

»Sehr glücklich. Und total fasziniert.« Mit leuchtenden Augen sah sich Andrea um. »Ich bin gespannt, was uns in Sisimiut erwartet. Ich hab gelesen, dass es die zweitgrößte Stadt Grönlands ist.«

»Ja, und es gibt dort ein Hotel, in dem jetzt, im Sommer, fast jeden Abend getanzt wird.« Kristian lachte. »Ich hab es extra nachgelesen und heimlich Polka geübt.«

»Polka?«

»Ja, das ist der Nationaltanz der Grönländer. Ich hoffe, du bist fit darin, denn während der Zeit der Mitternachtssonne wird nicht geschlafen, sondern gefeiert und getanzt.«

»Dass du so vergnügungssüchtig bist, hab ich gar nicht gewusst«, lachte Andrea.

»Ich auch nicht. Aber seit ich dich kenne, ist mein Leben wie neu …« Seine Lippen suchten ihren Mund, und für eine Weile war die Schönheit des Fjords eher nebensächlich.

12

»Verdammt, Kristian, wo steckst du? Melde dich endlich bei mir! Ich hab keine Lust, immerzu auf deine Mailbox zu quatschen!« Wütend warf Agneta das Mobiltelefon neben sich auf das weit ausladende schwarze Ledersofa, ehe sie sich mit einem Ruck in die drei roten Seidenkissen zurückfallen ließ, die farblich exakt zu ihrem Lippenstift passten.

»Mistkerl«, murmelte sie und steckte sich eine Zigarette an. Es war mindestens die zehnte an diesem Abend, obwohl sie eigentlich seit Monaten nicht mehr rauchte. Doch in solchen Situationen wie dieser, wo sie sich vor Wut und Enttäuschung kaum noch zu helfen wusste, brauchte sie etwas zum Abreagieren.

Als das Telefon melodisch klingelte, richtete sie sich mit einem Ruck auf. »Na endlich! Wurde auch Zeit, dass du dich meldest.«

»Hallo, Schönheit! So eine Begrüßung hatte ich nicht erwartet. Es ist noch gar nicht lange her, da hast du mich eiskalt abserviert und erklärt, ich solle zum Teufel gehen.« Ein dunkles, kehliges Lachen folgte. »Der wollte mich aber nicht, da hab ich gedacht, ich versuch's noch mal bei dir.«

»Roger …« Agneta, für einen Moment verwirrt, biss sich auf die Lippen. »Was willst du?«

»Na, was wohl?« Wieder lachte er leise. »Dich.«

Agneta schwieg, doch ein Fünkchen Interesse glomm in ihren nachtschwarzen Augen auf. Roger war ein Flirt gewesen, ein nettes Spielzeug, von dem sie sich leichten Herzens getrennt hatte, als sie seiner überdrüssig geworden war. Doch heute … heute könnte sie seine Gesellschaft ganz gut gebrauchen. Er hatte Vorzüge, die sie ablenkten.

»Wo steckst du?«

»Ganz in deiner Nähe. Ich hab auch was für dich.«

»Ach ja?«

»Ein Geschenk. Ein besonderes Geschenk. Es wird dir gefallen.« Wieder dieses kehlige Lachen, das Agneta eine wohlige Gänsehaut verursachte.

»Dann komm her.«

»Na also«, murmelte Roger grinsend, nachdem er das Gespräch beendet hatte. »Ich weiß doch genau, was Frauen wie du brauchen, Agneta-Schatz. Du brauchst Sex and Drugs und ich dein Geld.«

Schon zehn Minuten später stand er vor dem eleganten Gebäude im Herzen Stockholms. Roger sah sich kurz in der mit graurotem Marmor verkleideten Eingangshalle um und lächelte mokant. So zu wohnen würde er sich nie leisten können, da mochte er noch so intensiv seinen Geschäften nachgehen.

Er tastete noch einmal seine helle Lederjacke ab, bevor er an der Tür zum eleganten Penthouse der Verlegerin läutete.

»Roger, komm rein.« Agneta hatte sich rasch umgezogen und trug eine weite schwarze Hose, dazu eine schwarze Chiffonbluse, die mehr zeigte als verhüllte.

»Schönheit!« Mit einem Ruck zog Roger sie an sich und küsste sie. »Ich hab dich vermisst.«

»Was du nicht sagst.« Agneta löste sich aus seiner Umarmung und ging voraus in den Wohnraum, dessen hohe Fenster einen wundervollen Ausblick boten. »Ein Drink?«

»Champagner wäre nicht schlecht.« Roger griff in die linke Seitentasche und holte eine Dose Kaviar heraus. »Eis hast du doch sicher im Haus.«

»Oh là là, sogar Beluga! Das lass ich mir gefallen.« Agneta ging dicht an ihm vorbei in die chromglänzende Küche. »Hast du deine alten Kontakte wieder aufleben lassen?«

»Ja.« Roger grinste. »Und ich hab noch was.« Er trat dicht hinter Agneta und griff nach ihrem Busen, den er sanft knetete. »Aber das gibt's erst später. Hast du mich vermisst?«

Agneta bog den Kopf zurück. »Hin und wieder.«

Er lachte und hob sie mit einem Ruck hoch. »Na warte, ich zeig dir, was dir in den letzten Wochen entgangen ist!«

Agnetas Schlafzimmer war, so wie die Möbel im Wohnbereich, ganz in Schwarz und Weiß gehalten. Nur die kleinen, im Deckenbereich eingelassenen Lampen spendeten warmes Licht und milderten die Kühle, die der Raum ausstrahlte.

Roger legte Agneta auf das mit schwarzer Seidenwäsche bezogene Bett und schob ihre Bluse hoch. Jeden Zentimeter Haut küsste er, und in seinen Augen blitzte es siegessicher auf, als sich Agneta lustvoll unter ihm zu winden begann.

Später tranken sie Champagner, und Roger ließ zwei kleine blaue Kugeln in Agnetas Glas fallen.

Er selbst schluckte nur eine, er wollte die Situation im Griff behalten, doch es war angenehm, sich ein bisschen anzuturnen und Agnetas Schärfe noch intensiver zu genießen.

»Kaviar gefällig?« Nackt ging er in die Küche, öffnete die kleine Dose mit dem kostbaren Rogen und leerte den Inhalt in eine Kristallschale, die er auf Eis legte.

»Madame, es ist serviert.« Mit einer übertriebenen Verbeugung stellte er alles auf dem gläsernen Nachttisch ab. »Hast du Appetit bekommen?«

»Ja.« Agneta trank ihr Glas in einem Zug leer. »Auf Kaviar, Champagner – und auf dich.« Sie zog ihn zu sich, und diesmal begann sie, ihn zu verwöhnen. Doch rasch wurden aus ihren zärtlichen Liebkosungen leidenschaftliche Küsse. Sie zerrte sich die Bluse, die sie immer noch trug, mit fiebriger Ungeduld über den Kopf und setzte sich rittlings auf Roger.

Später lagen sie schwer atmend und völlig erschöpft nebeneinander. Rogers Hand ruhte auf Agnetas Brust, die sich unter ihren tiefen Atemzügen hob und senkte.

»Dieses Zeug war besser als Koks«, murmelte Agneta nach einer Weile.

»Weiß ich doch. Für dich nur das Beste, Schönheit.«

»Lass mir ein paar Pillen da. Oder, noch besser, ein paar Tüten Crystal.« Agneta schob seine Hand fort und stand auf, um eine weitere Flasche Champagner zu holen.

Roger sah ihr nach. Sie war immer noch eine sehr schöne Frau mit einer klasse Figur. Und sie war ebenso geil wie reich – eine Kombination, die er auszunutzen gedachte!

»Das waren meine letzten«, log er. »Sorry, aber ich hab

ja nicht ahnen können, dass du das Zeug regelmäßig konsumierst!«

»Tu ich auch nicht.« Agneta kniete sich neben ihn und begann, ihn leicht zu massieren, dabei ließ sie ihn nicht aus den Augen. »Es ist einfach nur ein tolles Gefühl, sich so stark und zugleich ganz leicht zu fühlen.«

»Sei vorsichtig mit dem Zeug, man wird schneller abhängig, als man denkt.« Roger nahm ihre Hand und hielt sie fest. »Wenn du erst mal auf Droge bist, ist es aus und vorbei mit diesem Leben hier.« Er machte eine weit ausholende Handbewegung.

»Sag mir nicht, was ich zu tun habe. Gerade du nicht!« Agneta zog ihre Hand zurück und wollte aufstehen, doch Roger hielt sie fest.

»Ich mag dich«, murmelte er, griff in ihre dunkle Haarfülle und bog ihren Kopf zurück. »Verdammt, ich mag dich so sehr, dass ich sogar auf ein dickes Geschäft verzichte.« Er drückte sie auf die Seidenlaken zurück, spreizte ihre Beine und drang so schnell in sie ein, dass Agneta sich nicht mehr wehren konnte.

Nur kurz blieb sie still und reglos unter ihm liegen, dann passte sie sich seinem Rhythmus an und genoss Rogers Jugend, seine Leidenschaft und Ausdauer. Sex war eben fast so gut wie Kokain oder irgendeine andere Partydroge!

Andrea erwachte von durchdringendem Hundegebell. Es dauerte ein paar Sekunden, bis sie sich orientiert hatte. Ihr wurde erst klar, wo sie sich befand, als Kristian noch schlaftrunken murmelte: »Um Himmels willen, die heulen ja schlimmer als ein Rudel sibirischer Wölfe.«

»Sicher kriegen sie gerade ihr Frühstück.« Andrea richtete sich auf. »Das hätte ich jetzt auch gern.«

»Sollst du haben.« Kristian, jetzt ganz wach, umfasste ihre Taille und zog sie an sich. »Madame ... vor dem Kaffee noch ein bisschen Sex?«

»Du bist unersättlich.« Andrea schloss die Augen und gab sich eine Weile seinen Zärtlichkeiten hin. Am vergangenen Abend waren sie mit Fridtjofs Boot in Sisimiut angekommen. Der Hafen war geschickt gegliedert in einen modernen Atlantikhafen, wo Containerschiffe und Kreuzfahrtschiffe ankerten, und einen kleineren Naturhafen, der den kleineren Fischerbooten, Krabbenkuttern und privaten Booten vorbehalten war.

»Sisimiut ist nicht nur die zweitgrößte Stadt Grönlands, sondern auch die reichste«, erläuterte Fridtjof. »Die Krabbenfischerei floriert, ihr werdet morgen jede Menge Fabriken sehen, die die Fänge verarbeiten. Aber es gibt auch eine Universität hier und demzufolge viele junge Leute.«

»Wir sind jetzt schon nördlich des Polarkreises, nicht wahr?«, wollte Kristian wissen.

»Richtig. Trotzdem ist der Hafen das ganze Jahr hindurch eisfrei, was schon in den vergangenen Jahrhunderten die Walfänger zu schätzen wussten.« Er wies nach links. »Morgen zeige ich euch ein paar Sehenswürdigkeiten, wenn ihr wollt. Andrea interessiert sich sicher für die hiesigen Künstler, die sich hier am Hafen in ehemaligen Lagerhallen zusammengetan haben und die tollsten Dinge, aber auch traditionelles Kunsthandwerk herstellen.«

»Klar! Ich möchte mich gern in der ganzen Stadt umsehen, wenn die Zeit ausreicht.«

»Das ist selbstverständlich. Aber jetzt gehen wir erst mal rüber ins Seemannsheim.« Er grinste, als Andrea und Kristian sich wie erwartet etwas ungläubig ansahen. »Keine Sorge, so nennen wir das Hotel zwar immer noch, doch es ist inzwischen eine recht komfortabel ausgestattete Hotelanlage, in der man auch gut essen kann.«

Auch das Frühstück, zu dem sie sich gegen neun Uhr trafen, war hervorragend, und so gestärkt begannen sie ihren Rundgang durch den Ort.

»Meine Güte, so viele Hunde ... Müssen die wirklich an der Kette liegen?«

Fridtjof nickte. »Das muss so sein. Es sei denn, ihre Besitzer bringen sie mit einem Boot auf eine der kleinen unbewohnten Inseln.«

»Auch nicht tierfreundlich«, murmelte Andrea.

Der große Däne schüttelte den Kopf. »Das sind eben keine Schmusehunde, sondern Arbeitstiere, die im Winter vor den Schlitten gespannt werden. Es ist euch sicher aufgefallen, dass es in Kangerlussuaq keine Hunde gab. Die sind erst oberhalb des Polarkreises erlaubt.« Er wies auf drei Jungtiere, die im Gras spielten. Fünf erwachsene Hunde lagen angekettet auf den glatten Steinen und sonnten sich.

»Die Grönlandhunde unterscheiden sich in einigen Merkmalen von den Huskys, die ihr sicher kennt. Sie haben dunkle Augen, sind etwas kleiner und, wenn ihr mich fragt, wilder. Es ist nicht ratsam, sich einem angeleinten alten Hund zu nähern. Es sind in gewisser Weise noch Wildtiere, die nur ihren Herrn akzeptieren. Die Welpen hingegen kann man ruhig anfassen, die sind wie Schoßhündchen.«

Davon konnten sie sich wenig später überzeugen, denn vor vielen der bunten Häuser hockten Inuit-Kinder und spielten mit den Welpen, kritisch beäugt von den Hundemüttern, die angeleint darauf warteten, dass ihre Jungen zu ihnen zurückkamen.

Die Sonne, die sich am Morgen noch hinter einer Wolkendecke versteckt hatte, stand inzwischen im Zenit. Es war so warm, dass Andrea ihren Pullover auszog und ihn sich um die Taille band.

»Ihr habt Riesenglück«, sagte Fridtjof, »es soll noch tagelang schön bleiben. Das garantiert euch in der Disko-Bucht jede Menge Eisberge.«

»Bei der Wärme kalben sie wahrscheinlich besonders häufig«, warf Kristian ein.

»Stimmt. Und das ist nicht ganz ungefährlich. Aber keine Sorge, ich kenn mich inzwischen gut aus und weiß, wie man sich zu verhalten hat.«

Andrea blieb stehen. »Wartet mal, ich muss noch ein paar Fotos von den Hunden machen. Lars wird begeistert sein und sicher fragen, warum ich ihm keinen Hund mitgebracht habe.«

»Das ginge gar nicht. Wie gesagt – man darf Grönlandhunde nur nördlich des Polarkreises halten. Wollen wir uns jetzt die Kirche ansehen?«

Sie mussten nur knapp fünf Minuten gehen, dann standen sie vor der kleinen, blau angestrichenen Holzkirche. Nur die oberste Turmspitze erstrahlte in hellem Rot. Andrea betrachtete vor der Kirche fasziniert einen Spitzbogen aus den Kieferknochen eines Wals.

»So bekommt man zumindest einen Eindruck von der Größe der Tiere.« Kristian hob seinen Fotoapparat vor die

Augen. »Stell dich mal drunter«, forderte er Andrea auf, die lachend gehorchte.

Der ganze Tag war ausgefüllt mit Sightseeing, und Andreas Begeisterung wuchs stetig, vor allem, als sie in einem kleinen Geschäft, in dem sie eine alte Inuit-Frau bediente, auch noch eine Mütze aus Moschusochsen-Wolle für Lars fand.

»Die ist perfekt«, sagte sie und schlenderte zu einer Glastheke hinüber, in der Kunstschnitzereien aus Walfischzähnen und bunte Perlenbänder ausgestellt waren. Wie absichtslos tastete sie dabei nach ihrer roten Kette, die sie zu einem weißen Baumwollpulli trug.

Die Verkäuferin, die überraschenderweise ganz gut Englisch sprach, sah sie ernst an und nickte. »Gut, dass du das trägst«, sagte sie. »Es wird dich schützen.« Sie hob die Hand. »Lass mich mal sehen bitte.«

Andrea wollte die Kette abnehmen, doch die Alte schüttelte den Kopf. »Lass sie nur an. Ich will bloß schauen, was sie alles eingearbeitet hat.« Vorsichtig glitten ihre abgearbeiteten Finger über die Muscheln, Fischzähne und Perlen. Dann nickte sie. »Eine mächtige Freundin hast du. Freu dich, du wirst glücklich werden.«

»Danke«, murmelte Andrea. Sie war irritiert. Was wusste diese alte Grönländerin von Berit?

»Komm her und schau dir an, was meine Enkelin macht.«

Behutsam nahm die Verkäuferin, die die Tracht ihres Volkes trug, ihren Arm und zog sie in den hinteren Teil des Verkaufsraums. Dort saß ein etwa zwölf Jahre altes Mädchen vor einem schmalen Tisch, auf dem bunte Perlen ausgebreitet waren.

»Meine Enkelin ist gelähmt«, sagte die Alte. »Aber sie hilft mir sehr.« Liebevoll strich sie dem Kind übers Haar. »Sie macht die schönsten Dinge. Schau her.« Kurz sah sie Andrea an, dann zog sie unter dem Tisch ein mit Perlen besticktes rotes Käppchen hervor. »Nimm es mit. Es wird dem kleinen Mädchen gut stehen.«

Für einen Moment war Andrea irritiert. Ich hab kein kleines Mädchen, wollte sie schon sagen, dann aber nickte sie. »Mein Patenkind heißt Ellen. Sie wird sich freuen.«

»Sie ist außer Gefahr, nicht wahr?« Fragend sah die Alte sie an.

»Woher weißt du …«

Ein leichtes Schulterzucken, ein vages Lächeln. »Ich hab es gesehen. So, wie ich gesehen habe, dass du kommen wirst.« Sie wies auf das Mädchen, das in einem primitiven Rollstuhl saß. »Sie will dir etwas schenken.«

Das Mädchen nickte und reichte Andrea mit bezauberndem Lächeln eine kleine Eisbären-Figur, die sie mit Perlen bestickt hatte. »Für deinen Sohn.«

»Danke. Das ist sehr lieb von dir.« Verzweifelt überlegte Andrea, wie sie sich für das Geschenk bedanken könnte.

Kristian trat neben sie. »Ich glaube, dein Tuch gefällt ihr«, raunte er. »Sie sieht es schon die ganze Zeit an.«

»Meinst du wirklich?«

»Ich denke schon.«

Andrea hob ihre Tasche an und nestelte das dünne Baumwolltuch ab, das sie gerade noch lässig um die Henkel geschlungen hatte, weil es ihr zu warm geworden war. »Magst du das haben?«

»Yes. Thank you.« Die dunklen Augen strahlten, und

lächelnd band sich das Mädchen das rosafarbene Tuch, auf das kleine blaue Sterne gedruckt waren, um den Hals.

»Danke.« Die alte Inuit-Frau brachte ihre Kunden zur Tür. »Du hast meine Kim sehr glücklich gemacht.«

»Sie hieß auch Kim.« Andrea sah zurück auf die bunten Häuser von Sisimiut, die immer kleiner wurden. Das Boot hatte den Hafen verlassen, und sie stand, dicht an Kristian gelehnt, an der Reling und schaute zurück. »Das ist mehr als ein Zufall, nicht wahr?«

Kristian zuckte mit den Schultern. »Ich weiß nicht … es gibt sicher viele Mädchen heutzutage, die Kim heißen. Aber inzwischen glaube ich schon auch, dass die Spiritualität und Naturverbundenheit bei den Samen und Inuit ihnen tiefe Einblicke in die Schicksale und in die Psyche der Menschen erlauben.«

»Also sollten wir ihnen glauben, wenn sie uns warnen – oder uns einen Talisman mit auf die Reise geben.«

Ein Schiff der Hurtigruten, die eistaugliche *Fram*, kam ihnen entgegen und stieß ein Begrüßungssignal für die Hafenmeisterei in Sisimiut aus. Beinahe hätte Kristian das Klingeln seines Handys nicht gehört.

»Agneta, nicht schon wieder«, murmelte er und meldete sich mit einem nicht allzu freundlichen: »Ja, Agneta, was gibt's denn?«

»Wo steckst du, zum Teufel? Warum meldest du dich nicht bei mir? Es ist dringend!«

Kristian biss sich kurz auf die Lippen. »Ich bin auf Recherchereise, Agneta.«

»Wo?«

»Auf Grönland.«

»Was? Bist du irre?« Die Frauenstimme überschlug sich. »Ich bin schon auf dem Flughafen in Stockholm! Ich wollte zu dir! Es gibt so viel zu besprechen!«

»Das hat noch Zeit.«

»Hat es nicht! In vier Tagen hast du einen Fernsehauftritt! In einer der wichtigsten Talkshows Schwedens. Da kannst du dein neues Buch perfekt promoten. Na, was sagst du?«

»Dass ich dann nicht da bin. Sag ab, Agneta. Und frag mich demnächst, ob ich so etwas überhaupt machen will. Bis dann.« Ohne auf eine Antwort zu warten, beendete er das Gespräch.

Andrea rückte einen halben Schritt von ihm ab. »Sie ist hartnäckig.«

»Mag sein, aber es nützt ihr nichts. Es gibt keine Gemeinsamkeiten mehr zwischen uns, glaub mir.«

»Tu ich ja.« Andrea sah angestrengt über die silbern schimmernde Wasserfläche.

Fridtjof hatte, nachdem sie den Hafen verlassen hatten, die Geschwindigkeit erhöht, jetzt fuhren sie mit voller Kraft gen Norden. Wenn das Wetter mitspielte und es so schön blieb wie im Moment, würden sie am Abend in Ilulissat eintreffen. Etwas von der Vorfreude, die Andrea eben noch empfunden hatte, war geschwunden.

Du bist albern, schalt sie sich. Es gibt doch wahrhaftig keinen Grund mehr, eifersüchtig zu sein! Kristian liebt dich! Nur dich!

Ich liebe ihn auch, antwortete sie der inneren Stimme. Mehr, als ich es je für möglich gehalten hätte. Nach Magnus' Tod war ich wie erstarrt und dachte, dass ich mich nie, nie mehr so verlieben könnte wie in meinen Mann.

Aber dann kam Kristian. Er ist Magnus sehr ähnlich und doch ganz anders. Er ist ernster, zurückhaltender. Die Lebensfreude, die alle Menschen so für Magnus eingenommen hat, fehlt ihm. Aber er ist charmant und klug, er hat einen feinen Humor, wir können zusammen lachen und haben viele gemeinsame Interessen ... Ja, es gibt eigentlich mehr, was mich mit ihm verbindet als damals mit Magnus.

Sie schloss die Augen und versuchte sich Magnus' Gesicht vorzustellen. Magnus, wie er lachte, wie er sie voller Zärtlichkeit ansah, wenn sie sich liebten ...

Es fiel ihr schwer, sich dieses Bild vor Augen zu rufen, immer wieder schob sich Kristians Gesicht vor das von Magnus, und beide verschmolzen zu einem.

Und doch waren es immer die gleichen, sie liebevoll anblickenden Augen, der feingeschwungene Mund, der näher und näher kam.

Ja, es waren Kristians Lippen, die sich auf ihre Lippen legten und sie erst zart, dann immer leidenschaftlicher küssten.

Der Fahrtwind wehte Andrea ein paar Haarsträhnen ins Gesicht, doch das störte sie nicht, denn sie genoss einfach nur Kristians Nähe. So standen sie eine Weile und schauten aufs Meer hinaus, das jetzt, wo sie sich weiter vom Land entfernten, immer unruhiger wurde. Doch das Boot war seetüchtig, und Fridtjof war ein erfahrener Bootsführer. Während der Fahrt machte er seine Gäste hin und wieder auf seltene Seevögel oder kleinere Wale, die sich zutraulich näherten, aufmerksam.

Und dann, am frühen Nachmittag, bemerkten sie endlich die ersten kleinen Eisberge, die übers Wasser trieben.

Andrea und Kristian schauten fasziniert auf diese bizarren Gebilde, die auf den Wellen tanzten.

Fridtjof grinste. »So geht es allen, die zum ersten Mal herkommen«, sagte er. »Schon die ersten kleinen Eiswürfelchen werden bestaunt und bewundert. Aber wartet noch eine Stunde, dann kommen wir zu den richtig großen Brocken!«

»Ich bin jetzt schon begeistert«, schwärmte Andrea.

Schon eine halbe Stunde später begriff sie, dass Fridtjof nicht zu viel versprochen hatte. Langsam trieben drei große, blauweiß schimmernde Eisberge an ihnen vorüber, und Andrea und Kristian bekamen eine Ahnung von der Größe und Gewalt dieser Eismassen, von denen laut Fridtjof nur ein Siebtel oberhalb der Wasserlinie zu sehen war.

»Morgen zeige ich euch Ilulissat, und später, wenn sich das Wetter hält, fahren wir dann rüber zum *Eqip Sermia*. Diese kilometerlange Gletscherfront kalbt unaufhörlich Eisberge, die dann gen Süden schwimmen, und das ständige Knacken und Knistern des Eises klingt ganz schön unheimlich.«

»Ist es nicht gefährlich, so nah heranzufahren?«, wollte Kristian wissen.

Fridtjof nickte. »Das stimmt schon, aber wir nehmen Miki mit, der ist einer der besten Gletscherexperten auf Grönland. Er ahnt immer schon im Voraus, wann ein besonders großes Stück abbricht, was dann tatsächlich manchmal haushohe Wellen verursacht. Aber mit ihm an Bord können wir auch in der Disko-Bucht sorglos herumfahren. Er ist hier aufgewachsen und begleitet uns dann auch zum *Sermeq Kujalleq*, das hab ich schon organisiert.«

»Was gibt es dort?« Andrea drehte nur kurz den Kopf in Fridtjofs Richtung, denn sie war wie verzaubert von den immer majestätischer anmutenden Eisbergen, die durch den Ilulissat-Fjord trieben.

»Der *Sermeq Kujalleq* ist einer der produktivsten Gletscher überhaupt, und das Eis, das ihr hier im Wasser seht, stammt mit Sicherheit von ihm. Diese ganze Region um Ilulissat wurde übrigens zum UNESCO-Weltnaturerbe erklärt.«

Andrea lehnte den Kopf an Kristians Schulter. »Es ist einmalig schön hier. Danke, dass du mich hierher mitgenommen hast.«

Der elegant gekleidete Mann mit dem hellen Haar und der breiten Hornbrille betrat das vierstöckige Gebäude durch einen dunklen Hintereingang. Er brauchte kein Licht, denn hier kannte er jeden Meter. Hier war er aufgewachsen, hier hatte er die ersten Geschäfte getätigt und die ersten Tausender verdient.

Inzwischen war das Haus kernsaniert und die drei Etagen aufs Raffinierteste eingerichtet worden. Die Bar, das Herzstück des Hauses, hatte sich als Treffpunkt der Schönen und Reichen der Hauptstadt etabliert.

Als er über einen Karton mit leeren Champagnerflaschen stolperte, stieß Jacob Stevensen einen unterdrückten Fluch aus.

Eine Tür wurde geöffnet, und ein untersetzter Mann im dunklen Anzug sah sich kurz um. »Wer ist da?«

»Ich, du Idiot. Sieh zu, dass der Müll hier verschwindet.«

»Chef ... ich ... Tut mir leid.«

»Halt's Maul. Und geh wieder an die Arbeit. Ich bin oben und will nicht gestört werden.« Jacob tastete nach der Brille. In seinen Bars und Nachtclubs kannte man ihn nur mit blonder Perücke und Brille, und Jacob hatte nicht vor, dies zu ändern. Seit Jahren tat er alles, damit sein Doppelleben nicht aufflog. Nur selten kam er noch in die diversen Etablissements, die ihm gehörten, und wenn, dann sprach er nur mit den leitenden Angestellten. Niemand, der in diesem Bereich für ihn arbeitete, wusste allerdings, wie er wirklich aussah – abgesehen von Boris. Und Boris gab es nicht mehr.

»Soll ich dir Nina schicken? Oder eine von den Neuen? Sie sind ganz gut inzwischen.«

»Nein.«

Jacob interessierte sich nicht für die Mädchen, die hier arbeiteten. Für ihre »Erziehung« waren andere zuständig; die Zeiten, als er sich noch selbst die Finger schmutzig gemacht hatte, waren lange vorbei. Und auch die langbeinige Nina, mit der er sich einige Male eingelassen hatte, um seine Tristesse zu vertreiben, konnte ihn nicht mehr reizen. Sicher, sie war außergewöhnlich schön und besaß ein paar Vorzüge, von denen die anderen Mädchen nur träumen konnten, doch all das langweilte ihn.

Seine Gedanken gingen zu Andrea. Die schöne Ärztin war die erste Frau, die echte Gefühle in ihm geweckt hatte. Erklären konnte er es nicht, doch immer häufiger sehnte er sich nach einem ruhigen, beschaulichen Leben mit ihr. Keine Verbrechen mehr, keine Aufregungen, nie mehr die Angst, doch noch entdeckt und zur Verantwortung gezogen zu werden.

Das Leben auf den Lofoten hatte ihn verändert.

Andrea hatte ihn verändert.

Wo steckte sie nur? Vor seinem Abflug nach Oslo war er im Doktorhaus gewesen, doch ein junger Arzt hatte dort Vertretung gemacht und Jacob auf seine Frage nach der Ärztin nur erklärt, dass Doktor Andrea Urlaub mache.

Es wird Zeit, dass ich mir den Ärger mit den Russen endgültig vom Hals schaffe, dachte Jacob. Das kostet alles viel zu viel Zeit. Zeit, die ich besser mit Andrea verbringen würde.

Wieder spürte er sein Herz. Der stechende Schmerz machte ihm bewusst, dass er nicht mehr der Jüngste – und auch nicht der Gesündeste war.

Ich sollte das ganze Geschäft aufgeben, sinnierte er, während er zu einem Safe an der Wand ging und die Kombination eingab. Geld hab ich inzwischen im Überfluss, mehr wahrscheinlich, als ich jemals ausgeben kann. Und das Risiko, doch noch erkannt und von der Polizei festgenommen zu werden, wächst von Woche zu Woche. Wenn Boris, dieser Idiot, korrekt gearbeitet hätte, sähe alles anders aus.

Mit einer knappen Bewegung schob er einige Bündel Geldscheine verschiedener Währungen zur Seite, nahm die Rolle mit schweren Goldstücken auf und steckte sich die Waffe, die im hinteren Teil des Safes lag, in den Hosenbund. Dann tastete er nach einem schmalen roten Etui und klappte es auf.

Ein kaltes Lächeln umspielte seinen Mund, als er auf das Armband sah, das rundum mit einkarätigen Brillanten besetzt war. Noch vor knapp zwei Jahren hatte das außergewöhnliche Schmuckstück Irina gehört.

Irina war ein bisschen wie Andrea gewesen: schön, intelligent, klug und charmant, liebenswert und ehrgeizig. Ihr Vater war ein hoher russischer Beamter in Sankt Petersburg gewesen, und Jacob hatte sich von dieser Verbindung viel versprochen. Denn so seriös sich Irinas Vater nach außen hin gab – er war korrupt und zu jedem illegalen Geschäft bereit gewesen. Mit seiner Hilfe waren die ersten minderjährigen Mädchen über die Grenze und in Bordelle geschafft worden. Fast zweieinhalb Jahre lang hatten sie perfekt zusammengearbeitet.

Es hatte nicht lange gedauert, dann waren Irina und Jacob sich nähergekommen. Ein böses Lächeln glitt um Jacobs Lippen, als er sich daran erinnerte, dass Irina im Bett alles andere als damenhaft zurückhaltend gewesen war. Ihre Leidenschaft, ihre Unersättlichkeit hatten ihn gefangen genommen. Er war bereit gewesen, alles für sie zu tun.

Und dann hatte er die schöne Irina eines Tages mit einem gutaussehenden jungen Armenier, einem seiner ärgsten Konkurrenten, im Bett erwischt. Noch heute träumte er hin und wieder von ihrem entsetzten Blick, als er erst ihren Lover und dann sie erschossen hatte.

Nackt und mit einem Loch im Kopf hatte er sie auf den seidenen roten Laken liegen gelassen. Nur das Brillantarmband – das einzige, was sie getragen hatte – hatte er ihr vom Arm gerissen. Kurz danach hatte er mit derselben Waffe auch ihren Vater, seinen Geschäftspartner, vor dessen eigenem Haus liquidiert.

Ein bitteres Grinsen überzog sein Gesicht, als er sich daran erinnerte, dass diese Verbrechen bis heute unaufgeklärt waren. Das lag wohl daran, dass er den Behörden auf verschlungenen Wegen einiges an Beweismaterial gegen Irinas Vater zugespielt hatte. Man hatte es daraufhin wohl vorgezogen, diesen »Fall« nicht allzu intensiv zu verfolgen.

Er ließ das wertvolle Armband eine Weile zwischen seinen Fingern hin und her gleiten, dann legte er es in den Safe zurück. Nein, so etwas konnte er Andrea nicht schenken. Sie war nicht der Typ für ein solches Schmuckstück. Zu Andrea passte nichts Protziges. Eher schon ein schlichter Anhänger aus Platin, eventuell mit einem Aquamarin, so blau wie ihre Augen.

Jacob griff nach seinem schmalen Aktenkoffer, steckte die Geldbündel ein und verließ das Büro auf demselben Weg, wie er gekommen war.

Bei einem renommierten Juwelier kaufte er einen tropfenförmigen Aquamarin, der an einer schlichten Platinkette hing, dazu den passenden Ring.

Kurz überlegte er, ob er nicht doch das Flugzeug zurück zu den Lofoten nehmen sollte, schon häufiger hatte er sich einen Privatjet gechartert. Aber es war zu riskant, zu leicht könnte bei einer Kontrolle das Geld in seinem Koffer entdeckt werden. Klüger war es, ein Stück mit dem Auto zu fahren und dann mit einem Boot die restliche Strecke zurückzulegen.

Noch zwei Tage blieb Jacob in Oslo, er traf sich mit einem Banker, einem Geschäftspartner aus der Industrie, zwei Politikern und einem Museumsdirektor, dem er im Beisein der Politiker eine größere Spende für seine Sammlung moderner Kunst überreichte.

Bevor er nach Norden aufbrach, rief er im Doktorhaus von Stamsund an und erkundigte sich nach Andrea.

»Frau Doktor ist noch in Urlaub«, erklärte ihm Birgit Ecklund. »Soll ich dich mit ihrem Vertreter verbinden?«

»Nein, nein, nicht nötig. Ich bin in spätestens einer Woche zurück, dann melde ich mich wieder.«

»Deine neue Heimat ist atemberaubend schön.« Kristian sah sich begeistert um. »Ich kann verstehen, dass du hier glücklich geworden bist.«

»Bin ich, das stimmt.« Fridtjof lächelte. »Der Job ist perfekt, und mit meiner Frau hab ich das große Los gezogen. Sie ist Lehrerin, deshalb hat sie auch leider viel zu wenig Zeit, sich um euch zu kümmern. Es tut ihr sehr leid.« Er sah der zierlichen jungen Frau nach, die winkend das blau gestrichene Haus, dem eine breite, mit weißen Balken abgesetzte Terrasse vorgelagert war, verließ. Kristian und sein Freund standen auf der Terrasse, unter der sich zwei der kleinen Grönlandhunde des Nachbarn tummelten.

Andrea kam zu den beiden Männern. »Ich bin fertig«, sagte sie. »Ich hoffe, deinen Jungs schmeckt der Apfelkuchen, den ich gebacken habe.«

»Da bin ich mir ganz sicher.« Fridtjof lachte. »Sie haben eigentlich immer Hunger und werden begeistert sein, nach dem Kinderhort mal was anderes zu essen zu bekommen.« Er sah auf die Uhr. »Wir sollten jetzt zum Hafen runtergehen. Miki ist immer pünktlich.«

Es war der dritte Tag, den Andrea und Kristian in Ilulissat verbrachten. Der Ort lag direkt am Eisfjord, und das Wasser glitzerte heute, wo die Sonne schien, in intensivem Blau. Darauf trieben größere und kleinere Eisschollen wie eine feierliche weiße Schiffsprozession.

Andrea konnte den Blick kaum von den bizarr geformten Eiskolossen abwenden, als sie mit dem Boot hinüber zur Disko-Insel fuhren. Fridtjof trat neben sie. »Tausende von diesen Eismonstern liegen hier im Fjord. Oft sind sie ineinander verkeilt und festgefroren, und es dauert ewig, bis sie die Mündung des Fjords erreicht haben.«

»Ihr Anblick ist faszinierend«, murmelte Andrea.

»Vor allem, wenn man sich vorstellt, dass die Eisberge zum Teil erst dann abgeschmolzen sind, wenn sie kurz vor New York treiben.« Fridtjof legte die Arme freundschaftlich um seine beiden Gäste. »Die ersten Monate, in denen ich hier gelebt habe, war ich genauso fasziniert wie ihr jetzt. Und ich gestehe, dass ich auch heute noch ganz andächtig werde, wenn ich bei Sonnenuntergang im Fjord das Farbspiel beobachte.«

An diese Worte musste Andrea denken, als sie zwei Stunden später bei gedrosseltem Motor in der Disko-Bucht kreuzten. Zum Greifen nah fuhren sie an den gigantischen Eisgebilden vorbei, deren bizarre Formen die Fantasie anregten.

»Schau mal, da ist ein richtiges Tor im Eis!« Kristian wies auf einen riesigen Eisberg. Wie die Einfahrt in ein vergoldetes Schloss sah er auf einer Seite aus, und gerade jetzt tauchte die Sonne diesen Bereich in hellrotes Licht.

»Da drüben – Wale!« Miki, der am Steuerruder stand, wies nach links, wo fünf Buckelwale aufgetaucht waren. Deutlich sah man, wie sie mit ihren Finnen immer wieder aufs Wasser schlugen. »Es ist ihnen zu laut«, erklärte Miki. »Wenn die Tiere durch andere Geräusche in ihrer Kommunikation gestört werden, schlagen sie mit den Finnen aufs Wasser und unterhalten sich auf diese Weise.« Er drosselte den Motor, und leise tuckerte das Boot jetzt auf den Wellen. »Vielleicht könnt ihr jetzt ihren Gesang hören«, sagte er. »Vor ein paar Tagen war ich mit meinem Großvater noch auf Robbenjagd, da haben wir die Wale ganz laut singen hören.«

Doch dazu kam es nicht mehr, denn plötzlich tauchten zwei riesige Grönlandwale auf, und die Buckelwale verschwanden.

»Sie haben wohl Angst bekommen«, sagte Andrea.

Miki nickte. »Grönlandwale können zweihundert Jahre alt werden, und im Gegensatz zu anderen Walen haben sie diesen typisch großen Kopf. Mein Großvater hat mal einen Wal erlegt, dessen Maul fünf Meter lang und vier Meter hoch war.«

»Das ist ja unglaublich!«, staunte Andrea. »Gehst du noch regelmäßig mit auf die Jagd?«

Miki schüttelte den Kopf. »Nein, nur meinem Großvater zuliebe fahre ich manchmal mit raus. Er lebt noch ganz in der Tradition unseres Volkes und mag es gar nicht, wenn ihm meine Mutter Essen kocht, das sie im Supermarkt gekauft hat.« Er unterbrach sich: »Schaut, da kommt wieder einer hoch!«

Und wirklich! So, als wolle er sich in seiner ganzen Pracht präsentieren, stieg einer der Wale fast senkrecht aus dem Wasser auf. Deutlich war die schwarze Haut mit dem weißen Unterkiefer zu sehen.

»Das muss ein Weibchen sein«, sagte Miki. »Die werden am größten.«

»Faszinierend«, murmelte Andrea. »Ich hab ja schon einige Wale bei uns auf den Lofoten gesehen, aber so nah war ich noch nie an einem Tier dran.«

Sie blieben noch zehn Minuten auf ihrer Position und schauten den Tieren zu, die sich völlig ungestört fühlten. Erst als ein riesiger Eisberg auf sie zudriftete, musste Miki den Motor wieder starten und dem Koloss ausweichen. Fast gleichzeitig tauchten die Wale ab. Mit ihren großen Fluken schienen sie ihren Zuschauern einen Abschiedsgruß zuzuwinken, ehe sie völlig verschwanden.

Nachdem er dem riesigen Eisberg ausgewichen war, drosselte Miki den Motor wieder, dann griff er zum Funkgerät und informierte ein paar andere Schiffe über seine neue Position. »Das machen wir immer«, erklärte er. »Die Kutter mit den Touristen an Bord halten sich auf dem Laufenden über die Position von Walen, aber auch von besonders gefährlichen Eisbergen.« Er grinste und zwinkerte Andrea zu. »Wir wollen schließlich, dass ihr besonders viel von unseren Schönheiten zu sehen bekommt.«

»Danke, Miki. Ich bin hin und weg vor Begeisterung.« Andrea wies auf eine große Eisscholle mit abgeflachter Oberfläche. »Da sind Robben! Schau nur, es sieht aus, als würden sie sich sonnen.«

Kaum hatte sie es gesagt, ließen sich die Tiere schon wieder elegant ins Wasser zurückgleiten. Nur ihre Köpfe mit den kleinen Knopfaugen waren noch deutlich im Wasser zu erkennen. »Wir haben sie gestört.«

»Ach was, die haben nur was zum Fressen entdeckt«, beruhigte Miki sie. »Dafür lassen sie das kurze Sonnenbad gern sein.«

Andrea wusste nicht, was sie mehr begeisterte, die Tiere, die sie beobachten konnten, oder die Eisberge, die in den unterschiedlichsten Größen und Formationen an ihnen vorüberzogen. Einige schimmerten glasklar, andere waren von hellem Blau, wieder andere schienen aus kaltem Gold zu bestehen – je nachdem, wie die Sonnenstrahlen auf sie fielen.

Die Zeit verging wie im Flug, und Andrea konnte kaum glauben, dass es schon Abend war, als sie nach Ilulissat zurückkamen.

Beim Verlassen des Bootes fiel ihr auf, dass Miki ein wenig humpelte.

»Hast du dich verletzt?« Sie wies auf sein rechtes Bein.

Der junge Gletscherforscher winkte ab. »Nicht so schlimm. Ich hab mir nur an einem scharfen Knochensplitter die Haut aufgerissen.«

»Womit hast du dich verletzt?« Irritiert sah Andrea ihn an.

»Mit einem Robbenknochen.« Miki verzog leicht den Mund. »War blöd von mir, ich hab beim Zerlegen einfach nicht aufgepasst, bin eben aus der Übung. Aber das vergeht wieder, ich bin nicht empfindlich.«

Fridtjof legte ihm die Hand auf den Arm. »Das sagst du jetzt schon eine Woche lang.« Er wandte sich an Andrea. »Könntest du dir die Wunde nicht mal ansehen?«

»Klar doch.«

»Dann komm mit zu uns«, sagte Fridtjof. »Andrea ist Chirurgin, sie kann dir vielleicht helfen, und du musst gar nicht erst in die Klinik.«

»Wegen so einer läppischen Beule ginge ich sowieso nicht zum Arzt«, winkte Miki ab.

Doch eine Viertelstunde später, als er auf einem alten Ledersofa in Fridtjofs Wohnzimmer lag und die Latzhose ausgezogen hatte, die er stets bei seinen Bootsfahrten trug, sah alles ganz anders aus.

»Das ist ja ein riesiger Abszess«, kommentierte Andrea, nachdem sie die gerötete Stelle vorsichtig abgetastet hatte. Im Zentrum der handtellergroßen Rötung hatte sich Eiter angesammelt.

»Und jetzt?« Miki sah stirnrunzelnd auf die Verletzung. »Heute Morgen war das noch nicht so schlimm.«

»Das mag sein. Aber jetzt ist es höchste Zeit, dass wir den Abszess öffnen, damit der Eiter abfließen kann.« Andrea sah Fridtjof an. »Ihr habt doch sicher eine Hausapotheke.«

»Klar doch.«

Kurz überflog Andrea den Inhalt und zuckte bedauernd mit den Schultern. »Leider ist kein Desinfektionsmittel drin. Und auch kein Skalpell.«

»Dann nimm mein Messer.« Miki wies auf seine Hose. »Das kleine Messer in der linken Tasche ist ganz scharf. Mach die Klinge heiß, dann geht's sicher. Und ich hätte hier noch einen Schluck Rum. Die Flasche hat mir mal ein Freund geschenkt.«

»Ich erinnere mich.« Kristian grinste schief. »Warst aber sparsam damit.«

»Ein Glück für Miki.« Andrea sah den jungen Inuk ernst an. »Es wird ziemlich weh tun. Soll Fridtjof dich nicht doch lieber in die Klinik bringen? Da kann man dich kurz betäuben und …«

»Ach was. Ich halt schon was aus.«

»Ja dann …« Andrea sah Fridtjof an. »Tupf die Stelle vorsichtig mit dem Rum ab.« Sie selbst ging in die Küche und hielt die Klinge einen Moment in die Flamme des Gasofens.

Behutsam öffnete sie dann den Abszess und versuchte,

den Eiter vollkommen zum Abfließen zu bringen. Zwischendurch sah sie Miki an, dessen dunkle Haut ein wenig blasser geworden war, doch er gab keinen Schmerzenslaut von sich.

»Da ist noch was.« Andrea nahm eine Pinzette und zog vorsichtig ein kleines Stück Knochen aus der Wunde. »Das ist wohl die Ursache für die Vereiterung.«

Sie wandte sich wieder an Fridtjof. »Habt ihr Kamillentee im Haus?«

»Sicher.«

»Dann koch mir bitte einen kleinen Topf Tee. Damit werde ich die Wunde ausspülen.« Wieder sah sie Miki an. »Morgen wechsle ich dann den Verband. Wenn dann aber immer noch Eiter vorhanden ist, musst du dich in der Klinik oder von deinem Hausarzt behandeln lassen. Auf keinen Fall darfst du eine Sepsis riskieren.«

»Spül erst mal die Wunde aus. Es tut wirklich kaum weh.« Miki schielte hinüber zur Rumflasche. »Aber ich könnte einen Schluck von dem guten Desinfektionsmittel vertragen.«

Natürlich bekam er das, und er entspannte sich sichtlich, als Andrea dann einen Verband anlegte.

»Heute hältst du das Bein ruhig«, ordnete sie an.

»Gut, mach ich.«

»Tu's auch wirklich. Gerade am Bein heilt eine so tiefe Wunde nicht so leicht.« Andrea richtete sich auf und zog sich die dünnen Gummihandschuhe aus. »So, das war's dann.«

»Danke, Andrea. Du hast mir den Arztbesuch erspart.« Er zuckte mit den Schultern. »Ich mag den Geruch dort einfach nicht.«

»Ich hab gern geholfen. Aber morgen muss ich mir die Wunde noch mal ansehen.«

Miki nickte. »Wann wollt ihr denn losfahren nach Uummannaq?« Fragend sah er Fridtjof an.

»So gegen neun Uhr. Komm einfach zum Frühstück vorbei.«

13

Schlaftrunken tastete Carina nach links – Knuts Bett war leer, sein Kopfkissen, das dicht neben ihrem lag, bereits kalt.

Sie blinzelte, doch die fest zugezogenen Vorhänge ließen kaum Licht durch. Das störte allerdings Buffy nicht im Geringsten. Als die Labradorhündin merkte, dass ihr Frauchen wach war, sprang sie mit einem Satz aufs Bett.

»Hey, wo kommst du denn her? Wer hat dich ins Schlafzimmer gelassen?« Mechanisch kraulte sie Buffys Fell, was die Hündin mit wohligem Seufzen kommentierte.

Carina sah auf die Uhr – noch keine halb sieben. Sie richtete sich auf, doch noch bevor sie aufstehen konnte, kam Knut zurück.

»Raus, Buffy, das ist mein Platz!« Lachend schob er den Hund vom Bett und legte sich dicht neben Carina. »Hmm, du bist so herrlich warm.«

»Und du hast Eisfüße. Wo warst du?«

»Nur mal kurz draußen.«

»Und warum?« Carina stützte sich auf dem Ellbogen ab und sah Knut forschend an. »Sag schon – was war los?«

»Nichts. Ich hatte nur ein Geräusch gehört, und auch Buffy hat kurz angeschlagen. Da bin ich aufgestanden und hab nachgesehen.«

»Ja – und?« Stirnrunzelnd sah sie ihn an.

»Nichts. Da war nichts.« Er zog sie enger an sich. »Wir sind wohl übervorsichtig, seit man unsere Kleine entführt hat.« Sanft küsste er Carinas zarte Haut am Hals. »Ich hab einfach Angst um euch. Gib den Fall ab, Liebling. Dann ist vielleicht Ruhe.«

»Das glaubst du doch selbst nicht!« Carina schüttelte den Kopf. »Wir müssen diesen Kerlen endlich das Handwerk legen, dann ist Ruhe!« Sie zog Knuts Kopf an ihre Brust. »Ich weiß, dass es nicht einfach ist. Und ich hab ja auch Angst. Aber ... es ist nun mal mein Job, diese Verbrecher zu stellen. Und ich will sie auch unbedingt dingfest machen.« Sie presste die Lippen zusammen, dann fuhr sie leise fort: »Niemand greift meine Familie an. Niemand!«

»Ihr seid schon so lange hinter dem Kopf dieser Bande her, und doch landet ihr immer wieder in einer Sackgasse.« Knut richtete sich auf und sah ihr in die Augen. »Ich hab einfach keine ruhige Minute mehr. Am liebsten würde ich Urlaub einreichen, aber das geht einfach nicht.«

Carina küsste ihn sacht auf den Mund. »Ich mache mir auch Sorgen«, gestand sie dicht an seinen Lippen. »Und deshalb sollten wir Ellen fortschicken. Irgendwohin, wo sie in Sicherheit ist.«

»Und wo sollte das sein?«

Carina zögerte ein paar Sekunden. »Was hältst du davon, wenn wir sie mit Inga zu deren Eltern schicken?«

»Nach Grimsøy?«

»Ja. Auf dem einsam gelegenen Bauernhof wird man sie nicht vermuten.«

Knut überlegte eine Weile, dann nickte er. »Wahrscheinlich hast du recht. Wir reden gleich nachher mit Inga.« Zärtlich küsste er Carinas Brüste. Carina schloss die Augen, als er sein behutsames Liebesspiel begann. Für eine Weile waren alle Sorgen und Ängste vergessen.

»Ihr habt ja so viel Glück mit dem Wetter, es ist wie ein Wunder.« Fridtjof drosselte den Motor. »Seit Tagen scheint die Sonne, das gibt es hier auch im Sommer nicht allzu oft.«

»Wenn Engel reisen, ist der Wettergott an ihrer Seite«, erklärte Kristian lachend.

»Du und ein Engel!« Sein Freund schlug ihm auf die Schulter. »Wer's glaubt …«

»Da, schaut mal!« Andrea, die den Freunden amüsiert zugehört hatte, wies nach vorn. »Ist das der Herzberg, Fridtjof?«

»Ja. Dieser Berg hat dem Ort seinen Namen gegeben. Genau übersetzt heißt Uummannaq ›der Herzförmige‹, aber die Inuit denken dabei nicht an ein Menschenherz, sondern an ein Robbenherz.« Plötzlich runzelte Fridtjof die Stirn. »Wir müssen uns beeilen«, murmelte er, »damit wir rechtzeitig im Hafen sind.«

»Warum denn?«, wollte Kristian wissen.

»Ich hab das Knacken der Eisberge gehört. Ihr nicht auch?«

Andrea schüttelte den Kopf.

»Wartet, bis wir im Hafen sind und der Motor ausgestellt ist, dann hört ihr es sicher auch.« So schnell, wie es zu verantworten war, steuerte Fridtjof das Boot in den Hafen und vertäute es mit Hilfe von zwei Einheimischen. Sie redeten heftig gestikulierend miteinander, und obwohl Andrea und Kristian nichts verstanden, begriffen sie, dass die Männer angespannt waren.

»Kommt mit hoch zur Hotelterrasse.« Fridtjof lächelte schon wieder. »Einer der Männer wird das Boot zurück ins tiefere Wasser bringen. Wir bleiben sowieso ein paar Stunden hier und schauen uns das Städtchen an.«

»Und warum fährt er das Boot fort?«

»Das werdet ihr spätestens in einer halben Stunde wissen. Lasst euch überraschen. Und jetzt los, damit wir noch einen Platz draußen kriegen. Den Ort sehen wir uns später an. Er ist recht reizvoll, einige der Häuser sind durch gewagte Treppenkonstruktionen miteinander verbunden.«

Auf der windgeschützten Terrasse des Hotels, das direkt am Hafen stand, herrschte reger Betrieb. Jeder Gast wollte die Sonne genießen, die so warm schien, dass man fast nicht glauben mochte, etwa 600 Kilometer nördlich des Polarkreises zu sein.

Andrea sah zu einem der Nachbartische hinüber, wo eine Gruppe Touristen sich über ein Thermometer beugte. »Fast 26 Grad – das glaubt uns daheim keiner«, sagte einer der Männer auf Deutsch.

»Mach ein Foto als Beweis«, riet ein anderer. »Und auch eins von unserem Kreuzfahrtschiff drüben. Die *Fram* liegt direkt vor einem Eisberg, der aussieht wie das Matterhorn.«

Andrea sah hinüber zu dem Hurtigrutenschiff, das ihnen schon in Sisimiut begegnet war. Winzig sah es aus vor dem gigantischen Eisriesen, der am Hafeneingang stillzustehen schien. Die Sonne ließ die Spitze des weißen Riesen erstrahlen. Es sah aus, als glitzerten Millionen und Abermillionen Diamanten auf dem hellblauen Eis.

»Magst du ein Glas Wein vor dem Essen?«, fragte Kristian. »Oder einen anderen Aperitif?«

»Ja, gern.« Andrea konnte den Blick kaum von dem Eisberg abwenden.

»Schau ihn dir nur genau an.« Fridtjof winkte der Bedienung und bestellte für Andrea Weißwein, für sich und Kristian ein Bier. »Hörst du das Knacken? Die Sonne arbeitet am Eis, und ich denke, dass der Riese dort drüben gleich kalben wird.«

»Bist du sicher?«

Fridtjof schüttelte den Kopf. »Sicher sein kann man nie. Aber es gibt Erfahrungswerte. Schau nur die jungen Leute da an.« Er wies auf drei Inuit, die vor dem Hotel vorfuhren und ihren schwarzen Pritschenwagen mitten auf der Straße stehen ließen. In größter Eile rannten sie zu drei schnittigen weißen Booten und fuhren sie aus dem engen Hafengebiet heraus.

»Das sind recht wertvolle Schiffe, deshalb treiben sie den Aufwand«, kommentierte Fridtjof.

Und dann dauerte es nur noch wenige Minuten, bis ein lautes Knacken und Knistern bis zur Hotelterrasse drang – und die Spitze des gigantischen Eisbergs ins Wasser klatschte. Sofort bildete sich eine hohe Flutwelle, die kleinere Wellen hinter sich herziehend ans Ufer rollte.

Hoch türmte sich das Wasser auf, und die Fischerboote im Hafen begannen einen wilden Tanz. Entsetzt sah Andrea, dass eines der alten Boote in tausend Stücke zerbrach. »Das ist … atemberaubend«, flüsterte sie nur.

»Ich hab's geahnt.« Fridtjof war nicht so beeindruckt, für ihn war dieses Naturschauspiel inzwischen Gewohnheit geworden. Ganz anders sahen es die Touristen, die allesamt stumm vor Staunen hinüber zum Eisberg sahen, der bedrohlich schwankte.

»Hoffentlich kippt er nicht um«, sagte Fridtjof. »Dann wird's ein bisschen ungemütlich.«

Kristian legte den Arm um Andrea. »Wahnsinn! Schau nur das Schiff ... wie es schwankt!«

Es war ein unvergesslicher Anblick für Andrea und Kristian, und sie atmeten, so wie alle anderen, erleichtert auf, als der Eiskoloss sich fing und langsam, beinahe unmerklich, weiterdriftete, bis er nach einer halben Stunde ihren Blicken entschwunden war.

Das Einzige, was noch an das Schauspiel erinnerte, waren die unzähligen kleinen Eisstücke, die im Hafen schwammen und mit leisem Klirren an die Bootswände stießen.

»Jetzt hab ich eine vage Vorstellung davon bekommen, was für ein Koloss einst mit der Titanic zusammengestoßen sein muss«, sagte Andrea. »Diese Wucht ... unglaublich! Man muss das wirklich mit eigenen Augen gesehen haben.«

Völlig unbeeindruckt von dem Geschehen kam eine der Kellnerinnen an ihren Tisch und fragte, ob sie Mittagessen bestellen wollten.

»Ihr müsst den Spezialitätenteller kosten«, riet Fridtjof. »Darauf ist alles, was es hier an Delikatessen gibt: Frikadellen aus Moschusochsen-Fleisch, gedörrtes Robbenfleisch und Mattak, das ist Walhaut mit einer kleinen Speckschicht.«

Andrea runzelte die Stirn. »Ehrlich gesagt wäre mir ein Omelett mit Krabben lieber«, gestand sie. »Aber einen Happen probieren würde ich von den Spezialitäten schon gern.«

»Sollst du haben.« Fridtjof orderte eine Platte mit all

den Besonderheiten der grönländischen Küche. »Wenn wir wieder daheim sind, will meine Frau euch noch das Nationalgericht zubereiten, das ist ein delikater Eintopf mit Robbenfleisch.« Er lachte. »Keine Angst, es wird auch noch was anderes geben. Sie weiß, dass das nicht jedermanns Geschmack ist. Ich, zum Beispiel, mag diesen Eintopf überhaupt nicht.«

»Probieren werde ich natürlich alles«, versicherte Andrea. »Das gehört zum Reisen einfach dazu.« Sie trank einen Schluck Wein. »Auf diesen unvergesslich schönen Tag!«

Der Himmel über der Disko-Bucht leuchtete in glühenden Farben. Und auch die unzähligen großen und kleinen Eisberge, die im tiefblauen Wasser dahintrieben und sich kaum vorwärtsbewegten, waren in diesen roten Schein getaucht.

Der gewaltige Eiskoloss mit dem Riesenloch in der Mitte, durch das ganz gewiss ein Schiff hätte fahren können, lag genau vor ihnen und erschien Andrea wie ein Symbol gigantischer, aber vergänglicher Schönheit.

»Wenn ich das hier sehe, mag ich noch gar nicht nach Hause fliegen.« Andrea lehnte kurz den Kopf an Kristians Schulter. »Andererseits hab ich Sehnsucht nach Lars.«

»Übermorgen siehst du ihn doch wieder.« Kristian gab ihr einen raschen Kuss, dann wies er hinüber zu einem hohen Eisberg mit zwei spitzen Türmen. »Schau nur, mit ein bisschen Fantasie könnte man ihn als schwimmenden Kölner Dom bezeichnen.«

Andrea nickte. Das Licht der tiefstehenden Sonne fiel zwischen den beiden »Domtürmen« aufs Wasser und zauberte eine goldene Bahn auf seine Oberfläche.

Es war kurz vor Mitternacht, die Sonne stand extrem tief, und doch war es noch hell in Ilulissat. »In der Stadt herrscht während der Mitternachtssonne Ausnahmezustand«, hatte Fridtjof erklärt. »Für uns hier am Polarkreis spielt dann die Zeit keine Rolle mehr, da wird die Nacht immer wieder zum Tag gemacht.«

Daran musste Andrea denken, als sie mit Kristian stadtauswärts schlenderte. Rollschuh oder Inlineskates fahrende Inuit-Kinder kamen ihnen entgegen, Mütter schoben Kinderwagen durch die Straßen, begleitet von lautem Hundegebell. Vor den Häusern saßen die Frauen und unterhielten sich, während sie Handarbeiten machten.

Neben einem alten Haus mit hellblauem Anstrich saßen zwei kleine Mädchen und boten auf einem wackeligen Tisch ihre Schätze an.

»Ich geh mal zu ihnen«, sagte Andrea, und dann bestaunte sie aufrichtig die Handarbeiten der Kinder. Es waren zum größten Teil bunte Deckchen aus Perlen, die sie verkaufen wollten. Die Ältere wies auf eine alte Hose aus Eisbärfell. »Die hat meinem Großvater gehört«, sagte sie auf Englisch. »Gute Arbeit. Hält warm.«

»Tut mir leid, aber da, wo wir wohnen, ist es nicht so eisig kalt, dass wir die Hose brauchen könnten«, lehnte Andrea ab. »Was hast du denn sonst noch?«

»Das hier.« Das Mädchen wies stolz auf drei Engel aus Perlen.

»Einen nehme ich«, sagte Andrea, dann kaufte sie dem kleineren der Mädchen noch zwei Deckchen ab. Die Kinder strahlten und ließen die Kronenscheine rasch in ihren bunten Trachten verschwinden.

»Sie sind jetzt schon geschäftstüchtig«, meinte Kristian.

»Ach was, sie haben bestimmt nicht viel, und mit dem Geld können sie sich vielleicht einen Wunsch erfüllen.« Andrea hakte sich bei Kristian ein. »Birgit wird sich bestimmt über den Engel freuen.«

Langsam schlenderten sie zum Hafen. Dort herrschte Hochbetrieb. Viele Boote fuhren hinaus in die Bucht, die meisten voll besetzt mit Touristen, die das nicht enden wollende Sonnenlicht und den romantischen Anblick des Hafens genießen wollten. Das warme goldene Licht der tiefstehenden Sonne zauberte einzigartige Effekte auf die Abermillionen von Eiskristallen, die auf den Eisbergen glitzerten.

Andrea und Kristian beschlossen, dem Trubel für diesen Abend zu entfliehen. Zu zweit wollten sie sich das einmalige Naturschauspiel ansehen. Fridtjof, der mit seiner Familie bei Freunden eingeladen war, hatte ihnen empfohlen, zur Kapspitze *Kingittoq* zu wandern.

»Dort seid ihr relativ ungestört«, hatte er gesagt. »Auf den Felsen beim Hotel *Arctic* sind bestimmt die meisten Touristen versammelt, da habt ihr keine Ruhe. Aber wenn ihr am alten Friedhof vorbeigeht, seht ihr die Kapspitze schon. Ihr müsst nur auf dem gelb markierten Weg bleiben.«

Diesem Rat waren Andrea und Kristian gefolgt, und bisher waren sie die einzigen Besucher auf der Kapspitze. Die großen Felsbrocken, die überall verstreut lagen, waren immer noch warm, doch vorsorglich hatte Kristian eine leichte Decke mitgenommen, die er auf einem glattgeschliffenen Felsen ausbreitete.

Zwischen den weißen Wollgras-Büscheln gab es immer wieder Stellen, an denen das arktische Weideröschen oder strahlend gelbe Dotterblumen blühten. Die dichten Flechten, die sich auf jedem Flecken, der mit etwas Erde bedeckt war, ausbreiteten, schimmerten braunrot im Licht der Mitternachtssonne, die gerade ihren tiefsten Punkt erreicht hatte.

»Einmalig schön ist das«, sagte Andrea leise. »Ich fühle mich wie im Paradies.«

Kristian lachte leise. »Du bist meine Eva, die mich verführt hat.«

»Und womit? Hier gibt's keine Äpfel!«, lachte Andrea.

»Ich brauche keinen Apfel, ich bin dir auch so verfallen.« Sanft zog Kristian sie noch enger an sich. Seine Küsse, zunächst zärtlich und sanft, wurden leidenschaftlicher, und Andrea überließ sich seinen kundigen Händen.

Nur kurz sah sie sich um, als er sie auf sich zog. Sie roch den vertrauten Duft seiner Haut, sie spürte seine Erregung und barg das Gesicht an seiner Brust. Als er in sie eindrang, seufzte sie wie befreit auf und passte sich seinem Rhythmus an.

Als sie gleichzeitig ihre Erfüllung gefunden hatten, blieben sie ruhig und glücklich noch eine ganze Weile so liegen. Sie auf ihm, er in ihr.

Erst als ein kühler Wind vom Meer her wehte, zogen sie sich wieder an.

»Sollen wir zurückgehen?«, fragte Kristian.

Andrea schüttelte den Kopf. »Lass uns noch bleiben. Es ist einmalig schön hier – mit dir.« Sie lächelte ihn an und schlang die Decke sich und ihm um die Schultern. So blieben sie allein in dieser Stunde zwischen Mitternacht und dem Beginn eines neuen Tages. Vom Strand herauf rauschte das Lied der Wellen, mischte sich mit dem Jaulen von ein paar jungen Hunden, die sich in der Nähe balgten und die einzigen Zeugen ihrer Zärtlichkeiten geworden waren.

»Ich liebe dich.« Kristian nahm Andreas Hand und küsste die weiche Innenfläche.

»Ich liebe dich auch.« Ihre Augen leuchteten, und es schien, als sei ein Abglanz der Mitternachtssonne in der graublauen Iris eingefangen worden.

14

»Hallo Schönheit! Du hattest Sehnsucht nach mir?« Ein dunkles Lachen folgte auf diese Worte.

Agneta biss sich auf die Lippen. Sie saß in ihrem Büro und prüfte ein halbes Dutzend neue Manuskripte. Eins taugte so wenig wie das andere, was ihre Stimmung, die seit Tagen nicht die beste war, weiter verschlechterte.

»Roger!« Sie wischte den historischen Roman einer bekannten Autorin, der jedoch seit Jahren die zündenden neuen Ideen fehlten, mit einer unwilligen Geste vom Tisch. Die Seiten des Manuskripts fielen auf dem schimmernden Parkettboden wild durcheinander. Obwohl sie allen Neuerungen aufgeschlossen gegenüberstand und das digitale Zeitalter zu schätzen wusste, las Agneta alle Manuskripte am liebsten ausgedruckt auf Papier.

»Was willst du von mir, Agneta?« Roger, der auf seinem alten Hausboot hockte und seine linke Hand spielerisch in der blonden Mähne eines jungen Mädchens vergraben hatte, grinste. Nur zu gut wusste er, was die Anruferin wollte.

»Ich will dich sehen.« Agneta gab sich kühl.

»Gern. Wann?«

»Heute Abend bei mir.«

»Einverstanden.«

»Und, Roger ... bringst du was mit?«

»Blumen? Welche Sorte?« Er lachte. »Keine Angst, ich hab was da, was dir gefallen wird.« Ohne sich zu verabschieden, beendete er das Gespräch, dann beugte er sich über das weißblonde Mädchen, das mit geschlossenen Augen dalag, und küsste es.

»Du musst weg?« Das Mädchen hob die Arme und zog ihn an sich. »Ich will aber nicht allein bleiben.«

»Musst du ja auch nicht. Wir haben noch viel Zeit bis zum Abend.« Er hob sie hoch und trug sie unter Deck.

Britta kicherte. »Du kriegst wohl nie genug, was?«

»Von dir nicht.« Roger zog sich das T-Shirt aus und legte sich zu Britta in die Koje. Ihr weißblondes Haar lag wie ein Fächer um ihr schmales Gesicht, in dem die dunkelblauen Augen übergroß wirkten. Seit zwei Monaten kam Britta regelmäßig aufs Hausboot, denn sie brauchte immer mehr Kokain und andere Aufputschmittel, und Roger versorgte sie mit allem, was sie wünschte.

Wenn sie mal knapp bei Kasse war, zahlte sie mit Sex, so wie heute. Britta war nicht zimperlich, und Roger stand auf diverse Praktiken, auf die sie willig einging.

Das wäre auch mal was für Agneta, schoss es ihm durch den Kopf, als er sich für den Abend frisch machte. Die Handschellen und die dünne Seidenschnur lagen immer noch in seiner Koje, und er steckte sie ein. Agneta stand auf Rollenspiele, und sie sollte bekommen, was sie brauchte!

Roger grinste teuflisch. Agneta rutschte immer mehr in die Abhängigkeit, und er wusste ihre Einsamkeit, ihre Lebensgier und ihren Drang nach immer neuer Selbstbestätigung perfekt auszunutzen. Sie war immer noch schön, und es fiel ihm nicht schwer, mit ihr zu schlafen.

Soweit Roger in der Lage war, einen anderen Menschen zu lieben, liebte er sie sogar – auf seine Weise. Er bewunderte sie für ihren scharfen Verstand, für ihren Erfolg, für ihre Zielstrebigkeit.

Die drei Tütchen mit Pillen verwahrte er in der Brusttasche des schwarzen Seidenhemds, das ihm Agneta erst vor kurzem geschenkt hatte.

Sie empfing ihn in einem schwarzen Hausanzug. Dazu trug sie eine silberne Kette mit einem großen lilafarbenen Stein und die dazu passenden lila Ohrringe.

»Kein Kaviar heute?«

»Dafür das hier.« Er umfasste ihre Taille und zog sie fest an sich, so dass sie seine Erregung spüren konnte.

Agneta bog den Kopf zurück. »Das ist auch ein nettes Mitbringsel.«

»Pack's aus.«

Der Aufforderung kam sie sofort nach, und sie schafften es kaum noch bis ins Schlafzimmer.

Agneta stöhnte leise auf, als Roger sie brutaler als sonst nahm, doch dann genoss sie seine Leidenschaft in vollen Zügen.

»Was hast du genommen?«, fragte sie, als er endlich von ihr abließ.

»Was Neues.« Er grinste. »Wie ich dich kenne, willst du es auch gleich mal probieren.«

Sie nickte, und ohne zu zögern schluckte sie die kleine gelbe Pille mit einem großen Schluck Champagner.

»Hast du was zu essen im Haus?« Roger ging lässig hinüber zur Küche. »Ich hab seit dem frühen Morgen nichts mehr zwischen die Zähne gekriegt.«

»Es ist gefüllter Hummer da. Und Sushi.«

Roger verdrehte die Augen. Ein Steak wäre ihm lieber gewesen, doch er sagte nichts, sondern holte die große Silberplatte mit den Delikatessen aus dem Eisschrank.

Auf dem Weg zurück zum Schlafzimmer machte er einen Schlenker hin zur Garderobe und holte die Handschellen aus seiner Jacke.

»Erst muss ich mich ein bisschen stärken, dann spielen wir das hier.« Er hielt die Handschellen hoch.

Agneta lachte und legte sich auf die Seite. Sie spürte bereits die Wirkung der kleinen Pille. Ihr war, als schwebe sie, und sie fühlte sich jung und voller Lebenslust. Es gab keine schlechten Manuskripte, keinen beruflichen Ärger, keine Verpflichtungen. Es gab keine Angst vor dem Älterwerden und keine Sehnsucht nach Kristian.

Es gab nur diese Lust aufs Leben, Lust auf Roger, Lust auf Champagner und diese hemmungslose Leichtigkeit, die sie nur dann empfand, wenn sie eine von Rogers Wunderpillen geschluckt hatte.

»Gib mir ein Stück Hummer.« Sie streckte die Hand aus, doch statt ihr etwas von der Delikatesse zu geben, ließ Roger die Handschellen darum klicken.

Agneta kicherte. »Willst du mich an dich fesseln? Das ist scharf.«

Roger nickte. Er nahm ein Stück Sushi, ließ es erst knapp über Agnetas Brustwarzen gleiten, steckte es sich dann zwischen die Lippen und hielt es ihr so vor den erwartungsvoll geöffneten Mund.

»Mehr!«, kicherte Agneta. Sie warf den Kopf auf dem seidenen schwarzen Kissen lustvoll hin und her, als Roger sie an ihrer intimsten Stelle zu küssen begann. Als sie ihn mit der freien Hand streicheln wollte, hörte er auf.

»Warte.« Er fesselte auch ihre zweite Hand ans Bett. Dann legte er die Seidenschnur locker um ihren Hals. »Soll ich zuziehen?« Er lachte leise. »Es ist ein irrer Kick, wenn man kurz vor der Ohnmacht steht.«

Für Sekunden kam Agneta zur Besinnung. »Das will ich nicht.« Sie schüttelte den Kopf. »Nicht, Roger, ich …«

Doch Roger wollte nichts mehr hören. Er war wie in einem Rausch. Erst liebte er Agneta, trieb sie zum Höhepunkt – und begann dann, die Schlinge um ihren Hals langsam zuzuziehen, während er sie intensiv küsste.

Der schlanke Frauenkörper unter ihm bäumte sich auf, so weit es möglich war. Voller Panik warf Agneta den Kopf hin und her.

»Nicht … Roger, nein …« Nur noch undeutlich war sie zu verstehen. Sie zerrte an den Fesseln, ihre Augen waren unnatürlich weit geöffnet, und sie trat nach Roger.

Der ließ, plötzlich ernüchtert, von ihr ab und lockerte die Schlinge. »Schon gut. Komm, Schönheit, das war doch mal ein irrer Trip, oder? Hat es dir nicht gefallen?«

Agneta antwortete nicht. Schwer atmend lag sie, ein immer noch schöner weißer Frauenkörper, in der schwarzen Seidenwäsche.

»Hei, was ist? Mach die Augen auf!« Roger schlug sie gegen die Wange, doch Agneta reagierte nicht. Und auch als er die Fesseln löste, als er ihre Hände in die seinen nahm, reagierte sie nicht.

»Verdammt!« Roger stand auf. Noch einmal kontrollierte er den Pulsschlag an Agnetas Halsschlagader und griff dann mit zitternden Fingern nach den Handschellen und seinen Klamotten.

Während Roger sich anzog, ließ er Agneta nicht aus

den Augen. Sie atmete jetzt flacher, das Bewusstsein hatte sie aber immer noch nicht zurückgewonnen. Hastig raffte er alles, was darauf hindeuten könnte, dass er hier gewesen war, zusammen.

»Blöde Alte«, murmelte er dabei, dann stürmte er, immer zwei Stufen auf einmal nehmend, aus dem Haus.

Der breitschultrige Mann saß auf den Mauern des Forts von Eggum und schaute gelangweilt auf den Kieselstrand, der sich unter ihm erstreckte. Hin und wieder sah er sich forschend um, doch außer ein paar kleinen Fischbooten draußen auf dem tintenblauen Wasser war nichts zu sehen. Er wischte sich übers Gesicht und über die Glatze, auf der sich kleine Schweißperlen gebildet hatten. Das kam nicht nur von der Sonne, die immer höher stieg, auch die Ungewissheit, diese Ohnmacht, dem unbekannten Boss ausgeliefert zu sein, trieb ihm das Wasser aus allen Poren.

Als er eine Bewegung hinter sich spürte, wollte er sich umdrehen, doch da erklang ein scharfes: »Nein, bleib, wo du bist.«

»Aber …« Der Mann wollte aufstehen, aber im selben Moment spürte er den Lauf einer Waffe in seinem Rücken.

»Wenn du nicht gehorchen kannst, ist unsere Unterredung schon beendet.«

»Gut. Sag, was du von mir willst.«

»Ich will dir einen neuen Job geben. Genauer gesagt, den von Boris.«

Der kahlköpfige Mann machte Anstalten, aufzuspringen, doch wieder spürte er den Druck der Waffe. »Dreh dich nicht um. Du musst mich nicht kennen. Es reicht, wenn ich dich kenne – und weiß, wie ich dich erreichen kann.« Ein trockenes Räuspern folgte den Worten.

»In Ordnung.«

»Dann kümmere dich um die neue Lieferung, Pjotr. Sie kommt übermorgen in Murmansk an und wird dann per Schiff hierher verfrachtet. Dann folgt das gleiche Prozedere wie früher, als Boris die Verteilung vorgenommen hat.«

Der Kahlköpfige nickte. »Einverstanden. Wie viele sind es?«

»Acht. Jung und unverbraucht. Du kümmerst dich persönlich um sie, ist das klar?«

»Gern.« Ein bösartiges Grinsen huschte über Pjotrs Gesicht. Es gab nichts, was er lieber getan hätte.

Der Mann hinter ihm hustete unterdrückt und atmete dann ein paarmal tief durch, ehe er weitersprach. Seine Stimme, bisher kühl und sachlich, hatte auf einmal einen gefährlichen Unterton. »Du sollst sie zähmen, nicht umbringen. Sie sind nicht zu deinem Vergnügen hier, sondern sollen Geld bringen. Wenn ich erfahre, dass du dich nicht beherrscht hast …«

»Keine Sorge, Boss, alles wird glattgehen.«

»Gut. Hier, meine Nummer. Ruf sie nur in wirklichen Notfällen an.«

»Geht klar. Boss … wann … lerne ich dich endlich kennen?«

»Wenn ich es für angebracht halte. Ich warte auf deine Nachricht, dass alles gut verlaufen ist. Bis dahin.«

Pjotr hörte leises Knirschen im Sand, aber noch wagte er nicht, sich umzudrehen. Auch wenn er den Boss nicht kannte – er hatte viel von ihm gehört und wusste, wie gefährlich er war. Es war ratsam, ihm zu gehorchen und keine Extratouren zu fahren. Das hatte Boris versucht. Mit tödlichen Konsequenzen. Diesen Fehler gedachte Pjotr nicht zu machen.

Erst nach einigen Minuten stand er auf und sah sich suchend um. Doch niemand war zu sehen. Nur auf einem flachen Stein gleich hinter ihm lag ein Zettel mit einer Handynummer.

»Das Wartezimmer quillt über, es ist kein Stuhl mehr frei«, meldete Liv Björnsdotter. Sie lachte leise. »Ich verwette mein nagelneues Medizinlexikon, dass nur die Hälfte der Leute krank ist.«

»Wie kommst du denn darauf?« Andrea stand am Waschbecken und desinfizierte sich die Hände. Gerade hatte sie eine alte Frau mit einem offenen Bein behandelt. »Wer ist denn der Nächste?«

»Amalie Nilsson. Sie hat eine schwere Gürtelrose. Jan-Frederik hat ihr schon Medikamente verschrieben.« Leichte Röte stieg ihr in die Wangen. »Er hat sich so große Mühe mit ihr gegeben, aber sie will dich unbedingt noch mal sprechen.«

»Liv, Liv, hab ich dich nicht vor dem Casanova gewarnt?« Andrea sah die blonde Medizinstudentin kopfschüttelnd an. »Es hört sich so an, als wärst du voll auf ihn abgefahren.«

Liv zuckte lässig mit den Schultern. »Er ist einfach nett. Wir hatten viel Spaß zusammen.«

Andrea zwinkerte ihr verständnisvoll zu. »Hoffentlich nicht bei der Arbeit.«

»Wo denkst du hin! Schau dir die Krankenakten an – alles ist perfekt notiert.«

»Das glaub ich doch!« Andrea setzte sich wieder hinter ihren Schreibtisch. »Dann hol den Nächsten rein. Ich werde dann zum soundsovielten Mal heute erzählen, wie es in meinem Urlaub war. Hoffentlich sind morgen alle Neugierigen zufriedengestellt.«

Sie war bis zum späten Vormittag beschäftigt, und schon wollte sie aufatmen und zum Mittagessen gehen, als es an die Tür der Ordination klopfte.

»Was ist denn, Liv?«, fragte sie, ohne von der Krankenakte, die sie gerade komplettierte, aufzusehen.

»Ich hab gewartet, bis alle anderen fort waren. Liv hat mich noch reingelassen.«

»Jacob!« Andrea stand auf und ging dem schlanken Mann entgegen. »Schön, dich zu sehen. Geht's dir gut?« Forschend sah sie ihn an. Unter seinen Augen lagen Schatten, und ihr schien, dass er abgenommen hatte.

Jacob nahm sie in den Arm und wollte sie küssen, doch sie bog rasch den Kopf zur Seite, so dass seine Lippen nur noch ihr Haar streiften. »Jetzt, da ich wieder bei dir bin, fühle ich mich besser.«

»Warst du krank?« Sie nahm seinen Arm und ging mit ihm zu dem schmalen Tisch unterm Fenster. Hier standen drei bequeme Ledersessel. »Lass dich ansehen.«

Jacob winkte ab. »Ich bin nicht als Patient hier, Andrea. Ich wollte dich endlich wiedersehen.« Für einen Moment schwand das Lächeln aus seinem Gesicht. »Du warst lange fort.«

»Ich hab Urlaub gemacht.«

»Ja. Ich weiß. Leider hast du mir gar nichts davon gesagt.« Für einen kurzen Moment wich alles Verbindliche aus seiner Stimme, doch er hatte sich gleich wieder in der Gewalt und lächelte die Ärztin an. »Ich hätte dir gern gute Erholung gewünscht.«

»Das ist nett von dir.« Andrea legte die Hände ineinander. Sie fühlte sich auf einmal unwohl in Jacobs Gesellschaft. Da war etwas in seinem Blick, vor allem aber in seiner Stimme, das sie irritierte. Sie dachte an den Abend in Oslo, wo er sie so unangenehm bedrängt hatte. Wenn er es jetzt, da sie ganz allein in der Praxis waren, wieder versuchte ... Sie rutschte auf ihrem Sessel ein wenig nach hinten. »Du warst auf Geschäftsreise, vergessen?« Sie zwang sich zu einem Lächeln, als sie hinzufügte: »Außerdem denke ich nicht, dass ich dir Rechenschaft schulde.«

»Nein, nein, natürlich nicht. Verzeih, so hatte ich es nicht gemeint.« Jacob nahm ihre Hände und legte für einen Moment seine Stirn darauf. »Ich bin ein Idiot. Verzeih – und vergiss, was ich gesagt habe.«

»Schon gut.« Andrea stand auf. Das unangenehme Gefühl verging wieder, und sie sagte sich, dass sie wohl zu empfindlich geworden sei. Einmal hatte Jacob die Beherrschung verloren, das dufte sie ihm nicht auf ewig nachtragen.

Eindringlich sah sie dem Mann ins Gesicht. »Jacob, sei ehrlich, es geht dir nicht allzu gut, nicht wahr?«

Starr sah Jacob aus dem Fenster. »Ich hatte in letzter Zeit einigen beruflichen Ärger.« Seine Augen verengten sich zu schmalen Schlitzen, doch das sah Andrea nicht. »Aber jetzt hab ich alles wieder im Griff.« Er drehte sich halb zu ihr um. »Es ist einfach so, dass man sich regelmäßig kümmern muss. Ich war wohl zu lange hier auf den Lofoten. Na ja, von jetzt an werde ich wohl alle paar Wochen nach Oslo fliegen und nach dem Rechten sehen.«

»Du weißt, dass du dich nicht aufregen sollst. Der nächste Infarkt könnte schwerwiegendere Folgen haben.«

»Ja, ja, schon gut. Ich weiß das alles.« Er atmete hastig. »Aber es ist nun mal nicht immer einfach, wenn man ein großes, komplex strukturiertes Unternehmen leitet.«

»Du hast sicher recht, aber ... du musst dich mehr schonen.« Sie trat neben ihn und legte ihm die Hand auf den Arm. »Als deine Freundin sage ich das, nicht als deine Ärztin. Ich möchte dich nicht verlieren.«

Seine Züge entspannten sich, und in seine Augen trat wieder dieses gewinnende Lächeln, das Andrea so für ihn eingenommen hatte, als sie ihm zum ersten Mal begegnet war. »Es ist schön, dass du das sagst. Gehen wir essen?«

Andrea zögerte, dann schüttelte sie den Kopf. »Tut mir leid, aber dazu hab ich heute einfach keine Zeit.«

»Morgen?«

»Ja ... vielleicht.«

Er nestelte ein kleines Päckchen aus der Tasche seines hellen Jacketts. »Fast hätte ich es vergessen – mein Mitbringsel aus Oslo.«

»Danke! Das ist lieb von dir.« Andrea nahm die längliche Schachtel und zog die blaue Seidenschleife auf. Als sie die Schmuckschatulle mit dem Logo eines Juweliers sah, runzelte sie die Stirn. »Jacob, ich ... das kann ich nicht annehmen.«

»Schau es dir erst mal an.« Er lächelte selbstbewusst. »Ich war mir gleich sicher, dass es genau die passende Kette für dich ist.« Er wies auf die Kette von Berit, die Andrea auch heute wieder trug. »Du hast etwas Besseres verdient als dieses alberne rote Ding mit Zähnen und Muscheln.«

»Sag so etwas nicht. Mir gefällt die Kette sehr.« Zögernd, da sie etwas irritiert war von seiner aggressiven Stimme, klappte Andrea den Deckel auf. Auf dunkelblauem Samt lag ein tropfenförmiger Aquamarin an einer dünnen Platinkette. »Das ist ein wunderschönes Schmuckstück.« Ernst sah sie Jacob an. »Und ich weiß, dass du es sehr, sehr lieb gemeint hast. Aber ich kann die Kette nicht annehmen. Sie ist viel zu wertvoll.« Sie drückte den Deckel nieder und reichte Jacob die Schmuckschatulle zurück.

»Nein, nein, das kommt nicht in Frage! Du musst sie behalten!«

Andrea schüttelte den Kopf. »Nein, Jacob, das geht nicht.« Kurz legte sie ihm die Hand auf den Arm. »Es ist ein viel zu kostbares Mitbringsel. Und ...« Für den Bruchteil einer Sekunde zögerte sie, dann fuhr sie fort: »Ich muss dir sagen, dass ich ... dass es mit uns beiden ... Also, ich bin nicht mehr frei. Und auch deshalb kann ich die Kette nicht annehmen.«

»Was heißt das?« Eine kleine Ader schwoll an Jacobs Schläfe an. Er ging zwei Schritte zurück und sah Andrea aus zusammengekniffenen Augen an.

»Das, was ich gesagt hab: Ich habe mich verliebt.«

»In wen?«

»Du kennst ihn nicht. Es ist aber auch nicht wichtig.« Dicht trat sie vor ihn hin. »Bitte, Jacob, versteh es: Wir haben uns sehr gut verstanden, und ich möchte deine Freundschaft auch nicht missen. Aber mehr als das kann ich dir nicht anbieten.«

»Schon gut.« Er räusperte sich, atmete ein paarmal tief durch und steckte dann das Schmuckstück betont lässig in die Jackentasche. »Wie du willst. Dann geh ich jetzt.« Doch kaum war er an der Tür, taumelte er und griff sich an die Brust. Er atmete schwer und wäre wohl gestürzt, wenn Andrea ihn nicht gestützt hätte.

»Setz dich.« Sie führte ihn zu dem Besucherstuhl vor ihrem Schreibtisch. »Ruhig. Ganz ruhig atmen, ich gebe dir gleich eine Spritze.«

»Nitro … hier …« Er tastete nach der Innentasche seines Jacketts.

Andrea nahm ihm das kleine Fläschchen aus der Hand, öffnete den Verschluss und spritzte ihm das Nitroglyzerin in den Mund. Die Wirkung des Medikaments setzte sofort ein, und Jacob atmete ruhiger.

»Verdammt, daran bist du schuld«, stieß er hervor.

Andrea schüttelte den Kopf. »Sag doch nicht so einen Unsinn, Jacob. Deine Herzkranzgefäße sind verengt, und ich fürchte, du hast dich nicht so geschont in den letzten Wochen, wie es angebracht gewesen wäre.«

»Wie soll ich mich schonen, wenn es überall drunter und drüber geht?« Er wollte aufstehen, doch Andrea drückte ihn sanft auf den Stuhl zurück. »Du hast ja keine Ahnung …« Er presste die Lippen zu einem schmalen Strich zusammen.

»Ruh dich noch ein bisschen aus. Ich werde gleich mal deinen Blutdruck messen.«

Unwillig schob er ihre Hand zur Seite. »Lass das.« Aus zusammengekniffenen Augen sah er sie an. »Das mit uns, Andrea, das mit uns ist noch nicht zu Ende.«

Nur langsam hoben sich die Morgennebel, und ein erstes zartes Rot durchdrang die graue Wand. Aufgeregt kreischten Möwen über dem Boot, sie hofften wohl auf ein üppiges Frühstück.

»Mistviecher«, murmelte Peer Hovig und hob das Fernglas an die Augen. »Verzieht euch endlich.«

Aber das war reinste Illusion. So, wie es schon seit Ewigkeiten war, flogen die ewig hungrigen Möwen als Begleitung jedes Bootes mit.

»Wir sind gleich da, Vater.« Terje Hovig wies nach Steuerbord, wo auf einer kleinen Felseninsel ein grün lackierter Leuchtturm stand. Obwohl fast alle Schiffe heutzutage mit Radar ausgestattet waren, hatten die vielen kleinen und großen Leuchttürme im Schärengebiet noch ihre Berechtigung. Auch Peer und sein Sohn orientierten sich noch daran. Die beiden Männer waren in Richtung Skrova unterwegs. In der Nähe der Inselgruppe befand sich eine ihrer wichtigsten Fischzuchtanlagen.

»Weiß ich auch.« Peer verzog den Mund. »Den Weg zu unseren Lachsen finde ich im Schlaf. Aber da war eben was ...« Er runzelte die Stirn. »Hast du das Motorengeräusch nicht gehört?«

Terje, fast zwei Meter groß, strich sich über den gepflegten hellbraunen Bart. »Nein, ich war unter Deck.« Er sah seinen Vater nur kurz an. »Was war so Besonderes daran? Hier wimmelt es doch im Sommer von Kuttern und kleinen Jachten.«

»Das war ein uralter russischer Motor. Ich kenn mich da aus.« Peer ließ das Fernglas sinken und vergrub die Hände in den Taschen seiner alten Lederjacke, die zu ihm gehörte wie die Pfeife, die oft kalt in seinem linken Mundwinkel hing. Seit Jahren rauchte Peer nicht mehr, doch von der Pfeife trennte er sich nicht.

»So langsam leidest du an Verfolgungswahn.« Terje schüttelte den Kopf. »Wir sind gleich da. Ich hol schon mal mit Jonas das Futter.« Er ging hinüber zu dem Angestellten, der schon in der grünen Gummischürze neben den Futterbehältern stand.

Peer erwiderte nichts, konzentriert sah er hinaus aufs Wasser, wo jetzt die ersten großen Zuchtbecken zu erkennen waren. Alle zwei Wochen fuhr der alte Mann selbst mit hinaus und half, die großen Futterbehälter neu zu füllen. Obwohl er mit seinen Fischfabriken inzwischen Millionen verdient hatte, ließ er es sich nicht nehmen, selbst noch mitzuarbeiten. Müßiggang war ihm zuwider, und solange er sich fit fühlte, gab es niemanden, der ihm die Arbeit auf See ausreden konnte.

»Da! Ich hab's gewusst!« Hinter einer der unzähligen Schäreninseln tauchte ein Kutter auf, und durchs Fernglas erkannte Peer die ausgefranste Flagge am Heck. »Scheißkerle! Hab ich's doch gewusst!« Er bemerkte die zwei Männer, die versuchten, mit einer primitiven Angel einige Fische aus den Becken zu holen. »Als gäb's nicht genügend Fisch im offenen Meer!« Schon wollte er das Fernglas absetzen, da bemerkte er ein junges Mädchen, das hinter den Männern auftauchte und mit beiden Armen winkte. Doch in der nächsten Sekunde hastete einer der Angler auf sie zu und stieß sie brutal zurück.

»Verdammt, was treiben die da?« Peer biss sich auf die Lippen. Hastig öffnete er einen Schrank, holte ein Megaphon heraus und ging zur Reling. »Was macht ihr da, ihr verdammten Ärsche? Das ist Diebstahl! Ich werde die

Küstenwache rufen!« Er wollte gerade wieder zum Fernglas greifen, als ein Schuss aufpeitschte. Gleich darauf ein zweiter und dritter.

Mit einem Schmerzensschrei ließ Peer das Megaphon fallen.

»Andrea, kann ich heute eine Stunde früher Schluss machen? Ich bin verabredet.« Livs Wangen röteten sich leicht.

»Schon wieder mit Jan-Frederik?« Andrea schmunzelte. »Dich hat's wohl ziemlich erwischt, was?«

»Ihn auch.« Liv nahm ein paar Instrumente aus dem Sterilisator. »Sagt er wenigstens.«

»Dann freu ich mich für dich. Natürlich kannst du gehen.« Andrea nahm eine neue Patientenkarte zur Hand. »Ist noch viel los im Wartezimmer?«

»Nein. Nur noch Ulla Jacobsborg mit ihrem Baby wartet draußen. Die Kleine hat Ausschlag, den sollst du dir ansehen.«

»Dann bring sie gleich rein.« Andrea legte die Patientenkarte zur Seite. »Du kannst von mir aus jetzt schon gehen. Ich fahre nach der Sprechstunde noch rüber zu den Hovigs, dem alten Peer geht's nicht sehr gut.«

Liv sah sie dankbar an. »Das ist super. Danke!« Und schon stob sie davon.

Ulla Jacobsborg war eine große, schlanke Frau mit fast weißblondem Haar, das ihr in weichen Wellen bis weit über die Schultern fiel. Zusammen mit ihrem Mann betrieb sie ein Schmuckatelier in einem umgebauten alten Fischerhaus gleich am Hafen. Eins ihrer Schmuckstücke trug sie auch jetzt, es war eine gehämmerte breite Silberkette mit einem runden hellblauen Stein in der Mitte.

Gleich fiel Andrea die wertvolle Aquamarinkette ein, die ihr Jacob hatte schenken wollen, und beim Gedanken an ihn bekam sie eine Gänsehaut. Jacob hatte ihr Angst gemacht, und sie wünschte sich, sie hätte sich nie auf eine engere Beziehung mit ihm eingelassen. Der Mann, der sich zunächst so charmant und weltmännisch gezeigt hatte, besaß ein paar dunkle Seiten, die Andrea nicht näher kennenlernen wollte.

»Sieh nur, Doktor Andrea, hier hat sie auch schon Pusteln.« Ulla wies auf den Rücken ihrer anderthalbjährigen Tochter.

»Die arme kleine Maus.« Andrea strich dem Mädchen, das schon genauso dichtes, helles Haar hatte wie seine Mutter, über die Wangen. »Das sind Windpocken.«

»Ach du je! Die hat der Sohn einer Nachbarin, aber er hat nie mit Karen gespielt.«

»Muss er auch nicht. Die Windpocken verbreiten sich über Tröpfcheninfektion, sozusagen mit dem Wind – was ihnen auch den Namen gegeben hat.« Sie ging zum Wandschrank und holte eine Tube heraus. »Hier, nimm für heute schon mal diese Emulsion mit, die lindert den Juckreiz. Morgen holst du das dann hier aus der Apotheke.« Sie schrieb ein Rezept aus.

»Kann ich sonst gar nichts tun?«

»Leider nicht. Höchstens mal eine kühlende Kompresse auftragen, das hilft kurzfristig auch gegen das üble Jucken. Und schneid Karen die Fingernägel ganz kurz, damit sie sich nicht kratzen kann. So lassen sich spätere Narben am besten verhindern.«

Nachdem Ulla und ihre Tochter die Praxis verlassen hatten, zog sich Andrea um und machte sich auf den Weg zu Peer. Seit Jahren kannte sie den alten Mann, der einer der reichsten Fischzüchter des Landes war. Doch seinen Reichtum trug er nicht zur Schau, im Gegenteil, er war trotz seines Erfolgs stets bescheiden geblieben und einer der liebenswertesten Menschen, die Andrea kannte.

Zusammen mit Schwiegertochter und Sohn wohnte er in einem weißen Holzhaus oberhalb des Hafens. Im Vorgarten blühten Geranien und Margeritenbüsche, und neben der breiten Treppe, die zur hellgelb gestrichenen Haustür führte, standen gelbe Rosenbüsche. Die Blüten verströmten einen zarten Duft, der sogar noch den leichten Fischgeruch, der stets über Stamsunds Hafen hing, übertraf.

Eine weitläufige Terrasse zog sich über die breite Südfront hin und bot einen wundervollen Blick über die Bucht von Stamsund und einen Teil der Hafenanlagen.

Peer lag auf einer dick gepolsterten Liege auf der Terrasse. Eine dunkelblaue Decke war über ihn gebreitet.

»Vater geht es nicht allzu gut, aber er wollte sich unter keinen Umständen ins Bett legen.«

»Warum auch? Da sterben nun mal die meisten Menschen, nicht wahr, Doktor Andrea? Ich brauche frische Luft und den Blick auf den Fjord!« Er streckte der Ärztin die linke Hand entgegen.

Andrea ging rasch auf ihn zu. »Hallo, Peer. Was hast du angestellt?« Sie umarmte ihn vorsichtig und spürte dabei, dass er Fieber hatte.

»Er hat sich mit irgendwelchen Ganoven angelegt, die unseren Zuchtanlagen drüben bei Skrova zu nahe gekommen sind.« Finja schüttelte den Kopf. »Vater denkt immer noch, er wäre ein junger Mann und müsste alles selbst regeln. Leider ist er diesmal an die Falschen geraten, die Verbrecher haben auf ihn geschossen!«

»Nur ein Streifschuss, nichts Schlimmes«, warf Peer ein. »Wenn ich jünger wäre …«

Finja schüttelte den Kopf. »Dann hättest du auch nichts ausrichten können.« Sie wandte sich an Andrea. »Mein Mann hat über Funk die Küstenwache gerufen, aber die haben den alten Kahn, von dem aus geschossen wurde, auch nicht mehr entdeckt.«

»Die Kerle hatten Zeit, in einem der vielen kleinen Fjorde zu verschwinden. Oder sich auf einer der Schäreninseln zu verstecken. Die Gegend ist das reinste Labyrinth, da kann man leicht untertauchen.« Peer biss sich auf die Lippen. »Möchte nur wissen, was das für ein Mädchen war auf dem Kahn.«

»Das lass die Polizei ermitteln.« Andrea öffnete ihre Bereitschaftstasche. »Lass mich jetzt mal deine Verletzung sehen.«

»Er hat einen Streifschuss abgekriegt, den mein Mann noch an Bord versorgt hat. Wir haben immer eine gutausgestattete Notfallapotheke auf unseren Schiffen.«

»Und danach wart ihr nicht bei einem Arzt oder in der Klinik?«

»Unsinn! Doch nicht wegen so einer Lappalie!« Peer schüttelte den grauhaarigen Kopf.

»Wann ist das passiert?« Behutsam löste Andrea den Verband.

»Vorgestern.«

Sie untersuchte die Wunde, die nicht allzu tief war. »Dein Schwiegersohn hat dich gut versorgt. Ich säubere die Wunde jetzt noch mal, desinfiziere neu und lege einen stärkeren Verband an.« Sie sah Peer eindringlich an. »Und du musst Ruhe halten. Du solltest den Arm nicht zu sehr bewegen. Bist du gegen Tetanus geimpft?«

»Sicher.« Peer nickte.

»Wann ist die Impfung denn zum letzten Mal aufgefrischt worden?«

Der alte Mann zuckte mit den Schultern. »Keine Ahnung. Muss schon ein paar Jahre her sein.«

Andrea seufzte unterdrückt auf. »Kein Wunder, dass du Fieber bekommen hast. Hoffentlich gibt's nicht noch eine Infektion.« Sie suchte in der Tasche nach dem Tetanusserum und injizierte es dem alten Mann, der beim Anblick der Spritze leicht zusammenzuckte. »Ich verschreibe dir noch ein Antibiotikum, das musst du schlucken, bis alle Tabletten aufgebraucht sind.« Sie sah Finja an. »Sorg bitte dafür, es ist sehr wichtig.«

»Keine Angst, das mach ich schon.«

»Und ich seh morgen wieder nach dir, Peer.« Andrea verschloss ihre Tasche. »Bitte sei vernünftig und schone dich.«

»Ja, ja, schon gut. Ich leg mich gleich ins Bett wie ein Mummelgreis, wenn du willst.«

Andrea lachte. »Solange es noch so angenehm warm ist, kannst du hier draußen bleiben, aber nicht mehr zu lange.« Sie umarmte ihn kurz. »Du wirst noch gebraucht, das weißt du doch.«

Andrea war noch nicht an der Tür, als es klingelte. Gleich darauf kam Carina auf die Terrasse. Sie begrüßte Peer und nickte Andrea lächelnd zu.

»Kann ich ihn vernehmen? Es geht um dieses Mädchen, das du auf dem Boot gesehen hast, Peer.«

»Er ist ganz o. k.«, sagte Andrea. Vorsichtshalber blieb sie allerdings in der Nähe. Carina setzte sich auf einen der Stühle dicht neben Peer und nahm ihr Notizbuch zur Hand.

»Die Kollegen von der Wasserschutzpolizei haben mich informiert, weil wir denken, dass dieses Boot mit einem anderen Fall in Verbindung steht.«

»Ich hab sie nur ganz kurz gesehen. Sie war jung, ziemlich dünn und hatte lange schwarze Haare. Mehr weiß ich nicht.«

»Und das Boot? Kannst du es beschreiben?«

»Es war ein alter, ziemlich verrosteter Kahn. Der Motor tut's nicht mehr lange, da bin ich sicher.« Er runzelte die Stirn. »Ich hab das Geräusch schon mal gehört, und damals hab ich das Boot auch besser sehen können. Es ist eine russische Bauart, da bin ich mir sicher. Leider hab ich die Flagge am Heck nicht erkennen können. Aber vielleicht war auch gar keine dran.«

Die Kriminalbeamtin machte sich einige Notizen, ließ aber nicht durchblicken, welche Vermutungen sie anstellte.

Erst als sie wieder draußen vor dem Haus waren, sagte sie zu Andrea: »Ich fürchte, Peer ist auf das Boot der Mädchenhändler gestoßen. Das erklärt auch, warum die Fischdiebe gleich geschossen haben. Wegen einiger Lachse hätten sie das sicher nicht getan.«

»Und was unternimmst du jetzt?«

»Weiter ermitteln.« Carinas Gesicht verschloss sich. »Wir sind ganz nah dran. Du siehst ja, dass die Verbrecher immer unvorsichtiger und nervöser werden. Aber die Typen auf dem Boot, das waren nur Handlanger. Den Boss haben wir noch lange nicht, der scheint das reinste Phantom zu sein.«

»Pass auf dich auf.« Andrea umarmte die Freundin. »Ich mach mir Sorgen um dich.«

»Musst du nicht. Ich hab ein tolles Team. Und seit Ellen auf dem Hof von Ingas Eltern in Sicherheit ist, fühle ich mich auch besser.«

»Und wo ist Knut?«

»Wieder auf der *Polarlys* und in Richtung Bergen unterwegs. Das ist schon ganz gut so. Er ist damit auch aus der Schusslinie, und ich kann mich ganz dem Job widmen.«

»Wenn ich was tun kann, sag es.«

Carina lächelte. »Kannst du. Geh mit mir einen Kaffee trinken.«

»Gute Idee.«

15

»Frau Langlo, Sie dürfen noch nicht arbeiten!« Entschlossen nahm die zierliche blonde Schwester ihrer Patientin den Tablet-Computer aus den Händen.

»Was weißt du denn schon von meinem Job?« Agneta streckte die rechte Hand aus. »Gib mir das Tablet wieder, verdammt noch mal!« Sie atmete schwer. »Du hast doch keine Ahnung, was es heißt, ein Geschäft zu führen und Verantwortung zu tragen. Ich hab schon genug Termine versäumt! Und die Verträge hier muss ich unbedingt durcharbeiten.«

Schwester Christine zuckte nur mit den Schultern. »Im Augenblick trage ich die Verantwortung für die Patienten auf meiner Station. Und dazu gehören auch Sie. Und dass Sie ein paar wichtige Termine versäumt haben, ist ganz allein Ihre Schuld.«

Agneta schluckte. »Unverschämtheit! Ich werde mich bei Professor Knutsen beschweren.«

»Von mir aus.« Die Krankenschwester war nicht im Geringsten beeindruckt. Gelassen legte sie das Tablet auf einen kleinen Tisch, dann ging sie zum Fenster und zog die cremefarbenen Vorhänge zur Seite. Hell fiel das Sonnenlicht ins Zimmer, und Agneta schloss gleich die Augen.

»Wohl wahnsinnig geworden, was?« Mit einem Wehlaut sank sie in die Kissen zurück.

»Was wollen Sie? Wer arbeiten kann, kann doch auch das Tageslicht ertragen.« Schwester Christine ließ sich von Agnetas exaltiertem Benehmen nicht beeindrucken. Seit sie in der renommierten Suchtklinik von Professor Knutsen arbeitete, hatte sie schon unzählige Promis erlebt, die ihren Entzug mehr oder weniger diszipliniert hinter sich zu bringen versuchten.

Agneta Langlo war zwar nicht hochgradig tablettensüchtig, doch nach dem Kreislaufzusammenbruch, den sie vor einer Woche erlitten hatte, war ihr Organismus noch sehr geschwächt. Zudem hatten die Ärzte festgestellt, dass sie wohl schon seit Jahren Kokain nahm. Ihre Nasenschleimhäute waren bereits stark in Mitleidenschaft gezogen. Das war eine Tatsache, die für sich sprach, wenn Agneta auch vehement bestritt, regelmäßig Kokain geschnupft zu haben. Aber sie litt an Entzugserscheinungen, wenn auch nicht so massiv wie etliche andere Patienten, die noch stärkere Drogen konsumiert hatten. Dennoch hatte ihr der Klinikchef strikte Ruhe verordnet und die Therapie persönlich mit der Patientin besprochen. Er kannte die attraktive Frau, sie waren sich bei etlichen Veranstaltungen begegnet.

Ob es etwas nützte, dass er sich selbst um die bekannte Verlegerin kümmerte? Schwester Christine bezweifelte es. So, wie sie auch bezweifelte, dass die schwarzhaarige Patientin wirklich von den Drogen fortkommen wollte. Die erfahrene Pflegerin war sicher, dass Agneta Langlo inzwischen auch schon zu Methamphetamin griff, einer synthetischen Droge, die rasch abhängig machte und ungemein gefährlich war.

»Wer, zum Teufel, hat Ihnen eigentlich die Arbeitsunterlagen gebracht?«

»Ein Mitarbeiter natürlich.« Agneta zupfte sich das schwarze Spitzennegligé zurecht. »Es will wohl nicht in dein kleines Hirn, dass ich die Verantwortung für etliche Angestellte und Autoren trage.«

»Das hätten Sie sich überlegen sollen, ehe Sie dieses Dreckszeug geschluckt haben.« Schwester Christine ging zur Tür, sie ließ sich von keinem Patienten provozieren. »In einer Stunde hole ich Sie zur Therapiestunde ab.«

Agneta seufzte. »Schon wieder! Ich habe nicht vor, mein Seelenleben der Öffentlichkeit preiszugeben. Wann wird man das hier endlich begreifen?«

»Wenn Sie sich nicht helfen lassen wollen – warum sind Sie dann eigentlich hier?« Die Pflegerin wartete keine Antwort ab, sondern schloss energisch die Tür hinter sich. »Ich hab wahrhaftig nicht vor, mir diesen Unsinn einer exaltierten Type wie dir noch länger anzuhören«, murmelte sie vor sich hin.

Christines jüngerer Bruder war vor einem Jahr an einer Überdosis Heroin gestorben, seit dieser Zeit arbeitete sie in der Privatklinik von Professor Knutsen. Intensiv kümmerte sie sich um die Schwerabhängigen, um diejenigen, die die Gesellschaft ausgestoßen und auf die Straße gespuckt hatte. Doch für Agneta hatte sie nur wenig Mitleid, denn in Christines Augen nahm die arrogante Millionärin den wirklich Kranken nur einen Therapieplatz weg.

Kaum war sie allein, zog Agneta ein Handy unter der Bettdecke hervor. »Wer mich austricksen will, muss früher aufstehen«, murmelte sie. Ihre Finger zitterten, und ein heftiger Schweißausbruch brachte sie an den Rand einer neuen Ohnmacht. Sie trank einen Schluck Wasser und nahm eine der Tabletten, die man ihr verordnet hatte. Gleich ging es ihr besser, und sie war in der Lage, die wohlvertraute Nummer einzutippen.

Nichts. Nicht mal die Mailbox!

Wieder und wieder versuchte sie es, doch Roger war nicht zu erreichen.

Wütend hieb Agneta mit der Faust auf die helle Decke. Ihr Puls flog, und ihr Atem ging kurz und heftig, als sie die Nummer von Kristian eintippte – und auch diesmal nur die Mailbox ansprang.

»Verdammt, verdammt, verdammt!« Mit hochrotem Gesicht warf sie das Handy quer durchs Zimmer. Tränen strömten Agneta aus den Augen, und sie fühlte sich so elend und von aller Welt verlassen wie nie zuvor.

Niemand aus ihrem Bekanntenkreis wusste, wo sie sich aufhielt. Ihrer Sekretärin Hilla hatte sie strikte Anweisung gegeben, niemandem ihren Aufenthaltsort zu verraten. Die Konsequenz war, dass sie keinen Besuch erhielt und auch niemand sie anrief. Das Handy hatte ihr Hilla bei ihrem ersten und einzigen Besuch in die Klinik geschmuggelt, so wie den Tablet-PC.

Mit verschleiertem Blick sah Agneta hinüber zu dem kleinen silbernen Gerät, das unter einen der beiden Besuchersessel gerutscht war. Mühsam stand sie auf, um es aufzuheben. Als sie sich danach bücken wollte, wurde ihr schwarz vor den Augen.

»Wir wollen am späten Nachmittag hinüberfahren nach Stokmarknes. Hast du was dagegen, wenn wir Lars mitnehmen?« Birgit Ecklund packte Kuchen, Pasteten und drei Flaschen Wein in einen großen Korb.

»Was habt ihr vor?« Andrea nahm sich ein halbes der Kuchenstücke vom großen Blech. »Hm, köstlich!«

Birgit lachte. »Das ist Rasmus Wellborgs Lieblingskuchen.«

»Und wer ist Rasmus Wellborg?«

Birgit legte eine weißblaue Decke über den Korb. »Rasmus ist einer der ältesten Kollegen von Johan. Die beiden haben zusammen studiert, dann ist Rasmus für ein paar Jahre nach Oslo gegangen. Vor gut zwanzig Jahren wurde er Chefarzt in Stokmarknes.«

»Ich erinnere mich.« Andrea nahm sich frischen Kaffee. »Er war mal hier, als Johan gerade aus der Klinik entlassen war.«

»Ja. Inzwischen ist Rasmus auch im Ruhestand, er und seine Frau haben drei Kinder und sieben Enkel. Sie feiern heute Rasmus' siebzigsten Geburtstag – und meinten, wir könnten Lars ruhig mitbringen.«

»Aber er stört dich doch nur!« Andrea schüttelte den Kopf. »Nein, nein, fahrt ihr mal allein. Ich hab keine Bereitschaft, kann mich also um den Kleinen kümmern.«

Birgit schüttelte den Kopf. »Ich denke, du solltest dir den Abend frei halten. Es gibt da jemanden, der mit dir allein sein und feiern will.« Sie lachte. »Sei nicht bös, aber Kristian und ich haben uns schon abgesprochen.« Sie zog Andrea kurz an sich. »Er hat eine Überraschung für dich.«

Andrea zerbröselte ein kleines Stück Kuchen zwischen ihren Fingern, während sie ans Fenster ging, und schaute hinaus aufs Wasser. Auf ihrer Stirn bildete sich eine steile Falte, und der Blick verlor sich in der Weite des Fjords.

»Du liebst ihn doch auch, oder?«

»Ja, aber ...«

Birgit schüttelte den Kopf. »Es gibt keine Liebe mit Wenn und Aber. Du musst doch spüren, ob er der Mensch ist, mit dem du zusammen sein willst.«

»Ja, das tu ich ja auch, aber …« Andrea drehte sich um, ein wenig von der Zerrissenheit, die in ihr war, lag in ihrem Blick. »Ich weiß einfach nicht, ob ich ihn liebe oder die Erinnerung an Magnus. Die beiden sind sich in vielem so ähnlich … Und dann sind da doch wieder große Unterschiede. Kristian ist ernster, reifer. Aber er hat auch Humor, wir lachen viel zusammen. Ich mag es, dass er so belesen ist, dass er viel von der Welt kennt, und … und ich denke, dass er zuverlässig ist. Mehr vielleicht noch, als es Magnus war.«

»Magnus war dir immer treu«, warf Birgit ein.

»Ja, in unserer Ehe schon. Aber er hatte vorher Affären. Denk nur an dieses Millionärstöchterchen Lilian. Er kam lange nicht von ihr los.«

»Aber Andrea! Er war doch kein Teenager mehr, als ihr euch getroffen habt! Natürlich hatte er eine Vergangenheit, so wie du auch. Und das ist sicher auch bei Kristian so.«

»Klar doch!« Andrea zuckte mit den Schultern. »Ich bin eine dumme Gans. Vergiss es.«

Birgit lächelte. »Du liebst ihn. Nur das zählt.« Sie nahm den Korb auf. »Den bringe ich schon mal ins Auto. Pack bitte ein paar Sachen für Lars zusammen, wir übernachten bei den Wellborgs. Und vielleicht bleiben wir auch noch einen Tag länger. Bald werden die Tage wieder kürzer, wir müssen die hellen und warmen Mittsommernächte auskosten!« Sie zwinkerte Andrea zu. »Das solltest du auch tun!«

»Wenn ich dank deiner Organisation sturmfreie Bude hab, spricht ja nichts dagegen!« Andrea hatte ihre Unbekümmertheit zurückgewonnen.

»Genau das war der Plan!«

Lars war begeistert, als er hörte, dass er verreisen durfte. Er zappelte aufgeregt hin und her und fand immer noch etwas, das er unbedingt in seinem kleinen Rucksack verstauen musste.

»Den Hund! Und den Bagger. Und den Troll! Der passt auf!« Er fasste die kleine Holzfigur an den grauen, zotteligen Haaren und stopfte sie in den Rucksack.

Als es ans Abschiednehmen ging, schmiegte er kurz den Kopf an Andreas Wange. »Hab dich lieb«, sagte er und gab ihr einen feuchten Kuss.

»Ich hab dich auch lieb, mein Spatz. Hab viel Spaß. Und sei lieb, zank Oma Birgit nicht.«

»Nein.« Treuherzig schüttelte Lars den Kopf, dann kletterte er ins Auto und winkte Andrea zu.

Langsam ging Andrea ins Doktorhaus zurück und setzte sich in der Praxis noch einmal an ihren Schreibtisch. Durchs geöffnete Fenster hörte sie Chris' Trompetenspiel. Es war ein melancholischer Blues, der aber nach ein paar Improvisationen rasch in eine heitere Melodie überging. Andrea las ein paar Laborberichte und trug Daten in den Computer ein. Sie zuckte zusammen, als es an der Tür klopfte. Gleich darauf steckte Kristian den Kopf herein.

»Hallo, Liebes. Wie kannst du bei diesem Wetter nur arbeiten! Das ist ja direkt sündhaft!«

»Stimmt schon, aber es muss nun mal sein.« Sie stand auf und ging ihm entgegen. »Du schwänzt allerdings schon wieder!«

»Nein! Ich bin fertig! Und das muss gefeiert werden!« Er holte hinter dem Rücken eine Flasche Champagner hervor. »Was hältst du von einem kleinen Picknick am Strand?«

Andrea nahm sein Gesicht in beide Hände und küsste ihn zärtlich. »Eine sehr, sehr gute Idee! Ich gratuliere zum fertigen Manuskript.«

»Du hast mich inspiriert.«

»Bei einem Krimi?« Andrea lachte. »Das hoffe ich nicht.«

»Na gut, dann sag ich es anders: Die Liebe hat mich beflügelt!«

»Und jetzt überlegst du, ob du als Nächstes einen Liebesroman schreiben willst.« Sie zog ihn mit sich zur Terrasse. »Lass uns gleich hierbleiben. Der kleine Privatstrand, der zum Doktorhaus gehört, wird doch reichen, oder?«

»Er ist perfekt!« Kristian legte den Arm um sie und küsste sie im Gehen. »Genau dahin wollte ich mit dir.«

»Ich zieh mir nur rasch was anderes an.«

»Ach was, lass nur den Kittel hier, alles andere …« Er zwinkerte ihr übermütig zu, »alles andere brauchst du auch nicht.«

Hinter dem L-förmig gebauten Doktorhaus befand sich ein Garten, der sich bis zum Wasser hin erstreckte. Ein massiver Steinwall schützte vor starken Wellen. An der rechten Grundstücksgrenze hingegen befand sich ein schmaler Uferstreifen mit hellem, feinkörnigem Sand. Dieser private Strand war Johan Ecklunds ganzer Stolz, denn dies war einer der wenigen Sandstrände von Stamsund. Hier war man völlig ungestört und konnte – zumindest im Sommer – mit den Füßen ins Wasser gehen.

»Ist das herrlich!« Andrea ließ sich in den sonnenwarmen Sand fallen und streckte beide Arme weit von sich. »Es ist so warm wie in Italien. Man kann sich kaum vorstellen, dass schon in wenigen Wochen wieder die ersten Herbststürme über die Insel toben werden.«

»Umso intensiver müssen wir jetzt das alles hier genießen.« Er kniete sich in den Sand und holte aus dem mitgeführten Korb Champagner, zwei Gläser, Käsewürfel und ein paar Kräcker.

»Auf deinen Roman – und darauf, dass du mit ihm viel Erfolg hast.« Andrea hob ihr Glas und trank einen Schluck.

»Auf dich – auf uns.« Kristian beugte sich über sie. Sie spürte den warmen Atem und sah seine Augen, die sie zärtlich anblickten.

Sie wehrte sich nicht, als er ihr die Träger des leichten hellblauen Leinenkleids von den Schultern streifte und ihre nackte Haut küsste. Langsam, viel zu langsam für die Leidenschaft, die er in ihr weckte, glitten seine Lippen tiefer. Andrea stöhnte unterdrückt auf, als er sich wieder aufrichtete und mit einer schnellen Bewegung das T-Shirt auszog. Die Hose folgte und auch ihr Kleid.

Sie liebten sich im warmen Sand, und es gab niemanden, der sie störte. Nicht einmal die frechen Möwen, die über ihnen kreisten, konnten mit ihrem Krächzen die Koseworte, die er ihr zuraunte, übertönen.

Draußen auf dem Meer begrüßten sich zwei Kreuzfahrtschiffe mit lang anhaltenden Signaltönen, und ein Papageientaucher-Pärchen, das sich an den Strand verirrt hatte, flog erschrocken auf und verschwand gleich darauf im tieferen dunklen Wasser.

»Ich liebe, liebe, liebe dich.« Erschöpft, schwer atmend, aber glücklich warf sich Kristian neben Andrea in den Sand. »Ich stell mir vor, wir wären die einzigen Menschen auf der Welt.«

»Wie langweilig!«, kicherte Andrea. »Immerzu nur Küsse und Sex sind mir nicht genug.«

»Du Unersättliche! Aber warte, ich hab noch was!« Er richtete sich auf und suchte in der Picknicktasche nach einem schmalen weißen Umschlag. »Da ich dir ja nicht genüge … was hältst du von einem Ausflug nach Trena? Ich hab Konzertkarten!«

Mit einem Ruck richtete sich Andrea auf. »Du hast Karten ergattert? Das glaub ich nicht!« Auf der kleinen Insel Trena fand jedes Jahr eines der bedeutendsten Jazzkonzerte statt. Aber die Besucherzahl war auf 2000 limitiert, da die Insel zu klein war, um größere Menschenmengen aufzunehmen.

Kristian grinste. »Dein Nachbar Chris hat mir geholfen. Er spielt dieses Jahr mit seinen Freunden auf dem Festival.«

»Super! Jetzt weiß ich auch, warum er seit Tagen so intensiv übt! Ich dachte erst, er hätte noch Probleme mit der verletzten Hand.« Andrea schlang die Arme um Kristians Nacken. »Du bist ein Mann voller Überraschungen.«

Kristian grinste jungenhaft. »Ist es eine weitere Überraschung, wenn ich gestehe, dass ich dich gleich noch mal küssen muss?«

»Nicht wirklich.« Andrea schloss die Augen, als er sie leidenschaftlich an sich zog. Seine Hände glitten über ihren Rücken, fest, ganz fest zog er sie an sich, so dass sie seine Erregung spüren konnte. »Du bist …« Sie brach ab, als das Handy, das sie neben sich auf das grün-gelbe Badetuch gelegt hatte, zu klingeln begann. »Sorry, aber ich muss drangehen.« Sie löste sich aus der Umarmung und hob das Mobiltelefon ans Ohr.

»Sandberg.«

»Frau Doktor! Du musst schnell herkommen!« Inga Brendboes Stimme zitterte. »Schnell! Bitte! Ellen ist verunglückt!«

16

Wir müssen weg hier.« Pjotr nahm das Fernglas nicht von den Augen. »Wenn diese Fischer uns die Polizei auf den Hals hetzen, sind wir dran.«

»Reg dich ab, Mann. Die haben von uns die Schnauze voll.« Oleg, ein etwa fünfundzwanzigjähriger Mann mit pockennarbigem Gesicht und kahlrasiertem Schädel, grinste. »Hast doch gesehen, wie schnell sie abgedreht sind, nachdem ich ihnen die erste Ladung verpasst hab.«

»Was total unnötig war, du Idiot!«

»Es war auch idiotisch, den Lachs aus den Zuchtbecken zu holen, statt irgendwo an einer geschützten Stelle zu angeln.« Oleg holte ein Stück getrocknetes Rentierfleisch aus seiner Hemdtasche, kaute kurz darauf herum und spuckte es dann in hohem Bogen aus. »Ekelhaft.«

»Dann geh runter und brat die Fische. Wir haben sie ja nicht umsonst aus dem Becken gefischt.«

»Ich? Dir haben sie wohl ins Gehirn geschissen. Wozu haben wir Weiber an Bord?«

Pjotr antwortete nicht. Gebannt sah er hinüber zu der Schärengruppe mit den hohen Felsformationen. »Verdammt! Polizei!«

»Du siehst Gespenster.«

Pjotr antwortete nicht. Starr sah er zu den Inseln hinüber, konnte allerdings das Boot, das er eben noch ausgemacht hatte, nicht mehr entdecken. »Weg von hier«, stieß er hervor. »Mach dem alten Kahn Dampf. Los!«

Oleg zögerte, doch dann beschleunigte er die Fahrt. »Sieh zu, dass ich was Gescheites zwischen die Zähne kriege«, rief er Pjotr zu. »Seit drei Tagen gibt es nur diesen getrockneten Fraß und alte Konserven. Widerlich! Kein Wunder, dass die Mädchen krank sind.«

»Ph!« Pjotr schaubte wütend. »Dass zwei der Gören halb tot sind und nicht mehr aufstehen können, ist doch dir zu verdanken! Du solltest sie gefügig machen, nicht brutal kaputtficken. Außerdem sollten ein paar der Mädchen nicht angerührt werden, der Boss hat Kunden, die auf Jungfrauen stehen.«

»Quatsch. Sei nicht so zimperlich.«

»Bin ich nicht. Aber die Ware ist nichts mehr wert, wenn sie grün und blau geprügelt oder verstümmelt und unansehnlich ankommt. Das schreckt doch die Kunden ab. Der Boss wird toben, wenn sie bis zur Ankunft nicht wieder halbwegs okay sind.« Angestrengt suchte er den Horizont ab.

»Soll er ihnen doch selber klarmachen, was von ihnen erwartet wird. Aber dazu ist er sich wohl zu fein.«

»Du hast deinen Job, er einen anderen.« Pjotr zuckte zusammen, als hinter einer größeren Felseninsel wieder das Boot der Wasserschutzpolizei auftauchte. »Verdammt! Gib Gas! Hier zwischen den Inseln können wir nicht bleiben.«

Oleg nickte nur. Er verstand die Anweisungen des Bosses nicht, der sie irgendwo ins tiefste Niemandsland beordert hatte. Mit dem Auto sollten sie von einem Hafen auf den Lofoten aus weiterfahren. Warum auch immer …

Oleg fand die übertriebene Vorsicht lächerlich – bis das Polizeiboot so nahe war, dass man die drei Beamten, von denen einer ein Megaphon in den Händen hielt, erkennen konnte.

»Wir ändern den Plan!« Pjotr nahm das Fernglas kaum noch von den Augen. »Weg hier, rüber zum Festland! Gib endlich Gas!«

Wenn die Schäreninseln ihnen nicht immer wieder Deckung geboten hätten, wäre ihnen die Flucht wohl kaum gelungen. So aber schafften sie es, das Polizeiboot abzuschütteln.

»Na also«, murmelte Oleg und schielte hinunter ins Bootsinnere, von wo unterdrücktes Weinen zu hören war. »Schnauze!«, schrie er.

»Sei still.«

In der Ferne tauchte Bodø auf, die Stadt am Ende einer breiten Landzunge. Plötzlich waren gleich zwei Polizeiboote hinter ihnen, die sie zum Stoppen der Maschinen aufforderten.

»Nix da.« Pjotr beugte sich über die Seekarte. »Fahr rüber in den Saltfjorden. Hier steht, dass am Ende des Fjords ein Ort ist, an dem die E 6 direkt vorbeiführt. Wir nehmen uns da einen Wagen und fahren über Land. Irgendeine Kiste wird sich schon auftreiben lassen.«

»Ach ja, und du denkst, das geht so einfach.« Oleg wies unter Deck. »Und was machen wir mit der Ware?«

»Mitnehmen. Das ist der Job. Und jetzt sieh zu, dass du die Bullen abschüttelst.« Er selbst griff zu einer alten Kalaschnikow, feuerte das Magazin leer und lud gleich nach. Eine zweite und auch dritte Salve verschoss er – und stellte fest, dass die Polizeiboote zurückblieben.

Oleg manövrierte das Boot geschickt in den Saltfjorden. Er wusste nichts von der Gefahr, in die er sich und die anderen auf dem Schiff brachte, als er den berüchtigten Saltstraumen erreichte, den stärksten Gezeitenstrom der Welt. Im Wechsel von Ebbe und Flut fließen fast 400 Millionen Kubikmeter Wasser in die Meerenge hinein und wieder heraus.

Es war Flut, und das Meer drückte gerade wieder mit größter Gewalt riesige Wassermengen in den engen Sund.

»Wir haben sie abgehängt. Kein Schiff weit und breit!« Oleg grinste selbstgefällig.

Pjotr antwortete nicht. Ihm fiel auf, dass sie immer mehr an Fahrt gewannen, so, als würden sie von einer unsichtbaren Macht vorangezogen. Irritiert beugte er sich über die Reling, zuckte aber zurück, als er merkte, dass das Boot immer tiefer in einen Strudel geriet.

Und dann waren da plötzlich schaumgekrönte Wellen, die sich drehten. Riesige Spiralen aus Wasser, das sich so rasend schnell drehte, dass einem beim Zusehen schwindlig werden konnte.

Obwohl Oleg die Motorleistung drosselte, trieb das alte Schiff schneller und immer schneller auf einen der großen Strudel zu. Fast zehn Meter Durchmesser hatte dieser Wasserkreisel voller schaumgekrönter Wellen, und Oleg sah entsetzt auf das unendlich tief erscheinende Loch, in das sie hineingezogen wurden, ohne dass es ihm möglich gewesen wäre, gegenzusteuern.

Pjotr, der die Kalaschnikow in einer Kiste direkt neben dem Ruderhaus verstaut hatte, taumelte übers Deck und konnte sich kaum noch aufrecht halten. Wassermassen spritzten auf, durchnässten ihn in Sekundenschnelle bis auf die Haut. In seinen Augen stand der blanke Horror, als er Oleg zurief: »Wir saufen ab! Himmel, was ist das?«

»Keine Ahnung.«

»Die Karte ... was sagt die Seekarte?«

Oleg zuckte mit den Schultern. »Hab keine exakte von hier. Wir müssen ...«

Lautes Krachen und Bersten übertönte seine Worte. Er umklammerte das Ruder und starrte nach draußen, wo sich mit einem Mal meterhohe Wasserberge vor ihm auftürmten.

Und dann war da wieder dieses laute Knirschen. Das Bersten von Metall mischte sich mit dem Splittern von Holz und lauten Entsetzensschreien.

Dann war es von einer Sekunde zur anderen still.

Eine knappe Stunde später wurden die ersten Holzplanken an Land gespült. Zwei Stunden später fand ein Angler zwei schwerverletzte Mädchen am Strand.

»Was ist denn passiert?« Kristian zog sich in Windeseile Hemd und Hose an.

»Ellen ist einen Abhang hinuntergestürzt und hat heftige Prellungen. Vielleicht sogar ein paar Brüche.« Andrea, die sich schon ihr Kleid übergestreift hatte, raffte die Decke und ihre leichten Sandalen zusammen. »Lass alles andere hier liegen, wir müssen los!«

»Warum hat Inga keinen anderen Arzt gerufen oder Ellen in eine Klinik gebracht?« Mit langen Sätzen hastete Kristian ihr nach. »Es dauert doch viel zu lange, bis wir dort sind.«

»Aus Angst. Du weißt doch, wie gefährdet Ellen ist.« In der Praxis suchte Andrea alles zusammen, was sie für die Versorgung des verletzten Kindes benötigen würde. »Nimm du den Bereitschaftskoffer dort drüben«, bat sie Kristian. »Himmel noch mal, wo sind nur meine Autoschlüssel?« Gehetzt sah sie sich um.

»Hier. Komm, ich fahre besser.«

Andrea nickte nur. Verflogen waren Unbekümmertheit und Leichtigkeit, mit denen der Tag begonnen hatte. Sie hastete zum Carport, wo ihr Mercedes, so wie immer, in Fahrtrichtung geparkt war.

»Willst du nicht bei Carina anrufen und ihr sagen, was los ist?«, fragte Kristian, während er die Tür entriegelte.

»Später. Fahr erst mal los. Wir brauchen sicher eine Stunde bis Gimsøy.« Sie verstaute den Notfallkoffer und eine weitere Tasche auf dem Rücksitz.

Dem Mann, der gerade aus einem unauffälligen Volvo stieg, schenkte sie keine Beachtung.

Jacob Stevensen zuckte zusammen, als er den Namen Carina hörte. »Mein Instinkt«, murmelte er vor sich hin und grinste selbstgefällig. Wieder einmal hatte er intuitiv den Weg zum Doktorhaus eingeschlagen. Seit Tagen beobachtete er Andrea, ohne genau zu wissen, was er tun wollte, um sich an ihr zu rächen. Aber sie sollte es büßen, dass sie gewagt hatte, ihn abzuweisen! Niemand tat das ungestraft! Andrea war die erste Frau, der er seine ehrliche Zuneigung geschenkt hatte. Und sie hatte seine Liebe verschmäht! Unverschämt war das!

Er wischte sich über die Augen, die seit Tagen gerötet waren und brannten. Er schlief kaum noch, seit sich seine Schwierigkeiten im geschäftlichen Bereich mehrten. Sein Herz machte Probleme, der Kreislauf war instabil. Tabletten besaß er seit zwei Tagen keine mehr. Und die Zeit, sich neue zu beschaffen, hatte er sich einfach nicht genommen.

Wie im Fieber fühlte er sich.

Aber jetzt, da er durch Zufall neue Informationen bekommen hatte, ging es ihm gut. Er würde sie alle an der Nase herumführen. Die Polizei, die Konkurrenten vom albanischen Drogenkartell, die Idioten, die für ihn arbeiteten und versuchten, ihn zu bestehlen ... Allen würde er es zeigen!

Das Schicksal hatte ihm gleich zwei Trümpfe auf einmal zugespielt! Jacob presste die Lippen fest zusammen, wendete den Volvo und verfolgte den Wagen der Ärztin. Er befand sich wie in einem Ausnahmezustand und stieß ein bitteres Lachen aus. Es hatte so viele Pannen und Ärgernisse wie seit Jahren nicht mehr gegeben, aber jetzt nahm er die Zügel selbst in die Hand!

Andrea würde es noch bereuen, ihn zurückgewiesen zu haben! Jacobs Hände zitterten, als er den nächsten Gang einlegte. Es krachte im Getriebe, er hatte falsch geschaltet.

»Scheiße«, fluchte er. Seit langem fuhr er nur noch Automatik-Fahrzeuge, das Schalten war völlig ungewohnt. »Und das alles wegen dieser Hexe.« Er sah, dass Andreas Wagen gerade über die Brücke fuhr, die hinüber nach Gimsøy führte.

Jacob war nie zuvor auf der nur etwa 45 Quadratkilometer großen Insel gewesen, und er war überrascht, als die Straße plötzlich zwischen einer Bergkette hindurchführte. Fast übergangslos gingen die Berge dann in eine flache Gras- und Moorlandschaft über.

Vor der Tür eines alten, langgestreckten Gehöfts wehte

die norwegische Flagge. Ein paar Ziegen und Schafe grasten auf der kargen Weide linker Hand, rechts des Schotterwegs standen drei Ponys mit hellen Mähnen auf einer eingezäunten Koppel.

Andreas Wagen verlangsamte kurz die Fahrt, es schien, als müsse sich der Fahrer orientieren, dann bog er in den schmalen Weg ein, der zum Haus führte. Eine junge blonde Frau kam aus der Tür, hinter ihr drängte sich ein Hund ins Freie und rannte aufgeregt bellend auf den Wagen zu, dann hetzte er in langen Sätzen hinüber zur Schafkoppel.

Jacob zögerte, dann setzte er zurück und parkte im Schutz eines Steinwalls, den die Hofbesitzer wohl gegen den Wind errichtet hatten, der recht kräftig von Nordosten her blies. Ein paar Ziegen äugten neugierig zu ihm herüber. Jacob verzog den Mund, als der durchdringende Geruch, den die Tiere ausströmten, durchs geöffnete Fenster ins Innere des Wagens drang.

Er tastete nach der Pistole im Handschuhfach und schraubte mit ruhigen Bewegungen einen Schalldämpfer auf die Walther P1. Dann stieg er aus und ging langsam auf den alten Bauernhof zu.

»Großes Glück hast du gehabt, mein Mäuschen.« Andrea tastete Ellens Körper ab, der erhebliche Prellungen und Abschürfungen aufwies. »Es ist definitiv nichts gebrochen.« Sie sah zu Inga hoch und nickte dem jungen Mädchen beruhigend zu. »Es ist alles nicht so schlimm. Mach dir keine Gedanken, Inga.«

»Ich hab nur ganz kurz nach einem Schaf gesehen, das sich verletzt hatte. Da ist Ellen auch schon hinter Buffy her zu den Felsen gelaufen.« Tränen standen in den Augen des jungen Mädchens. »Ich bin schuld.« Sie schluchzte auf. »Ich hätte sie nicht aus den Augen lassen dürfen, dann wäre sie den Abhang nicht runtergefallen. Es hat so stark geblutet.«

»Dafür ist die Quetschung hier am Arm verantwortlich.« Behutsam hob Andrea den linken Arm des Kindes an. Sie lächelte Klein Ellen zu. »Bist ein tapferes Mädchen.«

»Nein.« In die Kinderaugen traten neue Tränen. »Mama ... ich will zu meiner Mama.«

»Wir fahren gleich zu ihr. Aber erst mal muss ich dich verbinden.« Andrea holte einen Lutscher aus ihrer Tasche. »Hier, das ist eine Belohnung, weil du so tapfer bist.«

Der Lutscher hatte die Form eines Herzens, und für ein paar Augenblicke war Ellen fasziniert und abgelenkt, so dass Andrea die verletzte Stelle örtlich betäuben konnte. Nur kurz zuckte Ellen beim Einstich der Nadel zusammen.

»Schau mal, ich hab hier auch was für dich.« Kristian zog ein Taschentuch aus seiner Hose und formte geschickt aus dem dünnen Stoff so etwas wie einen Hasen mit langen Ohren. »Und, was sagst du? Ist das ein Hase? Oder ein Hund?«

Ellen kicherte. »Hase!«

»Kluges Mädchen.«

»Lenk sie weiter ab«, bat Andrea. »Ich muss die Wundränder säubern und das zerfetzte Gewebe abtrennen, sonst bleibt noch eine hässliche Narbe. Dann versuche ich, alles zu klammern.«

»Womit nur?« Kristian überlegte, dann holte er einen Kamm aus der Hosentasche und begann, darauf zu spielen. »Mit Papier drum herum geht's noch besser«, sagte er, und nachdem ihm Inga ein Blatt gebracht hatte, konnte er sogar eine richtige Melodie spielen.

»Ich will auch!« Ellen streckte die linke Hand, die nicht verletzt war, nach dem Kamm aus.

»Ja, probier du auch mal.«

Es gelang ihnen mit vereinten Kräften tatsächlich, das Kind so lange abzulenken, bis die beiden gröbsten Verletzungen behandelt waren.

»Jetzt bleibt nur noch die Verstauchung am linken Knöchel.« Andrea tastete das Bein ab, das immer mehr anschwoll. Ellen wimmerte leise, als die Ärztin den Fuß ein wenig zu drehen versuchte. »Gleich tut's nicht mehr weh«, tröstete Andrea. »Du bist wirklich ein großes, tapferes Mädchen.« Sie wandte sich an Inga. »Wir werden erst mal eine kühlende Salbe auftragen und den Unterschenkel fixieren. Aber vorsichtshalber möchte ich das Gelenk röntgen, nicht dass doch etwas gebrochen oder eine Sehne angerissen ist. Pack ein paar Sachen zusammen, ja? Wir nehmen euch mit zurück ins Doktorhaus.«

Er wusste nicht genau, was er gleich tun würde. Plötzlich lastete ein dumpfer Druck auf seinem Kopf, der ihn am logischen Denken hinderte. Die Sonne, die im Zenit stand, blendete und schmerzte in den Augen. Und dann war da noch dieser Köter, dieses verdammte Vieh, das ihn umkreiste und wie wild bellte. Der zottelige Hund, der mehr einem Wolf als einem Schäferhund ähnelte, zog die Lefzen hoch und ließ riesige Reißzähne sehen.

Und jetzt kam auch noch so ein alter Kerl auf ihn zu! Er pfiff den Hund zurück, der sich wie tollwütig gebärdete.

Jacob hob die Waffe. »Hau ab! Scher dich weg!« Drohend hielt er dem alten Mann die Waffe entgegen. »Ruf deinen Köter zurück, sonst kriegt er eine Kugel!«

»Was soll das?« Der Schafhirte ging unverdrossen weiter. »Was willst du hier?«

»Scher dich weg!«

»Das tu du lieber.« Der Alte fixierte ihn mit leicht schräg gelegtem Kopf. Und als Jacob sich nicht rührte, befahl er: »Fass, Rolli!«

Doch noch bevor der Hirtenhund zum Sprung ansetzte, hob Jacob die Waffe und schoss ihm in den Kopf.

»Nein! Du Mistkerl! Ich werd dir …«

Weiter kam er nicht. Jacob drückte noch einmal ab. Ohne Skrupel sah er sich um – und fluchte laut. »Scheiße, Scheiße, Scheiße!«

Der silberfarbene Wagen der Ärztin kam, eine Staubwolke hinter sich herziehend, aus der Hofeinfahrt. Bevor er auf den breiteren Schotterweg einbog, sah Jacob, dass das blonde Kindermädchen und Andrea im Fond saßen.

Graue Wolken hingen über Stockholm, und es regnete in Strömen. Die Scheibenwischer des Taxis wurden den Wassermassen kaum Herr. Es war ein Wetter, das zu Agnetas trüber Stimmung passte.

Der ältere Taxifahrer, der zu Beginn der Fahrt versucht hatte, ein unverfängliches Gespräch anzufangen, hatte aufgegeben. Seinem schönen Fahrgast war offensichtlich nicht an Plaudern gelegen.

Agneta konnte es kaum erwarten, wieder in ihren eigenen vier Wänden zu sein. Die neun Tage in der Klinik waren ihr wie ein Alptraum erschienen. Sie hatte keinen Blick für die pittoresken Häuser der Altstadt mit ihren grünen Kupferdächern. Sie ignorierte auch das Königsschloss, auf dessen Vorplatz sich jetzt, im Sommer, viele Touristen aufhielten.

Ohne sich zu bedanken, gab sie dem Taxifahrer einen viel zu großen Geldschein, dann stieg sie aus und ging auf das gepflegte Renaissancegebäude zu, in dem sie wohnte.

Ich weiß gar nicht, warum ich mir das angetan habe, dachte sie, als sie den Koffer im weitläufigen Eingangsbereich abstellte. Die Ärzte haben mich verrückt gemacht. So ein bisschen Kreislaufversagen ist doch kein Weltuntergang! Und dieses Theater wegen der paar Pillen ist geradezu lächerlich!

Sie vergaß, wie elend es ihr zu Anfang in der Klinik gegangen war. Sie verdrängte die Angst, die sie empfunden hatte, als sie endlich aus der tiefen Bewusstlosigkeit erwacht war. Und sie wollte sich auch nicht mehr an die Schmerzen erinnern, nicht an die Krämpfe, die sie in den ersten Tagen des Entzugs durchlitten hatte.

Ohne die leichte Seidenjacke auszuziehen, ging sie zu ihrem Schreibtisch und suchte nach den drei Kokaintütchen, die sie darin versteckt hatte.

Nichts!

Roger, dieser Mistkerl, hatte sie wohl mitgenommen.

Blieb fürs Erste nur etwas Champagner, um die flatternden Nerven zu beruhigen. Sie trank drei Schlucke, doch die erhoffte Entspannung stellte sich nicht ein.

Auf dem Anrufbeantworter waren nur ein paar unwichtige Nachrichten. Ein paar Bekannte fragten, wo sie gerade wäre, und einer ihrer hartnäckigsten Verehrer, ein sechzigjähriger Bankier, lud sie zu einem Trip nach Monaco ein.

»Zu spät, mein Lieber. Du bist immer zu spät dran.« Sie löschte die Nachrichten, trank noch zwei Gläser Champagner und wählte Kristians Nummer.

»Agneta! Was willst du?« Seine Stimme klang unpersönlich. »Das Manuskript hab ich schon vor drei Tagen in den Verlag gemailt. Zufrieden?«

»Nein. Ich ... ich brauche dich hier, Kristian. Ich ... ich war in der Klinik. Ich bin krank.« Sie schluchzte auf. »Wenn du nicht kommst ... ich weiß nicht, was ich dann tu. Ich hab Angst. Angst vor dem Sterben. Kris ... komm her! Bitte!« Ohne seine Antwort abzuwarten, legte sie auf.

Siebenmal noch versuchte Kristian, sie im Lauf des Tages anzurufen, doch sie nahm nicht ab, als sie seine Handynummer auf dem Display erkannte. Mit zufriedenem Lächeln lag sie auf ihrem Bett, trank noch eine zweite Flasche Champagner und wartete.

Er würde kommen.

Ganz sicher würde er kommen! Er hatte sie noch nie im Stich gelassen!

Und wenn er erst mal wieder bei ihr war, dann gehörte er auch wieder ihr. Für immer!

»Die Schlinge zieht sich immer mehr zu, deshalb werden die Kerle so nervös und unvorsichtig.« Carina klopfte ungeduldig mit dem Kugelschreiber auf den Tisch. »Wenn wir nur endlich den entscheidenden Schritt weiterkämen! Aber wir kriegen nur ein paar kleine Fische, und die kennen den großen Boss nicht.«

»Was ist mit den beiden Mädchen, die beim Saltstraumen gefunden wurden? Haben die keine Infos?«

Carina schüttelte den Kopf. »Die sind immer noch nicht

ansprechbar. Eine von ihnen hat schwerste Verletzungen im Genitalbereich, außerdem alle möglichen Brüche und Prellungen. Die Ärzte in Bodø waren der Ansicht, das käme nicht alles durch den Bootsunfall.«

»Und die andere?«

»Schädel-Hirn-Trauma. Ein paar innere Verletzungen und zwei angebrochene Nackenwirbel.« Carina stand auf und trat ans Fenster. »Die können wir erst mal vergessen. Aber es deutet alles darauf hin, dass sie aus Russland stammen und verschleppt worden sind.« Sie seufzte auf. »Es passt alles ins Bild. Ich bin sicher, dass auch diese beiden Mädchen Opfer jener Bande wurden, hinter der wir her sind. Aber ... wir stecken in den Ermittlungen wieder mal fest.«

»Du musst einfach noch ein bisschen Geduld haben.« Andrea stellte sich neben die Freundin und sah gemeinsam mit ihr hinaus in den Garten, wo Ellen und Lars übermütig herumtollten. Johan Ecklund saß auf einer Bank neben einem blühenden Jasminstrauch und sah ihnen zu.

»Ich bin so froh, dass du Ellen hierbehalten willst.« Carinas Augen füllten sich mit Tränen. »Diese miesen Typen wollen mich unter Druck setzen, indem sie mein Kind bedrohen. Das ist doch irre.«

»Sie wollen dich einschüchtern.« Andrea legte ihr den Arm um die Schultern. »Das beweist, wie sehr sie sich in die Enge gedrängt fühlen. Aber hier bei uns ist sie in Sicherheit. Birgit und Johan haben versprochen, die beiden Kleinen nicht mehr aus den Augen zu lassen. Und Inga und Liv sind ja auch noch da.«

»Danke. Das ist wirklich eine ganz große Hilfe.« Carina schickte sich an zu gehen. »Ich muss zurück. Im Büro warten sie auf mich. Wir wollen den alten Schafhirten aus Gimsøy vernehmen. Auf ihn wurde auch geschossen sowie auf seinen Hund.«

»Und – ist er verletzt?«

Carina zuckte mit den Schultern. »Der Hund ist tot, der alte Rorik hat zum Glück nur einen Streifschuss abgekriegt. Er ist zäh und schon wieder bei seinen Tieren.«

»Und er kann den Mann beschreiben?«

Carina nickte. »Sagt er wenigstens. Mit etwas Glück kommen wir mit seiner Hilfe an eine Phantomzeichnung.« Sie sah auf die Uhr. »Ich muss los. Gib Ellen einen Kuss von mir. Ich sag ihr jetzt nicht noch mal adieu.«

»Mach ich. Bestimmt.« Andrea nahm den Arm ihrer Freundin. »Ich bring dich noch zum Wagen.«

Nachdenklich sah sie dem unauffälligen Dienstwagen der Kriminalbeamtin nach, bis er hinter der nächsten Straßenecke verschwand. Chris, der Trompeter, fuhr im selben Moment auf seinem Fahrrad aus der Toreinfahrt seines Elternhauses und winkte Andrea zu. Er hatte eine Angel auf den Rücksitz geklemmt und einen Picknickkorb an der Lenkstange hängen.

»Er nutzt die letzten Tage der Mitternachtssonne.« Kristian kam quer über die Straße auf Andrea zu. »Ist Carina schon wieder fort?«

»Gerade eben ist sie gefahren. Warum bist du nicht rübergekommen? Birgit hat frischen Käsekuchen gebacken.«

»Ich ... ich hab ein paar Sachen zusammengepackt.« Kristian nahm Andrea in den Arm. »Liebling, ich muss nach Stockholm.«

Für einen Moment wurde Andrea starr in seinen Armen. »Ich dachte, du hast das Manuskript gemailt?« Sie bog den Kopf nach hinten, um Kristian in die Augen zu sehen.

»Ja, das schon, aber ...« Er biss sich auf die Lippen. »Es gibt noch einiges zu besprechen. Wegen des Covers und so. Und dann ...« Wieder ein verlegenes Zögern. »Agneta hat mich angerufen. Es geht ihr sehr schlecht. Sie braucht meine Hilfe.«

»Ach so.« Langsam und vorsichtig machte sich Andrea aus seiner Umarmung frei. »Dann solltest du sie nicht warten lassen.«

»Du bist jetzt sauer, ja?«

»Aber nein!«

»Andrea!« Wieder zog er sie an sich. »Ich liebe dich. Dich allein. Das mit Agneta ist vorbei. Endgültig. Das weißt du.«

Sie antwortete nicht. Wusste sie es wirklich? Ja, sie spürte, dass er sie liebte und begehrte, wenn er bei ihr war. Aber was war, wenn er die rassige Agneta vor sich sah? Wenn er in der Nähe dieser Frau war, der er viel verdankte und mit der er geschäftlich so eng verknüpft war – was war dann?

»Wann fliegst du?« Ihre Stimme klang kühl.

»In einer Stunde muss ich in Leknes sein.« Er umfasste ihren Kopf mit beiden Händen und sah ihr lange in die Augen, bevor er sie küsste.

Andrea schloss die Augen. Ja, er liebte sie. So, wie sie ihn liebte. Es war töricht, sich mit Eifersüchteleien herumzuquälen.

»Ich würde dich gern bringen, aber ich muss gleich wieder in die Praxis.« Sie streichelte über seine Wange mit dem Dreitagebart. »Viel Erfolg. Und – kümmere dich um Agneta. Was hat sie denn eigentlich?«

»Keine Ahnung. Sie hat mir nur ein paarmal auf die Mailbox gesprochen, dass es ihr elend geht und sie dringend meine Hilfe braucht.« Ein letzter rascher Kuss. »Ich bin's ihr einfach schuldig.«

»Natürlich. Pass auf dich auf.« Sie lächelte, doch ihre Augen blickten traurig.

17

Berits abgearbeitete Finger zitterten, als sie das Päckchen verschnürte. Mühsam schrieb sie einen Buchstaben nach dem anderen auf das grobe Packpapier: *Dr. Andrea Sandberg – Stamsund – Lofoten*

Das Päckchen legte sie neben die kalte Feuerstelle, dann zog sie sich ihre beste Jacke an, die mit dem weißen Fuchsfell am Kragen, und trat hinaus vor das kleine Lavvu. Die Sonne stand hoch, sie spiegelte sich im Wasser des kleinen Fjords und wärmte die drei Rentierfelle, die sich Berit vor ihr Zelt gelegt hatte. Die alte Frau setzte sich ihre mit blauen, weißen und gelben Perlen bestickte Kappe auf und zog einen kleinen, von Ole geschnitzten Troll aus der Tasche. Fest umklammerte sie das Fabelwesen mit der übergroßen Knollennase und den grauen Zottelhaaren und schlang dann noch eine Kette aus Perlen und Fischzähnen um den Bauch des Trolls.

Leise begann die alte Schamanin zu singen, ihre Augen schlossen sich, und dennoch sah sie den weiten Himmel des Nordens, sah die riesigen Rentierherden, wie sie im Herbst über die gelbbraune Tundra stampften, sie roch das modernde Holz und den Duft der letzten Sommerblumen. Und dann sah sie vor ihrem geistigen Auge eine weite, glitzernde Eisfläche, die aussah wie mit Abertausenden Diamanten bestreut. Und mitten auf dieser Eisfläche stand Kim mit ihrem roten Käppchen und winkte ihr zu.

Um die welken Lippen der alten Frau glitt ein Lächeln. Sie atmete noch zweimal tief durch, dann öffnete sie die Augen, blickte ein letztes Mal übers Wasser – und schlief für immer ein.

Kristian ging zu Fuß vom Bahnhof zu Agnetas Wohnung. Der Trolley war nicht schwer, denn Kristian hatte nicht vor, allzu lange in Stockholm zu bleiben.

Es war warm, fast 25 Grad. Kristian war froh, dass ein leichter Wind vom Mälarsee herüberwehte. Touristenströme bevölkerten die Stadt, die sich an diesem Sommertag von ihrer schönsten Seite präsentierte.

Vor dem Haus, in dem Agneta wohnte, stand der Lieferwagen eines Blumengeschäfts. Zwei riesige Sträuße weißer Lilien wurden gerade aus dem Fond gehoben.

»Die nehme ich Ihnen ab.« Kristian zog einen Schein aus der Tasche und reichte ihn dem jungen Mann.

»Aber ...«

»Die sind doch für Frau Langlo, nicht wahr? Ich hab's mir überlegt, ich gebe sie doch lieber selber ab.«

Der etwa Zwanzigjährige zögerte, doch nach einem kurzen Blick auf das üppige Trinkgeld drückte er Kristian die Blumen in den Arm.

Der Fahrstuhl brachte Kristian rasch hoch zum Penthouse. Er läutete und hielt die Blumen vor sein Gesicht.

»Na endlich! Ich hab schon vor einer Stunde angerufen!«

»Nicht bei mir.« Kristian machte einen Schritt auf sie zu. Sein Blick umfasste die schlanke Gestalt im durchsichtigen schwarzen Negligé. »Empfängst du den Blumenboten immer so?«

»Nur wenn mir danach ist.« Sie zog ihn in die Wohnung und fiel ihm um den Hals. »Bin ich froh, dass du endlich da bist!« Mit einer ungeduldigen Bewegung schleuderte sie die Blumen auf die Erde. »Kris ... endlich!«

Er spürte ihre Lippen auf seinem Mund, fühlte ihren schlanken Körper unter dem zarten schwarzen Nichts, und für einen kurzen Moment gab er sich der Vertrautheit dieser Umarmung hin.

Agneta nestelte an seiner Lederjacke. »Zieh das aus.« Ihre Stimme klang heiser vor Erregung.

»Nicht.« Schnell trat er einen Schritt zurück. »Ich dachte, du wärst schwer krank. So jedenfalls klang es in deinen Anrufen.« Er zog sich die Jacke aus und griff wieder nach dem Trolley. »Nur deshalb bin ich hergeflogen.«

»Ich brauche dich auch. Sehr.« Agneta folgte ihm in den weitläufigen Wohnraum. »Ich war in der Klinik.« Sie biss sich auf die Lippen. »Es war ein totaler Zusammenbruch. Sie sagen, es läge am Kokain und an ein paar simplen Aufputschpillen. Blödsinn, so was.« Ein raues Schluchzen kam aus ihrer Kehle. »Kristian, seit du fort bist, ist mein ganzes Leben durcheinandergeraten. Du bist mein Halt. Mein sicherer Hafen.« Wieder schmiegte sie sich an ihn.

Kristian schüttelte den Kopf. »Hör auf mit dem Schmierentheater, Agneta. Das ist deiner nicht würdig.« Er sah hinüber zum Wohnzimmertisch, auf dem neben einigen Magazinen auch zwei Tütchen mit dem berüchtigten weißen Pulver und ein paar Tabletten lagen. In einem Eiskübel steckte, falsch herum, eine Champagnerflasche.

»Was soll das denn, Agneta?« Er wies auf die Drogen.

»Ich hab nur eine genommen. Und etwas Schampus. Ich brauchte das. Es ging mir so schlecht! Verdammt, glaub mir das endlich!« Sie ging zu einem der weißen Ledersessel, warf sich hinein und trommelte wie rasend auf die Lehnen ein. »Keiner weiß, wie ich mich fühle! Alle lassen mich im Stich!«

»Aber nein. Agneta, hör auf mit dem Theater!« Er wollte ihre Hände festhalten, doch sie sprang schon wieder auf.

Mit einem Ruck riss sie sich das dünne Negligé von den Schultern. »Sieh mich an. Bin ich dir nicht mehr schön genug? Nicht jung genug?« Tränen liefen über ihr blasses Gesicht, in dem die dunkel geschminkten Augen funkelten. Zwei schwarze Rinnsale rannen über ihre Wangen, und die rot geschminkten Lippen zuckten. »Du sollst mich ansehen, verdammt noch mal!«

Kristian bückte sich, hob das schwarze Spitzengespinst auf und legte es Agneta um die Schultern. Sacht strich er ihr übers wirre Haar. »Bitte, Agneta, sei vernünftig.«

Mit einem unterdrückten Schrei schlang sie ihm die Arme um den Hals. »Ich hab gewusst, dass du mich noch liebst. Mich allein!« Sie küsste ihn wild und hemmungslos, und für eine schwache Minute ließ Kristian es geschehen. Dann stieß er sie zurück.

»Lass es endlich!« Er ging zum Fenster und schaute hinaus auf die Stadt, die in all ihrer Schönheit vor ihm lag. Linker Hand war das Königsschloss zu sehen, und im kleinen Hafenbecken rechts lagen Ausflugsschiffe; gerade kam ein neues von einer Rundfahrt zu den Schären zurück und spuckte eine Ladung Touristen aus, die sich gleich in alle Winde zerstreuten.

»Ich werde Andrea noch in diesem Jahr heiraten. Sie ist die Frau meines Lebens.« Er drehte sich nicht um. »Wenn du damit nicht klarkommst, werde ich mir einen anderen Verlag suchen. Es liegt allein bei dir.«

»Scheißkerl! Raus!« Agnetas Stimme überschlug sich vor Wut. »Ich mache dich fertig! Du bist als Autor erledigt, das schwöre ich dir!«

Langsam drehte er sich um. »Mach dich nicht lächerlich. Das ist Unsinn, was du da sagst, und du weißt es.« Er wollte zur Tür gehen, doch Agneta stellte sich ihm in den Weg. Ihre Augen loderten vor Zorn, die blassen Wangen waren jetzt mit roten Flecken bedeckt. Schmerzhaft krallte sie die langen, hellrot lackierten Fingernägel in seine Oberarme.

»Das tust du nicht! Ich bring mich um, wenn du mich im Stich lässt.« Sie tobte, schrie, heulte und versuchte wieder, auf ihn einzuschlagen.

Ohne ein Wort zu sagen, schob Kristian sie sanft von sich, dann verließ er die Wohnung.

Fassungslos sah Carina auf das Phantombild, das ein vom Festland eingeflogener Kollege mit Hilfe des alten Schäfers Rorik erstellt hatte.

»Das ist ... unglaublich«, murmelte sie.

»Kennst du den Mann?« Fragend sah der Kollege sie an.

Carina nickte. »Ich fürchte, ja.« Sie wandte sich an Rorik, der sich in dem modern eingerichteten Büro sichtlich unwohl fühlte. »Du bist dir ganz sicher, dass er so aussieht, ja?«

Der Alte nickte. »Das Gesicht von diesem Mörder, der mir meinen Hund erschossen hat, werde ich nie vergessen.«

»Wenn wir ihn haben, kannst du ihn anzeigen, schließlich bist du auch verletzt worden.«

Rorik winkte ab. »Das ist nicht so schlimm. Aber mein Rolli ... der ist unersetzlich.«

Carina nickte. Sie verstand, dass der alte Mann an seinem treuen Gefährten gehangen hatte. »Wenn du willst, kann ich mich umhören. Vielleicht gibt es einen neuen Hund, der dir gefällt.«

»Ich hab kein Geld für einen neuen Hund.«

Mitfühlend legte ihm Carina die Hand auf den Arm. »Das lass mal meine Sorge sein. Wenn es uns gelingt, diesen Verbrecher mit deiner Hilfe zu fangen, steht dir eine Belohnung zu. Und damit kannst du dir den besten Hütehund der Welt kaufen.«

Der Alte stand auf. »Du weißt, wo du mich findest.« Er griff nach seinem breitkrempigen Hut. »Aber erst mal müsst ihr diesen Mistkerl finden und dingfest machen.«

»Versprochen.« Sie brachte ihn persönlich hinaus und sorgte dafür, dass Rorik in einem Polizeiwagen zurück nach Gimsøy gebracht wurde.

In ihrem Büro begannen nun hektische Aktivitäten. Untersuchungsergebnisse wurden aktualisiert und mit neuen Erkenntnissen verglichen. Die Kollegen aus Russland, Schweden und Finnland wurden erneut in die Ermittlungen einbezogen.

Drei Tage lang arbeitete Carina fast rund um die Uhr.

»Du musst dich mal ausruhen«, mahnte einer der älteren Kollegen. »Bist schon ganz spitz im Gesicht. Und deine Tochter kennt dich nicht mehr, wenn du dich nicht hin und wieder daheim sehen lässt.«

»Ellen ist gut versorgt.« Carina strich sich übers müde

Gesicht. Ihre Augen brannten, doch sie wusste, dass sie keine Ruhe finden würde.

»Ab heute ist Knut wieder einmal für ein paar Tage daheim«, sagte sie. »Das wird mich entlasten.«

Wie alle Kapitäne der Hurtigruten wechselte sich auch Knut mit einem Kollegen beim Kommando auf der *Polarlys* ab. Der zweite Kapitän lebte in Narvik und war bereits dort an Bord gekommen, ab Svolvær würde er die Verantwortung für das Schiff übernehmen.

Kurz vor neunzehn Uhr, als sich die Sonne langsam hinter der hohen Lofotenwand verzog, ging Carina zum Hafen, wo die *Polarlys* soeben einlief.

»Ich bin so froh, dass du endlich da bist.« Carina schmiegte sich fest in Knuts Arme.

»Was ist denn los? Du wolltest am Telefon nicht reden.«

»Viel zu gefährlich. Es könnte sein, dass man uns abhört.«

Knut lachte leise. »Du siehst Gespenster, Liebling.« Er schaute in ihr blasses Gesicht. »Und du hast viel zu wenig geschlafen, nicht wahr?«

»Dieser Fall … du weißt schon, dieser Schmuggler- und Mädchenhändlerring … Ich glaube, wir wissen jetzt endlich, wer hinter alldem steckt.«

»Na endlich! Und, habt ihr den Oberboss schon dingfest gemacht?«

Langsam schlenderten sie zu Carinas Wagen, der auf dem Parkplatz am Hafen stand.

»Nein. Es gibt noch ein paar Dinge zu klären. Deshalb muss ich auch noch mal nach Eggum. Irgendwas haben wir da übersehen …«

»Soll ich mitkommen? Es ist noch hell, und ich war

lange nicht mehr da oben. Außerdem ...« Er gab Carina einen zärtlichen Kuss, »wir könnten noch mal in die Kirche von Borge gehen. Erinnerst du dich?«

Carina nickte. Wie könnte sie vergessen, dass sich Knut und sie in dieser Kirche vor Jahren das Jawort gegeben hatten! »Dann lass uns gleich losfahren«, sagte sie. »Ellen ist noch drüben in Stamsund im Doktorhaus. Birgit und Johan Ecklund lassen unsere Kleine nicht aus den Augen. Und auch Inga ist den ganzen Tag über dort und beschäftigt sich mit Ellen und Lars.«

»Dann haben wir ja viel Zeit.« Knut lachte. »So komme ich zu einem ganz außergewöhnlichen Rendezvous mit meiner Frau.«

Doch Carina war nicht nach Scherzen zumute. Knut ahnte ja nicht annähernd, wie gefährlich der Mann war, den sie suchten!

In Borge angekommen, lenkte Knut den Wagen hoch zur Kirche, die auf einem Hügel stand und von außen wie ein kieloben liegendes Schiff aussah. Im Innern jedoch war sie geschmackvoll und modern eingerichtet.

»Hör mal!« Carina hielt ihren Mann am Arm zurück. »Da spielt jemand Orgel.«

Es war ein wahrer Könner am Werk, und so lauschten sie eine Weile. Ein wenig fühlte sich Carina durch die Musik beruhigt. Sie schmiegte sich an Knut und schloss die Augen.

Als das Stück mit einem Akkord verklang, standen sie auf und gingen zurück in den noch hellen Sommerabend.

»Und was jetzt?«, fragte Knut.

»Wir müssen rüber nach Eggum. Ich muss den Leuten dort im Lokal das Phantombild zeigen.«

In der kleinen Kneipe hielten sich ein paar Touristen und drei Einheimische auf. Denen zeigte Carina das Phantombild.

»Kennt ihr diesen Mann? Habt ihr ihn mal hier in der Gegend gesehen?«

Ein alter Fischer kaute nachdenklich auf einem Stückchen Holz, dann nickte er bedächtig. »Hab ich.«

»Und – wann?«

Er zuckte mit den Schultern. »Weiß nicht mehr so genau. Vorigen Monat, glaub ich. Er hat mich nach dem Weg zum Fort gefragt. Wollte von dort rüberfahren nach Andenes. Angeblich, um an einer Walsafari teilzunehmen.«

»So ein Quatsch. Da muss er doch nicht so einen Umweg machen«, warf Knut ein.

»Dachte ich auch. War ein komischer Typ. Viel zu elegant. Der wollte nie und nimmer auf eine Walsafari.« Der Alte winkte der Bedienung und bestellte ein Bier. Es war selbstverständlich, dass Carina das bezahlte.

»Gib mir bitte deinen Namen und die Adresse. Vielleicht musst du das alles zu Protokoll geben.«

»Mach ich.« Er trank sein Bier und fragte nicht, was es mit dem Mann auf dem Phantombild auf sich hatte. Dass der Typ nicht koscher war, war ihm sowieso klar. »Setzt euch und wartet noch eine halbe Stunde«, sagte er, als Carina und Knut sich verabschieden wollten. »Gleich kommt Hollys Familie.«

»Wer ist Holly?«

»Eine Schwertwal-Lady mit ihren Zwillingen. Das ist ein seltener Anblick. Seit ein paar Tagen sind noch drei andere Muttertiere mit im Verbund.«

»Wer hat sie denn Holly getauft?«, wollte Knut wissen.

»Ich natürlich. Hätte sie fast mal vor der Harpune gehabt.« Er grinste schief. »Hab aber nicht geschossen. Ich arbeite nicht mehr. Fahre nur noch zu meinem Vergnügen raus.«

Es dauerte wirklich nicht mehr lange, dann konnten sie vom Fenster der kleinen Kneipe aus die Orcas sehen, die sich in Küstennähe tummelten.

»Da ist Holly.« Der Alte lachte, als das Walweibchen große, beinahe übermütig wirkende Sprünge veranstaltete. »Sie grüßt mich.«

»Glaub ich auch.« Carina war beeindruckt. »Du, Dank dir noch mal, aber wir müssen jetzt los.«

Der Alte nickte nur und freute sich über das zweite Bier, das Carina ihm bestellt hatte.

»Und jetzt? Was willst du tun?« Forschend sah Knut seine Frau an.

Carina lachte. »Die Nacht mit dir genießen, mein Schatz. Was sonst?«

Nie mehr, das hatte sich Jacob Stevensen vor Jahren geschworen, wollte er sich selbst die Hände schmutzig machen. Im Hintergrund wollte er agieren. Dirigieren, koordinieren – und abkassieren. Die Drecksarbeit, die bei einigen seiner Unternehmungen unumgänglich war, überließ er anderen.

Jetzt war er diesem Vorsatz untreu geworden.

»Es musste sein«, murmelte er und starrte hinaus auf den Fjord, dessen blaues Wasser mit dem Blau des Himmels konkurrierte. Unzählige kleine Boote glitten auf den Wellen dahin, und in der Ferne sah er eine der vielen Fähren, die hinüber zum Festland fuhren. Möwen zogen ihre unruhigen Bahnen über den Gebäuden der großen Fischfabrik am Hafen, und ein paar Segelboote kreuzten den Weg der Ausflugsboote, die Touristen hinüber zum Trollfjord brachten.

In der kleinen Reederei, in der in erster Linie Fischtrawler gebaut und instand gehalten wurden, begann die Mittagspause, und einige der Arbeiter gingen hinüber zu den vier Imbissständen am Wasser.

Ich werde diesen Ausblick vermissen, dachte Jacob und trank einen Schluck von dem alten Cognac, den er bevorzugte. Es ist, verdammt noch mal, nicht meine Schuld, dass ich für eine ganze Weile untertauchen muss. Er trank noch einen Schluck, dann schleuderte er das Glas wütend hinunter in den Garten.

Im offenen Kamin, der an der rechten Seite der Terrasse angebracht war und von innen wie von außen bestückt werden konnte, brannten seit zwei Stunden Unterlagen. Alles, was ihn irgendwie belasten könnte, musste vernichtet werden. In Oslo würde er das, sobald er dort eingetroffen war, auch tun.

Es gab zum Glück keine Zeugen mehr, die ihn in irgendeiner Weise belasten könnten – von dem Alten auf Gimsøy abgesehen. Aber dem würde er auch noch das Maul stopfen, bevor er die Lofoten verließ.

Kurz dachte Jacob an Boris und Juri. Die beiden Russen hatten jahrelang gute Arbeit geleistet, doch irgendwann waren sie leichtfertig geworden. Leichtfertig und arrogant. Niemand durfte es wagen, ihn zu betrügen! Dafür gab es nur eine Strafe – eine Kugel.

Jacobs Atem ging schneller. Er trank noch einen Schluck Cognac, aber der Alkohol, der ihm normalerweise Entspannung bescherte, bewirkte heute das Gegenteil. Er spürte, wie das Blut durch seine Adern pulsierte, ihm wurde heiß, und Schweiß stand auf seiner Stirn.

Es war mühsam, zurück ins Zimmer zu gehen und dort nach seinen Tabletten zu suchen. Erschöpft wie nach einer schweren Arbeit ließ er sich in einen der tiefen Sessel am Fenster sinken und griff zum Telefon.

»Andrea … Hilfe. Komm schnell …«

Vorsichtig steuerte Andrea das Boot durch die flachen Schären hindurch, die oft nur wenige Quadratmeter groß waren. Insgeheim atmete sie auf, als sie auf einem größeren Felsen den wohlvertrauten weiß-grünen Leuchtturm erkannte. Noch eine Viertelstunde, dann waren sie zurück in Stamsund!

Johan Ecklund saß ihr mit geschlossenen Augen gegenüber und hielt das Gesicht der Sonne entgegen. »Ich bin dir dankbar, dass du mich noch mal zu Jesper gebracht hast«, sagte er. »Wir kennen uns seit der Kinderzeit, er war einer meiner engsten Freunde.« Er schluckte und wischte sich über die Augen. »Jetzt hat er seinen Frieden. Endlich. Die letzten Wochen waren schwer – für ihn und seine Familie.«

»Als ich vor fünf Jahren herkam, hätte ich noch drauf gedrungen, dass er in die Klinik gebracht wird.« Andrea umfuhr vorsichtig eine besonders flache Insel, auf der nur ein Felsbrocken hoch aufragte. »Inzwischen weiß ich, dass es fast unmöglich ist, einen alten Lofotenfischer oder Walfänger dazu zu bewegen, sein Haus zu verlassen, wenn er todkrank ist.«

Johan öffnete die Augen. »Was nützt es denn auch? Jesper war voller Krebs, ein paar Tage mehr oder weniger … sie hätten seine Qualen in der Klinik nur verlängert, indem sie ihn an die Maschinen angeschlossen hätten. So konnte er friedlich einschlafen.«

»Wenn du ihm nicht schon vor Wochen Morphium gebracht hättest, wäre das nicht möglich gewesen.«

»Das war das mindeste, was ich für ihn tun konnte.« Er beugte sich vor und drückte Andreas Hand, die das Steuer hielt. »Danke, dass du heute mit rausgefahren bist. Mir geht's nicht besonders gut, offen gestanden. Das Wetter schlägt um.«

Er sah einem Schwarm Möwen zu, die mit lautem Geschrei von einer der Felseninseln aufflogen, gefolgt von ein paar Papageientauchern und Lummen.

»Sieh nur!« Johan wies nach links. »Ein Seeadler! Er hat die ganze Kolonie aufgescheucht.«

Fasziniert sah Andrea zu den wild kreischenden Möwen hoch, die wie eine weißgraue Wolke über ihnen kreisten. »Eigentlich nisten die Vögel doch viel weiter südlich, oder?«

Der alte Arzt nickte. »Auf Røst vor allem. Aber immer wieder gibt es auch hier auf den im Wasser liegenden Felsen Brutkolonien.« Er wies nach links. »Da, du musst dort zwischen den hohen Felsen durch, dann sind wir schneller daheim.«

Andrea nickte. »Wie du meinst. Ich kenne mich auch nach all den Jahren, die ich hier lebe, noch nicht so gut aus.«

Johan schüttelte den Kopf. »Du hast dich prima eingelebt. Und alle Patienten, die so einsam hier draußen auf den kleinen Inseln wohnen, sind froh, dass du sie hin und wieder besuchst.«

»Ich hab ja deine Praxis übernommen – und damit auch diese Verpflichtungen.«

»Du weißt, dass das nicht stimmt. Alle sind heutzutage motorisiert, haben Telefon und Internet. Sie könnten sich leicht in die Klinik bringen lassen.«

»Aber die alten Querköpfe wollen das nicht«, fügte Andrea lächelnd hinzu. »Ich hab's inzwischen gelernt.«

Johan beugte sich vor und legte seine welke Hand auf ihre. »Ich bin froh, dass du bei uns eine neue Heimat gefunden hast.«

»Ich auch.«

Der Hafen von Stamsund kam in Sicht. Die bunten Häuser am Ufer, die langgestreckten Gebäude der Fischfabriken und der kleine Jachthafen waren für Andrea inzwischen ein vertrauter Anblick. Geschickt lenkte sie das Boot links am Jachthafen vorbei, bis sie die kleine Bucht erreichten, an der Johans Privatstrand lag.

Ein wenig steif zwar, aber immer noch ohne Hilfe sprang der alte Arzt aus dem Boot und vertäute es.

Andrea nahm ihren Bereitschaftskoffer, und gemeinsam gingen sie ins Doktorhaus, wo Birgit gerade dabei war, mit Inga, Ellen und Lars ihre berühmten *Boller* zu backen.

Die süßen Rosinenbrötchen mochte Lars besonders gern. Er sah kaum hoch, als Andrea ihn begrüßte, sondern formte angestrengt weitere Kugeln aus dem klebrigen Teig.

Ellen lachte Andrea an. »Guck mal, Tante Andrea, die sind für Mama.« Sie wies auf vier besonders gelungene Kugeln. »Ohne Rosinen. Aber mit Nüssen.«

»Da wird sich die Mama freuen.« Andrea strich ihrem

Patenkind übers Haar. »Macht noch ein bisschen weiter, ich gehe nur kurz in die Praxis und schau nach, was auf dem Schreibtisch liegt.«

»Ein paar Dinge aus der Apotheke, die du bestellt hast, sind gekommen«, sagte Birgit, »und ein Päckchen für dich persönlich.«

»Aha. Dann schau ich gleich mal nach.«

Auf ihrem Schreibtisch lagen zwei kleine Päckchen mit Medikamenten und Verbandmaterial, das zweite Paket, grob eingeschlagen in braunes Papier, öffnete Andrea als Letztes.

In einer alten, mit Perlen verzierten Holzschachtel lag ein bunter Halsschmuck, der traditionell zur Tracht der Samenfrauen gehörte. *Für Andrea – als Erinnerung*, stand mit zittriger Schrift auf einem Stück Papier, das unter dem Perlenschmuck lag.

In dem zweiten Papier befand sich eine der typischen blauen Mützen, die von den Jungen oder Männern getragen wurden. Der Rand war mit weißem Rentierfell besetzt, darüber befanden sich fünf dichtbestickte Reihen mit roten und gelben Perlen. Ein Amulett aus Rentierfell und einer flachen Scheibe aus hellem Elfenbein lag ebenfalls dabei.

Doktor Andrea, meine Zeit ist gekommen. Ich spüre genau, dass die Ahnen mich rufen. Ich bin bereit und gehe leichten Herzens. Die Perlenkrause hat mir einst meine Mutter gemacht, nimm sie als Erinnerung. Du warst Ole und Kim eine gute Freundin. Für Deinen Sohn sind die Mütze und das Amulett. Bevor die Schatten, die über Euch liegen, nicht gebannt sind, lass ihn dieses Amulett tragen. Es wird ihn schützen. Nimm Du Dich in Acht vor einem kranken Mann, er ist gefährlich. Wir sehen uns in einem anderen Leben wieder – Berit.

Langsam ließ Andrea das Amulett durch ihre Finger gleiten. Die Kette war aus dünn geflochtenem Leder, das Amulett selbst etwa so groß wie eine Walnuss.

»Berit …« Ein leichter Schauer lief Andrea über den Rücken, als sie an die alte Schamanin dachte, deren Fähigkeiten weit über das hinausgingen, was man als Naturwissenschaftlerin begreifen konnte. Sie tastete nach der Kette, die sie immer trug. Vor wem sollte die Kette sie schützen?

Was wusste Berit? Oder, genauer gesagt, welches Unheil hatte sie vorhergesehen? War Lars auch in Gefahr?

Andrea sprang auf und hastete hinüber in die Küche. Doch dort war alles friedlich.

Lars, der inzwischen das Backen nicht mehr so spannend fand, hatte sich den kleinen Troll, den er oft mit sich herumtrug, genommen und ließ ihn auf dem Tisch tanzen.

»Pass auf, dass der Mig nicht schmutzig wird. Es ist noch viel Kuchenteig auf dem Tisch.« Birgit brachte die fertig geformten Teigkugeln in Sicherheit.

Lars lachte unbekümmert und warf die kleine Holzpuppe in die Luft. Die dünnen grauen Haare des Trolls standen dabei noch mehr vom Kopf ab, und das starre Holzgesicht schien sich auf einmal zu verändern. Der breite Mund unter der Knollennase, der normalerweise lachte, verzog sich wie zu einem jämmerlichen Weinen. Dann fiel die Holzpuppe zu Boden – und brach dabei mitten entzwei.

»Mama!« Weinend sah Lars auf die beiden Holzstücke.

Birgit erstarrte. »Das … das kann doch nicht sein«, murmelte sie. »Das Holz ist so dick … es kann doch nicht einfach so brechen.«

Auch Andrea war blass geworden. Sie sah irritiert auf das Gesicht des Trolls, das jetzt wieder starr wirkte wie immer. Und doch … sie glaubte genau gesehen zu haben, dass Migs Lippen sich erst zu einem Lachen, dann zum Weinen verzogen hatten.

Ihre Finger zitterten leicht, als sie die beiden Holzstücke aufhob. »Nicht weinen«, tröstete sie Lars, »das kleben wir gleich wieder zusammen, dann ist dein Mig wieder gesund.«

»Mama, du.« Auffordernd sah Lars sie an.

»Ja, ich mach's gleich.« Vorsichtig legte Andrea die beiden Holzstücke zur Seite. Es war schon seltsam, dass das Spielzeug in der Mitte durchgebrochen war. Sie gestand es sich nicht ein, aber ein mulmiges Gefühl breitete sich in ihr aus.

»Es war ein Zufall«, murmelte sie. »Der Troll ist unglücklich auf den Boden gefallen, und deshalb ist das Holz geborsten.« Und alles andere sind Hirngespinste, fügte sie in Gedanken hinzu. Meine Nerven spielen mir einen Streich.

»Natürlich, du hast recht«, sagte Birgit. Sie griff nach der Kaffeekanne. »Magst du eine Tasse?«

»Ja, gern.«

»Übrigens hat Kristian angerufen, er kommt übermorgen zurück.«

»Wann war's denn?«

»Gegen Mittag. Du warst gerade mit Johan fortgefahren. Er sagte, er könne dich nicht erreichen.«

»Mag sein, zwischen den Schären ist der Empfang nicht gut.« Sie trank den Kaffee in kleinen Schlucken. »Ich werde gleich mal versuchen, ihn anzurufen.«

»Lass dir nur Zeit. Wir müssen hier noch ein ganzes Blech fertigmachen, nicht wahr, Kinder?«

»Ja.« Ellen nickte eifrig. »Für Mama und Papa.«

Auch Lars wollte wieder mitbacken, aber diesmal keine *Boller*, sondern lange *Slangen*, wie er verkündete.

Andrea stand auf, doch bevor sie das Zimmer wieder verließ, legte sie Lars das Amulett um.

»Woher ist das?«, fragte Birgit.

»Von Berit. Sie schreibt, dass ihre Zeit bald um ist, und hat mir etwas zur Erinnerung geschickt. Das Amulett hier soll Lars tragen.« Sie zuckte leicht mit den Schultern. »Wenn ich nur begreifen könnte, was sie meint mit ihren Andeutungen ...«

»Oft können die Schamanen die Visionen, die sie haben, selbst nicht genau definieren. Tu einfach, was sie sagt.« Brigit sah zu dem zerbrochenen Troll hinüber.

Andreas Handy begann zu summen.

»Hei, hier Doktor Sandberg.«

»Andrea ... Hilfe ... komm schnell!« Jacobs Stimme war kaum zu verstehen, dann brach die Verbindung auch schon ab.

»Das war Jacob Stevensen. Es geht ihm schlecht.« Andrea sprang auf. »Ich muss gleich zu ihm.«

»Johan kann das auch übernehmen, wenn du ihn nicht mehr sehen willst.« Birgit presste die Lippen zusammen. »Wir verstehen das gut, dass du ihn ... Na ja, er hat dich schon sehr verehrt und ist jetzt sauer.«

»Stimmt, aber das ist im Moment bedeutungslos. Er ist

für mich ein Patient wie jeder andere. Nein, nein, ich mach das schon.«

Die vier Polizeiwagen parkten gut fünfzig Meter von dem weitläufigen Grundstück entfernt. Beinahe lautlos stiegen die bewaffneten Beamten aus und verteilten sich so, wie es bei der Einsatzbesprechung bestimmt worden war.

Carina trug, wie alle anderen, eine schusssichere Weste, die sie sich gerade zurrte, ehe sie zum Funksprechgerät griff. »Alle auf Position. Wir umstellen das Haus, Peer und ich gehen als Erste rein.«

»Ich komm lieber mit«, erklärte Kai Larssen, ihr Kollege aus Tromsø. Und als Carina widersprechen wollte, schaltete er einfach das Funkgerät aus und blieb an ihrer Seite.

Carina sagte nichts dazu. Der Kollege war über sechzig und hatte ganz offensichtlich ein Problem damit, von einer Frau Befehle zu bekommen. Sie hielt es für klüger, sich im Moment nicht auf eine Diskussion mit ihm einzulassen.

Als sie die Hauseinfahrt überblicken konnten, murmelte Carina: »So ein Mist. Das ist Andrea!«

»Wer?«

»Die Ärztin des Ortes – und meine beste Freundin.«

»Was treibt sie hier?«

Carina zuckte mit den Schultern. »Ich fürchte, sie macht bei Jacob Stevensen einen Hausbesuch. Soweit ich weiß, ist er herzkrank.« Sie hob das Funkgerät an die Lippen. »Wir warten noch.«

»Gehen wir trotzdem rein?«, wollte Peer wissen.

Carina zögerte, dann nickte sie. »Wenn er sich nicht gut fühlt, ist er eventuell ungefährlicher.«

»Hoffst du.«

Sie zuckte mit den Schultern. »Wir können nicht warten, bis er wieder allein ist.«

»Und wenn deine Freundin nicht in ihrer Funktion als Medizinerin bei ihm ist?« Der ältere Kollege sah angestrengt durch sein Fernglas.

»Unsinn. Sie ist in festen Händen.« Carina hob den Arm. »Kommt, es geht los.«

Das Feuer im Kamin war verloschen, nur noch glimmende Asche war zu sehen – und ein halbverkohltes Foto. Doch darauf achteten im Moment weder Andrea noch Jacob.

Der Mann lag auf der breiten, hellen Ledercouch; er atmete ruhiger, und sein schmales Gesicht hatte wieder eine normale Farbe.

»Warum hast du mich nicht früher gerufen?« Kopfschüttelnd setzte sich Andrea in den Sessel gegenüber. »Es hätte leicht zu spät sein können.«

»War's aber nicht.«

»Jacob ... spiel nicht den Starken. Du hattest wieder einen Herzanfall, und wenn ich nicht zufällig daheim gewesen wäre, als dein Notruf kam ...«

»Hör auf mit diesem albernen Wenn und Aber! Du warst da. Und selbst wenn nicht – ich hätte dann eben einen Krankenwagen gerufen.« Langsam richtete er sich auf. Er fühlte sich wieder besser, die Spritze, die Andrea ihm gegeben hatte, löste rasch den Ring, der sich schmerzhaft um sein Herz gelegt hatte. Er atmete tief durch. »In Oslo werde ich in die Klinik gehen.«

»Das ist vernünftig.« Sie sah sich kurz um. »Du hast schon alles gepackt, ja?« Der Raum, den sie schon so gut kannte, wirkte kahl. Es fehlten die wertvollen Bilder an den Wänden, die drei Skulpturen eines norwegischen Künstlers, und auch die edle Seidenbrücke, die sie insgeheim oft bewundert hatte, lag aufgerollt neben einem kleinen Aktenkoffer an der Wohnzimmertür.

»Ich bin's leid hier oben.« Jacob stand auf und ging langsam an Andreas Sessel vorbei. Zart strich er ihr über die Wange, wobei sich sein Blick verschleierte. »Es wäre wohl alles anders, wenn du und ich …« Er brach ab. Von einer Sekunde zur anderen wurden seine Gesichtszüge hart, und er stellte sich ans Fenster. »Danke fürs Kommen, Andrea. Aber jetzt geh. Ich hab noch einiges zu erledigen.«

Sie stand auf und machte ein paar Schritte auf ihn zu. »Du solltest heute gar nichts mehr tun. Schone dich und …« Ein melodischer Klingelton unterbrach sie.

Jacob zuckte leicht zusammen und griff instinktiv in die Tasche der leichten Lederweste, die er über seinem hellblauen Hemd trug.

»Soll ich öffnen?«, fragte Andrea.

»Nein, nein, ich gehe schon. Bleib du hier und rühr dich nicht.« Langsam, beinahe zögernd ging er durch den weitläufigen Raum.

Stirnrunzelnd sah ihm Andrea nach. Sein Verhalten, vor allem aber der barsche Befehl, hierzubleiben, irritierten sie. Wieder einmal zeigte Jacob, dass er zwei Gesichter hatte. Entgegen seiner Anweisung ging sie langsam ein paar Schritte auf die Eingangshalle zu – und zuckte zusammen.

Jacob stand, eine Waffe in der Hand, neben der Tür.

»Verdammt, geh weg, Andrea!« Er wedelte mit der linken Hand nervös hin und her. Blass war er jetzt wieder, und er schien leicht zu taumeln.

Wieder klingelte es, diesmal anhaltend.

»Polizei! Aufmachen, Jacob Stevensen!«

Andrea zuckte zusammen, als sie Carinas Stimme erkannte. Sie wollte schreien, die Freundin warnen, doch mit drei Schritten war Jacob bei ihr und hielt ihr den Mund zu. »Kein Wort«, zischte er, dann zog er sie mit zur Tür.

»Ich habe eine Geisel!«, rief er. »Weg von der Tür!«

Für ein paar Sekunden blieb es beinahe gespenstisch still. Andreas Herz klopfte bis zum Hals, und sie musste alle Selbstbeherrschung aufbieten, um nicht in Tränen auszubrechen.

»Jacob, was soll das? Du kannst doch nicht …«

»Schnauze.« Er zog sie zurück in den Wohnraum – und erstarrte, als er sich Carina gegenübersah.

Die Kriminalbeamtin war über das hohe Geländer geklettert und hatte die Terrassentür aufgeschoben, die nur angelehnt gewesen war. »Waffe runter, Stevensen.«

Jacob gab keine Antwort, doch Andrea spürte, wie er sich beinahe unmerklich straffte, blitzschnell umdrehte – und die Hand mit der Pistole hob.

»Nein!«

Carina machte einen Schritt nach vorn. »Stevensen, das ist doch Wahnsinn.« Sie versuchte, den Mann zu beruhigen, hob die linke Hand, die rechte hielt die Dienstwaffe. »Du hast keine Chance mehr, das Haus ist umstellt. Gib auf.«

Jacob sagte nichts, nur ein dumpfer Laut, der Stöhnen und Schreien gleichzeitig war, kam über seine Lippen.

Und dann geschah alles gleichzeitig: Jacob drückte ab,

Carina zielte und schoss, und auch Peer, der gemeinsam mit den Kollegen die Haustür aufgebrochen hatte, richtete seine Waffe auf Jacob.

Andrea reagierte reflexartig. Mit weit aufgerissenen Augen sah sie die Freundin an, die von Jacob bedroht wurde. Die Sonne, die durch die hohen Fensterscheiben schien, ließ Carinas weißblondes Haar aufleuchten wie Silber. Kleine Lichtpunkte, in denen feinste Staubkörnchen tanzten, flirrten in der Luft.

»Nein!« Andrea warf sich zur Seite, sie wollte Jacob die Pistole aus der Hand schlagen – und zuckte zusammen, als ein heißer Schmerz ihre Brust durchdrang.

18

Rote und graue Nebelfetzen tanzten vor ihren Augen. Sie blinzelte, wollte ihre Umgebung deutlicher erkennen können, doch es gelang nicht. Sie spürte, dass der Schmerz, der in ihrer Brust tobte, ihr gleich erneut die Besinnung rauben würde.

Sie fühlte, wie jemand ihre Hand nahm und drückte. »Ganz ruhig bleiben, Andrea. Der Notarztwagen ist schon unterwegs. Bleib still liegen.« Es war Carinas Stimme, sie erkannte sie genau, wenn die dichten Nebel sie auch irgendwie verzerrten.

Jemand drückte ihr etwas auf die Brust, sie wollte es wegschieben, denn es tat weh, doch Carina ließ ihre Hände nicht los. Andrea wollte schreien, wollte sich wehren, doch da kamen die Nebel immer näher und hüllten sie ganz ein.

»Sie ist wieder ohnmächtig geworden.« Peer Selboskar streckte Carina die Hand hin und zog sie hoch. »Es ist sicher besser so, dann spürt sie nichts.«

»Hast du bei der Notrufzentrale Druck gemacht?« Nur kurz sah sie ihn an.

»Sicher doch. Sie sind schon unterwegs.«

Carina wandte sich um. Flüchtig streifte ihr Blick Jacob, der auf dem Boden kniete, die Hände auf dem Rücken gefesselt. Aus einer Wunde an seiner Schulter tropfte Blut. »Schafft ihn mir aus den Augen!«

»Er muss behandelt werden.« Peer wies auf die Schulterwunde. »Es ist wohl ein glatter Durchschuss.«

Carina gab keine Antwort, sie beugte sich wieder über Andrea. »Verdammt, gebt mir was, damit ich die Blutung stillen kann.« Tränen liefen ihr übers Gesicht.

»Ihr Arztkoffer steht neben der Garderobe.« Jacobs Stimme klang leise und brüchig. Er hielt den Kopf gesenkt, Blut sickerte über seinen rechten Arm bis auf den Boden. »Mir ist schlecht. Ich …« Er taumelte.

»Hoch mit dir.« Kai Larsson fasste ihn unter der linken Achsel und zog ihn hoch. »Setz dich da hin.« Er wies auf einen Sessel, der neben einem runden Beistelltisch stand. Der im Dienst ergraute Kriminalbeamte hatte nur wenig Mitleid mit Jacob, doch er gab sich so objektiv wie eben möglich. Jacob Stevensen war verletzt, er brauchte Hilfe. Überlegungen darüber, wie unmenschlich und brutal er selbst gehandelt hatte, waren jetzt nicht angebracht.

Peer hatte Andreas Arzttasche gefunden. »Was brauchst du?«

Carina hatte Andreas lange Bluse und das T-Shirt, das sie darunter trug, aufgeschnitten. Alles war blutig, und Carina musste sich überwinden, mit den ersten beiden Kompressen das Blut so weit fortzuwischen, dass sie die Einschusswunde erkennen konnte.

»Gib mir noch ein paar Kompressen. Und ein sauberes Handtuch. Wir müssen die Blutung stoppen.« So fest wie eben möglich drückte sie die sterilen Mullstücke auf die Wunde.

»Bring für den hier auch ein Tuch mit.« Kai nahm eins der dünnen Mullpäckchen aus der Arzttasche und drückte es auf Jacobs Wunde. Dann schlang er eines der Handtücher, die Peer aus der Küche geholt hatte, um den Arm des Verletzten. »Das wird reichen, bis der Notarzt da ist«, sagte er.

Jacob erwiderte nichts. Er war blass und atmete mühsam. Sein Herz schmerzte, doch er verkniff es sich, davon etwas verlauten zu lassen. Gewiss würde es im Moment keinen hier im Raum interessieren. Mit fest zusammengepressten Lippen saß er da und versuchte, nicht zu Andrea hinüberzusehen, um die sich Carina verzweifelt kümmerte.

»Verdammt, wie lange brauchen die denn für die kurze Strecke?« Nur kurz hob sie den Kopf und sah ihren Assistenten so vorwurfsvoll an, als wäre er schuld daran, dass der Notarztwagen immer noch nicht eingetroffen war.

»Sie sind sicher gleich da.«

Er hatte noch nicht ganz ausgesprochen, als Sirenengeheul ertönte. Durch die beiden kleinen Fenster neben der Haustür sah man das Zucken des Blaulichts. Im nächsten Moment hastete der Notarzt, gefolgt von zwei Sanitätern, ins Zimmer.

»Hei. Was ist passiert?« Schon kniete er neben Andrea.

»Sie ist angeschossen worden. Aus nächster Nähe.«

»Ich seh schon …« Vorsichtig entfernte der junge Arzt die sterilen Kompressen. »Die Kugel steckt noch«, murmelte er, nachdem er Andrea kurz untersucht hatte. »Wir müssen den Druck stabil halten.« Er sah zu den beiden Sanitätern hoch, die den Notfallkoffer geöffnet hatten. »Ich brauch eine Infusion, der Kreislauf muss unbedingt aufrechterhalten werden.«

»Schon in Arbeit«, murmelte der ältere der beiden Männer.

Als die Infusion lief, richtete sich der Notarzt auf und sah Carina an. »Das ist doch die Kollegin aus Stamsund, oder?«

Carina nickte nur.

»Sie hat Glück im Unglück gehabt. So wie ich es sehe, ist die Kugel knapp am Herzen vorbeigeschrammt.«

»Und – was jetzt?«

»Hier kann ich nicht mehr viel tun. Sie muss in die Klinik und so schnell wie möglich operiert werden.«

»Wir sind uns also einig. Das freut mich sehr, Kristian.« Der grauhaarige, distinguiert wirkende Mittsechziger reichte Kristian die Hand. »Auf gute Zusammenarbeit.«

»Das wünsche ich mir auch.« Kristian schob die Vertragsformulare, die ihm Arne Triberg an den Flughafen gebracht hatte, in die Seitentasche seines Trolleys.

»Es ist schade, dass du deinen neuesten Krimi noch nicht bei uns veröffentlichen willst.«

Kristian schüttelte den Kopf. »Ich werde nicht vertragsbrüchig. Aber in Zukunft werde ich nicht mehr mit Agneta zusammenarbeiten.« Er sah auf die Uhr. Plötzlich war er von einer Unruhe erfüllt, für die er keine Erklärung fand. »Ich muss los. Mein Schiff geht in einer Stunde. Danke nochmals für dein Kommen, Arne.«

»Es war mir ein Vergnügen. Die Idee, Grönland als Schauplatz deines nächsten Romans zu verwenden, ist mutig – aber sie gefällt mir.« Der norwegische Verleger, der sich persönlich nach Bodø bemüht hatte, um die Verhandlungen mit Kristian Björnsen zu führen, stand auf. »Komm gut zurück auf die Lofoten«, wünschte er ihr. »Ich war, ehrlich gesagt, noch nie dort.«

»Dann solltest du uns bald mal besuchen kommen.« Kristian zwinkerte ihm zu. »Du weißt noch nicht, dass ich hier im Norden meine Traumfrau gefunden habe. Wenn sie will, wird noch vor dem Winter geheiratet. Du bist jetzt schon eingeladen.«

»Ich komme bestimmt.«

Eine Lautsprecherdurchsage rief die Passagiere der Maschine nach Oslo zum Gate. »Ich muss los«, sagte Arne. Die Männer reichten sich ein letztes Mal die Hände.

»Und ich muss mich beeilen, damit ich noch das Postschiff rüber nach Stamsund kriege.« Ein Lächeln glitt über Kristians Gesicht. »Die Überfahrt über den Vestfjord ist wunderschön, deshalb fliege ich nicht. Allerdings sollte die See ruhig sein. Die Gewässer sind tückisch, hab ich mir sagen lassen.«

»Dann wünsche ich dir eine gute Fahrt – und ich freu mich jetzt schon auf deinen nächsten Roman!«

Ich freue mich auf die Zusammenarbeit mit Arne und seinem Team, dachte Kristian, während er an Deck der *MS Nordkapp* stand und auf das tiefdunkle Wasser schaute. Mit Agneta hatte er noch zweimal zu telefonieren versucht, doch es war kein vernünftiges Gespräch möglich gewesen. Agneta hatte entweder geflucht oder geweint. Über die Zusammenarbeit wollte sie nicht reden, nur über ihre private Beziehung.

»Es ist vorbei, wie oft soll ich es noch sagen.« Müde der sich ewig im Kreis drehenden Diskussion hatte Kristian das letzte Gespräch beendet. Danach hatte er noch mit seinem langjährigen Lektor gesprochen, der zwar sein Bedauern darüber äußerte, dass Kristian den Verlag wechseln wollte, ihn allerdings auch verstehen konnte.

»Mit Agneta zusammenzuarbeiten wird immer schwieriger«, hatte er gesagt. »Und wenn man, wie du, auch noch privat involviert ist, scheint es mir auch unmöglich zu sein.«

Es ist gut, dass ich endlich einen Schlussstrich unter alles gezogen habe, sagte sich Kristian.

Er schaute nach Nordwesten, wo die Lofotenwand in ihrer bizarren Schönheit sichtbar wurde. Deutlich waren die scharfen Bergzacken und die schneebedeckten Gipfel zu erkennen. Es war ein einzigartiger Anblick, und so wie die meisten Touristen, die auf dem Hurtigrutenschiff unterwegs waren, bewunderte auch Kristian die gigantische Landschaft.

Auf den Schären standen Leuchtfeuer oder kleine Leuchttürme. In früheren Jahren, als es noch keinen Radar gab, waren sie für die Schiffer lebenswichtig gewesen, inzwischen waren sie mehr Orientierungspunkte und romantische Reminiszenzen an vergangene Zeiten. Immer mehr Möwen, ewig hungrig und laut, umschwärmten das Schiff und begleiteten es bis in den Hafen von Stamsund.

Kristian stand an der Reling und schaute zu, wie die Gangway heruntergelassen wurde. Geduldig wartete er, bis die Touristen, die nur für wenige Stunden den Ort besuchen würden, das Schiff verlassen hatten. Er wollte zusehen, wie aus dem Innern des Schiffes Waren entladen, aber auch Kisten und Paletten hineingeschleppt wurden. Für viele Küstenbewohner hier oben im hohen Norden waren die Postschiffe auch heutzutage noch der preisgünstigste und bequemste Weg, sich Lebensmittel, Haushaltsgeräte oder auch Autos liefern zu lassen.

»Hei, Kristian!« Er hörte Carinas Rufen nicht, doch er

bemerkte plötzlich die schlanke Gestalt, die auf die Gangway zulief und aufgeregt winkte. »Komm runter! Beeil dich!«

Noch immer konnte er sie nicht hören, der Lärm um ihn herum war zu groß. Doch er sah deutlich, wie aufgeregt die blonde Kommissarin war.

Eine kalte Angst packte ihn, die ihn für den Bruchteil einer Sekunde lähmte. Dann aber hastete er hinunter und drängte sich, immer wieder »Sorry« murmelnd, durch die Menschenmenge, die das Schiff verlassen wollte.

»Carina! Was ist passiert?« Er sah Carinas blasses Gesicht und die vor Sorge weit aufgerissenen blauen Augen, die jetzt fast schwarz wirkten. Fest umklammerte er ihre Schultern. »Red schon! Ist was mit Andrea?«

»Ja. Ich ... ich bringe dich gleich zu ihr. Komm.«

»Was ist denn mit ihr?« Erst jetzt fiel ihm ein, dass er seinen Koffer noch an Bord hatte. Er stand in der Bar, der Keeper hatte versprochen, darauf zu achten, solange Kristian an Deck war.

»Ich hab mein Gepäck noch an Bord. Das hab ich ganz vergessen.« Im ersten Impuls wollte er umdrehen, schließlich waren etliche wichtige Unterlagen in dem Trolley verstaut.

»Egal, das geht schon nicht verloren. Komm mit, wir müssen rüber nach Svolvær.« Carina hielt kurz im Laufen inne und sah ihn an. »Andrea ist angeschossen worden und verletzt. Ich denke, die Ärzte operieren sie immer noch. Ich ...« Sie biss sich auf die Lippen. »Ich wollte es dir selber sagen.«

»Wer, um Himmels willen, hat auf sie geschossen?«

»Jacob Stevensen. Sie war bei ihm, als wir sein Haus

stürmten.« Sie nestelte die Autoschlüssel aus ihrer Jacke. »Ich erzähl dir alles im Auto. Komm jetzt.«

Nein, die Welt hörte nicht auf, sich zu drehen. Ein paar Taxis, die am Ende des Parkplatzes standen, nahmen Touristen auf, ein Kran verfrachtete etliche Container ins Schiffsinnere. Drüben in der Fischfabrik heulte die Sirene, die das Ende einer Schicht verkündete. Zwei Samenmädchen, in Jeans und hellen Leinenjacken, rannten über den Parkplatz auf einen Jeep zu, in dem zwei junge Burschen saßen und ihnen lachend zuwinkten. Der Himmel war noch genauso blau wie vor zehn Minuten. Die Möwen kreischten immer noch so laut und schrill wie sonst, und auch die Sonne wärmte noch.

Kristian fror.

Draußen vor den Fenstern wurden die Schatten länger. Die beiden »Hörner« der Svolværgeita, diese unverwechselbaren Bergspitzen, die an die Hörner einer Ziege erinnern, hatten zartrote Wolkenmützen aufgesetzt.

Unten im Hafen legte soeben eines der großen Postschiffe an und entließ etliche Touristen, die sich die größte Stadt der Lofoten ansehen wollten. Die *MS Nordkapp*, mit der Kristian vor einer Stunde nach Hause gekommen war, lag noch am weitläufigen Kai, der für die Hurtigrutenschiffe reserviert war. In einer halben Stunde würde sie in Richtung Norden ablegen. Eines der kleinen Wasserflugzeuge, die von zahlungskräftigen Kunden gern als Taxi-Ersatz genutzt wurden, startete gerade vom Kai am Marktplatz in der Ortsmitte aus. Im Licht der Abendsonne glitzerte das weit ausladende Dach des gläsernen Einkaufszentrums.

All das sah Kristian – und nahm doch nichts wirklich wahr.

Seit beinahe einer halben Stunde stand er an einem Klinikfenster und starrte hinaus. Drüben, hinter den hohen Milchglasscheiben, lag der Operationssaal. Und dort lag Andrea ...

Noch immer wusste er nicht genau, wie schwer sie verletzt war. Nur so viel hatte man ihm gesagt: Die Kugel steckte im Brustkorb, in der Nähe des Herzens.

Eine junge Schwester kam aus der Tür, sie war blass und lehnte sich an die Wand.

»Schwester ...« Mit ein paar Schritten war Kristian bei ihr. »Was ist mit Andrea?«

Die Schwester, blond und höchstens zwanzig Jahre alt, atmete ein paarmal tief durch. »Ich kann nicht viel sagen. Du musst die Ärzte fragen.«

»Aber du kommst doch aus dem OP! Du weißt doch Bescheid!«

Sie holte ein paarmal tief Luft. »Mir ist schlecht geworden, ich musste raus«, murmelte sie. »Es war meine erste große Operation ... das viele Blut ... ich kann nicht ...« Und schon stürzte sie davon.

Kristian hatte das Gefühl, wie die junge Pflegerin gleich ohnmächtig zu werden. Er biss sich auf die Lippen, bis er Blut schmeckte.

Und wieder stellte er sich ans Fenster, sah auf den Hafen hinunter – und begann, leise zu beten. Wie lange war es her, dass er gebetet hatte? Ein kleiner Junge musste er damals noch gewesen sein, ein gläubiges, vertrauensvolles Kind.

Mit langen Schritten durchquerte Dr. Jan-Frederik Draksen die Eingangshalle der Klinik. Ein langer, anstrengender Tag lag hinter ihm, und er freute sich auf den Abend mit Liv. Sie waren mit Freunden in einer kleinen Bar am Hafen verabredet.

»Doktor! Halt!« Eine junge Schwester kam ihm nachgerannt.

»Was ist denn los?« Unwillig sah er sie an.

»Ein Notfall ... die Ärztin aus Stamsund ... sie bringen sie gleich her. Ich soll sagen, dass du dich unbedingt für eine Not-OP fertigmachen musst.« Kleine Schweißtropfen standen auf Schwester Maikes Oberlippe, und ein paar Haarsträhnen hatten sich aus ihrem Zopf gelöst. Maike hatte erst vor fünf Wochen mit der Ausbildung begonnen und hatte noch einen Heidenrespekt vor allen Ärzten.

»Andrea Sandberg ist verletzt?«

Maike zuckte mit den Schultern. »Ich denke, dass sie so heißt.«

Vergessen war seine Verabredung. Mit langen Schritten hastete Jan-Frederik zurück zur OP-Abteilung, wo er ein paar Details erfuhr, die der Notarzt schon durchgegeben hatte. Er wusch sich und legte sterile OP-Kleidung an.

Eine Viertelstunde später lag Andrea narkotisiert auf dem Tisch. Das Operationsfeld war mit grünen Tüchern abgedeckt, und der Chirurg versuchte, die Kugel zu lokalisieren. Es war nicht leicht, immer wieder musste der Assistent Blut und Wundflüssigkeit absaugen.

»Hier steckt sie!« Die Stimme des Chirurgen klang dumpf unter dem Mundschutz. »Verdammt, das war haarscharf! Das Geschoss ist an einer Rippe abgeprallt. Vier Millimeter weiter, und die Kugel hätte die Aorta zerfetzt.«

Er streckte die Hand aus. »Pinzette.« Kurz sah er hoch. »Macht mir alles sauber. Sie hat ein Wahnsinnsglück gehabt, es sind keine Organe verletzt.«

Der Assistent und die OP-Schwester bemühten sich, das Operationsfeld erneut von Blut und Wundflüssigkeit zu reinigen.

Vorsichtig schob Jan-Frederik die Pinzette tiefer in die Öffnung, der Assistent spreizte das Wundgebiet noch ein wenig weiter.

»Da! Ich hab sie.« Beinahe triumphierend hob der Chirurg die Pinzette mit der Kugel in die Höhe, ließ sie dann mit leisem Klirren in die bereitgehaltene Schale fallen.

Kurz drehte er den Kopf zur Seite. »Britta, bitte.«

Eine unsterile Schwester tupfte ihm den Schweiß von der Stirn, dann suchte Jan-Frederik das Einschussgebiet sorgfältig ab, ob nicht doch noch eine Verletzung zu entdecken war. Erleichtert atmete er auf, als er feststellen konnte, dass die Kugel nicht noch mehr Schaden angerichtet hatte.

»Wir machen zu.«

Zehn Minuten später ging er hinaus zu Kristian. Noch war ihm die Anspannung anzusehen, doch er lächelte, als er sagte: »Sie ist okay, unsere Andrea. In einer Stunde, denke ich, kannst du zu ihr.«

19

Das war ein riesiger Schlag gegen das organisierte Verbrechen. Wir haben in sieben Bordellen in Norwegen, aber auch in Schweden blutjunge Mädchen ausfindig gemacht, die illegal über die russische Grenze hergebracht und auf brutalste Weise zur Prostitution gezwungen wurden.«

Carina hielt kurz inne, als sie sich an einige der Szenen erinnerte, die sie bei der Durchsuchung von zwei Bordellen in Bodø und Tromsø erlebt hatte. »Etliche der Mädchen waren sogar unter sechzehn Jahre alt.« Sie rang sichtlich um Fassung. »Diese Kinder ... sie werden die seelischen Schäden ein Leben lang mit sich herumtragen.«

»Und was kannst du uns über den Drogenhandel sagen?« Ein älterer Beamter, seit drei Jahren im Innendienst, da er beinamputiert war, sah Carina gespannt an. Er hatte mehr als zwanzig Jahre als Drogenfahnder gearbeitet und in dieser Zeit die schrecklichsten Dinge gesehen. Kaum jemand in seiner Dienststelle wusste, dass sogar seine Tochter vor mehr als zehn Jahren an einer Überdosis Heroin gestorben war. Er gab sich stets kühl und sachlich, doch er war in höchstem Maß involviert.

»Auch in dieses miese Geschäft war Jacob Stevensen verwickelt, und zwar über unsere Grenzen hinweg. Leider sind unsere Ermittlungen in diesem Bereich noch nicht abgeschlossen, wir arbeiten eng mit den Kollegen in Schweden, Dänemark und Russland zusammen.«

»Stimmt es, dass keiner von den Leuten, die für ihn die Drecksarbeit gemacht haben, sein Gesicht kannte?«

Carina nickte. »Ja, er hat sich perfekt getarnt, zum Teil sogar sein Aussehen verändert. Wir haben in seinem Haus Perücken, falsche Bärte und andere Utensilien gefunden, mit denen er sich ganz offensichtlich immer wieder verkleidet hat.«

»Raffiniert.«

»Ja. Aber es wird ihm nichts nützen. Die Beweise gegen ihn sind erdrückend.«

»Man hätte den Scheißkerl verrecken lassen sollen«, murmelte einer der Männer. »Kriegt einen Infarkt, das Sensibelchen, und wird dann in der Klinik aufgepäppelt.«

»Das will ich nicht gehört haben, Arne.« Carina sah den Mann mit dem Kinnbart und den halblangen Haaren ernst an. »Was immer Stevensen getan hat – wir werden uns nicht mit ihm auf eine Stufe stellen, sondern ihn nach dem Gesetz verurteilen.«

»Ja, ja, schon gut.«

Carina sah auf die Uhr. »So, das war's für heute. Ich hoffe, dass wir in den nächsten Tagen von den schwedischen und russischen Kollegen mehr erfahren. Jedenfalls laufen die Ermittlungen allgemein auf Hochtouren. Mich müsst ihr entschuldigen, ich muss los. Ich will noch in die Klinik fahren.«

Wenig später betrat sie die chirurgische Station der Klinik – und zuckte zusammen, als sie Kristian kreidebleich auf einem Stuhl im kleinen Wartebereich sitzen sah. Auf dem Tisch neben ihm lagen Zeitschriften, eine Vase mit künstlichen Rosen war umgefallen. All das übersah Carina mit einem Blick.

»Was ist passiert?« Sie setzte sich dicht neben Kristian.

»Andrea … eine Embolie. Sie ist wieder im OP.« Seine Stimme war kaum zu vernehmen.

»Nein. Das nicht auch noch.« Carina gelang es nicht, die Tränen zurückzuhalten. Fest drückte sie Kristians Hände, die er zu Fäusten geballt im Schoß hielt.

Eine Weile saßen sie schweigend nebeneinander, bei jedem Geräusch zuckte Kristian zusammen. Jede Schwester, die vorüberging, sah er fragend an, bekam jedoch stets ein Schulterzucken zur Antwort.

Und dann, nach knapp zehn Minuten, die den beiden Wartenden wie eine Ewigkeit erschienen, kam Jan-Frederik zu ihnen.

»Alles okay«, erklärte er. »Sie ist wieder stabil. Wir konnten den Thrombus entfernen.«

»Kann ich zu ihr?« Kristian war aufgesprungen und machte drei Schritte auf die hohen OP-Türen zu.

Der Arzt hielt ihn am Arm zurück. »In einer halben Stunde. Noch ist sie im Aufwachraum. Ich lass dir Bescheid sagen, sobald sie wieder in ihrem Zimmer ist.«

Das Warten begann erneut, doch diesmal verging die Zeit nicht so quälend langsam. Carina berichtete von den Ermittlungen gegen Jacob, und Kristian erzählte von dem neuen Verlag, den er gefunden hatte.

»Die Zusammenarbeit mit Agneta ging einfach nicht mehr«, sagte er. »Sie wollte nicht akzeptieren, dass unsere Affäre zu Ende ist – und dass ich Andrea liebe.«

»Sie war wohl einmal eine vom Leben zu sehr verwöhnte Frau«, meinte Carina.

»Ja, das stimmt. Alle haben sie verehrt und bewundert. Sie ist ja auch sehr klug, schön und geistreich … Ich hoffe nur, irgendwann kommt sie zur Besinnung.«

Er schüttelte ratlos den Kopf. »Seit wir nicht mehr zusammen sind, hat sie sich in diverse Affären gestürzt. Und ihr letzter Freund scheint sie mit den Drogen versorgt zu haben, die ihr immer mehr zum Verhängnis geworden sind.«

»Dieses Teufelszeug«, murmelte Carina. Sie dachte daran, dass Jacob Stevensen den Handel mit den verschiedensten Drogen in Skandinavien dominiert hatte. Noch konnten sie ihm nicht alles nachweisen, noch war das Netz, das er so geschickt gesponnen hatte, nicht ganz aufgerissen, doch das war nur eine Frage der Zeit.

Eine Schwester kam auf sie zu. »Frau Doktor Sandberg liegt jetzt wieder in ihrem Zimmer. Ihr könnt zu ihr.«

Kristian sprang auf, langsamer folgte ihm Carina.

»Grüß Andrea von mir, wenn sie wach wird«, sagte sie und drückte Kristians Arm. »Ich komme sie später besuchen.«

»Aber du wolltest doch …«

Carina lächelte. »Ich denke, die nächsten Stunden gehören allein euch.« Sie umarmte ihn. »Gib Andrea einen Kuss von mir.«

»Mach ich.«

Und wieder saß er an ihrem Bett und wartete. So wie vor vier Tagen, als man ihr die Kugel aus der Brust herausoperiert hatte. Er hörte noch die Worte des jungen Chirurgen: »Es ist wie ein Wunder, dass keine inneren Organe verletzt worden sind. Die Kugel ist an einer Rippe abgeprallt und dann knapp neben dem Herzen steckengeblieben. Nur drei Millimeter weiter, und die Aorta wäre zerfetzt worden.«

Auch wenn Kristian kein Mediziner war – er konnte sich in etwa vorstellen, was geschehen wäre, wenn das Geschoss die Hauptschlagader verletzt hätte: Andrea wäre wohl verblutet, noch ehe man sie in die Klinik hätte bringen können.

Wie blass sie war! Von der zarten Sommerbräune war nichts mehr zu sehen. Schatten lagen unter den Augen, und sie atmete flach.

Sacht griff Kristian nach ihrer rechten Hand und zog sie an die Lippen. Im linken Handrücken steckte noch eine Infusionsnadel, und stetig tropfte die glasklare Flüssigkeit von der Flasche, die an einem Ständer hing, in Andreas Vene.

Sekunden wurden zu Minuten. Minuten dehnten sich zu einer kleinen Ewigkeit.

Kristian wartete. Immer wieder flüsterte er zärtlich Andreas Namen, küsste jeden einzelnen Finger oder die blassen Lippen. Irgendwann fiel sein Blick auf das Nachttischchen. Neben dem kleinen Strauß roter Rosen, den er mitgebracht hatte, lag die rote Perlenkette mit den Fischzähnen und Muscheln. Sie war zerrissen, und einer der Zähne war in kleine Splitter zerborsten. Eine Pflegerin, deren Großeltern Samen waren und die ahnte, dass die Kette nicht nur ein simpler Halsschmuck war, hatte die Perlen zusammengesucht und sie gestern provisorisch wieder aufgefädelt.

Kristian schüttelte den Kopf. Es konnte nicht sein, dass diese Kette Andrea vor Schlimmerem bewahrt hatte. Es war Zufall, nichts als Zufall. Und doch ... immer wieder musste er erkennen, dass es hier oben im hohen Norden Dinge gab, die er mit nüchternem Verstand nicht begreifen konnte. Inzwischen hatte er sich intensiver mit der Kultur der Samen beschäftigt und musste einsehen, dass die Schamanen dieses Volkes übersinnliche Fähigkeiten besaßen.

»Du bist da …« Andrea schlug die Augen auf, und ein leises Lächeln glitt über ihren Mund.

»Liebling!« Unendlich sanft beugte er sich vor und küsste sie. »Wie geht es dir? Hast du Schmerzen?«

»Nein.« Sie runzelte die Stirn. »Was ist passiert?«

»Du hattest eine Embolie, musstest noch einmal operiert werden. Aber der Arzt sagt, jetzt ist alles in Ordnung.«

»Gut.« Sie schloss wieder die Augen und schlief übergangslos ein.

Kristian blieb neben dem Bett sitzen, Andreas Hand in seiner. Behutsam, so als hätte er Angst, ihren Schlaf zu stören, streichelte er mit dem Zeigefinger über ihren Handrücken. Er brauchte einfach das Gefühl, ihr nahe zu sein, und er hoffte, dass sie die kleine Zärtlichkeit auch im Schlaf spürte. »Ich liebe dich«, flüsterte er, als er sah, dass ihre Augenlider flatterten und sie erneut wach wurde.

»Ich dich auch.« Langsam, noch ein wenig mühsam, hob sie den Blick und sah ihn an. »Alles wird wieder gut, ja?«

Er nickte. »Aber natürlich. Alles wird gut. Du wirst bald wieder gesund sein, dann wird noch vor dem Herbst geheiratet.«

»Aber …«

»Keine Widerrede. Ich will nicht einen Tag mehr ohne dich sein.«

»Und keine Nacht.« Ihre Augen leuchteten.

»Hey du, du bist ja wirklich auf dem Weg der Besserung, wenn du schon wieder an Sex denken kannst.«

»Erstens weißt du gar nicht, ob ich an Sex gedacht habe, und falls doch … was heißt denn ›wieder‹?« Ein verschmitztes Lächeln umspielte ihre Lippen.

Er kam nicht dazu, Antwort zu geben, denn eine Schwester kam herein, überprüfte die Infusion und maß den Puls. »Alles wieder in Ordnung«, verkündete sie. »Ich sag gleich dem Doc Bescheid.«

Andrea nickte nur, dann sah sie Kristian an. »Ich hab so große Sehnsucht nach Lars. Holst du ihn her?«

»Gleich morgen. Jetzt musst du dich ausruhen.«

»Hmm …« Ihr Blick irrte ab und blieb an den roten Perlen hängen. »Berit hatte recht«, murmelte sie, dann schlief sie übergangslos ein.

Wie weiße Federn sahen die unzähligen kleinen Segelboote aus, die über das Wasser glitten und auf den dunklen Wellen einen übermütigen Tanz aufführten. Das Wetter war perfekt, und jeder, der Zeit hatte, wollte den Spätsommertag auf dem Wasser genießen.

»Eine gute Idee von dir, heute noch mal raus nach Sandhamn zu fahren.« Lässig lehnte sich Agneta Langlo im Boot zurück. »Das ist einer meiner Lieblingsorte hier im Schärengarten.«

Roger, der an der Ruderpinne stand, grinste. »Willst du mir weismachen, dass du nur mitgekommen bist, weil du dem Charme dieses Städtchens verfallen bist?«

»Oder deinem.« Agneta stand auf und trat dicht hinter ihn. Sie legte ihm die Arme um die Hüften und küsste ihn auf den Nacken. »Ich bin froh, dass du dich wieder gemeldet hast.«

Roger grinste. Er wusste genau, dass Agneta nicht nur den Sex mit ihm vermisst hatte, sondern es fehlten ihr auch die Drogen, die sie durch ihn regelmäßig bekommen konnte. Wenn du wüsstest, warum ich mich wieder bei dir gemeldet hab, mein Goldfisch, dachte er und drehte den Kopf, um Agneta flüchtig zu küssen.

Roger war seit Wochen pleite. Seine Geldquellen waren nach und nach versiegt, da er seine Abnehmer nicht mehr ausreichend beliefern konnte. Der norwegische Dealer, von dem er regelmäßig größere Lieferungen bekommen hatte, meldete sich nicht mehr. Die Handyverbindung war tot, und auch unter der Telefonnummer, unter der Roger nur im Notfall hatte anrufen sollen, meldete sich niemand mehr.

In der verfahrenen Situation gab es nur einen Ausweg: Agneta.

Sie war reich, sie war scharf auf den Sex mit ihm – und bot ihm den idealen Unterschlupf.

Um sie bei Laune zu halten, hatte er noch ein paar Tütchen in Reserve. Er selbst war vorsichtig mit dem Konsum von Yava, wie die Methamphetaminpillen hießen, und nahm stets nur eine davon. Doch bevor sie am Morgen losgesegelt waren, hatte er Agneta ein Tütchen Crystal in den Champagner geschüttet, und die Wirkung setzte rasch ein. Agneta sprühte vor Elan, und ihre Lust auf Sex ließ sich kaum noch zügeln.

»Gibt's hier denn gar keine kleine verschwiegene Bucht?« Agnetas Hände mit den tiefrot lackierten Nägeln glitten tiefer, und sie begann, ihn an seiner empfindlichsten Stelle zu streicheln. »Ich will nicht länger warten.«

Roger atmete heftiger. »Lass das jetzt, Agneta. Ich muss mich aufs Segeln konzentrieren, sonst kentern wir noch.«

»Mistkerl!« Sie lachte und kniete sich vor ihn hin. »Glaub mir, du findest bald eine Bucht, in der wir ungestört sind.«

Roger biss sich auf die Lippen, dann griff er in ihr langes schwarzes Haar und bog ihren Kopf zurück. »Hexe. Warte noch ein paar Minuten. Dort hinten kann ich anlegen.«

»Küss mich.«

Rasch kam er ihrer Aufforderung nach. Agneta war immer noch schön, auch wenn sich die Fältchen um ihre Augen in den letzten Monaten vermehrt hatten. Noch hatte die Droge keine Spuren in ihrem Gesicht hinterlassen, ihre Haut war glatt und weich. Auch die Figur war immer noch tadellos, und es fiel ihm nicht schwer, mit ihr zu schlafen.

Bevor er mit ihr unter Deck ging, nahm auch er eine kleine Prise, was ihn gewiss stimulieren und enthemmen würde. Er wusste, was Agneta von ihm erwartete.

Sie trug nur einen knappen schwarzen Bikini, und als er ihr das Höschen abstreifte, entdeckte er die zusammengerollten Flugtickets zwischen ihren Schamlippen.

»Was soll das?«

»Hol sie dir.« Sie lachte kehlig. »Aber nicht mit den Händen!«

Grinsend kam er ihrer Aufforderung nach, küsste Agneta und liebkoste sie. Sie stöhnte leise und murmelte: »Komm endlich!«

»Erst will ich sehen, wohin du fliegen willst.« Er zog sich von ihr zurück.

»Wir fliegen.« Agneta atmete schwer. »In die Karibik. Schon nächste Woche, wenn du willst. Aber jetzt komm endlich, ich halt's nicht mehr aus!«

Roger gab nach. Er wusste, dass sie nichts sagen würde, ehe er ihr nicht die Befriedigung verschafft hatte, nach der sie gierte.

Als sie endlich ermattet nebeneinanderlagen, fragte er: »Und? Was ist mit der Karibik?«

»Ich brauch erst mal was zu trinken.« Sie schob sich das wirre schwarze Haar aus der Stirn.

Seufzend stand er auf und holte eine neue Flasche Champagner. Gierig trank Agneta das erste Glas leer.

»Also, was ist mit der Karibik?«

»Wir machen da Urlaub. Einen langen, herrlichen Urlaub.«

»Aber dein Verlag ... was ist mit dem?«

Agneta kicherte und goss sich selbst das nächste Glas voll. »Es gibt keinen Verlag mehr. Ich hab verkauft. Alles verkauft.« Sie streckte die Hand nach Roger aus. »Ab jetzt wird nicht mehr gearbeitet. Die können mich alle mal, diese miesen Autoren.« Innerhalb von Sekunden kippte ihre Stimmung. Mit weinerlicher Stimme zählte sie drei bekannte Schriftsteller auf, die in ihrem Verlag veröffentlicht hatten. »Weg sind sie. Einfach weg.«

»Wieso weg?«

»Weg eben. Fremdgegangen. Zu anderen Verlagen.« Sie zuckte mit den Schultern. »Egal. Mir doch ganz egal! Sollen sie sehen, wie sie ohne mich zurechtkommen! Kristian, dieser Scheißkerl, kann von mir aus auf den Lofoten versauern und mit den Trollen alt werden. Oder Märchen für den Sohn dieser langweiligen Ärztin schreiben, mit der er es jetzt treibt. Ist mir vollkommen egal, ich denke gar nicht mehr an ihn. Ich denke nur noch an dich, Roger-Darling. Wir zwei fliegen in die Sonne!«

Hinter Rogers Stirn überschlugen sich die Gedanken, während er Agneta, die sich wieder an ihn schmiegte, mechanisch streichelte. Sie war verrückt, diese Frau in seinen Armen! Verrückt – aber reich! Er wagte gar nicht, sich auszurechnen, was sie wohl für den Verkauf ihres Verlags bekommen haben mochte. Aber es war sicher eine so große Summe, dass sie jahrelang davon leben konnte.

Er beugte sich vor und küsste sie leidenschaftlich. Nichts tat er lieber, als mit ihr diese nächsten Jahre zu verbringen. Solange Agneta Geld besaß, war er an ihrer Seite! Spielerisch ließ er seine Finger über ihre Schulter, ihren Busen gleiten.

Die Zukunft, vor etlichen Tagen noch trist und grau, lag in strahlendem Sonnenlicht vor ihm!

20

Schlaftrunken tastete Andrea nach dem Telefon, das auf dem runden Tischchen neben ihrem Bett lag. »Sandberg«, meldete sie sich leise.

»Doktor Andrea, kannst du herkommen? Ich hab wahnsinnige Schmerzen!« Die Männerstimme klang gepresst, und kaum war der Satz ausgesprochen, folgte ein qualvolles Stöhnen.

»Wer ist denn da?« Sie versuchte, möglichst leise zu sprechen, um Kristian, der neben ihr lag, nicht zu wecken.

»Ich bin's, Henrik Yitterdal. Ich ... mir ist so schlecht ...«

Vorsichtig schlug Andrea die Decke zur Seite und schwang die Beine aus dem Bett. »Ich bin gleich bei dir, Henrik.«

»Was ist'n los?« Kristians verwuschelter Kopf kam halb unter der hellen Decke hervor. »Geht's schon los?«

»Nein, nein, du kannst noch ein paar Stunden als Junggeselle verbringen.«

»Gut.« Er hob den Kopf und grinste jungenhaft. »Und was machst du?«

»Ich treffe mich mit einem anderen Mann.« Andrea zog die Jeans hoch und schlüpfte in einen warmen Pulli. »Bis gleich. Ich muss mich beeilen. Der alte Henrik hat bestimmt wieder eine Gallenkolik. Die dritte in diesem Jahr. Jetzt weise ich ihn aber in die Klinik ein, ob er will oder nicht.« Schnell beugte sie sich über Kristian und gab ihm einen Kuss. »Lauf mir nicht weg.«

»Bestimmt nicht.« Er zog sich die Decke wieder über die Ohren. »Bleib nicht zu lange fort, sonst kommst du noch zu spät zum Standesamt.«

»Das wäre eine Katastrophe. Wo sich doch der halbe Ort zum Feiern angesagt hat.« Andrea warf ihm einen Handkuss zu, dann verließ sie das Haus.

Es lohnte nicht, den Wagen zu nehmen, Henrik wohnte nur zwei Straßen weiter in einem der landestypischen, rotbraun gestrichenen alten Holzhäuser dicht am Wasser. Er hatte die Rorbuer liebevoll restauriert, nachdem er seine Arbeit in einer Lachszuchtstation aufgegeben hatte. Über der Haustür, an deren oberem Ende ein Walfisch eingeschnitzt war, brannte eine Lampe, die an alte Schiffslaternen erinnerte. Im Garten stand ein Gestell mit Stockfisch.

Andrea drückte die Tür auf, die nicht verschlossen war. Mit leisem Miauen kam ihr ein großer Tigerkater entgegen und schmiegte sich an ihre Beine. Sie streichelte über das weiche Fell.

»Hallo, Henrik, ich bin's, Andrea! Wo bist du?«

»Im Wohnzimmer.« Die Stimme des Mannes klang gepresst und zeugte von den Schmerzen, die er hatte.

Schnell ging Andrea zu ihm. Der alte Mann lag auf einem hochlehnigen braunen Ledersofa. Er hatte sich mit einer karierten Wolldecke und einem Rentierfell zugedeckt und sah die Ärztin aus trüben Augen an.

»Wie lange geht das schon?«, fragte sie, während sie den Bereitschaftskoffer öffnete.

»Weiß nicht so genau. Ich bin irgendwann in der Nacht wach geworden, hatte ein wahnsinniges Völlegefühl im

Bauch und musste zur Toilette.« Er zögerte, dann gestand er: »Ich hab irgendwann auch gekotzt wie ein Reiher. Dann bin ich hier auf dem Sofa zusammen mit Mephisto eingeschlafen. Bis diese verdammten Schmerzen kamen und einfach nicht mehr aufhören wollten.«

Der Tigerkater maunzte leise, als er seinen Namen hörte.

»Du hast wahrscheinlich wieder zu fett gegessen«, meinte Andrea und tastete behutsam den Bauch des alten Mannes ab.

Henrik biss die Zähne zusammen, als ihn eine neue Schmerzwelle überrollte.

Andrea zog ein krampflösendes Medikament auf und injizierte es ihm. Erst danach maß sie bei Henrik Fieber, doch er hatte zum Glück nur leicht erhöhte Temperatur.

Als er sich entspannte, berichtete er, was er gegessen hatte: »Früh am Abend hab ich mir einen Krabbensalat gemacht, nicht mehr.«

»Den aber sicher mit viel Mayonnaise«, warf Andrea ein.

Der Alte zuckte nur knapp mit den Schultern.

»Und – was kam dann noch?«

»Lena von gegenüber hat mir eine Schüssel Rømmegrøt rübergebracht. Sie kocht das fast so gut wie meine Siv, Gott hab sie selig.«

»Ach, du liebe Güte! Da muss ich mich ja nicht wundern!« Sie sah sich um und bemerkte die blaue Glasschüssel, die so sauber war, dass man denken konnte, sie sei schon gespült worden.

Henrik bemerkte ihren Blick. »Das war Mephisto. Er mag den Milchbrei auch gern.«

»Der Kater ist zwar zu fett, aber er hat keine Gallensteine, so wie du.« Andrea kontrollierte Henriks Puls. »Du bist und bleibst unverbesserlich. Aber jetzt ist Schluss, du musst in die Klinik.«

»Nein. Das geht doch nicht!« Sein Blick ging zu dem Kater, der auf die Fensterbank gesprungen war und aus grünen Augen auf sein Herrchen sah. »Ich muss doch …«

»Du musst gesund werden, und das geht nur, wenn du dich endlich operieren lässt.« Andrea sah zu dem Kater hin. Sie ahnte plötzlich, warum sich der alte Mann so dagegen wehrte, ins Krankenhaus zu gehen. »Wenn du einverstanden bist, kümmere ich mich um deinen Mephisto.« Sie lachte leise. »Wie bist du eigentlich auf den Namen gekommen?«

»Das war Siv. Sie liebte Goethe. Ein deutscher Soldat hat ihrer Mutter im Krieg einen Gedichtband geschenkt, und als Siv ihn fand, war sie gleich fasziniert von seinen Werken.« Er schwieg eine Weile nachdenklich. »Mephisto ist alles, was mir von meiner Siv geblieben ist. Und natürlich die Erinnerungen.«

Er sah Andrea an, und in seinen Augen las sie sowohl Trauer als auch ein immerwährendes Glück. »Weißt du, Doktor Andrea, es gibt für uns Menschen oft nur eine einzige Liebe im Leben. Und die vergeht nie. Das ist wohl ein bisschen so wie die Liebe von Romeo und Julia. Die lebte auch weiter, über den Tod hinaus.« Er seufzte auf, als er spürte, dass der Schmerz trotz der Spritze zurückkam.

»Das hast du schön gesagt, Henrik.« Für einen Moment traten Tränen in Andreas Augen. Sie dachte an Magnus, ihre ganz große Liebe.

Nie, solange sie lebte, würde sie die wenigen Jahre mit

ihm vergessen! Lars war die lebendige Erinnerung an ihre Liebe zu Magnus.

Bei dem Gedanken an ihren kleinen Sohn verflogen die traurigen Gedanken. Das Schicksal hatte ihr völlig unerwartet ein neues Glück geschenkt. Das Glück mit Kristian, den sie in wenigen Stunden heiraten würde.

Henrik griff nach ihrer Hand. »Doktor Andrea, du versprichst mir, meinen Mephisto regelmäßig zu füttern, ja? Er mag vor allem Lachs.«

»So sieht er aus.« Andrea stand auf. »Ich kümmere mich um ihn. Versprochen. Und jetzt rufe ich die Ambulanz.«

»Kommst du mit in die Klinik?« In den Augen des Alten flackerte Panik auf.

»Tut mir leid, Henrik, aber das geht nicht. Ich heirate in fünf Stunden.«

Er griff nach ihrer Hand. »Stimmt. Tut mir leid, dass ich dich gerufen ...« Eine neue Schmerzwelle ließ ihn verstummen.

Andrea atmete auf, als draußen der Krankenwagen vorfuhr. Sie wartete, bis die Sanitäter den alten Mann aus dem Haus gebracht hatten.

»Mach's gut.« Sie drückte ihrem Patienten die Hand. »Ich besuche dich in der Klinik.«

»Danke. Und viel Glück.«

Als Andrea das Haus verließ, ging über dem Vestfjord die Sonne auf.

»Halt mir mal die Tür auf, Johan! Ich muss die Braut schließlich über die Schwelle tragen!«

»Nur nicht«, wehrte Andrea lachend ab, doch da hatte

Kristian sie schon hochgehoben und trug sie unter dem Applaus der Hochzeitsgäste ins Haus und durch die weitläufige Diele bis hinaus in den Garten.

Andrea hatte sich für ihren Hochzeitstag ein langes, schlicht geschnittenes Kleid aus champagnerfarbener Wildseide nähen lassen. Ins hochgesteckte Haar waren drei kleine Rosen eingeflochten.

Lars und die kleine Ellen hatten erst vor dem Standesamt, später dann vor der Kirche weiße und rote Rosenblätter gestreut. Die Kinder trugen an diesem besonderen Tag die norwegische Nationaltracht und sahen reizend aus. Auch jetzt wollte das blonde kleine Mädchen noch Blumen streuen, doch ihr Körbchen war leer, und sie sah sich interessiert den Rosenstock neben der Veranda an.

»Die lass schön am Strauch, mein Spätzchen«, lachte Carina und zog die Kleine zur Seite. »Du hast heute genug Blumen gestreut.«

Ellen verzog den Mund, doch sie ließ sich rasch ablenken. Schließlich waren mehr als fünfzig Gäste im Garten versammelt, und draußen vor der Tür standen noch etwa doppelt so viele. Sie hatten gewartet, bis das Brautpaar aus der Kirche gekommen war, und alle wollten ihrer »Doktor Andrea« gratulieren.

Andrea und Kristian hatten kaum Zeit, die Gäste im Garten zu begrüßen, dann mussten sie zurück zur Straße. Dort hatten sich Chris und seine Freunde aufgestellt und unterhielten die Leute, die aus der Umgebung gekommen waren, um der Ärztin zu gratulieren, mit Jazzstücken, aber auch mit alten Volksweisen.

Birgit und Johan Ecklund, die sich wie Brauteltern fühlten, schenkten Wein und Schnaps aus, und das frische

Hefegebäck wurde ebenso begeistert gegessen wie Lachs- und Krabbenbrote.

»Das ist ja beinahe ein kleines Volksfest«, murmelte Kristian und zog Andrea an sich. »Wenn ich das geahnt hätte …«

»Hättest du mich dann nicht geheiratet?« Lachend sah sie zu ihm auf. Er sah einfach toll aus in seinem dunklen Anzug, in dessen Revers eine kleine Rose steckte. Ihr Herz schlug rascher, und sie schmiegte sich einen Moment in seinen Arm.

»Ich wäre mit dir ausgerissen. An einen geheimen Ort, wo wir ganz allein gewesen wären«, raunte er ihr ins Ohr. »Ehrlich gesagt würde ich auch jetzt noch zu gern mit dir entfliehen.«

»Zu spät!« Sie hauchte ihm einen Luftkuss zu.

»Unserer Doktor Andrea und ihrem Mann Kristian ein dreifaches Hipphipphurra!« Chris hob die Trompete wieder an die Lippen und spielte einen Tusch, der von allen begeistert beklatscht wurde.

»Ihr seid so lieb zu mir!« Andrea sah sich gerührt um. »Danke euch allen.«

Einer der Männer, der am Ende des Ortes wohnte und einer ihrer ersten Patienten gewesen war, drückte ihr und Kristian ein Glas in die Hand. »Auf euer Wohl. Bleibt so glücklich, wie ihr es heute seid!«

Darauf tranken alle gern, und es dauerte noch beinahe eine halbe Stunde, bis das Brautpaar wieder in den Garten des Doktorhauses gehen und mit den engeren Freunden feiern konnte.

Es war einer der letzten warmen Sommertage, das Thermometer zeigte 22 Grad, und die Sonne brachte den

Schnee auf den hohen Spitzen der Lofotenberge zum Glitzern. Schon bald würden die ersten Herbststürme über die Inselgruppe hinwegfegen, und die Mitternachtssonne würde vom bizarren Tanz der Nordlichter abgelöst werden.

Doch noch war es nicht so weit, noch hatte die Sonne Kraft und vergoldete Andreas Hochzeitstag.

Schon am Vortag hatten etliche Männer aus der Nachbarschaft Tische und Stühle im Garten aufgebaut. Jetzt war alles liebevoll dekoriert, dafür waren Birgit Ecklund und zwei ihrer Freundinnen verantwortlich. Auf den weißen Decken, die zum Teil mit alter Stickerei verziert waren, standen Krüge mit leuchtend bunten Blumen, die die Frauen auf den Wiesen im Hinterland gepflückt hatten. Selbstgebackener Kuchen duftete mit den Wildblumen um die Wette.

Nach dem Kaffeetrinken, bei dem es lebhaft und fröhlich zuging, spielten Chris und seine Freunde zum Tanz auf.

»Um Himmels willen, nur das nicht!«, wehrte Kristian ab. »Ich kann nicht tanzen.«

»Der Brautwalzer muss sein«, sagte Johan Ecklund und schlug ihm lachend auf die Schulter. »Das ist Tradition, und die wird bei uns hochgehalten.«

»Darum kommen wir nicht herum«, schmunzelte Andrea und zog Kristian in den hinteren Gartenbereich, wo sie, unter dem Applaus der Gäste, den Walzer tanzten.

»Das ist mein größtes Liebesopfer«, sagte Kristian, als der letzte Takt verklang und er erlöst war.

Für den Rest des Abends war er vom Tanzen befreit, Andrea jedoch flog von einem Arm zum anderen. Erst als die Sonne hinter den Bergen verschwand und es kühl wurde, gingen die Gäste heim.

Als Andrea beim Aufräumen helfen wollte, winkte Birgit beinahe entrüstet ab. »Kommt ja gar nicht in Frage! Auf dich wartet noch eine Überraschung!« Sie zwinkerte Kristian zu. »Es ist alles fertig, das Boot liegt an unserem Steg.«

»Dann komm, Schatz.« Hand in Hand gingen Andrea und Kristian durch den Garten des alten Doktorhauses zum Wasser. Dort ankerte eine kleine, weiß gestrichene Jacht. »Mein Hochzeitsgeschenk.« Ehe Andrea sich von ihrer Überraschung erholt hatte, hob Kristian sie hoch und trug sie zum Boot. »Ich weiß ja, dass du keine Zeit hast, eine lange Hochzeitsreise zu machen, aber diese Nacht verbringen wir auf dem Meer.« Er ging zum Bug und zog eine Flasche Champagner aus dem Wasser.

»Du bist verrückt. So ein teures Boot …« Andrea sah ihn kopfschüttelnd an.

Kristian lachte. »Du vergisst, dass du einen nicht ganz erfolglosen Schriftsteller geheiratet hast. Das hier …« Er machte eine umfassende Handbewegung, »sind die Einkünfte aus den letzten beiden Büchern.« Er hielt ihr das Glas hin. »Und jetzt vergessen wir für ein paar Stunden alles.« Er trank ihr zu. »Es gibt jetzt nur noch dich und mich.«

»Und das Meer, die Sterne …« Andrea schmiegte sich in seinen Arm. »Ich bin glücklich.«

Kristian küsste sie ausgiebig. »Ich hoffe, dass ich dich für alle Zeiten so glücklich machen kann.« Er zog sie ins Schiffsinnere und öffnete die Tür zu einer schmalen Koje. »Am besten fange ich gleich damit an.«

Andrea lachte. »Ich habe nichts dagegen!« Übermütig ließ sie sich auf das Bett fallen und zog Kristian mit sich.

»Ach, schau mal, ich hab noch immer den kleinen Mig in der Tasche. Lars hat ihn mir geschenkt. Weil ich doch jetzt sein Papa werde.« Kristian zog die Holzfigur aus der Jackentasche.

Andrea nahm den kleinen Troll in die Hand – und hielt für einen Moment den Atem an. Das Holzfigürchen mit der dicken Knollennase und den wirren grauen Haaren, das stets so grimmig dreinsah, hatte den rot lackierten Holzmund zu einem Lächeln verzogen!

ENDE